Susanne Roßbach

Schatten über dem Odenwald

Das Buch

Alexandra König ermittelt wieder

Endlich Urlaub! Nachdem Alex zu Kommissar Tom Brugger nach Beerfelden gezogen ist, kämpfen die beiden mit den Tücken des Zusammenlebens. Zusätzlich muss Tom einen neuen Fall übernehmen. Ein Auto ist auf Burg Breuberg den Hang hinuntergestürzt und es gibt eine Leiche. Es stellt sich jedoch heraus, dass die Kopfverletzung des Toten nicht durch den vermeintlichen Unfall entstanden ist. Alex' Neugier ist geweckt und sie beginnt, auf eigene Faust zu ermitteln. Unterstützt wird sie dabei von ihren Freunden Hedi und Herbert, die für ein paar Wochen zu Besuch gekommen sind. Tom ist davon alles andere als begeistert. Vor allem, als Alex in die Schusslinie des Mörders gerät ...

Von Susanne Roßbach sind in der Alexandra König Reihe bei Midnight erschienen:

Der Tote vom Odenwald (Fall 1)
Schatten über dem Odenwald (Fall 2)

Die Autorin

Susanne Roßbach, geboren 1966, ist Diplom-Betriebswirtin und Diplom-Psychologin und arbeitet als Senior Business Analystin in einer Großbank. Eine ihrer großen Leidenschaften ist das Schreiben von Romanen. Sie bereiste halb Europa, Nordafrika, war mehrmals in den USA und in Japan. Heute lebt sie mit Partner und Tochter im Süden Frankfurts und widmet sich in ihrer Freizeit ihrem Pferd und ihren Büchern.

Susanne Roßbach

Schatten über dem Odenwald

Alexandra Königs zweiter Fall

Kriminalroman

MIDNIGHT

Midnight by Ullstein
midnight.ullstein.de

MIX
Papier
FSC® C083411

Originalausgabe bei Midnight
Midnight ist ein Verlag
der Ullstein Buchverlage GmbH, Berlin
Oktober 2018 (1)

Umschlaggestaltung:
zero-media.net, München
Titelabbildung: © FinePic®
Innengestaltung: deblik Berlin
Gesetzt aus der Quadraat Pro powered by pepyrus.com
Druck- und Bindearbeiten: CPI books GmbH, Leck

ISBN 978-3-95819-943-9

KAPITEL 1

Ich hielt das Corpus Delicti mit spitzen Fingern in die Höhe. Der Gestank war kaum auszuhalten. Eine tote Ratte konnte nicht übler riechen. Optisch lag es irgendwo zwischen getrocknetem Hundedurchfall und ausgewürgtem Katzenmageninhalt. Das Schlimme daran war, dass es einmal zu einem Menschen gehört hatte, noch dazu zu dem Menschen, den ich über alles liebte.

»Tom?«

Keine Reaktion.

»Tohom!«

Aus dem Wohnzimmer kam ein leises »Hm?«.

»Es wäre schön, wenn du deine Socken nicht immer so zusammengeknäult in die Wäsche schmeißen würdest. Es ist kein Vergnügen, sie in ihre ursprüngliche Form bringen zu müssen, bevor man sie waschen kann.«

»Mhm.«

Ich ließ die stinkende Socke in den Wäschekorb fallen und schaute durch die offene Badezimmertür ins Wohnzimmer. Tom saß in der praktisch gleichen Haltung wie schon den gesamten Abend am Couchtisch, über seine Arbeitsunterlagen gebeugt. Er sah bekümmert aus, wie bereits seit ein paar Tagen. Unter seinen Augen waren leichte dunkle Ringe zu erkennen, und auf seiner

Stirn hatten sich Sorgenfalten breitgemacht. Ich stand auf und ging zu ihm hinüber.

»Hast du mir überhaupt zugehört?« Ich setzte mich neben ihn.

Tom schob die Fotos rasch zusammen und versuchte dabei, es so aussehen zu lassen, als ob er es nicht wegen mir täte. Ich wusste, dass in seinem aktuellen Fall ein wohlhabender Erbacher Unternehmer seine Frau erwürgt hatte, jedoch hatte der Mann die Tat gestanden, und bisher schien Tom sich deswegen keine Sorgen um die Aufklärung gemacht zu haben. Heute Abend allerdings wirkte er sehr bedrückt.

Tom schob die Fotos in die Aktenmappe. »Die Botschaft ist angekommen ... Ich habe mal gelesen, dass Männer nur deswegen das Zusammenleben mit einer Frau ertragen, weil sie dafür ständig verfügbaren Sex bekommen.« Er sah mich spöttisch von der Seite an.

»Was glaubst du denn, weshalb *ich* mit *dir* zusammengezogen bin?«, gab ich zurück und legte meinen Arm um ihn.

Tom rieb sich mit beiden Händen über das Gesicht, dann lehnte er sich zurück und legte den Arm um meine Schultern. »War nur Spaß.« Er versuchte sich an einem aufmunternden Lächeln, aber es gelang ihm nicht so richtig.

»Was schaust du dir denn da an?«, fragte ich. Ich wollte mich langsam vortasten und zeigte betont lässig auf die Aktenmappe.

Tom tat ebenfalls entspannt. »Fotos von einer nackten Frau.« Er grinste. »Nichts für dich.«

»Aha.« Ich wartete.

Tom atmete tief aus und schaute auf den Tisch. »Du musst dich nicht mit meinen Problemen belasten.« Er sah zu mir rüber und lächelte kurz. »Morgen hab ich ein Gespräch mit Rainer Linke deswegen.« Tom tätschelte meine Hand. »Er wird mich vermutlich einmal kräftig abbürsten, und damit ist mein Problem quasi erledigt.«

»Mit deinem Chef, dem Polizeidirektor? Das ist doch dieser gut aussehende Dunkelhaarige mit den vielen Abzeichen auf den Schulterklappen, oder? Ziemlich niedlich. Den hab ich schon ein paar Mal gesehen, wenn ich dich von der Arbeit abgeholt habe. Der macht doch einen ganz netten Eindruck.«

»Rainer ist in Ordnung, aber es gibt Vorkommnisse, bei denen für jeden der Spaß aufhört.« Tom starrte auf die Aktenmappe. Dann sah er mich an. »Wieso findest du Rainer niedlich, der ist doch fast so groß wie ich?«

»Wieso sollten große Männer nicht niedlich sein können?«

»Na ja, wenn du zum Beispiel Günter niedlich finden würdest, das wäre für mich eher nachvollziehbar.«

»Ich fürchte, du bist eben doch nicht der große Frauenversteher, für den du dich hältst.«

Tom antwortete nicht, sondern strich mit seinen Fingern zärtlich über meinen Hals. Dann griff er mir leicht ans Kinn und sah mich dabei eindringlich an. »Und jetzt gehe ich erst pinkeln, und danach fummle ich die verknäulten Socken wieder auseinander. Vielleicht kann ich dadurch meinen Niedlichkeitsfaktor in deinen Augen steigern.« Er warf noch einmal einen kurzen Blick auf die Aktenmappe und verschwand ins Bad.

»Mit dem Pinkeln oder mit den Socken?«, rief ich ihm hinterher und kicherte.

Vor mir lag die Aktenmappe. Tom und ich kannten uns mittlerweile ziemlich gut, und ich war nicht blöd. Ich legte meinen rechten Arm über den Sofarücken und setzte ein entspanntes Gesicht auf. In der Tat wurde die Badtür plötzlich wieder aufgerissen, und Tom steckte seinen Kopf hindurch. Nur für den Bruchteil einer Sekunde streifte er mit den Augen die Aktenmappe, dann sah er auf mich. »Ich mache dann auch gleich die Waschmaschine fertig.«

»Alles klar.« Ich lächelte ihn an. So schlau wie du bin ich schon lange, mein Lieber!

Er schloss tatsächlich die Badtür ab, und ich stürzte mich sofort auf die Aktenmappe. Ob Tom wirklich irgendwelche anzüglichen Fotos besaß, die er in seinen Arbeitsunterlagen versteckt hatte? So hatte ich ihn bisher nicht eingeschätzt, aber man konnte nie wissen! Gespannt zog ich den Inhalt der Mappe heraus.

Ich starrte auf eine Frau, die mich ihrerseits mit weit aufgerissenen Augen anstarrte. Sofort überfiel mich Reue für meine dummen Unterstellungen. Die Frau war zwar wahrhaftig nackt, aber das war es nicht, was meinen Blick anzog. Vielmehr ihre blutunterlaufenen, schrecklich weit aufgerissenen Augen. Die Würgemale an ihrem Hals waren nicht zu übersehen. Schockiert schaute ich auf die Badezimmertür. Zugegebenermaßen konnte ich jetzt verstehen, warum Tom dieses Foto vor mir hatte verbergen wollen. Aber da musste ich jetzt durch. Für Tom handelte es sich hier um die soundsovielte Leiche seiner Karriere; das konnte unmöglich der Grund für seine gedrückte Stimmung sein. Es musste noch etwas anderes an diesem Fall geben, was Tom Probleme bereitete.

Ich zwang mich, auch die übrigen Fotos anzusehen. Im Wesentlichen war die Tote von allen Seiten abgelichtet worden. Außerdem hatte jemand das gesamte Schlafzimmer fotografiert. Es schien keinen großen Kampf gegeben zu haben. Sie war wohl rasch auf dem Boden zum Liegen gekommen und hatte offensichtlich nicht die Spur einer Chance gegen ihren Mörder gehabt.

Die Mappe enthielt des Weiteren Fotos von Schmuckstücken. Sie hatten ein anderes Format als die Tatortfotos und wirkten laienhafter. Vermutlich waren diese Fotos von den Schmuckbesitzern irgendwann für die Versicherung angefertigt worden. Eine goldene Kordelkette mit einer riesigen Goldmünze als Anhänger. Trug man so was heutzutage überhaupt noch? Ein Ring mit zwei einander zugewandten Drachen. Ihre Augen bestanden aus kleinen Smaragdsplittern. Ganz hübsch.

Im Bad ging die Klospülung. Schnell das nächste Foto. Ein Platinarmband mit dicken Kettengliedern. Mehrere klassische Diamantringe. Wieso befanden sich diese Fotos in der Aktenmappe zu einem Mordfall? Ich hätte sie eher bei einem Einbruchsfall vermutet.

Der Klodeckel wurde energisch heruntergeklappt. Hastig betrachtete ich noch einmal die Tatortfotos. War der Schmuck hier zu sehen? Auf dem Nachttisch stand eine geöffnete Schmuckschatulle, aber sie war leer. Tom hatte bestimmt mittlerweile wieder die Hose an. Zwei Fotos weiter war die Schatulle erneut im Bild – aber Moment mal, jetzt war deutlich zu erkennen, dass sich Schmuck darin befand! Wie konnte das sein?

Ich stopfte die Fotos rasch zurück in die Mappe, ging in die Küche und schaute in den Kühlschrank. Dann nahm ich mir einen Joghurt und setzte mich an den Küchentisch.

Blöd. Ich war zu vorsichtig. Tom hielt sich immer noch im Bad auf, und ich hätte mir die Unterlagen genauer ansehen können. Meine Gedanken wanderten zurück zu den Schmuckstücken. Was hatte es damit auf sich? Warum nur waren sie erst während der Tatortuntersuchung ins Schlafzimmer gekommen? Ich löffelte meinen Joghurt.

Die Badezimmertür wurde geöffnet, und ich hörte, wie sich Toms Schritte der Küche näherten.

Na klar! Die Fotos hatten nicht in chronologischer Reihenfolge in der Mappe gelegen, denn Tom hatte sie vorhin einfach schnell zusammengerafft, um sie vor mir zu verbergen. Die Reihenfolge musste vielmehr sein: Erst war der Schmuck noch vorhanden, dann war er weg. Irgendjemand musste ihn während der Tatortuntersuchung gestohlen haben.

Ich schaute Tom an, der gerade die Küche betrat, und versuchte mich an einem unschuldigen Lächeln.

Tom stellte sich mir gegenüber an den Küchentisch, beugte sich weit vor und stützte seine Hände auf die Platte, sodass sein Gesicht ganz nah an meinem war. Ich zwang mich, nicht zurückzuweichen. Er sah mir fest in die Augen. »Gibt es irgendetwas, was du mir sagen möchtest?«

»Nein, wieso?« Ich setzte einen Hundeblick auf.

»Die Arbeitsmappe hat offensichtlich während meiner Abwesenheit Zuckungen bekommen und ihre Lage auf dem Couchtisch minimal verändert.«

Mist. »Wie kommst du denn darauf?«

»Du hast gestern reichlich Kekskrümel auf dem Couchtisch hinterlassen, und ich habe mir ihre Lage im Verhältnis zur Mappe gemerkt.«

»Ganz schön clever.«

Tom richtete sich langsam auf, ohne mich aus seinem hypnotisierenden Blick zu lassen. Er setzte sich, verschränkte die Arme vor der Brust und sah mich abwartend an.

Ich begann mich innerlich zu winden, aber ich wich seinem Blick nicht aus. Ich würde mich nicht entschuldigen! Schließlich hatte ich ein Recht darauf, zu erfahren, was meinen Freund belastete!

»Na los, frag schon«, sagte Tom langsam, ohne mich aus den Augen zu lassen.

Ich triumphierte innerlich. »Vor ein paar Tagen hast du noch gesagt, dein aktueller Mordfall, bei dem ein Erbacher Unternehmer seine Ehefrau erwürgt hat, wäre schon gelöst, weil der Täter selber die Polizei gerufen und die Tat gestanden hätte. Aber ich glaube, es geht nicht um die Leiche, sondern um den Schmuck.«

Tom nickte unmerklich.

»Erst lag er in der Schmuckschatulle, dann war er verschwunden. Es muss irgendwann passiert sein, während ihr euch vor Ort aufgehalten und die Fotos gemacht habt.«

Tom nickte.

»Hat der Mörder es geschafft, in eurer Anwesenheit Wertgegenstände beiseitezuschaffen? Oder befanden sich im Schlafzimmer noch andere Personen, die die Gelegenheit genutzt haben könnten, mal kräftig abzuräumen?«

Tom beugte sich vor und legte die Ellbogen auf der Tischplatte ab. »Nein, meine Leute waren die Einzigen, die in diesem Zeitraum den Tatort betreten durften.« Er rieb sich das Gesicht mit beiden Händen bis zum Haaransatz. Danach standen seine Haare wild ab. »Ich sitze schon seit Tagen über den Fotos und versuche nachzuvollziehen, wann der Schmuck verschwunden ist und wer sich wann wo aufgehalten hat. Jeder war mal einen Moment alleine im Raum und hätte die Gelegenheit gehabt, den Schmuck an sich zu nehmen. Aber ich würde für alle meine Mitarbeiter die Hand ins Feuer legen.«

»Oje, das tut mir echt leid.« Ich legte meine Hand auf Toms Arm.

»Wir sind alle Polizisten. Wir haben diesen Job ergriffen, um das Gesetz zu verteidigen. Denk mal an Steffi, sie war schon dabei, als ich die Stelle als ihr Vorgesetzter antrat. Sie ist absolut integer.« Tom schüttelte den Kopf. »Günter kenne ich seit zwei Jahren, ich würde ihm mein Leben anvertrauen. Und Rudi war bei der Spurensicherung auch dabei, er ist ein guter Mann. Ich bin mir sicher, dass keiner von ihnen so etwas tun würde.«

»Rudi, damit meinst du den Neuen, diesen Rudolf Gambach?«

»Genau.«

»Das ist echt mies. Ich verstehe, dass es für dich als Chef schlimm ist, wenn deine Mitarbeiter verdächtigt werden. Könnte man nicht ...«

»Nun ja«, unterbrach mich Tom und lächelte gequält, »nicht nur meine Mitarbeiter stehen unter Verdacht ...«

»Was?« Beinahe wäre ich vor Empörung aufgesprungen. »Du etwa auch? Warum? Das ist doch lächerlich!«

»So lächerlich ist das nicht. Ich habe mich genauso vor Ort aufgehalten wie sie.«

»Das kann doch nicht sein! Ich sehe mir die Fotos noch einmal an.« Ich stand auf und lief ins Wohnzimmer, Tom folgte mir.

»Mach dir nicht die Mühe. Ich habe schon so lange darauf gestarrt, es ist partout kein entlastender Hinweis zu finden.« Wir setzten uns auf die Couch, und Tom zog die Fotos aus der Mappe. »Zu Beginn der Spurensicherung war der Schmuck noch da«, er zeigte auf einige der Fotos, »siehst du, hier ... und hier ... Und am Ende ist die Schatulle leer.« Er zeigte auf ein anderes Foto.

Ich überlegte. »Aber wenn ihr alle gleich verdächtig seid, wird die Sache doch wohl vermutlich so ausgehen, dass man keinen von euch belangen kann, oder?«

»Das ist anzunehmen, ja, aber was bedeutet das für die weitere Zusammenarbeit? Möchte ich in kritischen Situationen von einem bewaffneten Mitarbeiter gedeckt werden, der hier und da schon mal was mitgehen lässt? Kann ich überhaupt noch auf die Zuverlässigkeit meiner Mitarbeiter zählen, oder ist der Dieb eventuell auch bestechlich? Schreckt er vielleicht auch vor anderen Straftaten nicht zurück?«

»Und es war wirklich sonst niemand in der Nähe?«

»Mach dir keine Mühe, ich bin schon alle Möglichkeiten

durchgegangen.« Tom schüttelte den Kopf und lehnte sich zurück.

Ich nahm seine Hand. »Aber könnte man nicht ...«

Tom legte seinen Finger sanft auf meinen Mund und strich mir dann über die Wange. »Ich wollte nicht, dass du dir deinen hübschen Kopf darüber zerbrichst. Du hast ab morgen zwei Wochen Urlaub, du machst dir eine schöne Zeit mit Hedi und Herbert, und ich werde es irgendwie mannhaft ertragen, dass ein Haufen Klunker mysteriös verschwunden ist.« Er bemühte sich um ein ungezwungenes Lächeln, hauchte mir einen Kuss auf den Mundwinkel und schob die Fotos zusammen.

»Ja, auf Hedi und Herbert freue ich mich wirklich sehr.« Meine älteren Urlaubsbekanntschaften, die ich vor fast eineinhalb Jahren als Touristin in Beerfelden kennengelernt hatte, waren mir tatsächlich ans Herz gewachsen. Ich zögerte kurz. »Ich bin froh, dass du es mir erzählt hast. Weißt du, ich war mir die letzten Tage nicht sicher, weshalb du so schlecht drauf bist. Ich habe ja noch nie mit einem Mann zusammengelebt, und ich ... ich wusste nicht, ob du dich womöglich hinter der Arbeit versteckst, weil du unser Zusammenleben jetzt, nach einem halben Jahr, vielleicht doch bereust ...«

»Vergiss den Quatsch. Mit uns ist alles okay.« Er küsste mich.

Ich atmete erleichtert aus. Trotz aller Problemchen, die der gemeinsame Haushalt mit sich brachte: Tom hatte große Chancen, der Mann meines Lebens zu werden, und wenn er irgendwelche Schatten auf unserer Beziehung liegen sehen würde, hätte es mich schwer getroffen.

Aber diese Geschichte mit dem Schmuck ging mir nicht aus dem Kopf. Niemand sollte Tom einen Diebstahl anhängen! Ich musste ihm unbedingt helfen, sich von diesem Verdacht zu befreien. Die nächsten zwei Wochen hatte ich glücklicherweise frei. Auch wenn Hedi und Herbert ab übermorgen hier sein würden: Ich hatte zwar viele Ausflüge geplant, aber es würde sicher auch noch Zeit für andere Aktivitäten bleiben …

Es klingelte. Wieder. Und wieder.

War es schon Zeit, aufzustehen und Hedi und Herbert vom Bahnhof abzuholen? Ich versuchte, wach zu werden.

Tom drehte sich um und beendete das Klingeln. »Brugger?«

Ach so, sein Handy. Mein Gehirn kam langsam in Gang. Ich legte Tom meine Hand auf die Taille.

»Wo genau?« Er klang angespannt.

Ich fuhr mit meinen Lippen zwischen seinen Schulterblättern entlang.

»Ja, bis gleich.«

Oje, er hatte einen Bereitschaftseinsatz. Wie spät war es? Ich schlang ein Bein um ihn.

Tom langte nach hinten und legte seine Hand auf meinen Oberschenkel. »Ich muss los.«

»Was ist passiert?«, murmelte ich.

»Ein Autofahrer ist an der Burg Breuberg den Abhang hinuntergestürzt. Schlaf weiter.«

Ich hob das Bein an und gab Tom frei. Sein Körper glitt unter meiner Hand fort und nahm seine Wärme mit.

Ich entdeckte Hedi auf dem Bahnsteig, wie sie mir mit hoch erhobenem Arm wild zuwinkte. Herbert hob nur einmal souverän die Hand. Ich winkte zurück.

»Alex, Alex!« Hedi war ganz aus dem Häuschen. Ich lief ihnen rasch entgegen und umarmte die beiden.

»Es ist so schön, dich wiederzusehen!« Hedi strahlte. »Über ein Jahr ist es schon her!«

»Ich freue mich auch riesig. Ihr habt ja wieder eure lustigen Trachtenhüte dabei!«

»Das hat Tradition.« Herbert hob seinen Hut kurz an und setzte ihn wieder auf. »Es ist sehr nett von dir, uns vom Bahnhof abzuholen.«

»Das ist doch selbstverständlich. Wie war eure Reise, hat alles reibungslos geklappt?« Ich nahm Hedi ihren Koffer ab.

»Ja, die Bahn war ausnahmsweise mal pünktlich. Sonst kann es uns ja egal sein, aber da du uns diesmal abholst, wollten wir dich auf keinen Fall warten lassen.«

»Das hätte mir überhaupt nichts ausgemacht.« Ich zeigte mit dem Arm zum Ausgang. »Mein Auto steht da drüben.«

»Im ICE war es mir fast ein bisschen zu kalt, da haben sie die Klimaanlage sehr stark aufgedreht. Hoffentlich bekomme ich keine Erkältung. Hier draußen haben wir sicher an die 28 Grad. Wie geht es Tom?«

»Oh, nicht so toll. Er wäre gerne dabei gewesen, um euch abzuholen, doch gestern Abend wurde er noch mal ganz spät zu einem Einsatz gerufen, und da habe ich ihn heute Morgen schlafen lassen. Aber er freut sich schon darauf, euch kennenzulernen, und er kommt heute Abend mit zum Essen.«

»Ich bin schon sehr gespannt auf unser erstes echtes Zusammentreffen.« Hedi zappelte ein bisschen. »Auch wenn er dir beim Videochatten manchmal über die Schulter geguckt und in die Kamera gegrinst hat, so richtig kennen tut man sich ja deshalb noch nicht. Aber aus deinen Mails konnten wir herauslesen, wie verliebt du in ihn bist. Es erinnert mich an meine Anfangsjahre mit Herbert.«

Mir wurde leicht warm. »Ach, echt?«

»Willst du damit sagen, du bist jetzt nicht mehr in mich verliebt?« Herbert zog die Augenbrauen hoch.

»Natürlich bin ich noch in dich verliebt. Aber die ersten Jahre sind doch die aufregendsten.«

»Ist es denn jetzt nicht mehr aufregend mit mir?« Herbert machte große Augen.

»Jetzt dreh mir nicht dauernd die Worte im Munde herum, Herbert! Natürlich ist es nicht mehr so aufregend. Aber das erwarte ich auch gar nicht. Ist das nicht dein Auto?«

»Ja.« Ich öffnete den Kofferraum. »Setzt euch ruhig schon mal rein.«

Die beiden stiegen ein.

Auf der Fahrt nach Beerfelden fragte Herbert nach Toms nächtlichem Einsatz.

»Das war ziemlich blöd, aber es kommt in seinem Job manchmal vor. Die Leute sterben halt nicht immer während der offiziellen Dienstzeit, und wenn er Bereitschaft hat, muss er ran. Da ist wohl gestern einer an der Burg Breuberg mit dem Auto den Hang hinuntergestürzt, irgendwas war verdächtig daran, und deswegen musste Tom den Fall überprüfen. Da ich ihn heute Morgen noch nicht habe sprechen können, weiß ich nichts Genaueres.«

»Wie aufregend!« Hedi machte große Augen.

»Nicht so langweilig wie mit mir«, brummte Herbert.

»Papperlapapp!«, sagte Hedi ungeduldig und wandte sich wieder an mich. »Dann verstehe ich aber auch, dass Tom nicht bester Laune ist, wenn er spät nachts arbeiten muss.«

»Nun ja, das ist nicht der einzige Grund …« Ich zögerte. »Es gibt einen anderen, gewichtigeren Grund, aber bitte sprecht Tom heute Abend nicht darauf an, denn er macht sich große Sorgen deswegen. Außerdem unterliegt es bestimmt einer Geheimhaltungspflicht oder so was.« Ich schaute Hedi und Herbert – Letzterem über den Rückspiegel – fest in die Augen, bis sie nickten. »In einem anderen Mordfall ist während der Spurensicherung

Schmuck gestohlen worden, und es sieht so aus, als ob einer seiner Mitarbeiter der Täter ist. Tom steht ebenfalls unter Verdacht, weil er auch vor Ort war, aber er hat den Schmuck natürlich nicht gestohlen. Jedenfalls ist es für ihn eine ganz üble Sache, weil er selber seinen Job so ernst nimmt und meint, alle anderen Polizisten hätten ebenfalls einen Heiligenschein auf, während ich davon ausgehe, dass es in diesem Beruf ähnlich viele schwarze Schafe gibt wie anderswo auch. Aber das will Tom nicht hören.«

»Das ist wirklich schlimm, das tut mir leid.« Hedi nickte bekräftigend.

»Ich überlege schon die ganze Zeit, wie ich ihm helfen kann. Vielleicht kann ich irgendetwas über seine Mitarbeiter herausfinden, aber das wird schwierig. Jedenfalls darf Tom natürlich nichts davon erfahren, das müsst ihr mir versprechen! Er will mich aus allem heraushalten.«

»Aber du ermittelst trotzdem«, stellte Hedi fest. »Wie bei unserem letzten Urlaub, als wir dich kennengelernt haben. Weißt du noch, Herbert? Da hat Alex doch den Fall mit dem toten Landwirt gelöst.«

»Na ja, ich hab nur ein bisschen recherchiert.«

Hedi ließ sich nicht ausbremsen. »Und diesmal untersucht sie einen Diebstahl. Gestohlener Schmuck während einer Morduntersuchung! Wie aufregend!«

»Nicht so langweilig wie mit mir«, murmelte Herbert.

KAPITEL 2

Ich lenkte das Auto aus Breuberg heraus, und wir fuhren auf der gewundenen Straße den Berg hinauf. »Ich habe gedacht, wir besichtigen erst die Burg und fahren danach ins Schnapshäusche.«

»Wohin?«, fragte Herbert vom Rücksitz.

»Ins Schnapshäusche, die Brennerei, von der ich gestern erzählt habe, als wir mit Tom essen waren. Die, die ihren Schnaps aus einheimischem, unbehandeltem Obst herstellt. Ich habe extra einen Termin mit Alex ausgemacht.«

»Mit wem?«, fragte jetzt Hedi.

»Alex, ach so, dem Besitzer, Alexander Friedrich. Tom kennt ihn schon länger, und wir duzen uns. Es führt bei mir auch immer noch zu Verwirrung, wenn wir im Schnapshäusche sind und Tom einen Satz mit ›Alex‹ beginnt.«

»Herbert trinkt ab und zu einen Schnaps nach dem Essen, und wir wollen gerne ein paar Flaschen als Mitbringsel für unsere Freunde kaufen.« Hedi machte eine wegwerfende Handbewegung. »Aber ich selber trinke ja nicht so viel.«

»Er hat auch selbst gemachten Apfelsaft. Von dem werde ich mir auch einige Flaschen mitnehmen.«

Hedi nickte. »Das wäre eher was für mich.«

Je höher wir kamen, desto öfter musste ich runterschalten. Es wurde immer steiler. Mein Auto war nicht mehr das jüngste, aber es mühte sich redlich. Hedi hielt sich an dem an der Innenverkleidung der Beifahrertür angebrachten Griff fest.

»Diesen Parkplatz nehmen wir. Der weiter unten ist mir zu entfernt, und der, den es noch ein Stück weiter oben am Ende der Burgstraße gibt, ist viel zu klein, der ist bestimmt schon voll. Sonntags tummeln sich hier immer viele Besucher.« Ich schaute neugierig rechts in den Wald, bevor ich auf den Parkplatz einbog. »Hier gibt es leider keinen Schattenplatz. Hoffentlich mutiert das Auto nicht zum Brutkasten, bis wir zurückkommen.«

Wir stiegen alle aus, und ich verriegelte das Auto. Der Parkplatz war nicht geteert und mit vielen Steinchen übersät. Durch die Trockenheit der letzten Tage staubte es ein wenig. »Würde es euch etwas ausmachen, wenn wir ein paar Meter zurücklaufen, bevor wir die Burg besichtigen? Ich würde mir gerne die Stelle ansehen, wo vorgestern Nacht das Autounglück passiert ist.« Ich rückte meine Sonnenbrille zurecht.

»Geht es um den Fall, von dem du uns gestern erzählt hast?« Hedi riss die Augen auf. »Hier geht es steil bergab.«

»Ja, das Auto hat sich mehrmals überschlagen ...«

»Wie schrecklich!« Hedi machte große Augen.

»Seht mal hier.« Wir waren etwa zehn Meter aus dem Parkplatz hinaus auf die Straße gelaufen und schauten am linken Rand den Abhang hinunter. Er war von Bäumen bewachsen, aber nicht so dicht, dass sie ein abstürzendes Auto aufgehalten hätten. »Das Auto kam direkt hier, wo die Leitplanke endet, hinter dem Leitpfosten von der Fahrbahn ab, bekam Schlagseite und überschlug sich mehrmals, bevor es kurz vor der Straße dort unten liegen blieb.«

»Davon hat Tom gestern beim Abendessen gar nichts erzählt.«

»Er redet nicht viel über seine Fälle. Ich glaube, er möchte mich nicht damit belasten ... und seit ich ihm bei dem Fall mit dem toten Landwirt geholfen habe, bei dem ich zugegebenermaßen in ein paar ... etwas ungünstige Situationen geraten bin, will er wohl auch unbedingt vermeiden, dass ich mich durch meine Recherchen in Gefahr bringe.«

»Wieso weißt du dann etwas über den aktuellen Fall?«, schaltete sich nun Herbert in unser Gespräch ein.

»Na ja, er hat gestern Mittag mit Günter, seinem Mitarbeiter, telefoniert, um ihn auf dem Laufenden zu halten ... Tom hat sich zwar auf die Terrasse verkrümelt und die Tür hinter sich zugezogen, aber ich habe mich ins Schlafzimmer geschlichen und ans gekippte Fenster gestellt, da kann man ganz gut mithören.«

»Wie raffiniert!« Hedi kicherte. »Das muss ich mir merken, vielleicht kann ich so was auch noch brauchen.«

Herbert schaute sie erstaunt an.

»Erzähle weiter, Alex!«, forderte Hedi mich auf.

»Okay, das Auto lag also da unten, und es sah wie ein Unfall aus, aber dann haben sie festgestellt, dass der Motor gar nicht an gewesen war, als das Auto abstürzte. Außerdem haben sie in der Kopfwunde Steinchen und Erde vom Parkplatz gefunden. Diese Verletzung hatte zum sofortigen Tod geführt, also muss er nach seinem Tod auf dem Parkplatz gelegen haben.«

»Aber als Toter kann er doch nicht in sein Auto gestiegen und den Hang hinuntergefahren sein!«, wunderte sich Hedi.

»Nein«, sagte Herbert, »aber es kann ihn jemand ins Auto gesetzt und das Auto den Hang hinuntergeschoben haben, damit ein Mord wie ein Unfall aussieht.«

»Oh nein!«, rief Hedi entsetzt aus.

»Genau, das vermutet Tom auch«, bestätigte ich Herberts Annahme. »Er hat deswegen die Umgebung abgesucht und an der Treppe, die hier ein Stück weiter oben zur Burg hoch führt, Blutspuren gefunden. Er geht davon aus, dass das Opfer die Treppe hinuntergestoßen und dann zum Parkplatz geschleift wurde. Dort hat jemand die Leiche kurz abgelegt, um das Auto zu öffnen, wobei die Kopfwunde verdreckt wurde. Anschließend hat man die Leiche ins Auto verfrachtet und selbiges aus dem Parkplatz hinausgeschoben und den Hang hinunterrollen lassen. Aber die Erkenntnis, dass das Opfer nicht mehr selber in sein Auto gestiegen ist, hält Tom noch unter Verschluss. Das ist Täterwissen.«

»Mich fröstelt es.« Hedi schüttelte sich.

»Wir haben über zwanzig Grad!« Herbert schaute Hedi verwundert an und legte dann seinen Arm um sie.

Wir blickten alle drei schweigend den Abhang hinunter. Sicher hatten wir alle denselben Gedanken: Auch wenn das Opfer bereits tot gewesen war, die Vorstellung, hier in einem sich mehrmals überschlagenden Auto den Abhang hinunterzustürzen, hatte etwas enorm Gewalttätiges.

Hedi riss sich als Erste los. »Lasst uns die Burg besichtigen.« Sie wandte sich bergauf.

»Schaut mal, da oben«, versuchte ich Hedi abzulenken und zeigte mit dem gestreckten Arm auf die Burg. »Wie imposant die alten Gemäuer von hier aus aussehen!« Hedi und Herbert folgten meinem Blick. »Sie ist eine der größten und am besten erhaltenen Burgen Süddeutschlands.«

Herbert ließ Hedi und mich im Vordergrund posieren und fotografierte uns mit der Burg im Hintergrund. Dann liefen wir am Parkplatz vorbei, bis wir die Treppe erreichten, auf der Tom die Blutspuren entdeckt hatte.

»Wir können hier die Treppe hoch zur Burg steigen, oder wir gehen noch bis zur Rutsche und nehmen dann einen Weg ohne Stufen.«

»Ich würde es gerne vermeiden, diese Treppe zu benutzen.« Hedi schüttelte sich erneut.

»Was für eine Rutsche?«, fragte Herbert.

»In der Burg ist eine Jugendherberge untergebracht, und ich nehme an, dass man sie für die Kinder, die hier zu Gast sind, aufgebaut hat. Werdet ihr gleich sehen.«

Nach etwa hundert Metern erreichten wir die Rutsche. Sie bestand aus Metall, war an die zwanzig Meter lang, begann an der Straße und schmiegte sich an den Berghang. Ihr Verlauf war nicht schnurgerade, sondern wies eine leichte Rechts- und eine leichte Linkskurve auf, die einen schön hin und her schleuderten auf dem Weg bergab. Ich hatte sie mit Tom schon einmal ausprobiert.

»Und, Hedi, wie wär's?«, fragte Herbert.

»Um Gottes willen, das ist mir viel zu gefährlich.«

»Ich dachte, du suchst Aufregung. Pass auf, ich rutsche vor und fange dich unten auf.«

»Nein, nein, denk an deine Knie!«

»Was ist mit Herberts Knien?«, fragte ich, während Herbert sich tatsächlich daranmachte, die Rutsche zu besteigen.

»Er hat doch Arthrose. Hoffentlich trifft er unten nicht zu hart auf.«

Herbert grinste uns noch einmal siegesgewiss zu und stieß sich ab. Er meisterte die Landung am Fuß der Rutsche, ohne das dahinter aufgestellte Fangnetz als Notbremse benutzen zu müssen.

»Jetzt du, Hedi, komm schon!« Herbert machte eine Handbewegung, um Hedi herunterzuwinken.

»Nein, ganz bestimmt nicht, Herbert Pfeiffer! Komm du wieder hoch!«

Herbert stapfte die Stufen der parallel zur Rutsche verlaufenden Treppe nach oben. »Das war lustig. Hättest du ruhig auch machen können.« Er rieb sich mit dem gestreckten Zeigefinger über seinen Schnauzer.

Hedi klopfte Herbert den Hosenboden ab. »In hundert Jahren nicht. Lasst uns weitergehen.«

Wir gingen schnaufend einen gepflasterten Weg zur Burg hinauf. Nachdem wir das äußere Burgtor passiert hatten, liefen wir bis zu einer Mauer und wurden mit einem atemberaubenden Ausblick auf die Stadt und die umliegenden Berge belohnt. Dann ging es weiter in Richtung Burggraben. Hedi las eine Informationstafel durch.

»Wo sind die Schafe? Hier steht was über eine alte Schafrasse; ich hätte jetzt erwartet, dass die irgendwo auf diesem Flecken herumlaufen.«

Wir beugten uns alle drei über eine Mauer und schauten angestrengt in den Burggraben.

»Keine Ahnung«, antwortete Herbert schließlich. »Dieser Graben sieht sehr groß und lang gezogen aus, vielleicht stehen sie irgendwo um die Ecke. Oder wir bekommen sie gleich zum Mittagessen serviert. Ein Lammkotelett wäre jetzt nicht schlecht.«

»Die Burgschänke ist in dem Trakt direkt rechts vom Torhaus untergebracht.« Ich deutete mit der Hand darauf. »Wir können ja nachher mal schauen, ob sie Lamm auf der Speisekarte haben.«

Herbert freute sich. »Oh ja, ich habe schon etwas Hunger.«

Wir liefen über die Brücke, dahinter durch das Torhaus und erreichten den Innenhof der Vorburg.

»Wie schön!« Hedi zückte ihren Fotoapparat. »Alles noch richtig wie im Mittelalter.«

Herbert kratzte sich an der Stirn. »Die vier Autos, die hier im Hof geparkt sind, scheinen mir doch eher aus der Neuzeit zu stammen.«

Der Hof war abwechselnd von altrosa verputzten Häusern und Mauern aus ebenfalls altrosanen oder braunen Steinen umrahmt. Hedi lief voran und blieb erst auf der gegenüberliegenden Seite des Hofs stehen, wo unter einem Mauergewölbe mehrere Buntsandsteine hochkant zu einem Rechteck aufgestellt waren. »Schaut mal, hier ist ein Merowinger Steinkistengrab. Die waren aber klein, die Merowinger.«

»Ich glaube nicht, dass sie so klein waren«, mutmaßte Herbert. »Vielleicht ist es ein Kindergrab.«

»Tom meinte, in Steinkistengräbern wurden die Leichen nicht immer liegend begraben, sondern auch in Hockstellung.«

»Aha.« Herbert drehte sich um. »Lasst uns durchs nächste Burgtor gehen. Ich glaube, ich sehe schon den Bergfried dahinter.« Er zeigte auf den riesigen Turm, den man beim Blick durch das Burgtor erahnen konnte.

Wir durchschritten das Tor und gelangten in einen recht beengten Hof. Der imposante Bergfried stand in seiner Mitte und nahm viel Platz ein. Eine Informationstafel im Inneren des Turms unterrichtete uns über seine Maße: Hedi und Herbert staunten über die Höhe von fünfundzwanzig Metern, wollten ihn aber trotzdem gerne besteigen. Ich bezahlte für uns alle den Eintritt, dann ging es über eine schmale Holztreppe bergauf.

»Ist das überhaupt was für deine Knie, Herbert?«, fragte ich besorgt. »Ich meine, beim Treppensteigen werden sie doch besonders belastet, oder nicht?«

»Das stimmt, aber ich muss meine Höhenangst bekämpfen.« Herbert lief langsam, aber stetig bergan.

»Herbert meint immer, den Helden mimen zu müssen«, kam Hedis Stimme von weiter oben. »Wenn wir die Spitze erreicht haben, wirst du ihn leichenblass erleben. Aber der Herr will ja nicht hören.« Hedis Schnaufen war trotz ihres Vorsprungs deutlich vernehmbar. »Die ersten Jahre, nachdem wir uns kennengelernt hatten, habe ich noch versucht, ihn davon abzuhalten, aber er meint, er müsse sich der Höhenangst stellen.«

»Muss ich auch! – Oh, Vorsicht, hier ist eine Stufe locker.«

Hedis Stimme antwortete weit über uns: »Wirklich? Ich hab gar nichts gemerkt.« Sie legte ein flottes Tempo vor. Von oben hörte man Kindergeschrei. Herbert und ich verschnauften bei einem Uhrwerk, das in der Mitte des Turms ausgestellt war. Es hätte sich gut als Dekoration für einen Vampirfilm geeignet, wie eigentlich der gesamte Turm, den ein Hauch von Grusel umgab.

Gruselig war auch das Geschrei, das nun von oben erklang. Es ertönte lautes Getrappel auf der Holztreppe, dann hörten wir Hedi »Vorsicht!« rufen. Das Gekreische kam bedrohlich näher, und dann stürmten sechs oder sieben Kinder, vielleicht auch schon im jugendlichen Alter, an uns vorbei. Eigentlich war die Treppe viel zu schmal für zwei Personen nebeneinander, aber die wilde Horde quetschte sich lachend und kreischend ohne Rücksicht auf Verluste an uns vorbei. Gerne hätte ich mir die Ohren zugehalten, doch um meiner Sicherheit willen zog ich es vor, mich am Geländer festzuhalten, um nicht in die Tiefe gerissen zu werden. Als sich der Lärm langsam entfernte, stapfte Herbert weiter.

»So eine Rasselbande!«, schimpfte ich. »Da fragt man sich doch gleich, ob man selber so was in die Welt setzen will.«

»Unsere Kinder waren wesentlich besser erzogen«, stellte Herbert klar. »Heutzutage deklarieren sie mangelnden Anstand als Durchsetzungsvermögen.« Er drehte sich im Laufen leicht zu mir um. »Du kannst immer noch selber entscheiden, zu welcher Art von Eltern du gehören willst.«

Als wir endlich oben ankamen, schien Hedi schon lange die Aussicht zu genießen. Sie wandte sich zu uns. »Diese unerzogenen Kinder haben mich heftig angerempelt! Deren Eltern möchte ich mal in die Finger bekommen. Pah!«

Ich nickte zustimmend und trat durch eine Tür nach draußen. Ein leichter Luftzug umwehte den Turm und sorgte bei dem heißen Wetter für angenehme Kühlung.

Hedi lief drei Schritte weiter. »Seht mal her, hier sind diese kyrillischen Inschriften von den Zwangsarbeitern, von denen Alex erzählt hat.« Sie deutete auf eine Zinne.

»Ja, ja.« Herbert stand noch immer in der Tür und lugte nur vorsichtig um die Ecke. Er sah in der Tat ziemlich blass aus.

»Komm, Alex, lass Herbert ruhig stehen, da steht er gut. Die Aussicht von hier oben ist beeindruckend.« Hedi winkte mich weiter.

Wir liefen an der Mauerkrone entlang einmal um den Turm und betrachteten die umliegenden Orte und die in unterschiedlichen Grüntönen gesprenkelten Berge. Hinter ihnen lagen weitere Berge, die von unserem Aussichtspunkt aus betrachtet nur noch wie sanfte Hügel wirkten. Hier hatte ich vor ein paar Monaten mit Tom gestanden. Er hatte seine Arme von hinten um mich gelegt, und wir hatten einige Minuten regungslos in die Ferne geschaut und unser Glück genossen.

Hedi riss mich aus meinen Gedanken. »Ich habe dir noch gar nicht gesagt, wie gut mir dein Tom gestern gefallen hat.«

»Ah, wirklich? Das freut mich. Er fand euch auch sehr sympathisch.«

»Er scheint ein Mann zu sein, auf den der Spruch ›Ein Mann, ein Wort‹ zutrifft.«

»Ja, das sehe ich auch so. Man kann sich vollkommen auf ihn verlassen.«

»Und was für ein Bär von einem Mann! Du kannst dich glücklich schätzen.«

»Das tue ich. Ich bin sehr froh, dass wir uns gefunden haben. Du hast recht gehabt, als du mich damals zum Umzug ermutigt hast. Ich habe es keine Sekunde bereut.« Wir hatten den Turm fast umrundet und blieben stehen. Ich legte meine Hände auf eine Zinne.

Hedi schaute mich lächelnd an. »Wie sehen eure weiteren Planungen aus? Wollt ihr Kinder?«

»Huch, also darüber haben wir noch gar nicht geredet. Conni Waldheim, seine Tante, redet dafür umso öfter davon.« Ich lachte. »Aber vor den Kindern wäre es mir lieb, wenn die Beziehung einen offiziellen Status erhält. Ich komme auch gut ohne Trauschein zurecht, aber wenn man Nachwuchs bekommt, sollte man doch besser verheiratet sein, finde ich.«

»Unbedingt!« Hedi nickte bekräftigend. »Etwas anderes hätte ich mir gar nicht vorstellen können. Herbert und ich haben geheiratet, und erst ein Jahr danach kam Richard zur Welt, zwei Jahre später Kerstin.«

»Tja, so ähnlich könnte ich es mir auch vorstellen. Aber das liegt alles in ferner Zukunft. Ich glaube, für Tom ist das noch überhaupt kein Thema.« Ich legte den Kopf schief. »Wir wohnen ja auch erst ein halbes Jahr zusammen.«

»Aber vorher wart ihr auch schon fast ein Jahr ein Paar«, wandte Hedi ein. »Nach bald eineinhalb Jahren muss man sich doch langsam fragen, wie die Beziehung weitergehen soll.«

Ich zuckte mit der Schulter und rang mir ein Lächeln ab. »Ich muss mir erst mal selber darüber klar werden, was ich will. Und Tom vermutlich auch.«

Hedi tätschelte meine Hand. »Gestern Abend, als wir zusammen essen waren, hat er dich ständig so verliebt angesehen …«

»Findest du? Ich …«

»Wo bleibt ihr denn?« Herbert stand dicht an die Wand

gedrückt und spähte vorsichtig um die Ecke. Er sah nicht besser aus als bei seiner Ankunft an der Spitze des Turms.

»Wir kommen schon, Herbert.« Hedi lief ihm rasch entgegen. Im Inneren des Turms hielt Hedi ihren Mann kurz zurück. »Wir machen das so: Alex geht vor und fängt dich notfalls auf. Ich bilde die Nachhut.«

»Ich muss nicht aufgefangen werden«, protestierte Herbert, reihte sich aber gehorsam hinter mir ein.

Wir stiegen vorsichtig die schmalen Stufen hinab. Ich wusste nicht, wie Hedi sich das mit dem Auffangen vorgestellt hatte, aber für den Fall, dass Herbert mich als Prellbock benutzen wollte, hielt ich mich stets gut am Geländer fest.

Nach der Besichtigung des Bergfrieds kehrten wir zum Essen in die Burgschänke ein und nahmen dann noch an einer Führung teil, bei der uns die verschiedenen Burggebäude auch von innen gezeigt wurden. Ich war dabei nicht ganz aufmerksam, was nicht nur daran lag, dass ich mit Tom bereits eine Führung mitgemacht hatte. Nein, auch Hedis Worte geisterten mir im Kopf herum. Ich hatte noch gar nicht so konkret darüber nachgedacht, aber tatsächlich hätten unsere Vorstellungen einer gemeinsamen Zukunft durchaus ein Gesprächsthema zwischen Tom und mir sein sollen, doch sie waren es nicht. Ich hatte selber nur eine ungenaue Vorstellung davon. Irgendwann wollte ich Kinder haben, und irgendwann vorher wollte ich heiraten. Und bei genauerer Betrachtung lag dieses Irgendwann in nicht ganz so weiter Ferne. Ich war jetzt dreiunddreißig, und die Uhr tickte. Wie wir unser Leben dann mit Kindern gestalten würden, lag für mich noch völlig im Dunkeln. Würde einer von uns seinen Job aufgeben und sich vollständig der Kindererziehung widmen? – Also ich bestimmt nicht. Würde Tom diese Aufgabe mit mir fair teilen? Konnte er als Beamter nicht viel leichter und länger seinen Job auf Eis legen als ich? Aber bevor wir das alles klären könnten, müssten wir erst einmal ganz am Anfang der Planungskette ansetzen und über eine Eheschließung sprechen. Doch ich fürchtete, dass ich von Tom eine Abfuhr erhalten würde, er mich schlimmstenfalls auslachen würde. Er hatte so rein gar nichts für Romantik übrig. Es fiel mir ja selber schwer, ihn mir als verheirateten Ehemann vorzustellen. Auch war er ja schon einmal verlobt gewesen und hatte schlechte Erfahrungen damit gemacht. Ich war mir ziemlich sicher, dass Tom diesem Thema eher ablehnend gegenüberstand. Und hätte er mir die zu erwartende Abfuhr erst einmal erteilt, dann könnte ich nicht mehr die Augen vor unseren unterschiedlichen Lebenszielen verschließen und mich mit einem in unbestimmter Ferne liegenden Zustand trösten, der dann doch nie eintreten würde. Kurzum, ich war zu feige, ihn direkt zu fragen. Unsere Beziehung war zu schön und ich viel zu sehr in Tom verliebt, als dass ich mit der Erkenntnis fertigwerden würde, dass wir vielleicht doch nicht so gut zusammenpassten.

»Oh nein!« Hedis Aufschrei riss mich aus meinen Gedanken. »Meine Börse ist weg!«

»Was?«

»Jetzt wollte ich dem netten Herrn ein Trinkgeld für die Führung geben, aber meine Börse ist nicht mehr in der Handtasche!« Hedi schaute verzweifelt in ihre Tasche.

»Sieh noch mal genau nach«, versuchte Herbert sie zu beruhigen. »Ich gebe ihm in der Zwischenzeit das Trinkgeld.« Er zog sein Portemonnaie aus der Hosentasche, während Hedi hektisch in ihrer Handtasche wühlte.

»Nein, nein, sie ist nicht da!« Dann schaute sie uns entsetzt an. »Das waren bestimmt diese frechen Kinder, die mich auf der Treppe angerempelt haben!«

»Bist du sicher? War der Reißverschluss deiner Handtasche

offen?« Ich wusste nicht zu sagen, ob Hedi ihn nicht eben erst aufgemacht hatte.

»Ich weiß nicht ... ich glaube schon.« Hedi ließ die Hand, in der sie die Tasche hielt, kraftlos sinken.

»Das sind marodierende, kriminelle Kinderbanden!«, schimpfte Herbert. »Die werden von ihren Eltern auf solche Diebstähle angesetzt. Ich verstehe nicht, warum die Polizei dem keinen Riegel vorschiebt.«

»Hast du die Börse auch nicht im Auto oder im Hotel liegen lassen?«, fragte ich vorsichtig.

»Nein, das wüsste ich doch!«, entrüstete sich Hedi.

»Ich meine, du hattest noch eine Jacke dabei, die du im Auto gelassen hast«, gab ich zu bedenken.

»Nein, nein, ich stecke die Börse niemals in die Jackentaschen. Ach Gott, zum Glück hatte ich nicht so viel Geld dabei. Vielleicht zwanzig Euro?« Sie sah uns fragend an. »Vermutlich auch meinen Ausweis und einige Karten. Oder habe ich die im Hotel gelassen?« Hedi schien verwirrt.

Herbert zuckte mit den Schultern.

»Das lässt sich alles ersetzen«, versuchte ich sie zu trösten. »Sollen wir heimfahren? Ihr könnt im Hotel eine Bestandsaufnahme machen, dann kann ich mit euch zur Polizei gehen, und wir können dort Anzeige erstatten. Und deine Geld- und Kreditkarten solltest du sperren lassen.«

»Die Nummer der Sperr-Hotline haben wir im Hotel«, sagte Herbert.

Wir liefen über die Brücke und verließen die Burg.

»Wohin führt dieser Weg?«, fragte Herbert und zeigte nach rechts.

»Oh, den Trampelpfad entlang dem Burggraben können wir auch nehmen, da kommen wir etwa oberhalb des Parkplatzes raus.« Ich überlegte noch immer, was man wegen des Diebstahls von Hedis Börse alles beachten musste. Wir marschierten im Gänsemarsch, Herbert vorneweg. »Jetzt links die Treppe runter!«, rief ich ihm zu.

Herbert tat einen Schritt auf die erste Stufe, als Hedi stocksteif stehen blieb.

»Moment! Ist das nicht die Treppe, auf der dieser arme Mann ... Nein, hier gehe ich nicht hinunter!« Hedi war offensichtlich mit ihren Nerven am Ende.

»Oh, entschuldige, daran habe ich gar nicht gedacht.« Eigentlich hätte mich genau das interessiert.

»Ist doch nicht schlimm«, wiegelte Herbert ab, der sich etwas verkrampft am Geländer festhielt. »Solange wir nicht selber hinunterfallen ...«

Ich stellte mich neben Hedi und schaute die Treppe hinab. Sie sah wirklich sehr steil und etwas gefährlich aus. Ein paar Stufen weiter unten meinte ich, dunkle Flecken zu erkennen. Ich hätte mir den Tatort gerne genauer angesehen, aber ich wollte Hedi nicht im Stich lassen. »Wir können einfach wieder zurückgehen und den gleichen Weg nehmen, den wir gekommen sind«, schlug ich vor.

»Ich sehe nicht das Problem«, widersprach Herbert. »Ist doch spannend. Wir können nachsehen, ob die Blutspuren noch da sind.« Er zeigte mit dem Kopf bergab.

»Nein«, beharrte Hedi, »ich gehe zurück.«

Hedi und ich traten den Rückweg an, Herbert hingegen lief tatsächlich die Treppe hinunter. Er erwartete uns unten auf der Straße. »Das war hochinteressant! Schon auf den oberen Stufen konnte man sehen, dass ...«

»Das will ich gar nicht wissen.« Hedi lief stur geradeaus schauend an ihm vorbei.

Herbert hielt mich kurz zurück und zeigte mit dem Arm die Treppe hinauf. »Auf den oberen Trittflächen sind tatsächlich noch deutliche Blutflecken zu sehen«, raunte er mir zu. »Die Treppe ist sehr steil und beinhart. Völlig klar, dass man das nicht überlebt, wenn einem hier die Rübe auf den Stufen aufschlägt.«

Ich nickte und betrachtete die Treppe. Der getötete Autofahrer tat mir leid. War es zu einem Streit gekommen, oder war er nichts ahnend vorausgegangen und heimtückisch von hinten gestoßen worden? Man musste das Umfeld des Opfers durchleuchten und prüfen, ob es Feinde hatte. Und ob die Verdächtigen ein Alibi hatten. Am liebsten hätte ich sofort angefangen, in diesem Fall zu recherchieren. Ich musste unbedingt versuchen, Tom noch ein paar Infos aus der Nase zu ziehen.

Wir liefen Hedi hinterher zum Parkplatz. Ich schloss das Auto auf. »Bitte lasst erst mal die Türen ein bisschen offen stehen, damit die größte Hitze verfliegt.«

Wir öffneten alle Türen, und ein Schwall heißer Luft strömte aus dem Auto.

Herbert zeigte auf den Rücksitz. »Warum nur hast du bei dem Wetter deine Jacke mitgenommen?«

Hedi schmollte. »Wer konnte denn ahnen, dass es wieder so heiß wird?«

Herbert schaute auf die Jacke, dann holte er sie heraus, wog sie in der Hand und griff in eine der Taschen.

Hedi gab einen spitzen Schrei von sich. »Oh, Herbert, du bist unglaublich! Du hast meine Börse gefunden!«

Mir fiel ein Stein vom Herzen.

Herbert klappte die Börse auf und schaute hinein. Dann lächelte er Hedi verschmitzt an. »Ich habe nicht nur deine Börse gefunden, ich habe auch eine wundersame Geldvermehrung herbeigeführt: In der Börse stecken zweihundertzwanzig Euro!«

Hedi lachte. »Jetzt brauche ich einen Schnaps!«

Als ich am späten Nachmittag wieder zu Hause eintraf, fand ich Tom auf der Terrasse sitzend vor. Er hatte die Markise ausgefahren und eine Cola neben sich stehen. Der Terrassenstuhl war sehr flach eingestellt, sodass er beinahe lag. Ich gab ihm einen Kuss. Auf dem Terrassentisch lag sein Handy. Das hatte nichts Gutes zu bedeuten. Wahrscheinlich wartete er auf einen dienstlichen Anruf.

»Na, alles klar?«

Er nickte. »Wie war euer Ausflug?«

»Sehr schön. Ich staune selber immer wieder darüber, wie gut ich mich trotz des Altersunterschieds mit Hedi und Herbert verstehe.« Ich machte eine wegwerfende Handbewegung. »Wir haben übrigens auch den Abhang gesehen, wo dieses Auto verunglückt ist.«

»Wenn ich nicht wüsste, dass du den Ausflug bereits im Vorfeld ihres Besuchs geplant hattest, würde ich dir unterstellen, nur deswegen dort hingefahren zu sein.« Tom zog eine Augenbraue hoch und sah mich prüfend an.

»Ich doch nicht.« Dann grinste ich. »Na ja, ich gebe zu, das hat mich zusätzlich motiviert. Deine Arbeit interessiert mich. Ist ja nicht so, dass ich nicht merken würde, wie dich die Fälle beschäftigen.«

Tom schloss die Augen. »Hm.«

Ich nahm einen Schluck von seiner Cola, setzte mich in den Stuhl neben ihm und stellte die Rückenlehne schräger. Dann entdeckte ich ein Paar verknäulter Socken neben Toms Stuhl.

»Hey, du hast deine Socken einfach auf den Boden geworfen.«

»Ja«, murmelte Tom, »da liegen sie gut.«

Ich setzte zu einer Erwiderung an, als plötzlich das Handy klingelte. Tom griff augenblicklich danach. »Ja?«

»Ich bin's.« Das war Günters Stimme. Er schien so aufgeregt, dass er laut genug sprach, um mich unfreiwillig mithören zu lassen.

»Wir sind mit der Wohnungsdurchsuchung durch, aber sie lief nicht ganz so routinemäßig wie gedacht. Noch bevor wir drin waren, gab's eine schöne Überraschung. Der Mörder wollte wohl ganz sichergehen und hat zusätzlich versucht, den Steiger gar zu grillen.«

»Wie das?«, fragte Tom.

»Die Einliegerwohnung vom Steiger hat eine schwere Holztür mit dicken, horizontalen Lamellen. Rudi hatte schon fast die Hand am Türgriff, als mir ein Kabel ins Auge fiel. Das war vielleicht 'ne Sauerei. Von der Gartensteckdose hinter so einem Blumenkübel entlang, dann genau im Winkel von Rahmen und Türblatt nach oben gezogen und von dort schließlich quer rüber unter der Lamelle entlang bis zum Griff. Das war schon bei Tageslicht kaum zu sehen, aber abends bei schlechter Beleuchtung hätte der Steiger garantiert zugepackt und den Griff erst wieder loslassen können, wenn die Finger vollständig verkohlt gewesen wären.«

»Scheiße«, fluchte Tom und setzte sich auf, indem er die Füße rechts und links vom Stuhl auf den Boden stellte.

»Ja, das hat Rudi auch gesagt, nachdem er kapiert hat, dass ich ihn davor bewahrt habe, schockgeröstet zu werden.« Günter lachte. »Die Kabel nehmen wir natürlich noch genauestens unter die Lupe. Aber zur eigentlichen Durchsuchung: Es war keine wirklich heiße Spur dabei. Der Typ hatte mehrere Handys rumliegen, die werden alle noch ausgewertet. Er scheint eine Vorliebe für Markenklamotten gehabt zu haben, allerdings auch viele Plagiate. Beim Schmuck genauso. Ich lass noch mal einen Fachmann drüber gucken, aber soweit ich das beurteilen kann, ist da nicht alles Gold, was glänzt. Dann scheint er viel Wert auf sein Äußeres gelegt zu haben, denn das Badezimmer beherbergt mehr Parfümflaschen, Cremes und Pflegelotions, als ich in meinem ganzen Leben besessen habe. Aber dazu befragen wir noch sein Umfeld. Jedenfalls haben wir keine Chemikalien gefunden, die den Zustand seiner Augen erklären könnten.«

»Hm«, brummte Tom.

»Zwei Dinge geben mir im Moment noch zu denken«, fuhr Günter fort. »Im Papierkorb lag eine Quittung von einem Blumengeschäft über eine einzelne rote Rose. Das sieht nach Frauengeschichten aus, die untersucht werden wollen. Der Vermieter und die Eltern wussten nichts von einer Freundin, also scheint sich da gerade erst etwas angebahnt zu haben. Oder schenkst du deiner Freundin einfach so eine Rose? Das macht doch kein normaler Mann.«

Tom antwortete nicht.

»Na ja, und das Zweite ist ein Briefkuvert mit fünfzehnhundert Euro, das auf dem Wohnzimmertisch lag. Auf dem Kuvert stand ein vorgedruckter Firmenabsender vom Gebrauchtwagenhandel Thorsten Zang, das ist hier in Michelstadt. Es sah aber noch sehr neu aus, und es war auch keine Adresse daraufgeschrieben, als ob das Kuvert nie den Postweg beschritten hätte. Daraufhin hab ich mal in Steigers Unterlagen gewühlt und entdeckt, dass er erst vor wenigen Monaten sein Auto bei diesem Zang gekauft hatte, allerdings laut Rechnung bar bezahlt, und das offensichtlich mittels eines Ratenkredits bei seiner Bank. Er kann natürlich das Kuvert einfach so vom Autohändler bekommen und danach schlichtweg zur Geldaufbewahrung benutzt haben, aber irgendwie gefällt mir das Ganze nicht so richtig. Fünfzehnhundert Euro sind viel Geld, auch für eine ausgebildete Restaurantfachkraft. Warum hatte er so viel Bargeld zu Hause? Darüber werde ich morgen noch mal nachdenken.«

»Mhm«, sagte Tom.

»Das wäre erst mal alles.«

»Okay, Günter, danke, dass du mich auf dem Laufenden hältst. Wir sehen uns morgen.« Tom legte sich wieder hin und platzierte das Handy auf dem Tisch. Er schloss die Augen. »Hast du mitgehört?«

»Äh, ja. Bei Günters lautem Organ konnte ich ja gar nicht anders.«

Tom schwieg.

Mir hingegen gingen tausend Fragen durch den Kopf. »Wieso hat Günter heute am Sonntag diese Wohnungsdurchsuchung machen müssen?«, tastete ich mich langsam vorwärts.

Tom öffnete ganz kurz die Augen und sah mich von der Seite an. »Sie waren gestern bei Marios Eltern, die hatten aber keinen Schlüssel zu seiner Wohnung. Dann hat es ewig gedauert, bis sie den Vermieter zu fassen bekamen. Jedenfalls konnten sie erst heute in die Wohnung, sonst hätten sie Samstagnacht noch eine Sonderschicht einlegen müssen, aber das wollte ich meinen Mitarbeitern nicht zumuten.«

»Wieso ›Mario‹? Hast du den Toten etwa gekannt?«

»Ein wenig. Wir waren zusammen in der Grundschule. Aber wir hatten nicht viel miteinander zu tun. Seine Eltern sind nach Bad König gezogen, als er zehn war, er kam erst später, so etwa mit zwanzig, wieder zurück nach Hetzbach.«

»Wenn man seine Freunde befragt, findet man doch sicher heraus, für wen diese Rose bestimmt war?«

»Günter und Rudi werden das herausfinden. Mit der Betonung auf Günter und Rudi.« Tom verzog keine Miene.

Okay, Tom hatte meine Absichten durchschaut, also konnte ich die Karten auch offen auf den Tisch legen. »Falls du es noch nicht mitbekommen hast, ich habe jetzt zwei Wochen Urlaub und hätte durchaus Zeit, dir ein bisschen unter die Arme zu greifen.«

Tom öffnete die Augen nur einen Spalt und schielte mit leicht zusammengezogenen Augenbrauen zu mir herüber. »Du hältst schön die Füße still.« Er schloss die Augen wieder. »Wenn du unbedingt eine Denkaufgabe benötigst, könntest du dir mal überlegen, aus welchen Gründen man sich Verätzungen an den Augen zuziehen kann. Die Möglichkeit, dass das Opfer mit einem Chemiebaukasten gespielt hat, darfst du gerne ausschließen, genauso wie perverse Selbstverstümmelung.«

Ich war sofort Feuer und Flamme. »Hey ...« Ich richtete mich auf. »Hatte Mario Steiger verätzte Augen? Vielleicht könnte ich mal bei seinem Arbeitgeber ...?«

»Nö«, unterbrach mich Tom und bedeutete mir mit ausgestrecktem, von links nach rechts wanderndem Zeigefinger ein Nein. »Nur diese eine Frage. Keine Ermittlungen. Streng mal deine weibliche Intuition an. Dann bist du beschäftigt, ohne meinem Mörder vor die Füße zu stolpern.« Er grinste mit geschlossenen Augen und sah dadurch zum Anbeißen aus.

Ich stand von meinem Stuhl auf, setzte mich rittlings auf Tom und kitzelte ihn gnadenlos durch. »Ich lasse mich nicht einfach abfertigen. Rück mal mit ein paar Informationen mehr raus!«

Tom lachte und krümmte sich, doch dann packte er meine Hände und machte dem Überfall ein Ende. »Nein, du kleine Hexe!« Er lachte immer noch. »So leicht lasse ich mich nicht bequatschen.«

Ich beugte mich vor und küsste ihn zärtlich. »Wie wäre es, wenn ich dich sexuell abhängig mache und dich dann zwinge, mir alles über deinen Fall zu erzählen?«

Tom, der meine Hände immer noch nicht losgelassen hatte, zog mich ganz zu sich heran. »Versuch's doch.«

KAPITEL 3

Tom startete sein Motorrad und fuhr zur Arbeit. Ich sprang aus dem Bett. Ich hätte auch später aufstehen können, aber ich hatte eine wichtige Mission. Von all den Informationen, die ich gestern bei Toms Telefonat mit Günter mitgehört hatte, geisterte mir das Kuvert mit den fünfzehnhundert Euro am meisten im Kopf herum. Wieso hatte Mario Steiger so viel Bargeld zu Hause? Und spielte der Gebrauchtwagenhändler irgendeine Rolle dabei, oder lag das Geld nur zufällig in dessen Firmenkuvert? Allein mit Nachdenken kam ich hier nicht weiter, deshalb beschloss ich, den Gebrauchtwagenhändler genauer unter die Lupe zu nehmen.

Ich konnte schlichtweg eine Kaufinteressentin mimen, ohne dass Tom zu Ohren kommen musste, dass ich in seinem Fall ermittelte. Würde ich in Steigers Freundeskreis Befragungen durchführen, so könnte Tom dies innerhalb kürzester Zeit erfahren. Mal abgesehen davon, dass ich Steigers Freunde nicht kannte. Wobei mich das mit der roten Rose schon brennend interessiert hätte.

Ich frühstückte zügig und ging dann hinaus zu meinem Auto, wo Toms Mutter mit einer Gießkanne in der Hand meinen Weg kreuzte. Sicher nutzte sie die noch etwas kühleren Morgenstunden, um im Garten zu arbeiten.

»Hallo, Susanne!«

»Hallo, Alex! So früh auf an deinem ersten Urlaubstag? Hast du eine Unternehmung mit Hedi und Herbert geplant?«

»Nein, die sind heute zu zweit unterwegs. Ich wollte ... einen Einkaufsbummel machen.«

Susanne zuckte entschuldigend mit den Schultern. »Ach, da würde ich gerne mitkommen, aber ich habe mich schon mit Maren zum Schwimmen verabredet.«

Glück gehabt. Nächstes Mal musste ich mir vorher eine gute Ausrede ausdenken, damit ich ungestört meinen geheimen Operationen nachgehen konnte. »Schade, aber ich wünsche euch viel Spaß beim Schwimmen!«

»Danke, bis später!«

Der Gebrauchtwagenhändler residierte am nördlichen Ende von Michelstadt und hatte eine angeschlossene Kfz-Werkstatt. Ich war schon oft daran vorbeigefahren, ohne sie weiter zu beachten. Mein Auto war zwar neun Jahre alt, aber noch sehr gut in Schuss. Außerdem hatte es auf der Innenverkleidung am Fenster eine Vertiefung, in die genau mein Ellbogen passte. In jedes andere Auto müsste ich mir diese wunderbare Ablage für meinen Arm erst mühsam einarbeiten. Wenn das mal kein Grund war, mein jetziges Auto so lange wie möglich zu behalten.

Ich verlangsamte mein Tempo. Ein großes Firmenschild verkündete mir, dass ich an meinem Zielort angelangt war: Kraftfahrzeuge Thorsten Zang. Ich fuhr auf das Gelände und parkte inmitten vieler anderer Autos. Dann stieg ich aus und sah mich suchend um. Nicht lange, und ein etwa vierzigjähriger Mann mit braunen, an den Schläfen leicht ergrauten Haaren kam aus dem Gebäude. Während er mir entgegenlief, hielt er sich die Hand über die Augen, um nicht von der Sonne geblendet zu werden.

»Guten Morgen! Kann ich Ihnen helfen?« Er ließ seine Hand sinken und stellte sich schräg neben mich.

Ich lächelte. »Guten Morgen! Ja, vielleicht. Ich suche ein neues Auto. Also ein neues Gebrauchtes. Meiner ist ein Diesel, und ich muss beruflich immer nach Heidelberg rein. Wenn jetzt diese Stadtfahrverbote kommen …«

»Verstehe. Ja, das ist wirklich sehr ungünstig für Berufspendler. Aber ich habe eine große Auswahl an Benzinern und sogar ein paar Elektroautos. An was haben Sie denn so gedacht?«

»Ich weiß nicht …« Es war zum Kotzen, aber sich als Frau blöd zu stellen, kauften einem die Männer immer ab. Nur wenn ich mit meinen Fachkenntnissen glänzte, wurde ich von dieser Spezies misstrauisch beäugt oder gleich direkt gefragt, ob ich denn tatsächlich wüsste, wovon ich redete. Mit der Doofi-Nummer kam ich hingegen immer durch.

Herr Zang lächelte verständnisvoll. »Kein Problem. Ich habe von allem etwas. Wie viel wollten Sie denn in etwa ausgeben? Nur so zur Orientierung.«

»Äh, vielleicht so sechstausend Euro?«

»Dafür findet sich garantiert ein gutes Auto. Kommen Sie mal mit.« Er führte mich fünf Autos weiter in Richtung Straße. »Das hier ist zum Beispiel ein VW Passat. Deutsche Wertarbeit.«

Offensichtlich hielt er mich für bekloppt. »Aha.« Ich warf einen Blick auf das Schild, das hinter der Frontscheibe klemmte. Fünftausendachthundert Euro, Baujahr 2006. »Darf ich mich mal reinsetzen?«

»Sicher, Sie können ihn auch anlassen. Läuft super. Hat nur achtzigtausend Kilometer drauf.«

Ich öffnete die Tür und erschrak. Der Fahrersitz war völlig abgewetzt. So hatte noch nicht einmal mein voriges Auto ausgesehen, als ich es auf den Schrottplatz gefahren hatte. Ich setzte mich hinein und strich über das Lenkrad. »Hm.«

»Ich kann Ihnen noch ein anderes zeigen.« Ich stieg wieder aus dem Auto aus und lief mit Zang ans hintere Ende des Geländes bis kurz vor das Gebäude. Hier zeigte er auf einen Kadett. »Das ist ein Opel, ebenfalls ein deutsches Fabrikat. Der kostet nur viertausendneunhundert.«

Ich schaute auf das Schild hinter der Windschutzscheibe. Baujahr 2005, dreiunddreißigtausend Kilometer. Ich öffnete die Tür. Hier sah der Fahrersitz ziemlich neu aus. Fast besser als der Beifahrersitz. Der Sicherheitsgurt hingegen war an den Rändern ausgefranst. Ich setzte mich hinein.

»Ganz schön wenig Kilometer.«

»Ja, der Vorbesitzer war ein älterer Herr, der wenig gefahren ist.«

Von den Beschriftungen an den Schalthebeln war teilweise die Farbe abgeplatzt. Seltsam. Ich stieg wieder aus und öffnete der Show halber den Kofferraumdeckel.

Zang wies auf das Innere des Kofferraums. »Mit dem können Sie locker in Urlaub fahren. Der Kadett ist bekannt für sein großzügiges Platzangebot.«

»Ja, der wäre nicht schlecht.«

Zang zeigte mir noch vier weitere Autos, während ich überlegte, ob ich ihm irgendwie eines seiner Firmenkuverts abschwatzen könnte.

»Okay, ich hab jetzt schon mal eine Vorstellung davon, was alles möglich ist. Der Kadett hat mir am besten gefallen. Können Sie mir von dem vielleicht die Daten ausdrucken, damit ich mir das zu Hause noch mal in Ruhe ansehen kann?«

»Selbstverständlich, bitte kommen Sie mit ins Büro.«

Er führte mich in das Gebäude, bot mir einen Platz an und

setzte sich hinter den Schreibtisch. Dann druckte er über seinen Computer ein Blatt Papier aus. »Bitte sehr.« Er schob es zu mir hinüber. »Hier unten steht meine Nummer.«

»Ach, könnten Sie vielleicht so nett sein, es mir in ein Kuvert zu stecken, ich hab's immer gern ordentlich.«

Zang verzog keine Miene. »Sicher.« Er holte einen Umschlag aus der Schublade, faltete das Blatt und steckte es hinein. »Voilà.« Er lächelte.

»Vielen Dank.« Ich stand auf. »Ich lasse mir das durch den Kopf gehen.« Wir schüttelten uns die Hände.

Ich lief durch das Meer von Autos zu meinem eigenen zurück. Auf der Straße knatterte ein Motorrad heran. Es hörte sich an wie Toms Motorrad.

Scheiße noch mal, das war Toms Motorrad! Ich konnte gerade noch so hinter einem Auto auf Tauchstation gehen, bevor Tom auf das Gelände einbog. Mist!

Tom fuhr bis vor das Gebäude und stellte dort sein Motorrad ab. Warum musste er ausgerechnet jetzt diesen Zang unter die Lupe nehmen?

Ich lugte sehr vorsichtig um die Ecke und sah Tom gerade noch in das Gebäude verschwinden. Im Schutz der vielen Autos schlich ich gebückt bis zu meinem und verharrte dort in der Hocke. Das war einer Ermittlerin unwürdig, aber natürlich durfte mich Tom nicht hier bei dem Händler entdecken.

Hoffentlich dauerte seine Befragung nicht so lange. In dieser unbequemen Stellung würde ich es nicht mehr ewig aushalten. Aber wenn ich wegfuhr und Tom aus dem Fenster schaute, würde er mich entdecken, das war mir zu riskant. Also behielt ich in meine Position bei.

Endlich hörte ich die Tür des Gebäudes zufallen, und das Motorrad wurde gestartet. Während Tom über das Gelände fuhr, krabbelte ich auf allen vieren in einem Halbkreis um mein Auto herum, damit es sich durchgängig zwischen Tom und mir befand und mich somit vor Toms Blicken schützte. Schließlich verklang das Motorengeräusch auf der Straße.

Ich richtete mich auf und rieb mir den schmerzenden Rücken. Immerhin hatte ich Tom ein Schnippchen geschlagen, ha! Das mit den Gebrauchtwagen musste ich noch mal sorgfältig überdenken. Mir kam da einiges spanisch vor.

Da gleich um die Ecke ein Supermarkt lag, kaufte ich noch schnell ein paar Kleinigkeiten ein und machte mich wieder auf den Heimweg. Zu Hause wollte ich mir das Briefkuvert genauer ansehen und im Internet nach Gebrauchtwagen suchen. Vielleicht kam mir dabei ein zündender Gedanke.

Ich war schon fast aus Erbach heraus, als ich von einem Polizeiauto überholt wurde. Sobald es sich vor mich gesetzt hatte, erschien eine rote Leuchtschrift im Heckfenster: »Polizei! Bitte folgen!«

Huch! Hatte ich etwas falsch gemacht? Ich blickte auf den Tacho. Nein, zu schnell war ich jedenfalls nicht. Ich schaute noch einmal genauer hin. WI-HP 2501. Aber der Fahrer ... der Typ am Steuer sah aus wie Tom. Na, der hatte vielleicht einen Humor. Und was für ein Zufall, dass er mich hier im Verkehr entdeckt hatte!

Wir fuhren bis nach Lauerbach. Tom lotste mich auf einen länglichen Parkplatz, der parallel zur B45 lag. Dort hielt er an und stieg aus.

Ich ließ das Fenster herunter und lächelte ihn an. »Hey, Tom!«

Tom verzog keine Miene und baute sich neben mir auf. »Deinen Fahrzeugschein bitte.«

»Sehr lustig. Ich war eben ...«

»Deinen Fahrzeugschein bitte. Ich frage nicht noch mal.«

Ich schaute ihn verständnislos an. Wollte er mich tatsächlich kontrollieren? Aber Toms Gesicht blieb erschreckend ernst, sodass ich rasch den Fahrzeugschein heraussuchte. »Verdammt, Tom, was soll der Blödsinn? Hier hast du den Schein.« Ich drückte ihn wütend in Toms auffordernd ausgestreckte Hand.

Tom klappte den Schein auf und schaute sich nur den mittleren Teil der Vorderseite kurz an. »Dein Auto ist von 2009. Das hält noch eine Weile. Wozu also warst du eben beim Gebrauchtwagenhändler?«

Ich stöhnte innerlich auf. »Sag doch gleich, dass du mir hinterherspioniert hast.«

»Hab ich nicht. Ich führe polizeiliche Ermittlungen durch. Und du behinderst diese Ermittlungen.«

»Quatsch. Für den Zang war ich eine ganz normale Kundin.«

Tom stemmte die linke Hand an die Hüfte. »Aber wenn er gesehen hätte, wie du wie Rumpelstilzchen zwischen seinen abgestellten Autos herumkriechst, hätte er sich vielleicht doch gefragt, vor wem und warum du dich versteckst.«

Oh. Ich hatte wirklich gedacht, dass ich mich weit genug heruntergebeugt hätte, als ich mich zwischen den Autos hindurchpirschte.

Ich schaute Tom von unten her an. »Ich wollte mich ja nicht vor Zang verstecken, sondern vor dir. Wenn du nicht so ungünstig aufgetaucht wärst ...«

Tom stützte sich auf das offene Fenster. »Ich mache meinen Job, aber du hast dort nichts zu suchen. Wenn du weiter meine Geduld strapazierst, lasse ich dein Auto beschlagnahmen. Haben wir uns verstanden?« Er sah mich eindringlich an.

Ich antwortete nicht, sondern schaute nur stur geradeaus. Mit seinem Einschüchterungsversuch würde Tom auf Granit beißen.

Er warf mir den Fahrzeugschein auf den Schoß. »Wir sehen uns heute Abend.«

Sicher konnte Tom nicht einfach so mein Auto beschlagnahmen.

Er lief zu seinem Wagen und stieg ein.

Oder doch?

Tom startete seinen Motor.

Diese blöde Macho-Nummer ging mir voll auf den Senkel!

Der Motor sprang aber gar nicht richtig an. Tom machte einen neuen Versuch, doch das Auto stotterte nur ein paar Mal, dann verstummte es.

Hm. Da hatte der feine Herr wohl ein Problem.

Tom versuchte es noch einige Male, aber die Karre gab kaum noch einen Mucks von sich. Tja, da war Tom wohl auf Hilfe angewiesen. Ich setzte mich bequemer zurecht und betrachtete die Szenerie voller Schadenfreude.

Ein paar Sekunden geschah gar nichts. Dann stieg Tom aus und lief zu mir. Es war ihm anzusehen, dass ihm dieser Gang sehr schwer fiel. Neben meinem immer noch geöffneten Fenster blieb er stehen. »Mein Wagen springt nicht an.«

Ein bisschen mehr hätte er schon betteln können. »Du hast offensichtlich noch dringender als ich ein neues Auto nötig.« Ich lächelte ihn zuckersüß an, während ich die Fensterscheibe wieder hochfahren ließ. »Wir sehen uns heute Abend.«

Das Fenster schloss sich langsam vor Toms verdutztem Gesicht. Ich konnte meine diebische Freude kaum verhehlen. Ich startete das Auto und begann, es in dem schlauchförmigen Parkplatz zu wenden. Hinter mir hörte ich Tom fluchen. Bestimmt missfiel ihm die Aussicht, bei ständig steigenden Temperaturen auf diesem staubigen Parkplatz auf Hilfe warten zu müssen.

Nachdem ich zweimal vor und zurück gefahren war, zeigte

mein Auto wieder in Richtung Ausfahrt, und ich blickte Tom in die Augen. Er hob beide Arme seitlich an und sah derart hilflos und ungläubig aus, dass ich fast schon wieder Mitleid bekam.

Natürlich konnte ich ihn nicht einfach stehen lassen, aber so leicht wollte ich es ihm nicht machen. Ich fuhr bis zu ihm heran und ließ das Fenster wieder herab. »Starthilfe gegen Informationen.«

»Was?«

»Starthilfe gegen Informationen.«

»Das ist Erpressung.«

»Gut erkannt. Und wir werden genau aushandeln, welche Infos ich von dir bekomme, nicht, dass du mich übers Ohr haust. Ich möchte wissen, was bei den Befragungen von Steigers Umfeld herauskommt. Dann muss ich die Leute nicht selber aufsuchen, was dir doch sicher auch nicht recht wäre. Du hast also auch etwas davon. Abgesehen von der Starthilfe.« Ich lächelte ihn gewinnend an.

Tom schnaufte und schaute in die Ferne. Dann sah er wieder auf mich. »Verdammtes Biest.«

»Wir sind uns also einig.« Ich legte grinsend den Rückwärtsgang ein und fuhr mein Auto neben seines.

Nachdem wir Toms Auto flott gemacht hatten, wollte er ein Stück über die Landstraße fahren, um die Batterie wieder aufzuladen, während ich weiter nach Beerfelden fuhr. Mir war eingefallen, dass ich schon mal auf gut Glück bei Sonja Kirchner vorfühlen könnte, ob sie irgendetwas über Mario Steiger wusste. Die Kassiererin des Supermarkts von Toms Bruder Lars kam mit sehr vielen Leuten in Kontakt, und seit ich ihrer Meinung nach ihren Ex-Freund Gerhard Kauer vom Mordverdacht im Fall seines Vaters befreit hatte, hatte ich bei ihr einen Stein im Brett. Ich würde mir einfach ein paar Süßigkeiten gönnen.

Ich wartete an einem Regal in der Nähe der Kasse, bis kein weiterer zahlungswilliger Kunde mehr in Sicht war, und lief dann zu Sonja. Sie hatte ihre Haare heute zu einem einzelnen seitlichen Zopf geflochten.

»Hi, Alex!«

»Hallo, Sonja, wie geht's?«

»Gut so weit. Und dir?«

»Prima.« Ich legte die Schokolade auf das Band. »Sag mal, hast du eigentlich diesen Steiger gekannt, der die Tage an der Burg Breuberg abgestürzt ist? Tom meinte, das wäre ursprünglich ein Beerfeldener gewesen.«

»Ja, das heißt, gekannt hab ich ihn nicht, aber meine Freundin Tessa kennt ihn. Äh, kannte ihn. Er hat doch auch in Reichelsheim bei Chez Madame gearbeitet, genau wie Tessa. Sie hat ganz schön geheult deswegen. Sie war mal in ihn verknallt, aber er hat nicht angebissen. Wieso fragst du?« Sonja zog die Schokolade über den Scanner.

»Ach, es hat mich nur interessiert, was für ein Typ das war.«

»Hat Tom damit zu tun? In der Zeitung stand nur, dass er wohl die Kontrolle über sein Auto verloren hat. Tessa wusste auch nicht mehr.«

»Ich frage nur aus Neugier. Es interessiert mich, welche Schicksale hinter solchen Unfällen stecken.« Ich nahm die Schokolade in die Hand.

»Ach so, na ja, ich kann ja Tessa fragen, aber wie ich sie kenne, schwärmt sie wahrscheinlich nur rum, wie toll er ausgesehen hat und so. Tessa fährt voll auf Äußerlichkeiten ab.« Sonja tippte auf der Kasse herum.

»Also wenn er soooo toll ausgesehen hat, kannst du dir vielleicht ein Foto von ihm geben lassen?« Ich kicherte. »Die Attraktivität von Männern überprüfe ich gerne persönlich.«

»Nix im Vergleich zu Tom, darauf wett ich.« Sonja grinste.

»Und wie geht's deinem Freund?« Ich blickte auf das Kassendisplay und kramte in meiner Börse nach Münzen.

»Sehr gut. Jetzt im Hochsommer werden anscheinend weniger Autos repariert, sodass Kevin seine Überstunden abfeiern kann.«

»Arbeitet er in einer Autowerkstatt?«

»Ja, beim Wolf hier in Beerfelden.«

»Oh, das wusste ich gar nicht. Ich hatte nur gehört, dass er aus Michelstadt kommt.«

Sonja warf meine Münzen in die Kassenschublade. »Ja, aber arbeiten tut er hier. So haben wir uns kennengelernt. Er hat in seiner Mittagspause bei uns eingekauft. Hinterher hat er mir gestanden, dass er vom ersten Tag an mit mir ausgehen wollte, aber sich nicht getraut hat zu fragen.«

»Ach, und wann hat er dich dann gefragt?«

»Gar nicht. Nachdem er drei Wochen lang nicht in die Strümpfe kam, aber jeden Tag hier aufschlug, um die immer gleichen Gummibärchen zu kaufen, zählte ich eins und eins zusammen und hab ihn nach einem Date gefragt.« Sonja grinste. »Später musste ich ihm wochenlang beim Gummibärchenessen helfen.«

Ich lachte.

Sonja seufzte. »Manche Typen brauchen einen kräftigen Tritt in den ...«

Ein Kunde stellte sich hinter mir an.

»Du weißt schon.«

Ich nickte schmunzelnd. »Bis demnächst.«

»Ja, tschüss!«

Schade, dass Sonja nicht mehr über diesen Steiger wusste, aber immerhin gab es über sie eine Verbindung zu seiner Arbeitskollegin Tessa. Möglicherweise würde ich darauf noch einmal zurückkommen.

Gegen vier fuhr ich zur Polizeidirektion, um mich dort mit Tom zu treffen. Er hatte ein gemeinsames Schwimmen am Marbach-Stausee mit seinen Mitarbeitern organisiert, sozusagen als Teambildungsmaßnahme, und die jeweiligen Partner waren auch eingeladen. Ich sah der Freizeitaktivität mit gemischten Gefühlen entgegen, weil einer von Toms Mitarbeitern den Schmuck der ermordeten Unternehmersgattin gestohlen und Tom damit in Bedrängnis gebracht hatte. Andererseits konnte ich vielleicht seine Ermittler heute unter diesem Aspekt genauer unter die Lupe nehmen.

Die Polizistin am Empfang war mir neu. Sie hielt mich an und fragte, zu wem ich wollte. »Tom Brugger.«

»Haben Sie irgendwelche Waffen dabei?«

»Nein. Benötigen Sie welche?«

Im Raum hinter dem Empfang sah ich jetzt eine Bewegung, und ein bekanntes Gesicht trat zu uns heran: Herr Bachmann, einer von den Streifenpolizisten. »Das ist Toms Verlobte, die kannst du durchlassen. Hallo, Frau König.«

»Toms Freundin«, korrigierte ich ihn. »Hallo, Herr Bachmann. Wieso werde ich nach Waffen gefragt, das ist mir ja noch nie passiert!«

»Das müssen wir bei Besuchern immer abklären, denn es ist nicht erlaubt, die Polizeidirektion mit gefährlichen Gegenständen zu betreten. Wir haben hier ja nicht nur nette, harmlose Gäste.«

»Ach so. Alles klar. Vielen Dank.« Ich nickte beiden zu und lief hoch in den zweiten Stock. Als ich aus dem Treppenhaus trat, sah ich mitten im Flur Steffi stehen und sich mit einem Mann unterhalten, den ich nicht kannte.

»Hi, Steffi!«

Steffi lächelte und nickte. Der Mann redete gerade auf sie ein. Ich blieb bei den beiden stehen.

»... Elektrolyte einfahren ohne Ende. Dann hätte ich beim letzten Marathon auch keine Krämpfe bekommen. Und Salztabletten. Hab ich auch immer dabei.«

»Das geht ja noch«, antwortete Steffi. »Aber dass mittlerweile auch im Freizeitbereich so viel gedopt wird, finde ich schlimm.« Sie schüttelte den Kopf.

»Echt?« Ich hatte erstaunt zugehört. »Das wusste ich gar nicht.«

Der Mann musterte mich in der Zwischenzeit von oben bis unten. »Schmerzmittel sind noch das Harmloseste. Die Veranstalter können sich diese Testsets nur in Maßen leisten. Sie sind horrend teuer, das ist unter uns Sportlern bekannt. Also ist die Wahrscheinlichkeit, erwischt zu werden, sehr gering.«

»Trotzdem würde ich als Teilnehmer nicht von unehrlichen Konkurrenten beschissen werden wollen«, wandte jetzt Steffi ein.

»Hab ich zum Glück nicht nötig«, behauptete der Mann. »Ich liege sowieso immer ganz weit vorne.« Er schaute mich an. »Obwohl ich immer völlig alleine zu den Wettbewerben fahren muss. Wäre schon hilfreich, wenn mich jemand begleiten und mir die Stange halten würde.« Er grinste mich schleimig an und missachtete Steffis hochgezogene Augenbrauen. »Es würde mir durchaus helfen, wenn ich die vielen Energieriegel und Gels nicht beim Laufen mit mir rumschleppen müsste.« Er sah mich auffordernd an.

Ich lächelte ihn an. »Tja, dann müssen Sie ja nur noch einen

Dummen finden, der sich an den Rand stellt und Ihnen die Häppchen reicht.« Ich nickte Steffi zu. »Wir sehen uns gleich.«

Als ich zu Toms Büro lief, hörte ich noch, wie sich Steffi und der Mann im Flur verabschiedeten.

Tom sah mich bei meinem Eintreten erstaunt an. »Oh, ist es schon so weit? Ich habe die Zeit nicht mehr im Auge gehabt.« Er stand auf und gab mir einen Kuss. »So früh mache ich ja sonst nie Schluss, aber ich dachte, das kann ich meinen Leuten heute mal gönnen. Bei der Affenhitze kann man sich sowieso kaum auf die Arbeit konzentrieren.«

»Auf meinem Autothermometer waren es einunddreißig Grad.«

»Das kommt mir noch untertrieben vor.« Tom räumte seine Unterlagen in die Schreibtischschublade. »Okay, lass uns Rudi einsammeln.«

Auf diesen Rudi war ich sehr gespannt. Steffi und Günter kannte ich ja schon. Von seinem neuen Mitarbeiter hatte Tom sehr positiv berichtet, sodass es mich interessierte, für wen Tom so schwärmte. Er war wohl Mitte vierzig und ein super Sportler. Damit konnte man Tom beeindrucken. Ich meine, er hatte mal was von Triathlon erzählt. Was mir noch mehr Angst machte, wenn ich an das bevorstehende Schwimmen dachte, denn ich fürchtete, dass ich neben all den durchtrainierten Polizisten im Wasser wie der letzte Loser aussehen könnte. Hoffentlich waren Günters Freundin und Steffis Freund total unsportlich. Rudi würde alleine mitkommen, denn laut Tom war er geschieden und noch immer Single.

Tom führte mich ein Stück den Flur entlang, klopfte nur kurz an ein Büro und öffnete mir dann die Tür, um mich zuerst eintreten zu lassen. Mein Blick fiel auf einen Bildschirm, auf dem für den Bruchteil einer Sekunde ein Patiencespiel zu sehen war, was dann aber offensichtlich weggeklickt wurde. Erwischt, würde ich mal behaupten. Und der Typ, den ich erwischt hatte, war der aufgeblasene Schleimer, der eben im Flur mit Steffi geredet hatte. Sollte das wirklich Rudi Gambach sein? Mein erster Eindruck von ihm passte so gar nicht zu Toms Beschreibung.

Gambach sprang auf und sah mich wieder von oben bis unten an. »Geht's schon los?«

Tom wies mit der Hand auf ihn. »Das ist Rudi Gambach, meine Freundin Alex König.«

Wir schüttelten uns die Hände. Ganz schön fester Händedruck. Als ob er sich wichtigmachen wollte.

»Wir hatten schon das Vergnügen«, sagte ich und bemühte mich um ein Lächeln.

Tom zog die Augenbrauen hoch.

»Wir haben uns eben im Flur getroffen«, klärte ich ihn auf.

»Ach so.«

Anschließend holten wir Günter und Steffi aus ihren Büros ab. Steffis Freund Henri war auch schon da, ein sympathischer blonder Hüne, der neben der zierlichen Steffi wie ihr Beschützer aussah. Dabei traute ich Steffi zu, dass sie ihren Freund sogar besser verteidigen konnte als umgekehrt.

Wir fuhren in meinem und Günters Auto zum Stausee, wo Günters Freundin Anna zu uns stieß. Sie war eine hübsche Brünette und schien in der Beziehung der ruhende Gegenpol zum meist etwas aufgedrehten Günter zu sein.

Wir breiteten unsere Strandtücher aus und schmierten uns mit Sonnencreme ein. Während wir Frauen es uns am Strand gemütlich machten, zog es die Männer gleich ins Wasser.

»Ich glaube, wenn man später mal Kinder hat, ist es auch nicht viel anders«, sagte Anna und deutete mit dem Kopf in Richtung See, wo Günter und Henri sich gerade gegenseitig voll Wasser spritzten. »Man lässt sie herumtollen und wirft ab und zu ein Auge auf sie.«

Steffi kicherte.

»Ich glaube, dass Kinder doch anstrengender sind«, wandte ich ein. »Männer kann man zum Beispiel Müll raustragen schicken, Kinder wohl eher nicht.«

»Kinder muss man pädagogisch wertvoll bespaßen, Männer kann man einfach vor dem Fernseher parken«, führte jetzt Steffi ins Feld.

Wir fanden noch einige gute Gründe, weshalb Kinder anstrengender sein müssten als Männer, bis Günter aus dem Wasser stieg und nach etwas zu essen fragte.

»Ich hab noch einen«, rief Steffi plötzlich aus. »Kinder muss man füttern, bei Männern reicht es, Pfeile auf den Boden zu malen, die auf den Kühlschrank zu führen.« Wir lachten lauthals, Günter hingegen schaute verständnislos.

»Was?«

Anna kramte ihm einen O-Saft aus der Tasche und hielt ihn Günter hin. »Nicht so wichtig, Günni. Magst du ein Schinkenbrötchen oder lieber eins mit Käse?«

Günter schaute in ihre Tasche. »Hey, du hast mir diese leckeren Quarkbällchen gebacken, du bist ein Schatz!«

»Ich wollte mich für den Blumenstrauß revanchieren, den du mir letzte Woche mitgebracht hast.«

Sieh an, gestern beim Telefonat mit Tom hatte Günter doch noch behauptet, kein normaler Mann würde seiner Freundin einfach so Blumen mitbringen.

»Kleine Abkühlung gefällig?« Tom stand plötzlich neben mir und schüttelte heftig den Kopf, sodass das Wasser aus seinen Haaren über mich spritzte.

»Iiihhh, hör auf, das ist kalt!« Ich hob abwehrend die Hände und drehte mich weg.

Tom lachte und warf sich auf das Strandtuch neben mir. »Was gibt's zu essen?«

Ich richtete mich auf und schob unsere Tasche zu ihm hin. »Guck mal in die Plastikdose mit dem blauen Deckel. Ich hab dir einen Hamburger gemacht, aber mit Vollkornbrötchen, nicht diese labbrigen Dinger, die du so gerne isst.«

Tom schaute misstrauisch auf das Brötchen.

»Das ist viel gesünder. Probiere mal!«, forderte ich ihn auf.

Tom biss hinein und kaute langsam.

»Und?«

»Man kann's essen.«

Ich zog die Augenbrauen hoch und verdrehte die Augen. »Du weißt eben nicht, was gut ist.«

Rudi und Henri kamen nun ebenfalls aus dem Wasser, legten sich auf ihre Strandtücher und suchten nach Essbarem. Irgendwie hatte ich den Eindruck, dass das Picknick bei den Pärchen ausnahmslos von den Frauen vorbereitet worden war. Das war mal wieder typisch! Die Männer schlugen sich die Bäuche voll, die Frauen fühlten sich für die Vorbereitung verantwortlich.

Nicht, dass Tom das zur Gewohnheit wurde. »Ich wollte übrigens nur zu deiner Info betonen, dass ich diesmal unser Essen vorbereitet habe, weil ich im Gegensatz zu dir Urlaub habe. Das nächste Mal bist du dran.«

»Hm«, brummte Tom. »Dann bereite dich schon mal seelisch darauf vor, dass ich keine Vollkornbrötchen im Programm haben werde. Was gibt's denn zu trinken?« Tom wühlte in meiner Tasche.

»Henri hat übrigens diese Woche tausend Euro bei der Aktion Mensch gewonnen«, verkündete Steffi.

»Was?« Rudi sah ihn hasserfüllt an.

Hilfe, was war denn mit dem los? Sein Blick machte mir richtig Angst.

»Was hast du damit gemacht?«, fragte Anna Henri.

»Das fließt in meine Spardose für mein nächstes Schlagzeug.« Henri biss von seinem Brötchen ab.

»Henri ist leidenschaftlicher Drummer«, erklärte Steffi. »Er hat einen Proberaum im Haus seiner Eltern, und die Nachbarn sind Kummer gewohnt. Er ist ein heavy hitter, das heißt, er semmelt drauf, was er kann.« Sie grinste. »Wir haben schon manchmal darüber gesprochen, unsere Wohnungen zusammenzulegen, aber ich weiß nicht, ob ich mir das antun soll. Solange er nur seinen Eltern die Bude zusammentrommelt, kann es mir egal sein.«

Während sie redete, beobachtete ich Rudi Gambach. Er schaufelte hektisch Essen in sich hinein und sah immer noch aufgebracht aus. Was konnte denn an der Aktion Mensch falsch sein? Oder gönnte er Henri den Gewinn nicht?

»Die muskulösen Oberarme hat Henri nicht nur aus dem Fitnessstudio, sondern auch vom Drumming.« Steffi schaute jetzt schwärmerisch auf ihren Freund.

Stimmt, Henris Armmuskeln waren nicht von schlechten Eltern. Ich betrachtete unwillkürlich Toms Arme, der meinen Blick auffing.

Henri stand jetzt auf und schluckte seinen letzten Bissen herunter. »Mit Liegestützen lasse ich euch alle alt aussehen!«, verkündete er selbstsicher. Er warf sich am Strand in den Sand und fing an, Liegestütze zu machen. Rudi stellte sich neben ihn, zählte die Anzahl und feuerte ihn an. Tom sprang auf, legte sich neben Steffis Freund und machte mit.

»Henri zieht ihn ab, wetten?« Steffi grinste.

»Ich verstehe nicht, warum Männer immer so wetteifern müssen.« Ich setzte mir meine Sonnenbrille auf und stützte mich auf dem Rücken liegend auf meine Ellbogen. »Kann man nicht einfach mal in Ruhe am Wasser liegen und sich entspannen?«

Ich beobachtete die Männer fortwährend. Rudi feuerte die Wetteifernden immer noch an, auch Günter hatte sich jetzt danebengestellt. Ganz offensichtlich stieg ihre Anspannung. Da ich selber meine Freizeit mit sinnvolleren Tätigkeiten als Liegestützen zu verbringen pflegte, konnte ich nicht beurteilen, ob siebenundachtzig bereits rekordverdächtig waren. Aber ich erkannte, dass sowohl Tom als auch Henri langsam an ihre Grenzen kamen. Ihre Adern traten an den Oberarmen hervor, und ihre Gesichter waren rot vor Anstrengung.

Tom stand bei hundertzwanzig plötzlich auf. »Ich gebe auf.«

Günter klatschte ihn ab. »Starke Leistung.«

Henri stand nun ebenfalls auf und grinste triumphierend. Er und Tom klopften sich gegenseitig auf den Rücken. Günter stieß Rudi an. »Wollen wir?«

»Klar«, antwortete Rudi. »Mein Rekord liegt bei dreihundertachtzehn.«

Der Typ schien ja wirklich ein Wahnsinns-Sportler zu sein.

Steffis Freund zählte mit. Die beiden ächzten und stöhnten, Tom feuerte sie an.

Bei hundertfünf hätte ich hundert Euro darauf gesetzt, dass Rudi nicht über die Hundertfünfzig kam. Er hatte einen hochroten Kopf und schnaufte wie eine Dampfmaschine. Nie und nimmer schaffte er über dreihundert Liegestütze!

Ich griff nach meiner Wasserflasche. »Ich habe einen heißen Tipp für euch, wer das Rennen macht.«

Tom beugte sich gerade zu Günter hinunter und legte ihm die Hand auf den Rücken. Wollte er es ihm etwa noch schwerer machen?

Ich sah die beiden anderen Frauen über den Rand meiner Sonnenbrille an. »Auf wen setzt ihr?«

Plötzlich rief Tom: »Zieh an, du Sau!«

Mein Kopf fuhr herum, und ich schaute entsetzt auf ihn. Da hatte ich mich doch hoffentlich verhört? Günter bekam einen Lachanfall und dadurch sichtbar schlabberige Arme. Auch Rudi fing an zu lachen und ließ sich in den Sand fallen.

»Das war nicht Tom eben, oder?« Ich schaute in Steffis grinsendes Gesicht.

Die Männer alberten weiter herum. »So sind sie.« Steffi lachte.

Ich stand auf. »Lasst uns ins Wasser gehen, bevor uns jemand mit diesen kindischen Kerlen in Verbindung bringt.«

Wir liefen in den See. Die Abkühlung tat jetzt richtig gut. Steffi konnte kraulen wie ein Profi, Anna und ich paddelten gemächlich hinterher.

Als wir zurückkamen, hatte Tom einen großen Teil meines mitgebrachten Essens bereits vertilgt. Ich machte mich über die Reste her. Während wir Frauen aßen, unterhielten sich die Männer, wobei Rudi für meinen Geschmack eine ziemlich große Klappe hatte. Er verkündete schließlich, für den nächsten Triathlon trainieren zu müssen, und lief in Richtung Wasser. Tom und Günter folgten ihm.

»Ganz schön selbstbewusst, dieser Rudi.« Ich schaute den Männern nach. »Ich glaube nicht, dass er über dreihundert Liegestütze geschafft hätte. Dabei muss man als Triathlet doch eigentlich voll fit sein.«

»Na ja, beim Triathlon werden durchaus andere Muskelgruppen trainiert als bei Liegestützen.« Steffi legte sich hin und schloss die Augen. Die Männer hatten jetzt das Wasser erreicht. »Ein Freund von mir ist auch Triathlet«, fuhr Steffi mit geschlossenen Augen fort. »Er stöhnt immer über den Streifenlook an den

Beinen. Beim Schwimmen, Radfahren und Laufen hat er nämlich drei verschieden lange Hosen an, und dadurch sind die Beine oben ziemlich weiß, in der Mitte ein bisschen braun und die Unterschenkel sehr braun.«

Ich schaute auf Rudi Gambach und konnte gerade noch einen Blick auf seine eintönig weißen Beine werfen, bevor er sich mit einem Hechtsprung ins Wasser stürzte.

KAPITEL 4

»Ich muss dringend was essen.« Ich stellte die Tasche mit unseren Badeutensilien im Windfang ab. »Schwimmen macht mich immer hungrig. Aber der Großteil meines Picknicks wurde ja von einem Vielfraß vertilgt.«

»So viel war das doch gar nicht.« Tom setzte den Helm ab und präsentierte ein unschuldiges Gesicht.

Ich lief in die Küche und schaute in den Kühlschrank. Hm, mit Resten, die ich nur in der Mikrowelle hätte aufwärmen müssen, sah es mau aus. Vielleicht erst mal einen Joghurt?

Plötzlich griff ein langer Arm an mir vorbei und nahm sich eine Dolde Trauben.

Sollte ich mir einfach schnell ein Käsebrot machen und ein paar Radieschen dazu essen? Und als Nachtisch auch ein paar Trauben, falls Tom mir welche übrig ließ. Ich sah zu ihm hinüber. Er hatte das Obst kurz unter den Wasserhahn des Spülbeckens gehalten und drehte sich gerade zu mir um. Von seinen Händen und den Trauben tropfte Wasser.

»Pass auf, du tropfst den ganzen Küchenboden voll!«

Tom schaute auf den Boden vor sich und ließ die Wassertropfen ungehindert weiter fallen. »Macht doch nichts, deswegen ist der Küchenboden ja gefliest.« Er steckte sich einige Trauben in den Mund.

»Das macht sehr wohl was, ich hab nämlich keine Lust, in der Wasserlache auszurutschen.«

»Lauf doch einfach nicht durch!« Tom grinste.

»Und wer muss es wieder wegwischen: ich!« Ich schloss die Kühlschranktür. Bevor ich mich auf die Essensauswahl konzentrieren konnte, musste ich erst einen Berserker erziehen.

»Lass es einfach.« Tom stopfte sich mehrere Trauben auf einmal in den Mund. »Ich hab 'ne Idee«, murmelte er undeutlich. »Wie wäre es, wenn ich dich zum Essen einlade? Erstens ist das Wasser auf dem Boden verdunstet, bis wir zurückkommen, dann musst du dich nicht mehr drüber aufregen.«

Ich streckte Tom blitzschnell die Zunge heraus.

Er schluckte seine Trauben hinunter. »Und zweitens könnte ich damit das Angenehme mit dem Nützlichen verbinden, das wird dir gefallen.«

»Wieso?«

»Ich denke, es wäre eine gute Idee, wenn ich mir das Arbeitsumfeld von Mario Steiger unauffällig ansehen könnte, bevor ich dort dienstlich aufschlage. Mich dürfte dort niemand kennen, und wenn ich als normaler Gast das Restaurant besuche, bekomme ich möglicherweise etwas zu sehen oder zu hören, was man vor einem Polizisten verheimlichen würde.«

»Hey, das wäre voll spannend! Ich kann dir dabei helfen! Vielleicht beobachte ich etwas, was dir entgeht.«

»Glaub ich kaum.« Tom lächelte überheblich und warf unter meinen entsetzten Augen den abgeernteten Traubenkamm einfach ins Spülbecken. »Apropos Hilfe: Wie weit bist du eigentlich mit der Ursachenforschung zum Thema verätzte Augen?« Er kam auf mich zu.

»Oh, ich muss gestehen, damit bin ich noch nicht weitergekommen.«

Tom legte den Arm um mich und zog mich zu sich heran. Bestimmt wollte er mich trösten, weil er mir so eine schwierige Aufgabe zumutete. Ich schmiegte mich an ihn. Er legte seine Wange an meine und flüsterte mir ins Ohr: »Streng dich gefälligst an.«

Wir betraten das Restaurant Chez Madame. Tom sah sich kurz um und führte mich dann an einen freien Tisch. Er setzte sich mit dem Rücken zur Wand. Wahrscheinlich wollte er den ganzen Raum im Blick behalten.

Ich griff nach der Karte. »Ich hab einen riesigen Hunger. Hoffentlich gibt's hier nicht nur leichte Sommerspeisen.«

Tom las in meiner Karte die für ihn auf dem Kopf stehende Schrift mit und hatte sich schnell entschieden. »Ich nehme einen Salatteller.«

Aha, er war also doch noch recht satt von dem, was er am See gegessen hatte. Von wegen »so viel war das doch gar nicht«!

»Ich glaube, ich nehme ...«

Tom sah knapp an mir vorbei, und auf seinem Gesicht erschien auf einmal ein strahlendes Lächeln. »Das gibt's doch nicht! Was machst du denn hier?« Tom sprang auf und lief mit ausgebreiteten Armen an mir vorbei.

Ich drehte mich zur Seite und erblickte direkt neben meiner Nase einen prallen Busen, der zwischen der Besitzerin desselben und Toms Brust stark nach außen gequetscht wurde. Die Umarmung dauerte mindestens zehn Sekunden. Was sollte ich denn davon halten?

Tom lachte immer noch. Er trat jetzt einen Schritt zurück. »Gut siehst du aus. Wie geht es dir?«

»Du aber auch, Tom.« Die Besitzerin des üppigen Vorbaus entpuppte sich als eine Blondine etwa in Toms Alter. Keine Frage, dass sie Tom näher kannte.

Tom wandte sich jetzt zu mir. »Das ist Babsi Vonstetten, Babsi, das ist Alex König, meine Freundin.« Er grinste Babsi an.

»Hi, freut mich.« Sie betrachtete mich neugierig.

»Hallo.« Konnten wir uns jetzt vielleicht mal wieder dem Essen zuwenden?

»Aber lasst euch nicht stören, ich werde versuchen, mich eine Minute hier loszueisen, dann kann ich dir mein aktuelles Baby zeigen.« Babsi strahlte Tom an.

»Klasse!« Tom war sichtlich begeistert. Im Gegensatz zu mir.

Wir gaben unsere Bestellung auf, und die gut ausgestattete Babsi verschwand endlich von der Bildfläche.

»Was heißt ›aktuelles Baby‹, hat sie schon mehrere Kinder?«

»Keine Ahnung, ob sie Kinder hat. Wir haben uns bestimmt zehn Jahre nicht gesehen.« Tom sah an mir vorbei in den Gastraum.

»Dafür wart ihr aber noch sehr vertraut miteinander.« Ich nagte an meinem Mundwinkel.

»Wir kennen uns seit der Schulzeit. Da kann man sich doch mal freuen, wenn man sich wiedersieht. Mit ›Baby‹ meint sie ihr Motorrad.«

»Eine Leidenschaft, die verbindet.« Ich schaute ihm fest in die Augen.

Tom erwiderte meinen Blick. »Wir waren siebzehn, das muss dich doch jetzt nicht mehr interessieren.«

»Es interessiert mich aber brennend. Neben dem Motorrad konnte sie damals bestimmt auch schon mindestens zwei weitere überzeugende Argumente ins Feld führen.«

»Ja, sie hatte eine super Figur. Allerdings scheint sie mir mittlerweile etwas in die Breite gegangen zu sein«, sagte Tom sachlich.

Da bekam ich ja fast schon wieder Mitleid mit der Frau. »Das bringt die Zeit nun mal so mit sich.«

»Es war nur ein Versuch, dir zu vermitteln, dass du keinen Grund zur Eifersucht hast.« Tom schaute wieder an mir vorbei.

Ich lehnte mich zurück und verschränkte die Arme vor der Brust. »Hm.«

»Lass mich mal das Geschehen hinter der Theke beobachten.« Tom hielt das Gespräch offensichtlich für beendet.

Ich schmollte noch ein wenig, aber Tom beachtete mich nicht weiter.

Babsi servierte bald darauf das Essen und verkündete, dass sie die Erlaubnis hatte, nachher eine Minute hinauszugehen, um Tom ihr Motorrad zu zeigen. Ich fragte mich, ob ich die neuesten Entwicklungen verpasst hatte und man die Redewendung »jemandem die Briefmarkensammlung zeigen« heutzutage einfach nicht mehr benutzte. Jedenfalls würde ich Tom ganz bestimmt nicht alleine zu dieser Motorrad-Vorführung gehen lassen.

Babsi nahm uns direkt nach dem Bezahlen mit in den Hinterhof und präsentierte Tom stolz ihre Maschine. Ich verstand nichts davon und hörte nur gelangweilt zu, während die beiden fachsimpelten. Babsi schien ein großes technisches Verständnis zu haben. Tom war ziemlich aufgekratzt.

Babsi musste dann aber bald wieder zurück an die Arbeit. »Ich arbeite tatsächlich erst seit heute hier, deswegen will ich mich nicht gleich unbeliebt machen.«

»Bist du als Ersatz für Mario Steiger eingestellt worden?«, fragte Tom.

»Ja, hast du davon gehört? Frau Jansen, also die Besitzerin des

Restaurants, hat am Samstag nachgeforscht, weshalb mein Vorgänger nicht bei der Arbeit erschienen ist, und sofort nach einer Ersatzkraft gesucht. Ich suchte bereits seit einiger Zeit einen Job und hatte schon vor ein paar Wochen meine Bewerbungsunterlagen hiergelassen, und dadurch hat es dann ganz schnell geklappt. Ist ein nettes Team hier, die sind nur wegen des Todesfalls etwas geknickt.« Sie hielt plötzlich inne. »Bist du wegen dem Steiger hier? Bist du nicht Polizist?«

Tom nickte. »Ja, ich bin mit dem Fall betraut und werde kurzfristig dein Arbeitsumfeld routinemäßig dazu befragen. Wäre nett, wenn du es nicht vorab herumerzählst.«

Babsi zuckte mit einer Schulter. »Kein Problem. Mich berührt das ehrlich gesagt wenig, weil ich diesen Steiger ja nicht kannte. Okay, ich muss wieder los. Lass uns mal eine Spritztour zusammen machen.« Sie lächelte Tom gewinnend an.

»Ja, gerne!«

Tom und Babsi umarmten sich noch einmal unverschämt lange zum Abschied, ich gab ihr bemüht freundlich die Hand. Sie verschwand durch den Hintereingang des Restaurantgebäudes.

Ich schaute ihr mit zusammengekniffenen Augen nach. Warum mussten die Leute bei solchen Gelegenheiten immer den Begriff »Spritztour« bemühen? Wenn das mal keine versteckte Botschaft war!

Tom und ich liefen um das Gebäude herum zu unserem Motorrad. Tom nahm meine Hand. Er machte einen sehr zufriedenen Eindruck.

Ich musste es jetzt endlich wissen. »Wart ihr mal zusammen?«

»Hm?« Tom schaute auf mich herab. »Babsi und ich? Das ist doch längst ...«

»Also falls wir beide auf Dauer zusammenbleiben, wüsste ich schon gerne ...«

Tom blieb stehen und sah mich kritisch an. »Was heißt denn hier: falls?«

»Na ja, was weiß ich denn, für wie lang du unsere Beziehung auslegst? Vielleicht habe ich eine andere Vorstellung von unserer Partnerschaft als du? Außerdem: Bei meinen vielen Vorgängerinnen ist es möglicherweise vermessen zu glauben, unsere Beziehung würde länger halten als alle anderen.«

Tom drückte mich an sich und legte seine Wange an meine. »Hast du denn irgendwelche Zweifel? Ich hatte eigentlich vor, für den Rest meines Lebens mit dir zusammenzubleiben.«

»Aber dann verstehe ich nicht, warum du deine früheren Beziehungen vor mir verheimlichst.«

»Weil sie einfach nicht mehr wichtig sind. Für mich bist nur noch du wichtig.« Er sah mir in die Augen. »Babsi und ich waren mal kurz in der Schulzeit zusammen. Ich kann mich schon gar nicht mehr erinnern, wie lang genau. Wir hatten beide Leichtkrafträder und begeisterten uns für Motorsport. Dann hat sie mich für einen anderen abserviert.« Tom lachte. »Er war zwei Jahre älter und besaß bereits ein Motorrad. Da konnte ich nicht mithalten.«

»Hast du ihr nachgeweint?«

»Nein«, sagte Tom sachlich. »Danach kam bald die Nächste. Ich glaube, sie hieß Katja.«

»Du weiß noch nicht mal mehr ihren Namen?«, rief ich entsetzt aus.

»Okay, sie hieß bestimmt Katja. Ich glaube, dazwischen war noch ganz kurz eine Anne. Und danach kamen …«

Ich boxte ihm leicht in die Seite.

Tom lachte. »Ist ja auch nicht mehr wichtig. Jedenfalls mir ist es nicht mehr wichtig.«

Wir liefen weiter. Ich nahm Toms Hand. »Hast du irgendwas Interessantes im Restaurant beobachten können?«

»Nein. Die meisten sahen etwas angespannt aus, aber ich kann nicht sagen, ob es wegen des Todesfalls ist oder ob sie einfach im Job gestresst sind. Nur eine junge Frau, die mit schulterlangen, braunen Haaren, etwa eins siebzig groß …« – er sah mich fragend an, aber ich schüttelte den Kopf –, »… nun, die sah ziemlich fertig aus, vielleicht kannte sie Mario besser.«

»Ich habe sie nicht gesehen, aber eventuell war das Tessa, die Freundin von Sonja Kirchner. Sie war mal in den Steiger verliebt, aber er hat sie abblitzen lassen. Er war ja sehr gut aussehend.«

»Echt?« Tom hielt mich an. »Woher weißt du das?«

»Hat Sonja gesagt.« Na, war jetzt etwa Tom eifersüchtig?

»Du hast doch nicht recherchiert?« Auf Toms Stirn bildeten sich Falten.

»Man kann doch mal fragen.«

Tom seufzte und lief weiter. Beim Motorrad angelangt, holte er unsere Helme aus dem Topcase. Bevor er seinen aufsetzte, griff er noch einmal nach meiner Hand und sah mich ernst an. »Alles okay? Also mit uns beiden?«

Mein Gott, Tom war der niedlichste, attraktivste, tollste Mann auf dem ganzen Planeten. Ich lächelte. »Ja.«

Tom setzte den Helm auf und schwang sich auf das Motorrad. »Steig auf.«

Tom löschte das Licht. Ich hörte ihn leise ächzen, als er sich mit den Armen auf das Bett stützte und neben mich krabbelte. »Na, hat der Herr es heute ein bisschen übertrieben mit den Liegestützen?«

»Ich hätte noch wesentlich mehr geschafft, aber ich wollte mir einen schlimmen Muskelkater ersparen.«

»Scheint ja nicht wirklich funktioniert zu haben.«

Tom deckte sich zu. »Ich muss jetzt schlafen.« Er drehte mir den Rücken zu.

»Du, Tom?«

»Hm?«

»Ich wollte es im Restaurant nicht in der Öffentlichkeit ansprechen, aber dieser Rudi Gambach, der kommt mir ein bisschen komisch vor. Ich finde, er hat eine ganz schön große Klappe.«

»Er ist selbstbewusst, weil er was kann«, antwortete Tom leise.

Ich passte mich automatisch an und senkte ebenfalls meine Stimme. »Ich frage mich, ob das nicht nur Geblubber ist. Günters Lachanfall hat er heute sehr gerne zum Anlass genommen, die Liegestütze abzubrechen.«

»Der kann bestimmt mehr«, murmelte Tom. »Er ist ein super Sportler.«

»Hast du das selbst gesehen, oder hat er nur davon geredet?« Tom antwortete nicht. »Wenn er so viel Triathlon macht, wieso hat er dann nicht verschiedene Brauntönungen an den Beinen? Durch die sportartbedingten Hosen, die die Triathleten tragen, müsste er doch unterschiedlich gebräunte Beinabschnitte haben. Tom?« Tom gab ein leises Schnarchen von sich. Ich robbte mich zu ihm heran und legte meinen Arm um ihn. »Wetten, dass mit Rudi Gambach irgendwas faul ist?«, flüsterte ich.

»Das war eine sehr schöne Wanderung.« Hedi griff nach Herberts Hand. »Aber jetzt bin ich doch froh, wenn ich mich mal wieder hinsetzen kann.«

»Ich muss gestehen, die Hitze macht mir auch zu schaffen.

Aber ich habe den Eindruck, seit Tom mich so oft zum Sporttreiben anhält, ist meine Kondition insgesamt besser geworden.«

»Es ist schön, dass ihr so viel zusammen unternehmt. Wir haben das wegen der Kinder eine Zeit lang vernachlässigt; erst seit Herbert in Rente ist, unternehmen wir wieder vieles gemeinsam. Fast die Hälfte der Zeit sind wir auf Reisen.«

»Das freut mich für euch. Im nächsten Urlaub wollen Tom und ich auch zusammen wegfahren. Nur diesmal hat es nicht geklappt. In der Probezeit darf man ja keinen Urlaub nehmen, und nachdem ich ein halbes Jahr durchgearbeitet hatte, wollte ich unbedingt mal wieder freihaben, auch wenn Tom keinen Urlaub beantragen konnte. Aber ich habe ja trotzdem noch genug Jahresurlaub übrig, den wir dann zusammen verplanen können.«

»Wie geht es dir denn mit deiner Arbeitsstelle in dieser Heidelberger Firma?«, fragte jetzt Herbert. »Du hattest dich in den Mails immer recht positiv geäußert, ist es nach wie vor so gut?«

»Ja, mit meiner Chefin komme ich sehr gut aus, und sie ist auch fachlich sehr kompetent. Der Kollege, der mich eingearbeitet hat, ist sehr nett, aber er wird bald in Rente gehen. Das war ja auch der Grund für meine Einstellung. Die ersten Wochen war ich ziemlich am Rotieren, aber mittlerweile fühle ich mich ganz sattelfest. Das Einzige, was mir immer noch gegen den Strich geht, ist die lange Anfahrt nach Heidelberg mit dem Auto, denn in Hamburg bin ich nur drei Stationen mit der U-Bahn gefahren, dadurch hatte ich spürbar mehr Freizeit. Tom hat es da wesentlich besser, obwohl er auch mit dem Auto oder dem Motorrad zur Arbeit fährt.«

»Kommt Tom denn mit seinem aktuellen Fall voran?«, fragte jetzt Hedi. »Hat er schon eine heiße Spur?«

»Ich glaube nicht. Sie haben Steigers Wohnung durchsucht, da hat hauptsächlich ein Kuvert mit fünfzehnhundert Euro Aufmerksamkeit erregt. Es handelte sich um ein Firmenkuvert vom Gebrauchtwagenhändler, bei dem Mario Steiger wenige Wochen vorher ein Auto gekauft hatte, aber das Auto war eigentlich schon bezahlt. Es ist noch nicht klar, ob das Kuvert in irgendeinem Zusammenhang mit dem Geld darin steht. Aber was echt übel war: Jemand hat einen Anschlag auf Steiger geplant. Seine Haustür wurde unter Strom gesetzt, das hätte beinahe einen von Toms Mitarbeitern getroffen.«

»Oh Gott, das ist ja schrecklich!«, rief Hedi. »Wenn man selbst als Ermittler solchen Gefahren ausgesetzt ist!«

»Ja, das hat mich auch schockiert. Sie werden natürlich alle Spuren sichern, aber es gibt wohl im Moment noch keinen Hinweis auf den Täter. Tom hat mir allerdings aufgetragen, mir Gedanken darüber zu machen, weshalb Mario Steigers Augen verätzt waren, als man ihn tot aufgefunden hat. Vielleicht fällt euch dazu etwas ein.« Ich schaute erwartungsvoll auf meine Freunde.

»Putzmittel, würde ich spontan vermuten«, sagte Herbert. »Das wirkt ätzend. Wenn man das in die Augen bekommt … Unter Umständen hat er Kontaktlinsen getragen und die Flasche mit dem Kontaktlinsenpflegemittel mit dem Putzmittel verwechselt. Einer Bekannten von uns, die sehr kurzsichtig ist, ist mal so was Ähnliches passiert.«

»Okay, das wäre eine Möglichkeit, aber das hätte ihm dann ja an der Burg Breuberg passieren müssen, sonst hätte er gar nicht mehr mit dem Auto dorthin fahren können. Es sei denn, er ist hingefahren worden, eventuell sogar von seinem Mörder. Aber wieso sollte Mario mit verätzten Augen einen Ausflug zur Burg machen? In so einem Fall würde sich doch jeder normale Mensch ins Krankenhaus fahren lassen.«

»Stimmt, das klingt nicht logisch.« Herbert sah aus, als überlegte er.

»Na ja, und dann habe ich mir vorgenommen, morgen Nachmittag auf die Trauerfeier zu gehen, die in Bad König für Mario Steiger abgehalten wird. Vielleicht kann ich dort noch etwas Aufschlussreiches beobachten.«

»Das ist alles so faszinierend!« Hedis Augen leuchteten. »Ich bin dir sehr dankbar, dass du uns am Fortschritt deiner Ermittlungen teilhaben lässt.«

Das Hotel kam in Sichtweite. »Ehrlich gesagt, würde ich euch sogar gerne noch mehr einbinden. Aber das können wir gleich im Hotelrestaurant bei einem Eis besprechen, zu dem ich euch gerne einladen würde. Ich möchte mir unbedingt unter dem Tisch die Schuhe ausziehen und meine armen Füße auslüften lassen.«

»Gute Idee!« Hedi grinste. »Das mache ich auch!«

Kurz darauf saßen wir auf der Terrasse des Hotels und löffelten unsere Eisbecher. Herbert kam auf meine Andeutung zurück. »So, was hast du denn für eine Aufgabe für uns?«

»Hoffentlich ist es nicht zu aufregend«, wandte Hedi ein.

»Es geht mir um diesen Gebrauchtwagenhändler Thorsten Zang, von dem Mario Steiger ein Auto gekauft hat und in dessen Briefumschlag Steiger die fünfzehnhundert Euro in seiner Wohnung liegen hatte. Ich habe ihn schon selber aufgesucht, deshalb würde ich diesmal gerne jemanden auf ihn ansetzen, den er noch nicht kennt. Ich wüsste zu gerne, ob ihr meinen Eindruck bestätigen könnt.«

»Was? Wir sollen da hingehen? Ist das nicht gefährlich, wenn Zang vielleicht der Mörder von diesem Steiger ist?« Hedi blickte fragend auf Herbert.

»Wieso? Ich dachte, du liebst Aufregung. Also ich würde mich auch mal gerne als Hobbydetektiv versuchen.« Herbert verschränkte die Finger ineinander, drehte die Handinnenflächen nach außen und dehnte seine Finger mehrmals in dieser Position, als wolle er gleich eine schwierige Aufgabe anpacken.

»Das ist ganz ungefährlich«, sagte ich, um Hedi zu beruhigen. »Ihr müsst euch nur seine Autos zeigen lassen. Ich habe das Gefühl, dass mit den Autos etwas nicht in Ordnung ist. Sie sehen teilweise sehr alt aus, haben aber oft erstaunlich wenig Kilometer drauf.«

»Das kriegen wir locker hin.« Herbert nickte Hedi aufmunternd zu.

»Ich weiß nicht …« Hedi sah mich zweifelnd an.

»Beim Autokauf haben Frauen sowieso nicht viel zu sagen.« Ich hasste mich für dieses Argument, aber ich wollte unbedingt, dass die beiden meinen Verdacht überprüften. »Du kannst einfach Herbert reden lassen und stellst dich nur lächelnd daneben.«

»Ach so«, sagte Hedi unsicher.

»Das machen wir.« Herbert zeigte zackig mit seinem Eislöffel in meine Richtung. »Darf ich mir vielleicht vorher noch schnell einen zweiten Eisbecher bestellen?«

Eine halbe Stunde war es nun her, dass ich Hedi und Herbert einige Meter vor Zangs Gelände abgesetzt und dann zweihundert Meter weiter geparkt hatte. Ohne eingeschaltete Klimaanlage war es ziemlich heiß im Auto geworden, deshalb hatte ich alle Fenster heruntergelassen. Endlich sah ich meine Freunde im Rückspiegel den Bürgersteig entlanglaufen. Sie öffneten gleichzeitig die von der Straße abgewandten Türen meines Wagens. Hedi ließ sich sichtlich erleichtert auf den Beifahrersitz plumpsen. »Das hat mir so den Puls hochgetrieben, ich muss mich erst mal ausruhen.«

»Wieso, hat doch Spaß gemacht«, lautete hingegen Herberts Urteil. Er nahm auf dem Rücksitz Platz, wühlte in seinen Hosentaschen und beugte sich zu mir vor. »Wir haben die gleichen

Beobachtungen gemacht wie du. Die Autos wirkten innen recht abgewetzt, aber sie hatten oft trotzdem sehr wenige Kilometer auf dem Zähler. Das Auto mit dem neuen Fahrersitz hat er uns auch gezeigt. Ich bin mir sicher, dass dieser Sitz ausgetauscht worden ist. Der Beifahrersitz war definitiv älter. Ich habe ihn bei einem Auto direkt gefragt, ob es einen Austauschmotor hätte, aber er hat das verneint.« Herbert stützte sich mit dem Unterarm auf die Rückenlehne des Beifahrersitzes und beugte sich noch weiter vor. »Auf die Frage, warum der Sicherheitsgurt dann nach fünfundvierzigtausend Kilometern schon so abgewetzt aussieht, reagierte er regelrecht unfreundlich. Wir sind dann ziemlich schnell gegangen.« Herbert hatte mittlerweile ein Taschentuch aus seiner Hosentasche geangelt und wischte sich damit den Schweiß von der Stirn. »Wenn du mich fragst, sind die Kilometerzähler zurückgedreht.«

»Was?«, rief Hedi entsetzt. »Aber das ist doch verboten!«

»Genau das war mein Verdacht«, bestätigte ich.

»Oh nein, wenn ich das vorher gewusst hätte, hätte ich niemals dieses Auto ... Dingens ... Gebrauchtwagen ... Geschäft betreten!« Hedi richtete sich steif auf ihrem Sitz auf. »Dieser Zang ist ein Krimineller!«

»Keine Angst, Zang würde euch zweien bestimmt nichts tun, jedenfalls nicht tagsüber auf seinem eigenen Gelände. Ich denke, ich werde selber noch einmal zu ihm gehen und versuchen, ihn aus der Reserve zu locken. Möglicherweise hat Steigers Tod doch irgendwie mit Zang und der Tatsache, dass er vor Kurzem ein Auto bei ihm gekauft hat, zu tun.«

Herbert legte mir die Hand auf die Schulter. »Das würde ich an deiner Stelle lieber nicht tun. Du solltest Tom davon erzählen und alles andere ihm überlassen.«

»Mal sehen.« Natürlich wollte ich Tom früher oder später über meine Ermittlungsergebnisse informieren. Aber in diesem Fall vielleicht lieber später. Selbstverständlich hätte ich ihm gerne stolz Informationen vorgelegt, an die er als Polizist nicht so leicht herankam. Denn er konnte ja schlecht selber bei Zang nach einem Gebrauchtwagen fragen. Sogar wenn er oder seine Mitarbeiter in ihrer Freizeit als Privatperson und Kaufinteressent bei Zang auftauchen würden, nachdem sie schon beruflich bei ihm vorbeigeschaut hatten, würde Zang sich gewiss nicht so ungezwungen verhalten wie bei mir oder meinen Freunden.

Doch hatte ich das unbestimmte Gefühl, dass Tom nur wieder versuchen würde, mich von meinen Recherchen abzuhalten. Lieber wollte ich erst alle Informationen sammeln, um sie ihm dann souverän zu präsentieren. Dann würde er sich umso mehr freuen, dass ich so viel für ihn herausgefunden hatte.

Ich fuhr Hedi und Herbert zurück ins Hotel, hielt einen kurzen Schwatz mit Toms Tante Conni, der das Hotel gehörte, und fuhr dann nach Erbach.

Nachdem ich gestern Rudi Gambach kennengelernt hatte, hatte ich ihn zum Hauptverdächtigen in der Diebstahlsache erklärt. Schon vor meiner Wanderung mit Hedi und Herbert hatte ich mir vorgenommen, ihn heute Abend zu beschatten. Nicht so lange, dass Tom misstrauisch werden konnte, wenn ich zu spät heimkäme, aber ich wollte mal sehen, was Rudi so nach der Arbeit trieb.

Deshalb fuhr ich kurz vor Dienstschluss zur Polizeidirektion und stellte mein Auto auf dem gegenüberliegenden Parkplatz hinter dem Parkdeck ab, damit es vor Toms Blicken verborgen blieb, wenn er die Direktion verließ. Ich selber hatte eine gute Sicht über den Polizeiparkplatz auf die Tür des Gebäudes, auch wenn ich nur ein ganz kleines bisschen hinter dem Parkdeck um die Ecke schielte.

Ich musste zum Glück nicht lange warten, da kam Gambach aus dem Gebäude. Er hatte sein Auto auf dem Polizeiparkplatz stehen, und als er einstieg, sprang ich schnell in meinen Wagen und folgte ihm. Er fuhr die Neue Lustgartenstraße entlang, bog anschließend nach links auf die B45 und fuhr von Norden her in die Hauptstraße hinein. Ich versuchte, nicht so aufdringlich nah aufzufahren, ihn aber auch nicht zu verlieren.

Gambach fuhr immer geradeaus. Wo wollte er hin? In der Nähe des Buchkabinetts stellte er sein Auto ab. Ich bog sofort auf den nächstbesten freien Parkplatz etwa zwanzig Meter vor ihm ein. Gambach stieg aus und lief zurück in meine Richtung, weswegen ich mich mit dem Oberkörper weit hinunterbeugte und so tat, als würde ich etwas im Handschuhfach suchen. Ich setzte darauf, dass er mein Auto unter den vielen parkenden Wagen nicht weiter beachten würde. Tatsächlich lief er einfach auf dem Bürgersteig an meinem Auto vorbei, dann zwischen den parkenden Autos durch und wollte offensichtlich die Straße überqueren. Ich wartete noch drei Sekunden, dann setzte ich an auszusteigen, entdeckte dabei jedoch gerade noch rechtzeitig auf dem gleichen Bürgersteig einen anderen mir bekannten Fußgänger: Tom! Ich warf mich so flach wie möglich auf den Beifahrersitz. Hoffentlich fiel sein Blick nicht zufällig auf mein Auto, denn er würde es im Gegensatz zu Gambach ganz bestimmt sofort erkennen.

Ich wartete so lange, dass ich sicher sein konnte, dass Tom vorbeigegangen war, und äugte dann vorsichtig aus dem Fenster. Wo war Tom? Und noch wichtiger: Wo war Gambach? Ich richtete mich auf und suchte rasch mit den Augen beide Bürgersteige ab. Tom verschwand gerade in das Juweliergeschäft Walther und Sohn. Gambach war nicht mehr zu entdecken.

Ich wollte nicht noch einmal mein Glück herausfordern und darauf hoffen, dass Tom auf seinem Rückweg mein Auto wieder nicht bemerken würde, deshalb entschied ich mich dafür, den Heimweg anzutreten.

Ich schaute beim Weiterfahren in die nächsten Seitenstraßen in der vagen Hoffnung, Gambach eventuell doch noch zu entdecken, aber er blieb verschwunden. Mist! Eine Überwachung war doch nicht so einfach, wie ich es mir vorgestellt hatte. Wobei eigentlich Tom der Schuldige war, weil er mich daran gehindert hatte, Gambach weiter zu verfolgen.

Ich fuhr wieder zurück nach Beerfelden. Erst jetzt wurde mir bewusst, dass Tom in ein Juweliergeschäft gegangen war. Ein Juweliergeschäft! Mein Herz hüpfte! Ob Tom nicht vielleicht doch romantischer veranlagt war, als ich dachte?

Aber dann fielen mir wieder Günters Aussage und Toms beredtes Schweigen dazu ein. Kein normaler Mann schenkte seiner Freundin einfach so Blumen. Oder Schmuck. Mein Geburtstag war auch noch lange hin.

Wobei der Schmuck ja nicht unbedingt ... Beinahe hätte ich die rote Ampel übersehen. Ich trat hektisch auf die Bremse und kam gerade noch so vor der Haltelinie zum Stehen. Puh! Eine plötzliche Erkenntnis hatte mich abgelenkt: Was, wenn der Schmuck, den Tom im Juweliergeschäft gekauft hatte, nicht für mich bestimmt war? Er hatte vor Kurzem diese Babsi wiedergesehen. Konnte es sein, dass ...? Nein, eigentlich traute ich Tom nicht zu, dass er fremdging. Er war irgendwie nicht der Typ dafür.

Oder doch? Wenn ich an die Liste meiner Vorgängerinnen dachte ...

Ich konnte es kaum erwarten, ihn zu Hause zu treffen.

Tom trudelte kurz nach mir ein. Ich bemühte mich darum, entspannt aussehend auf dem Sofa zu sitzen. Bis zu seinem Eintreffen hatte ich mir überlegt, wie ich durch geschickte Gesprächsführung herausbekommen könnte, wem er in dem Juweliergeschäft etwas gekauft hatte. »Hallo, Tom!«

»Hallo, Alex. Alles klar bei dir?«

»Ja, stell dir vor, ich hab dich vorhin in Erbach gesehen, als ich dort einen Einkaufsbummel gemacht habe.« Würde er mir verschweigen, dass er beim Juwelier gewesen war?

»Hey, warum hast du mich nicht angesprochen?« Tom setzte sich neben mich.

»Ich war noch ein Stück von dir entfernt und hab dich aus den Augen verloren. Du warst in der Nähe vom Buchkabinett.«

»Ah ja.«

Richtig offen ging er mit der Juwelier-Info ja nicht gerade um. »Was hast du denn da gemacht?« Und bitte lüg mich nicht an.

»Ach, ich war bei ... Walther und Sohn.« Tom fuhr sich mit der Hand durch die Haare. Ein untrügliches Zeichen dafür, dass er unsicher war.

»Dem Juwelier? Sag bloß, du hast mir dort etwas gekauft?«

»Nein.« Er machte eine wegwerfende Handbewegung. »Ich habe den gestohlenen Schmuck schätzen lassen, soweit das aufgrund der Fotos möglich war.«

Oh, ach so. Na ja, wenigstens schien ein Geschenk für diese Babsi kein Thema zu sein. Das war ja auch ein dummer Gedanke von mir gewesen.

Tom sah mich prüfend an. »Hätte ich dir dort etwas kaufen sollen? Möchtest du gerne Schmuck von mir geschenkt bekommen?«

Da hatte ich es, dieser Gedanke war für Tom offensichtlich sehr abwegig. »Oh nein, Gott bewahre. Es hätte mich gewundert, wenn du auf so eine Idee gekommen wärst.«

»Du scheinst mich gut zu kennen.«

»Und, was hat der Juwelier gesagt?«

»Was soll er gesagt haben?«

»Na, zur Schätzung? Was ist der Schmuck etwa wert?«

»Ach so, äh, ungefähr zweiunddreißigtausend.« Tom beugte sich vor, stützte seine Unterarme auf seine Oberschenkel und sah sich im Wohnzimmer um.

»Oh, da hat es sich ja gelohnt. Wobei ich diesen Drachenring auch ausnehmend hübsch fand. Hat der Linke schon was rausgefunden?«

»Nein, er ist auch nicht mit dem Fall betraut. Aus Gründen der Neutralität wird diese Anzeige vom Frankfurter Präsidium bearbeitet. Aber Rainer hat mir bereits zu verstehen gegeben, dass er mich nicht für den Dieb hält, und ich bin sehr froh, dass er so viel Vertrauen zu mir hat.«

Ich beugte mich ebenfalls vor und legte meinen Arm um Tom. »Wenn es nicht so wäre, würde ich mal bei ihm vorbeischauen und ihm eine Föhnfrisur verpassen.«

Tom schmunzelte. »Sicher.«

»Wo wir uns gerade so nett unterhalten, was ist denn mit den Informationen aus den Befragungen von Steigers Umfeld, die du mir noch schuldest?«

»Die Befragungen haben wir heute durchgeführt.«

»Ja, und?«

Tom schnaufte. »Dir ist schon klar, dass diese Infos nicht für dich bestimmt sind? Wenn das rauskommt, bekomme ich noch mehr Schwierigkeiten als durch den Schmuckdiebstahl, der mir aus gutem Grund nicht nachgewiesen werden kann.«

»Klar, ich bin doch nicht blöd.«

»Okay, also wir haben alle befragt, aber es ist niemand verdächtig. Eine der wenigen ohne Alibi ist diese Tessa, aber ich denke nicht, dass sie es war. Sie ist nicht abgebrüht genug. Auf mich wirkte sie eher harmlos. Es sei denn, sie wäre eine sehr versierte Schauspielerin.«

»Etwas genauer hätte ich es schon gern gewusst.«

Tom schnaufte noch einmal. »Also gut. Seine Eltern hatten an dem Abend Freunde zu Besuch, die das bestätigt haben. Mario selber hatte keine Freunde. Die hat er sich schon vor Jahren durch seine hochgesteckten Ambitionen vergrault. Mario wollte anscheinend zur besseren Gesellschaft gehören und hat über seine Verhältnisse gelebt. Der Vermieter wusste praktisch nichts über ihn, da er selber nicht vor Ort wohnt. Seine Arbeitgeber vom Chez Madame, die Jansens, schilderten Mario als zuverlässigen Mitarbeiter. Sie waren in der fraglichen Nacht zu Hause, er saß vor dem Fernseher, sie ging früh schlafen. Sie haben sich das gegenseitig bestätigt, was natürlich nicht viel heißen muss.« Tom lehnte sich zurück. »Aber du hattest recht, was seine Wirkung auf Frauen anging; er muss wohl ein ziemlicher Frauenschwarm gewesen sein. Diese Tessa war mit den Nerven am Ende, die war wohl sehr in ihn verliebt, aber er wollte nichts von ihr. Laut einem Mitarbeiter gab es noch mehr Begehrlichkeiten, aber er hatte kein Interesse, warum auch immer. Die Kollegen und Kolleginnen haben – außer Tessa und einem Mitarbeiter namens Weinstein – alle ein Alibi. Und Günter war heute bei Zang, der hat auch ein Alibi, obwohl Günter ihm nicht so recht über den Weg traut. Zang war den ganzen Abend in einer Kneipe, und der Wirt hat sein Alibi bestätigt. Jedenfalls hat er zu einem Zeitpunkt bezahlt, wo der Tod bereits eingetreten war.«

»Er könnte zwischendurch weggefahren und nach dem Mord zurückgekommen sein und bezahlt haben.«

»Theoretisch ja. Ach so, und dann hat Steffi noch herausgefunden, dass ein Weißrusse namens Igor Iwanow mit Zang Geschäfte mit Oldtimern macht und öfter mal das eine oder andere Auto bei Zang anliefert oder abholt, aber wir konnten ihn noch nicht sprechen. Er soll wohnhaft in Polen sein und hält sich wohl im Moment dort auf, aber zum Zeitpunkt des Mordes war er hier in Michelstadt. Und er hat ein langes Vorstrafenregister.«

»Hm.« Wenn dieser Iwanow auch Gewalttaten begangen hatte, wäre er ein heißer Kandidat für einen Mord. Über den musste man unbedingt mehr herausbekommen.

»Mehr wissen wir noch nicht.«

»Danke, dass du es mir gesagt hast.«

»Damit sind wir quitt. Ich brauch was zu kauen. Haben wir noch irgendwelche Reste, die wegmüssen?«

»Nein, aber ich hab eine Packung mit sechs Cola-Eis mitgebracht.«

»Super.« Tom sprang auf. »Übrigens haben wir tatsächlich Fingerabdrücke an Steigers Auto gefunden, die nicht Steiger gehören und augenscheinlich von demjenigen stammen, der die Leiche ins Auto verfrachtet und das Auto den Hang hinuntergeschoben hat. Aber die nutzen uns erst etwas, wenn wir einen Verdächtigen haben.«

Nanu, wieso war Tom auf einmal so entgegenkommend mit den Informationen zum Steiger-Fall? Ich sollte ihm öfter mal Eis mitbringen.

Er lief in die Küche, und ich hörte, wie Tom den Kühlschrank öffnete. »Ach, äh, willst du auch ein Eis, oder kann ich alle haben?«

KAPITEL 5

Ich saß am Esstisch und mampfte mein Müsli. Tom war bereits vor einer halben Stunde zur Arbeit gefahren, und ich hatte nicht mehr einschlafen können. Also überlegte ich, wie ich den Tag am besten nutzen könnte.

Von draußen drangen Geräusche herein, als wenn sich jemand am Briefkasten zu schaffen machen würde. Ich stand auf und lief zur Tür. Tatsächlich, durch den Glaseinsatz erkannte ich ein gelbes Postfahrrad. Das war bestimmt Elsa, unsere Briefträgerin, die ich in der Hessenstubb kennengelernt hatte. Ich öffnete.

»Ei, Gude!«

»Hey, Elsa, lang nicht mehr gesehen!«

»Tja, warum auch, vermutlich bist du normalerweise auf der Arbeit, wenn ich hier meine Runde mache.« Elsa lächelte verschmitzt.

»Ja, so wird's sein. Diese Woche habe ich Urlaub.«

»In Marens Kneipe hab ich dich auch schon lang nicht mehr gesehen.«

»Ich gebe zu, seit ich bei Tom wohne, gehen wir öfter abends joggen oder bleiben einfach zu Hause. Aber du hast recht, bei Heinz, Schorsch und Mike sollte ich auch mal wieder vorbeischauen.«

Als Elsa sich daranmachte, das Fahrrad zu besteigen, fiel mir ein, dass sie stets gut unterrichtet war, was Beerfeldener Klatsch betraf. »Du, sag mal, Elsa, kennst du eigentlich den Rudolf Gambach? Das ist ein neuer Mitarbeiter in der Polizeidirektion, und der soll auch irgendwo hier in Beerfelden wohnen.« Ich öffnete den Briefkasten und holte die Post heraus, um nicht allzu neugierig zu wirken.

»Gambach, Gambach.« Elsa dachte offenbar kurz nach. »Ja, der ist auch Polizist, richtig. Der wohnt doch im Friedhofsweg. Bekommt ständig Werbung. So viel Werbung kriegt der ganze Friedhofsweg nicht.« Elsa wühlte kurz ihre Posttasche durch. »So was hier zum Beispiel.« Sie hob einen Werbebrief in die Höhe, den ich genau betrachtete. »Er hat bei Frau Dr. Weitzel eine Einliegerwohnung gemietet. Das ist ein ganz winziges Kellerloch. Sie ist sehr froh, dass sie einen Polizisten als Mieter gefunden hat.« Elsa schüttelte den Kopf. »Aber wieso ein Polizist in so einer bescheidenen Behausung wohnt ... man sollte meinen, dass er sich was Besseres leisten könnte, noch dazu, wo er so gut verdienen soll. Er soll ein ganz hohes Tier bei der Polizei sein. So gleich nach dem Polizeidirektor oder so. Frau Dr. Weitzel sagte, er sei geschieden, vielleicht muss er sein ganzes Geld an seine Ex abliefern. Trotzdem geht er fast jeden Abend aus, die Weitzel sieht ihn immer erst spät nach Hause kommen.« Elsa kratzte sich am Kopf. »Nein, über den weiß ich leider fast gar nichts.«

»Ach, ist nicht schlimm, hat mich nur mal so interessiert.« Na, wenn das mal fast gar nichts war! So viele Infos hatte ich mir kaum erträumt. »War super, dass wir uns mal wiedergesehen haben.«

»Halt die Ohren steif.« Elsa schwang sich aufs Fahrrad und fuhr davon.

Ich ging zurück ins Haus. Mein Eindruck hatte mich also nicht getäuscht. Dieser Gambach war ein unverfrorener Aufschneider.

Er hatte sich sozusagen selbst auf Toms Ebene befördert. Deshalb musste er nicht unbedingt auch ein Dieb sein, aber das machte ihn auf jeden Fall unglaubwürdig. Noch unglaubwürdiger, als er mit seinen sportlichen Angebereien sowieso schon war.

Nichtsdestotrotz musste ich auch Günter und Steffi genauer unter die Lupe nehmen. Vielleicht heute Abend.

Jetzt hatte ich mir erst mal einen weiteren Besuch beim Autohändler vorgenommen. Dieser Zang musste aus der Reserve gelockt werden, denn von alleine würde er sich bestimmt nicht verplappern. Ich hielt es für nötig, ihn zu provozieren und ihm unbedingt irgendwie eine Aussage zu seinen Autos zu entlocken. Ähnlich wie bei Gambach musste er deshalb nicht zwangsläufig Steigers Mörder sein, aber ich war mir sicher, dass bei seinen Autos etwas nicht stimmte.

Ich aß mein Müsli fertig und fuhr dann zum zweiten Mal auf das Gelände des Autohändlers. Er kam gerade aus einem Teil des Gebäudes heraus, in dem ich die Werkstatt vermutete, und lächelte mich breit an, als ich auf ihn zuging.

»Hallo, schön, Sie wiederzusehen! Haben Sie sich den Kadett noch einmal durch den Kopf gehen lassen?«

Ich schob meine Sonnenbrille in meine Haare. »Ja, er gefällt mir nach wie vor sehr gut. Allerdings wollte ich Sie noch etwas fragen.«

»Sicher, kommen Sie.« Herr Zang führte mich zu dem Kadett. »Was möchten Sie gerne noch wissen?«

»Für ein dreizehn Jahre altes Auto hat er sehr wenig Kilometer drauf.«

»Ja, wie ich schon sagte, der Vorbesitzer war ein älterer Herr …«

»Nun, mir ist aufgefallen, dass der Fahrersitz wesentlich besser aussieht als der Beifahrersitz. Das ist wohl nicht der originale Fahrersitz, oder?«

Herr Zang kniff die Augen leicht zusammen. »Nein, der war stark verschmutzt, deshalb hat der Vorbesitzer ihn austauschen lassen.«

»Nach noch nicht einmal dreiunddreißigtausend Kilometern? Kann es nicht sein, dass die Kilometerzahl sich auf einen Austauschmotor bezieht? Das Auto sieht innen insgesamt wesentlich abgewetzter aus, als es bei einer so geringen Laufleistung zu erwarten ist.«

Das war offensichtlich der Moment, in dem er realisierte, dass er es nicht mit einer leicht zu bequatschenden, dummen Kundin zu tun hatte. Zangs Miene verfinsterte sich deutlich. »Nein, das ist der Originalmotor. Einen Austauschmotor müsste und würde ich auch angeben.« Er sah mich lauernd an.

»Wissen Sie, ein Bekannter von mir hat vor wenigen Monaten ein Auto bei Ihnen gekauft und meinte, mit dem Wagen würde etwas nicht stimmen. Es hatte für seinen Geschmack zu viele Abnutzungserscheinungen für die angegebene Kilometerzahl. Ich wollte mich gerne mit ihm noch mal austauschen, aber leider ist mein Bekannter vor Kurzem … verunglückt.«

»Ich weiß nicht, was Ihr Bekannter Ihnen für einen Blödsinn erzählt hat, aber ich lasse es mir nicht bieten, dass mein guter Ruf geschädigt wird.« Zang trat mit einer Drohgebärde unverschämt nah an mich heran. »Und Sie sollten sich gut überlegen, ob Sie mit haltlosen Behauptungen gut beraten sind. Wenn Ihr Bekannter dazu geneigt hat, falsche Beschuldigungen aufzustellen, ist es möglicherweise nicht verwunderlich, wenn er … verunglückt ist.«

Ich wich ein wenig zurück, aber ich wollte nicht, dass es so aussah, als ob ich nachgab. »Wir hören noch voneinander«, sagte ich so selbstsicher wie möglich.

Dann setzte ich meine Sonnenbrille mit Nachdruck wieder auf, kehrte Zang den Rücken zu und lief zu meinem Auto. Dabei lauschte ich jedoch angestrengt auf Schritte. Würde Zang mir folgen? Als ich meinen Wagen erreicht hatte, drehte ich mich um und nahm meine Brille ab, um ihm trotz der Entfernung noch einmal fest in die Augen zu sehen. Der sollte bloß nicht denken, dass er mich eingeschüchtert hätte. Obwohl mir seine Drohung zugegebenermaßen Angst eingejagt hatte. Jedenfalls hatte er eindeutig etwas zu verbergen, und meiner Ansicht nach handelte es sich dabei um manipulierte Kilometerstände. Natürlich hatte er es nicht eingestanden, aber seine Drohung war für mich Beweis genug. Doch die Frage war: Hatte er Marios Tod nur benutzt, um mir Angst zu machen, oder wollte er damit andeuten, dass er bereits Mario um die Ecke gebracht hatte und mir das Gleiche bevorstand, wenn ich ihm weiter auf die Pelle rückte? Stellte dies schon das indirekte Eingeständnis dar, den Mord begangen zu haben? Ich stieg in mein Auto und lenkte es vom Gelände. Zang sah mir nach, bis ich auf die Straße fuhr.

Tom und Rudi standen bereits vor dem Tor der Polizeidirektion, als ich auf den gegenüberliegenden Parkplatz einbog. Wir winkten uns zu. Tom lächelte.

Ich war nicht sonderlich begeistert über das bevorstehende gemeinsame Essen. Rudi war mir immer noch nicht sympathisch, insbesondere, nachdem mir Elsa heute Morgen erzählt hatte, dass Rudi sich in seinen Erzählungen gegenüber Dritten auf Toms Ebene befördert hatte. Aber Tom wollte, dass sein neuer Mitarbeiter sich bei ihm wohlfühlte und sich gut auf der neuen Stelle einarbeitete, deshalb hatte er ihn für die heutige Mittagspause zum Essen eingeladen. Um dem Ganzen einen privateren Anstrich zu geben, wollte er gerne auch mich dabeihaben, und ich hatte mich Tom zuliebe darauf eingelassen. So würde ich Rudi vielleicht wenigstens etwas auf den Zahn fühlen können.

Ich lief auf Tom zu und küsste ihn. »Hallo!«

Rudi gab ich die Hand. Autsch! Wieder so ein übertrieben fester Händedruck.

Wir liefen in die Stadt. Rudi wirkte sehr aufgekratzt, nahezu euphorisch. Er redete ununterbrochen von seinem nächsten Triathlon-Wettkampf und den Qualitätsunterschieden bei Energieriegeln verschiedener Hersteller.

Während wir aßen, gab er den Grund für seine gute Laune bekannt.

»Ich habe gestern achtzig Euro im Lotto gewonnen! Ich denke, ich habe jetzt ein todsicheres System gefunden. Damit kann man alle Verluste ausgleichen und sich auf Dauer unterm Strich in der Gewinnzone halten.« Seine Augen hatten etwas Manisches.

»So?«, fragte ich ungläubig. »Ich dachte, das funktioniert nur nach dem Zufallsprinzip. Wie kann es beim Lotto ein System geben?«

Rudi schüttelte den Kopf. »Das ist alles mathematisch berechenbar. Ich habe im Internet eine Anweisung gelesen, wie man Verluste minimieren und Gewinne maximieren kann. Das System basiert auf den Zahlen der Vergangenheit. Je öfter eine Zahl schon dran war, desto unwahrscheinlicher ist es, dass sie erneut gezogen wird.«

»Ist die Wahrscheinlichkeit für eine bestimmte Zahl nicht bei jeder Lottoziehung gleich? Ich denke, wenn eine Zahl bei einer vorangegangenen Ziehung gezogen wurde, dann ist sie bei der nächsten Ziehung genauso wahrscheinlich.« Ich trank einen Schluck aus meinem Glas.

»Nein, nein!« Rudi stocherte mit dem Messer in meine Richtung. »Die haben das genau untersucht! Es ist schwierig, es so auf die Schnelle zu erklären, aber ich merke ja selber, dass ich jetzt eine Gewinnsträhne habe. Das System funktioniert!« Er hielt das Messer immer noch auf mich gerichtet. Wie konnte man sich wegen eines Spiels dermaßen echauffieren?

Tom versuchte, das Gespräch wieder in andere Bahnen zu lenken. »Für mich ist Sport auch eine handfestere Sache als Glücksspiel. Man trainiert, liefert eine bestimmte Leistung ab – oder auch nicht.« Tom grinste. »Und man muss sich daran messen lassen. Es besteht ein direkter Zusammenhang zwischen Ursache und Wirkung.«

»So kann man es sehen.« Rudi schien nicht sehr überzeugt. »Die besten Wettkämpfe habe ich immer dann abgeliefert, wenn ich vorher viel trainiert habe. Im Moment hänge ich allerdings ein bisschen hintendran. Ist halt oft eine Zeitfrage.« Er schaufelte sich eine Portion Gemüse auf die Gabel und steckte sie rasch in den Mund.

»Bei uns geht es gerade so, was meinst du?« Tom sah mich an. »Zu zweit kann man sich sowieso besser motivieren.«

»Das stimmt«, pflichtete ich bei. »Aber gegen ein paar Abende mehr auf der Fernsehcouch hätte ich auch nichts einzuwenden.«

Tom legte unter dem Tisch seine Hand auf mein Bein und grinste. »Sag mir Bescheid, bevor ich als ›der Schinder von Beerfelden‹ in die Annalen der Stadt eingehe.«

Rudi lachte. »Frauen sind doch alle Weicheier. Mit meiner Ex war sportlich überhaupt nichts los. Gut, es ist auch nicht leicht, mit mir mitzuhalten, aber trotzdem. Aber immer wegen dem Geld rummeckern, darin war sie groß.« Er kratzte den letzten Rest vom Teller. »Tom, ich hoffe, du bist mir nicht böse, wenn ich schon ins Büro zurückgehe. Ich habe im Moment viel zu tun.«

»Klar«, sagte Tom. »Wir sehen uns.«

Ich nickte ihm zu. Eigentlich fand ich es unverschämt, dass er sich von Tom zum Essen einladen ließ und dann noch früher aufbrach.

Als er weg war, konnte ich meinen Unmut nicht mehr zurückhalten. »Rudi ist ein ganz schöner Angeber. Dieser Spruch von wegen Frauen seien Weicheier! Was für ein dummes Gelaber!«

»Ich hab mir schon gedacht, dass du dich darüber ärgerst.« Tom grinste. »Er hat wirklich eine große Klappe. Aber er leistet gute Arbeit. Wer verkürzt schon seine Mittagspause, um schnellstmöglich weiterzuarbeiten?«

»Na, zum Beispiel du, Günter und Steffi, soviel ich weiß. Und vermutlich auch sonst jedermann, der in der Polizeidirektion Odenwald arbeitet.« Ich legte meine Hand auf Toms Unterarm, den er auf dem Tisch abgelegt hatte. »Ich habe den Eindruck, dass du dir so sehr eine gute Verstärkung für dein Team wünschst, dass du diesen Rudi nur noch durch eine rosarote Brille betrachtest.«

»Und du siehst schwarz.« Tom lachte.

Ich zog die Augenbrauen hoch. »Hoffentlich siehst du nicht bald rot.«

Tom und ich verließen kurz darauf das Restaurant und trennten uns wieder. Ich hatte noch einen wichtigen Termin, den ich vor Tom geheim gehalten hatte. Deswegen fuhr ich nach dem Essen sofort nach Hause und kleidete mich komplett in Schwarz: Ich würde auf Mario Steigers Trauerfeier gehen. Im Film standen nämlich die Ermittler immer auf dem Friedhof hinter einem Baum in der Nähe des Grabs und beobachteten die Beerdigungszeremonie. Und entweder fiel ihnen dabei eine verdächtige Gestalt auf, oder sie beobachteten irgendein seltsames Verhalten bei den Trauergästen, das sie in dem Fall weiterbrachte. Okay, manchmal wurden sie auch von einer geheimnisvollen, höchst attraktiven Frau angesprochen, mit der sie erst ins Bett gingen, um danach fast von ihr ermordet zu werden. Darauf war ich natürlich nicht aus. Selbst wenn es sich um einen geheimnisvollen, höchst attraktiven Mann handeln würde.

Aber ich erhoffte mir irgendwelche neuen Erkenntnisse durch den Besuch von der Gedenkfeier, die heute Nachmittag in Bad König stattfinden sollte. Wer würde zur Feier kommen? Wie standen die Trauernden zueinander? Hätte vielleicht sogar jemand ein sichtbar schlechtes Gewissen? Auf diese und andere Fragen erhoffte ich mir eine Antwort.

Ich war rechtzeitig losgefahren und traf am Friedhof von Bad König als eine der Ersten ein. Neben der Trauerhalle befand sich die historische Friedhofskapelle, das älteste Bauwerk Bad Königs. Nach der Trauerfeier wollte ich sie mir genauer ansehen und mir auch die Hinweistafel durchlesen, die ich im Vorübergehen entdeckt hatte. Aber um keine Interaktion zwischen den Trauergästen zu verpassen, steuerte ich sofort die wesentlich modernere Trauerhalle an. Sie sah sehr hübsch aus, wenn man das von Trauerhallen so sagen konnte. Eine ihrer langen Seiten bestand komplett aus einem bunten Glasbild, das anscheinend die Hoffnung auf Auferstehung ausdrücken sollte.

Die Halle war noch relativ leer. Es waren fünf Stuhlreihen auf jeder Seite des Mittelgangs aufgestellt, und ich setzte mich in die letzte Reihe, um möglichst unauffällig alle Personen vor mir beobachten zu können. Ganz vorne war ein großes Porträt von Mario Steiger aufgestellt, auf dem er sehr nett lächelte. Natürlich hatte man für diesen Anlass ein sympathisches Foto von ihm gewählt. Doch irgendjemandem musste dieser sympathische Kerl Anlass gegeben haben, ihn zu ermorden.

Nach und nach füllte sich der Raum. Marios Eltern waren sofort zu erkennen. Seine Mutter war immer noch sichtlich geschockt und wurde von seinem Vater gestützt. Sie setzten sich vorne in die erste Reihe und sanken auf ihren Stühlen zusammen. Sie taten mir sehr leid. Egal, was für ein Mensch Mario gewesen war, niemand sollte erleben müssen, dass das eigene Kind vor einem selbst sterben musste. Ab sofort würde ich auch ihnen zuliebe versuchen, diesen Fall aufzuklären.

Unter den restlichen Gästen fiel mir eine sehr elegant gekleidete junge Frau auf, deren verheultes Gesicht unter dem von ihrer Hutkrempe heruntergelassenen Netz undeutlich zu erkennen war. Sie saß relativ weit vorne und verstand sich damit wohl als nahestehende Angehörige.

Schräg vor mir nahmen ein Mann und eine Frau Platz, die sich sofort im Flüsterton zu unterhalten begannen. Ich musste extrem die Ohren spitzen und jedes noch so leise Geräusch um mich herum ausblenden, um sie zu verstehen.

»Alt ist er ja nicht geworden«, wisperte der Mann. »So Mitte dreißig, glaube ich.«

»Ich hab mit seiner Mutter, der Waltraud, gesprochen: Fünfunddreißig ist er gewesen. Und bei Marios Tod soll nicht alles mit rechten Dingen vor sich gegangen sein.« Sie beugte sich zu ihm hinüber. »Deshalb gibt es auch keinen Sarg. Die Polizei hat den Leichnam noch nicht freigegeben.« Sie richtete sich wieder auf und zeigte mit einer Hand in eine unbestimmte Richtung. »Aber beerdigt wird er sowieso in Trier, im Familiengrab von Waltrauds Mann. Nach dieser schrecklichen Sache wollen sie zurück in seine Heimat gehen.«

Der Mann nickte. »Ob sie ihr Haus dann verkaufen? Ich hätte …«

Auf einmal setzte gedämpfte Hintergrundmusik ein, die es mir unmöglich machte, die beiden weiter zu belauschen. Stattdessen beobachtete ich die Trauernden.

Nach einer Weile trat ein Pfarrer an das Rednerpult und

begann nach Verklingen der leisen Musik eine Rede. Als Eröffnung gab er bekannt, dass Mario nicht mehr der katholischen Kirche angehört hatte und er sich nur aufgrund der eindringlichen Bitte der Eltern bereit erklärt habe, die Trauerrede zu halten. Mir fiel vor Empörung fast mein Autoschlüssel aus der Hand. So ein Idiot! Dann hätte er die Rede doch besser gleich ganz sein gelassen! Oder sich diese Bemerkung verkneifen sollen! Ich hoffte inständig, dass Marios Eltern zu sehr mit ihrer Trauer beschäftigt waren und diese unverschämte Anmerkung überhört hatten.

Ich folgte den Worten des Pfarrers danach nur noch mit halbem Ohr, auch, weil ich mit der Beobachtung der vor mir Sitzenden beschäftigt war, realisierte aber trotzdem, dass der Pfarrer Mario Steiger kaum gekannt haben konnte. Er spulte Daten aus Marios Leben ab, die eher zu einem Bewerbungsschreiben gepasst hätten, denn Mario als Menschen beschrieben. Schade, ich hätte gerne mehr über ihn erfahren.

Meine Augen blieben immer wieder an der trauernden jungen Frau hängen. Ob ich herausfinden konnte, in welchem Verhältnis sie zu Steiger gestanden hatte?

Endlich waren die letzten Worte gesprochen, und die Musik erklang von Neuem. Die Trauergäste verließen langsam die Halle, und ich ließ noch einmal meine Augen über alle schweifen, als sie an mir vorüberzogen. Marios Eltern gingen, wie sie gekommen waren. Die Halle leerte sich. Die Musik wurde abgestellt.

Nur die junge Frau saß noch auf ihrem Platz und schniefte.

Es schien mir ein Wink des Schicksals, dass sie als Letzte noch sitzen geblieben war. Ob sie mich davonjagen würde, wenn ich mich zu ihr setzte? Nun, wenn ich sie einfach gehen ließ, hätte ich genauso wenig gewonnen. Außerdem wollte ich sie ja nicht als Verdächtige durch den Fleischwolf drehen, sondern nur etwas mehr über Mario erfahren. Wenn sie nicht reden wollte, könnte ich mich immer noch zurückziehen.

Ich stand auf, ging nach vorne und setzte mich neben sie. Dann reichte ich ihr ein Taschentuch.

Sie blickte auf. »Danke.« Sie schnäuzte sich die Nase. »Ich hätte ja auch welche dabei, aber ... ich bin noch nicht dazu gekommen.« Sie lächelte entschuldigend.

»Ja, bei der mitreißenden Rede des Pfarrers habe ich auch fast alles um mich herum vergessen.«

Sie kicherte leicht. »Sie haben recht, er war wirklich ein miserabler Redner.« Sie steckte das Taschentuch weg. »Woher kannten Sie Mario?«

»Ich bin eine entfernte Freundin. Wir kannten uns nicht sehr gut, aber ich wollte doch wenigstens zur Trauerfeier gehen. Und Sie?«

»Oh, ich ... Mario war meine Jugendliebe, aber in ein paar Wochen heirate ich einen anderen.« Sie lächelte gequält.

Oha, eine glückliche Braut sah anders aus. Ich war ein wenig schockiert und wusste nichts zu sagen, was sie nicht wie ein blödes, hilfloses Weibsstück hätte aussehen lassen. Wir schwiegen eine Weile.

»Hatten Sie das auch schon mal, dass sie auf ihr Leben zurücksehen und sich fragen, was wäre gewesen, wenn?«, fragte sie plötzlich.

Nun ja, so alt kam ich mir eigentlich noch nicht vor, als dass ich auf mein Leben großartig zurückschauen konnte. Und sie schien mir kaum älter als ich zu sein.

»Also«, fuhr sie fort, »was wäre gewesen, wenn ich als Jugendliche mit Mario durchgebrannt wäre, statt vor meinem Vater zu kuschen? Wäre ich mit ihm glücklicher geworden, als ich es jetzt mit meinem Verlobten werden kann?«

Mich überkam auf einmal das Bedürfnis, sie zu trösten. »Na ja, die Männer, die man als Jugendliche toll fand, können sich ein paar Jahre später als die letzten Idioten entpuppen. Ich glaube, darauf darf man nicht viel geben. Man selbst ändert sich ja auch.«

Sie hatte erneut angefangen zu weinen. »Aber das ist ja das Schlimme. Mario hat kurz vor seinem Tod wieder Kontakt zu mir aufgenommen. Er hat mich all die Jahre nie vergessen, und er wollte mich damit beeindrucken, dass er bald ein eigenes Restaurant leiten würde und er mir dann alles bieten könne, was ich mir nur wünschte.« Sie lachte bitter. »Dabei ging es mir nie um Geld. Nur meinem Vater.« Was für ein Drama! Marios Bestrebungen hatten anscheinend allein ihr gegolten. »Aber es war alles so lange her. Mario schien seine finanzielle Ausstattung über alles zu stellen. Auf eine verquere Art war er meinem Vater, den er früher doch so verabscheut hat, seltsam ähnlich geworden. Ich war mir nicht sicher, ob wir wirklich noch zusammenpassten ...« Sie schniefte noch einmal. »Ich glaube, er hatte sich eine eindeutigere Reaktion von mir gewünscht. Ich hoffe sehr, dass das mit dem Auto tatsächlich ein Unfall war ...« Ihre Hände zitterten, und ich legte meine Hand darüber. Wir sahen uns in die Augen.

»Man kann sich nicht aus Mitleid mit jemandem einlassen. Sie müssen Ihrem Herzen folgen. Mario war erwachsen und selber für sein Tun verantwortlich.« Ich zögerte. »Ich kann Ihnen jedenfalls versichern, dass er sich nicht selbst umgebracht hat.«

Sie riss einen kurzen Moment die Augen auf, dann schaute sie zu Boden, griff fahrig nach ihrer Handtasche und stand auf. »Vielen Dank, dass Sie mir zugehört haben.« Sie lächelte unsicher.

Ich stand ebenfalls auf und reichte ihr die Hand. »Alexandra König. Schön, Sie kennengelernt zu haben.«

»Oh, äh, ja, Gabi Schulmeyer, ganz meinerseits.« Ihre Hand fühlte sich feucht und schlaff an.

Sie lief aus der Halle, und ich sah ihr nach. Gabi Schulmeyer würde keinen Platz auf meiner Verdächtigenliste finden. Ich nahm ihr völlig ab, dass sie Zweifel an der Wiederaufnahme einer Beziehung zu Mario gehabt hatte und sich nun sorgte, ob er sich möglicherweise ihretwegen absichtlich den Abhang hinuntergestürzt hatte.

Ich lief langsam zwischen den Stuhlreihen hindurch.

Aber wie war der Vater einzuschätzen, der offensichtlich schon früher gegen die Beziehung opponiert hatte? Und war ein eifersüchtiger Verlobter, der eventuell den kürzlich geschehenen Abwerbeversuch mitbekommen hatte, nicht auch ein geeigneter Kandidat für die Rolle des Mörders?

Ich verließ die Halle durch die große, zweiflügelige Glastür und bog sofort nach rechts ab, um durch den schmalen Durchlass in der Mauer, die das Vordach stützte, in Richtung Friedhofskapelle zu laufen.

Wie kam Mario darauf, dass er bald ein eigenes Restaurant führen würde? Hatten vielleicht die fünfzehnhundert Euro damit …?

Ich hatte gerade den Mauerdurchlass erreicht, als sich plötzlich ein großes, schwarzes Etwas vor mir aufbaute. Ich zuckte erschrocken zusammen und sah nach oben. »Tom, verdammt, wie kannst du mich so erschrecken? Was machst du hier?«

Tom hatte die Hände links und rechts hoch oben an den Mauerbogen gestützt und versperrte mir den Weg. »Arbeiten«, sagte er und schaute von oben auf mich herab. »Und du?«

Sein Pokerface verunsicherte mich. »Na ja, was macht man wohl bei 'ner Trauerfeier?« Ich überlegte kurz, aber mir fiel nichts Gescheites ein. »Trauern halt.« Ich wollte die Arme vor der Brust verschränken, aber leider fiel mir mein Autoschlüssel dabei zu Boden. Wieder ein Wink des Schicksals! Ich schaute Tom auffordernd an. Tatsächlich löste sich Tom aus seiner affenartigen Blockade-Haltung und bückte sich mit gespieltem Stöhnen nach meinem Schlüsselbund. Jetzt konnte ich die Lücke zwischen ihm und der Mauer nutzen, um hindurchzuflutschen!

Der Plan funktionierte leider nicht ganz. Noch während Tom am Boden hockte, griff er mit einem Arm nach meiner Hüfte und hielt mich zurück. Mit dem Schlüsselbund in der Hand richtete er sich auf und drückte mich mit der anderen leicht gegen die Mauer. »Nicht so eilig, junge Frau. Hier liegt ein Fall von Behinderung polizeilicher Ermittlungsarbeit vor.« Tom verzog keine Miene.

»Quatsch.« Ich schaute an seiner Brust vorbei über den Friedhof. »Ich erzähle dir heute Abend doch sowieso alles.«

»Ist nicht nötig.« Tom blickte mir fest in die Augen und stützte seine Hand, in der er meine Schlüssel hielt, neben meinen Oberarm, sodass er mir den Weg nach rechts versperrte. »Ich habe gute Ohren.«

»Also, wo ist dann das Problem?« Ich drückte testweise gegen Toms Hand, die mich gegen die Mauer schob, aber er gab nicht nach.

»Dein Part war eigentlich für Steffi vorgesehen.« Tom sah mich streng an und schob seine Füße noch näher an mich heran.

»Macht doch nichts, ich habe schließlich einige wichtige Infos erhalten.« Ich lehnte mich ein wenig gegen Toms Arm, der mir den Weg nach rechts versperrte, aber es sah nicht so aus, als ob er mich gehen lassen wollte.

»Ich gebe zu, deine Fragetechnik war nicht ungeschickt.« Tom lächelte leicht und rückte noch näher an mich heran.

»Das war keine Fragetechnik, die Frau hat mir leidgetan.«

»Sag bloß?« Tom stand jetzt so nah, dass ich seinen Atem spüren konnte. Huch, war es sehr pietätlos, auf einem Friedhof an

Sex zu denken? Tom lächelte immer selbstbewusster. Konnte er meine Gedanken lesen?

Hinter seinem Rücken vernahm ich ein Räuspern. Tom trat zurück und drehte sich um. Ich lehnte mich ein wenig zur Seite. Zum einen, um den Augenblick zu nutzen und Tom meinen Schlüsselbund aus der Hand zu nehmen. Zum anderen, um einen Blick auf die ungewohnt dunkel gekleidete Steffi zu erhaschen, die mir breit grinsend zunickte.

»Sie ist zu einem Mann, der vom Alter her ihr Vater sein könnte, in einen Maserati der Oberklasse gestiegen.« Es war Steffi anzusehen, wie sehr sie sich um ein ernstes Gesicht bemühen musste. »Erbacher Kennzeichen. Die Nummer hab ich.«

Na, hoffentlich handelte es sich bei dem Typ wirklich um ihren Vater.

»Gut.« Tom nickte.

Steffi kämpfte immer noch darum, ihr Grinsen zu unterdrücken.

»Wir fahren.« Tom zeigte mit dem Arm in Richtung Ausgang. Dann wandte er sich noch einmal an mich und lächelte. »Wir sehen uns.«

KAPITEL 6

Herbert drehte am Regler für die Klimaanlage. »Darf ich die Temperatur etwas herunterdrehen, es ist mir doch noch ein bisschen zu warm hier im Auto.«

Ich fuhr mit der Hand vor dem Armaturenbrett hin und her. »Klar, stell ruhig alles so ein, wie du möchtest.«

»Wir wollten uns gerne noch mal bedanken, dass du mit uns zur Burg Frankenstein fährst«, sagte jetzt Hedi. »Mit öffentlichen Verkehrsmitteln wäre es doch etwas umständlich geworden. Herbert hat es auf seinem Tablet gegoogelt.«

»Oh, ihr habt ein Tablet?« Ich sah Hedi über den Rückspiegel in die Augen. »Das wusste ich ja noch gar nicht.«

»Herbert hat es nach unserem Computerkurs gekauft. Er kann schon sehr gut damit umgehen.« Hedi war sichtlich stolz auf ihren Mann.

Herbert gab einen Brummton von sich, den ich als Zustimmung interpretierte.

»Das ist ja toll! Könnt ihr damit auch Fotos machen? Jetzt gleich von der Burg Frankenstein?«

»Ich weiß nicht …« Hedi blickte auf Herbert.

»Theoretisch ja, aber die Qualität lässt doch zu wünschen übrig. Ich habe unsere Digitalkamera dabei«, Herbert klopfte auf seinen Rucksack, »die ist um einiges besser. Sie macht auch sehr gute Videos.«

»Ich fotografiere praktisch nur noch mit meinem Handy. Das hab ich ja sowieso immer dabei, und meine Digitalkamera ist mittlerweile auch schon wieder veraltet. Tom hat eine viel bessere.«

»Wie geht es Tom überhaupt? Hat man mittlerweile herausgefunden, wer den Schmuck von dieser ermordeten Unternehmersgattin gestohlen hat?«

»Nein, leider bekommt Tom davon gar nichts mehr mit. Der Fall wurde an das Polizeipräsidium Frankfurt übergeben, und die ermitteln völlig eigenständig, ohne auch nur Toms Vorgesetzten mit einzubeziehen. Ich merke, dass es Tom enorm belastet, aber er spricht nicht darüber. Ich würde ihm so gerne helfen.«

»Wenn dir etwas einfällt, womit wir dich unterstützen können, sag einfach Bescheid. Hedi und ich helfen gerne, nicht wahr, Hedi? Du liebst doch Aufregung.«

»Na ja, ich möchte keinen Herzinfarkt bekommen. Ich verstehe gar nicht, warum du dich in letzter Zeit darum reißt.«

»Ich dachte, das gefällt dir. Also ich würde mich gerne in ein Abenteuer stürzen.« Herbert rieb sich demonstrativ die Hände.

»Die Realität ist oft viel unspektakulärer, als man denken mag«, schaltete ich mich wieder ein. »Ich versuche, mehr über Toms Mitarbeiter herauszufinden, da ja einer von ihnen der Schuldige sein muss. Rudi Gambach habe ich schon einmal nach der Arbeit zu beobachten versucht, aber ich habe ihn aus den Augen verloren. Gestern Abend bin ich Steffi nachgefahren. Ich habe mir vorher noch extra ein Buch gekauft, damit ich für Tom eine Ausrede habe, weshalb ich so spät heimkomme. Steffi ist schnurstracks zu ihrer Wohnung in Michelstadt gefahren. Ihr Freund war schon da. Ich habe vor dem Haus geparkt, bin im Sitz so weit wie möglich runtergerutscht und habe die beiden durch das Gartengestrüpp im Wohnzimmer und in der Küche beobachten können. Das war vielleicht langweilig! Sie haben zusammen gekocht und gegessen, und als sie sich vor den Fernseher gesetzt haben, bin ich wieder gefahren. Abgesehen davon, dass ich mir Steffi sowieso nicht als Diebin vorstellen kann, habe ich natürlich auch nicht erwartet, dass sie den geklauten Schmuck am Fenster in die Höhe halten würde, aber ... ach, ich weiß auch nicht. Vielleicht könnte der Dieb mal zu einem Pfandleihhaus fahren, oder in ein zwielichtiges Geschäft gehen, wo man einen Hehler vermuten würde. Oder ich beobachte die Übergabe eines verdächtigen Päckchens oder so. Aber nein, die Leute sitzen wie Otto Normalbürger vor der Glotze. Ich weiß gar nicht, wie Tom solche Observationen aushält. Stundenlang im Auto hocken, und nichts passiert! Dafür sollte es eine Erschwerniszulage geben.«

»Das hört sich aber trotzdem spannend an. Möglicherweise machst du doch noch eine interessante Beobachtung.«

Wir fuhren die gewundene Straße bergan. Ich musste ein paar Mal herunterschalten, damit mein Auto die Steigung bewältigen konnte. Den Parkplatz erreichte man über eine etwa vierzig Meter lange, ausnehmend steile Auffahrt. Da ich die Stelle kannte, nahm ich sozusagen Anlauf. Es gab noch ein paar freie Parkplätze, und ich erwischte einen, auf den ein angrenzender Baum etwas Schatten warf.

Vom Parkplatz ging es etwa hundert Meter weiter bis zum Burgtor. Dabei kamen wir an zwei Bäumen vorbei, die extrem nah am Hang wuchsen, sodass ihre Wurzeln großenteils aus dem Erdreich herausragten, als hätte man die Bäume zu wissenschaftlichen Zwecken unterhalb der Erdoberfläche mit einem Längsschnitt freigelegt. Zwischen ihnen verliefen etwa ein Dutzend Wurzelstränge, als ob sich die Bäume gegenseitig die Hände reichen würden. Ihre Stämme und auch die der dahinter liegenden Bäume waren von Efeu bewachsen, und dahinter, etwa zwanzig Meter höher, ragte die Burg in den Himmel.

»Ist das nicht schön?«, rief Hedi. »Wie im Märchenwald!«

»Ja«, stimmte ich zu, »aber an Halloween sieht die Sache völlig anders aus. Da laufen hier viele gruselig verkleidete Gestalten herum, die sich einen Spaß daraus machen, die Leute zu erschrecken. Wer herzkrank ist, darf sich hier zu dieser Zeit nicht blicken lassen.«

»Wir sind aber gar nicht herzkrank«, protestierte Hedi.

»Oh, entschuldige, das habe ich auch nicht auf euch bezogen. Es ist einfach wirklich sehr unheimlich an Halloween an der Burg Frankenstein. Ich selber habe es aus gutem Grund vermieden, an diesem Tag hierherzukommen, obwohl Tom das gerne mit mir machen würde.«

Tom sprach dann immer scherzhaft über eine »Grusel-Nummer«, wobei ich mir nicht ganz sicher war, ob er es tatsächlich nur im Spaß meinte. Jedenfalls hatte ich bestimmt keine Lust, es mit Tom im Wald oder im Schatten der Burgmauer zu treiben, während jederzeit ein Zombie, Frankensteins Monster oder Mr. Hyde hinter einem Baum hervorgesprungen kommen konnte. Aber so genau wollten es Herbert und Hedi sicher nicht wissen.

Wir betraten die Burg. Als ich sie mit Tom besucht hatte, hatten wir beide vor der kleinen Kapelle gestanden und nur von außen den winzigen Raum mit dem schönen Glasfenster betrachtet. Ein neben dem Eingang angebrachtes Schild mit dem Hessischen Landeswappen und der Aufschrift »Standesamt Mühltal« ließ den Rückschluss zu, dass hier auch Trauungen stattfanden. Aber Tom und ich hatten die Kapelle nicht betreten. Ich konnte nicht umhin, das als symbolisch zu interpretieren.

Mit Hedi und Herbert blieb ich diesmal nicht vor der Tür stehen. Als ich mich in der Kapelle umsah, wurde mir jedoch klar, dass dieser Raum für eine Trauung eher knapp bemessen war. Viele Gäste würden hier nicht hineinpassen, vielleicht fünfundzwanzig inklusive Stehplätzen, aber dann war die Bude voll. Wenn ich da allein an Toms Verwandtschaft dachte ... Aber das war ja sowieso kein Thema für uns.

Wir warfen einen Euro Eintritt pro Nase in den dafür vorgesehenen Sammelkasten und besichtigten die Innenburg. Nur einer der beiden mittelalterlichen Türme war begehbar. Herbert bekämpfte wieder seine Höhenangst und bestieg mit uns den Turm. Wir wurden mit einer fantastischen Aussicht bis Frankfurt belohnt. Wir liefen noch einmal um die Innenburg herum und kehrten schließlich im Restaurant ein. Zu beiden Seiten der lang gezogenen Terrasse standen Tische, die komplett besetzt waren, aber wir hatten Glück: Es wurde gerade ein Tisch an der Außenseite frei, sodass wir den wunderschönen Ausblick ungehindert genießen konnten. Herbert bevorzugte allerdings einen Stuhl weiter innen. »Das ist mir beim Essen doch lieber.« Herbert grinste. »Nicht, dass ich vor euren Augen mein Essen über die Brüstung ...«

»Schon gut, Herbert«, unterbrach ihn Hedi. »Wir haben verstanden.«

Wir waren mitten beim Essen, als wir noch einmal auf Herberts Höhenangst zu sprechen kamen. »Leider hat man dann auch eine übersteigerte Wahrnehmung für alle Aspekte, die die Sicherheit beeinträchtigen.« Herbert säbelte an seiner Kaninchenkeule herum.

»Ach, das wusste ich gar nicht«, gab ich zu.

»Mir hat schon dieser Wehrgang, der in den Turm hineinführte, gereicht.« Herbert schüttelte den Kopf. »Die Brüstung zum Hof hin war genauso niedrig wie im Turm die Fenstersimse.

Aber während sie dort noch Eisenstangen eingezogen haben, damit niemand abstürzen kann, haben sie die Mauer am Wehrgang einfach so belassen.«

»Apropos abstürzen, gibt es Neuigkeiten zu diesem Mordfall mit dem abgestürzten Auto?«, fragte Hedi und schob sich genüsslich ein Stück ihres Rinderschnitzels in den Mund.

»Gestern war ich auf der Trauerfeier für Mario Steiger in Bad König. Da habe ich seine Jugendliebe getroffen und von ihr erfahren, dass Mario sie kurz vor seinem Tod wieder für sich gewinnen wollte. Sie meinte, er hätte was von einem eigenen Restaurant erzählt. Aber ihr Vater war schon früher gegen die Beziehung, und mittlerweile ist sie auch verlobt. Also genau diese zwei Männer – ihr Vater und ihr Verlobter – könnten ein Interesse daran gehabt haben, Mario loszuwerden. Tom will den Vater noch verhören.«

»Ach, war Tom auch auf der Trauerfeier?«, fragte Hedi.

»Ja. Seine Mutter hatte mich in Trauerkleidung aus dem Haus gehen sehen und ihn angerufen, weil sie wissen wollte, wer gestorben ist. Wobei das Toms Version ist und ich mir nicht ganz sicher bin, ob er sie darauf angesetzt hat, ihm Bescheid zu sagen, wenn ich das Haus verlasse. Ich habe manchmal das Gefühl, dass Tom einige Strippen im Hintergrund zieht, um mich, wie er meint, zu beschützen.«

Herbert nickte und zeigte nur mit dem Finger auf mich, weil er den Mund voll hatte.

»Wie auch immer, das waren meines Erachtens die wichtigsten neuen Erkenntnisse. Ansonsten wurde das soziale Umfeld von Steiger befragt, aber da konnte man wohl niemandem so richtig etwas anlasten. Sie haben Fingerabdrücke an seinem Auto gefunden, aber ohne Verdächtigen nützen sie nichts. Und ich war noch mal bei Zang und hab ihn ein bisschen unter Druck gesetzt …«

Herbert schluckte sein Essen hinunter. »Du gehst hoffentlich nicht zu weit damit.« Er runzelte die Stirn. »Weiß Tom davon?«

Ich stocherte in meinem Vitaminsalat herum. »Noch nicht, aber ich werde es ihm schon noch sagen.«

Herbert zog die Augenbrauen hoch.

»Da war doch noch was mit Geld in einem Kuvert«, sagte jetzt Hedi. »Das Geld hat doch der Zang dem Steiger gegeben.«

»Nein, umgekehrt«, wandte Herbert ein, »der Steiger hat dem Zang ein Auto damit bezahlt.«

»Nein, nein, weder noch«, korrigierte ich. »Das Geld befand sich nur in einem Firmenkuvert vom Zang. Es lag bei Steiger ... Moment mal, was hast du eben gesagt, Hedi?«

»Sie hat das verwechselt«, erläuterte Herbert.

»Nein, ich meine, sie hat das genau umgekehrt gesagt, als ich es die ganze Zeit betrachtet habe.« Ich ließ meine Gabel fallen. »Da Mario Steiger bei Zang ein Auto gekauft hatte, dachte ich immer, das Geld wäre, wenn überhaupt, von Steiger zu Zang geflossen. Allerdings hatte er das Auto per Kredit komplett bezahlt, und ich nahm deshalb an, Steiger hätte das Kuvert von Zang einfach zur Aufbewahrung dieser Menge Bargeld benutzt, und man müsste untersuchen, wieso Steiger so viel Bargeld zu Hause herumliegen hatte. Aber auf die Idee, dass das Geld von Zang an Steiger geflossen sein könnte, bin ich überhaupt nicht gekommen. Hedi, ich glaube, du hast das Rätsel gelöst.«

»Wieso?« Hedi ließ ihr Besteck sinken, beugte sich über den Tisch und sah mich gespannt an.

»Na, was denkst du, weshalb ein Autohändler seinem Kunden mehrere Wochen nach dem Kauf einen Haufen Bargeld in die Hand drückt?« Ich nahm meine Gabel wieder in die Hand und stocherte im Salat herum. »Es könnte sich um einen Preisnachlass handeln, weil an dem Auto etwas nicht in Ordnung war. Dann hätte man das aber bestimmt schriftlich fixiert und als Nachweis das Geld überwiesen. Nein, wenn so viel Bargeld fließt, ist meistens was faul. Ich glaube, es handelt sich hier um …« Ich machte eine Kunstpause.

»Erpressung«, vollendete Herbert meinen Satz und griff ohne aufzusehen nach seinem Glas.

»Oh Gott, wie dramatisch! Das ist ja schlimm!« Hedi ließ ihr Besteck fallen und lehnte sich verblüfft zurück.

Herbert grinste in sich hinein. »Ich dachte, du liebst Aufregung.«

Auch ich lächelte vor mich hin. Ich hatte tolle Neuigkeiten für Tom. Wenn ich ihm die präsentierte, würde er mir sicher verzeihen, dass ich ein zweites Mal bei Zang vorbeigeschaut hatte. »Wie wäre es mit einem Nachtisch?«, rief ich freudig.

Herbert schaute in die Speisekarte. »Ja, zum Beispiel das Limettenparfait, die Crème Caramel und der ›Frankenstein Eisbecher‹.«

»Für wen ist was?«, fragte Hedi verwirrt.

Herbert sah noch verwirrter aus. »Das war eigentlich nur meine Bestellung.«

Als wir zum Auto zurückliefen, sah ich schon von ferne, dass jemand unverschämt dicht an meiner Beifahrerseite geparkt hatte. »Hey, da habt ihr zu wenig Platz zum Einsteigen. Wartet doch vor dieser steilen Auffahrt auf mich, ich sammele euch dann ein.«

Herbert und Hedi liefen geradeaus weiter, ich bog zu meinem Auto ab. Der Schatten, der bei unserer Ankunft auf den Parkplatz gefallen war, hatte sich mittlerweile verzogen. Ich öffnete kurz beide fahrerseitige Türen, um die größte Hitze herauszulassen.

In dem Moment, wo ich die erste Tür aufriss, flog eine Aaskrähe auf. Hu! Zum Glück war ich nicht abergläubisch. Sicher wollte sie mir keinen nahen Todesfall ankündigen, sondern hatte nur auf dem Parkplatz nach essbaren Hinterlassenschaften der Touristen gesucht. Ich stieg ein, startete und fuhr zu Herbert und Hedi, die, kurz bevor die Straße vom Parkplatz abfiel, auf mich warteten.

Ich fuhr im zweiten Gang bis zu ihnen heran und kuppelte aus, um gleichzeitig zu bremsen. Aus dem Augenwinkel konnte ich sehen, wie Herbert einen Schritt auf das Auto zutrat und stockte, während das Auto an ihm vorbeirollte und ungebremst den Weg abwärts antrat.

Das Gefühl, das mich befiel, als ich auf die Bremse trat, so fest ich nur konnte, das Auto jedoch nicht im Mindesten reagierte wie erwartet, war unbeschreiblich schrecklich. Bevor ich richtig begriff, was vor sich ging, war der Wagen bereits die halbe Schräge hinuntergerollt und hatte ordentlich Fahrt aufgenommen. Ich ließ die Kupplung wieder kommen, wodurch der Motor so laut aufheulte, dass ich automatisch den dritten Gang einlegte. Dabei trat ich sinnloserweise wie eine Irre auf die Bremse. Mein Herz raste, und Hitze überflutete meinen Körper. Oh nein! Immer fester trat ich verzweifelt auf das Bremspedal. Wenige Meter vor mir kam die Querstraße, und da der mir vertraute Heimweg rechts lag, peilte ich instinktiv eine Rechtsabbiegung an. Aber bei diesem Tempo? Ich holte weit aus, die Reifen quietschten, und für einen Moment fürchtete ich, dass das Auto aus der Kurve getragen würde. Aber ich schaffte es mit knapper Not.

Jetzt kam ein relativ gerades Stück Straße, aber Panik hatte mich befallen, und sie saugte mir jegliche Kraft aus meinem Körper. In einer einzigen Sekunde schossen so viele Gedanken durch meinen Kopf wie normalerweise in einer Minute. Wie brachte man ein Auto ohne Bremse zum Stehen? Sollte ich die Tür öffnen und hinausspringen wie in einem Actionfilm? Ich sah aus dem Fenster und tastete zitternd nach dem Türgriff, aber nein, das Auto hatte bereits ein zu hohes Tempo drauf, ich konnte mich nicht dazu überwinden. Mit jeder Sekunde, die ich wie eine Gefangene in dem unkontrollierbaren Gefährt den Berg hinunterschoss, wurde der Wagen schneller und schneller. Der Motor jaulte, aber wenigstens bremste er auf diese Art ein bisschen. Genau, ich sollte versuchen herunterzuschalten! Ich versuchte zu kuppeln, aber obwohl ich mit aller Kraft den Schalthebel nach hinten drückte, bekam ich den zweiten Gang nicht rein. Meine Arme schienen aus Pudding. Oh nein! Ich versuchte, wenigstens wieder den dritten Gang einzulegen, was mir nur unter höchstem Kraftaufwand und mit laut protestierendem Getriebe gelang. Das gerade Stück Straße mündete in eine leichte Linkskurve, und als ich die erreichte, packte mich das blanke Entsetzen: Dahinter kam eine extrem enge Rechtskurve, fast wie ein U-Turn, die ich niemals in dieser Geschwindigkeit würde durchfahren können. Würde ich jetzt sterben? Es musste doch eine Möglichkeit geben …

Die Handbremse! Ich packte sie mit beiden schweißnassen, zittrigen Händen und zog daran, so fest ich nur konnte. Das Auto schwankte, aber es wurde langsamer. Ich zog mit aller Kraft – endlich bremste das Auto spürbar ab und blieb schließlich stehen.

Mein Atem ging stoßweise, und mein Herz pochte wie nach einem Hundertmeterlauf. Ich drehte den Schlüssel herum und sank in meinem Sitz zusammen.

Der Wagen stand jetzt ziemlich dämlich mitten auf der Straße. Ich schaltete das Warnblinklicht ein und öffnete die Tür, um auszusteigen, aber ich zitterte zu sehr, und meine Knie gaben nach. Also drehte ich mich nur um neunzig Grad, stellte die Beine draußen auf den Boden, stützte die Ellbogen auf die Oberschenkel und den Kopf in die Hände und versuchte, meine Atmung zu normalisieren und mich zu beruhigen.

Auf einmal standen Hedi und Herbert neben mir. Wie lange hatte ich hier gesessen?

»Was ist passiert? Geht es dir gut, Alex?« Hedi legte ihre Hand auf meine Schulter.

»Ja … gleich …« Ich rieb mir die Stirn, dann sah ich auf.

»Du bist ja leichenblass!« Hedi war sichtlich erschrocken.

Ich fasste mir unwillkürlich an die Wange. »Die Bremse hat nicht funktioniert. Nichts, tot, keine Reaktion. Ich habe das Auto mit der Handbremse gestoppt.«

»Ach, du meine Güte!« Hedi blickte mich entsetzt an. »Das ist ja grauenvoll!«

»Ja … Ich verstehe auch nicht, wie das passieren konnte.«

»Lasst uns das Auto da vorne links in den Waldweg fahren«, schlug Herbert vor. »Es steht hier sehr ungünstig.«

Meine Nackenhaare stellten sich auf. »Tut mir leid, aber ich kann mich nicht mehr hinter das Steuer setzen.«

»Musst du nicht«, sagte Herbert. »Ich mache das. Ich löse die Handbremse leicht und lasse es nur die paar Meter bis in den Waldweg hinein rollen.«

»Ist das nicht zu gefährlich?«, fragte Hedi besorgt.

»Nein, das geht schon. Keine Angst.« Herbert bedeutete mir aufzustehen. Wir tauschten die Plätze, und er löste die Handbremse. Das Auto rollte langsam los. Herbert testete kurz das Bremspedal, lenkte dann das Auto mit nur halb gelöster Handbremse in den Weg und zog die Bremse dort bis zum Anschlag an.

Hedi und ich liefen langsam hinter dem Auto her und bedeuteten einem sich von hinten nähernden Wagen mit Gesten, Abstand zu halten.

»So können wir es stehen lassen.« Herbert stieg aus. »Das ist in der Tat sehr seltsam.« Er ließ seine Augen nachdenklich auf meinem Wagen ruhen, während der Fahrer des anderen Autos jetzt an uns vorbeifuhr und dabei neugierig auf uns schaute.

Ich betrachtete meine klatschnasse Bluse. »Wieso?«

»Normalerweise funktionieren die Bremsen wenigstens an zwei diagonalen Rädern. Entweder vorne links und hinten rechts oder hinten links und vorne rechts. Dass gleich alle vier ausfallen, ist ... ungewöhnlich.« Er fuhr sich über den Schnauzer.

Hm. Wenn Herbert das so sagte, hörte es sich wirklich seltsam an. Mich beschlich ein ungutes Gefühl.

»Bist du im ADAC?«, fragte Herbert.

»Nein. Tom hat mir aber die Nummer seiner Werkstatt gegeben, falls mal was mit meinem Auto sein sollte. Der Wolf aus Beerfelden.«

»Wolf?«, fragte Hedi verwundert.

»Ja, so heißt das Autohaus. Ich werde ihn bitten, den Wagen abzuschleppen.« Ich wählte den Namen aus meiner Kontaktliste und erklärte mein Problem. Danach rief ich bei Toms Eltern an. Sie waren oft zu Hause, und falls sie uns heimbringen konnten, musste ich Tom nicht auf der Arbeit stören.

»Ich sage Toms Eltern erst mal nur, dass mein Auto liegen geblieben ist.« Ich hatte das unbestimmte Gefühl, dass dieser Vorfall noch Probleme mit sich bringen würde. Aber ich war selber zu geschockt, um klar denken zu können. Allgemeine Verharmlosung schien mir im Moment die beste Strategie zu sein. Auch gegenüber meinen Freunden. »›Versagende Bremsen‹ hört sich so dramatisch an, ich möchte nicht, dass sie sich unnötige

Sorgen machen«, erklärte ich Hedi und Herbert. Sie nickte, er schaute mich ausdruckslos an.

Susanne nahm das Gespräch an und sagte auch sofort zu, uns abzuholen. Sie musste nur noch ihre Gartengerätschaften wegräumen und sich umziehen, bevor sie starten würde.

Wir setzten uns ein weiteres Mal ins Restaurant und warteten bei einem Kaffee auf Susanne und den Abschleppwagen. Letzterer traf zuerst ein, und der Fahrer informierte mich telefonisch darüber. Ich ließ Hedi und Herbert sitzen und lief zu meinem Auto.

Es war tatsächlich Sonjas Freund Kevin, der seinen Abschlepp-Anhänger vor mein Auto rangierte. Als er in der Werkstatt meinen Namen gehört hatte, hatte er gleich angeboten, sich um mich zu kümmern. Wir gaben uns die Hand.

»Nicht gerade ein schöner Anlass zum Kennenlernen«, sagte ich zerknirscht.

»Na ja, besser als ein Unfall. Dein Wagen ist einfach liegen geblieben?«

»Nein, die Bremsen haben nicht mehr funktioniert.«

»Echt?« Er schaute mich kritisch an. »Bist du sicher, dass du nicht nur die Pedale verwechselt hast?«

Ich verdrehte die Augen. Hätte mich Kevin das auch gefragt, wenn ich ein Mann wäre? »Hundertprozentig habe ich die Pedale nicht verwechselt. Ein Freund, mit dem ich hier bin, hat sich auch hinter das Steuer gesetzt und es ausprobiert. Die Bremsen sind absolut tot.«

»Hm.« Kevin blickte mit zusammengekniffenen Augen auf das Auto. »Das ist seltsam.«

»Hat mein Freund auch gesagt.« Irgendetwas schien nicht in Ordnung zu sein, aber ich konnte noch nicht sagen, was.

»Ich habe das Auto mit der Handbremse angehalten. Wahrscheinlich solltet ihr die auch mal überprüfen, falls sie zu sehr gelitten hat.«

»Du kannst froh sein, dass du keinen Citroën hast. Das sind die einzigen Autos, bei denen die Handbremse auf die Vorderräder wirkt. Wenn man bei denen die Handbremse im Fahren anzieht, gerät das Auto ruckzuck ins Schlingern, und dann …« Kevin machte eine Handbewegung wie eine Schlange und zeigte dann steil den Hang hinunter. »Abflug.« Er grinste sarkastisch.

Hoffentlich war das die letzte Hiobsbotschaft für heute. »Was wird mich der Spaß denn kosten?«

»Von hier bis Beerfelden sind es gut fünfzig Kilometer, ich schätze mal, hundertfünfzig Euro plus Mehrwertsteuer fürs Abschleppen, und dann kommt noch die Reparatur dazu.«

»Aha.«

»Tom ist schon eine Weile Kunde bei uns, du kannst das bestimmt auch erst bezahlen, wenn das Auto repariert ist.« Kevin machte sich daran, das Auto auf den Anhänger zu verfrachten.

Während er werkelte, traf Susanne ein. Ich sammelte Hedi und Herbert ein, und Susanne brachte uns zurück nach Beerfelden. Erst setzten wir meine Freunde vor dem Hotel ab, dann fuhren wir zu uns. Tom und ich bewohnten die Einliegerwohnung des Hauses, in dem Toms Eltern wohnten, sodass wir das gleiche Ziel hatten. Bevor sich unsere Wege trennten, rief Susanne mir zu: »Ich sage Tom Bescheid, dass dein Auto kaputt ist. Er kennt die Werkstatt sehr gut und bekommt als langjähriger Kunde vielleicht einen schnelleren Reparaturtermin für dich.«

»Oh nein«, versicherte ich rasch, »das ist doch nicht nötig. Kevin hat mir bereits zugesagt, sich mein Auto gleich anzusehen, wenn er es in die Werkstatt geschleppt hat.«

»Kein Problem«, antwortete Susanne und verschwand um die Ecke.

Kein Problem anzurufen oder kein Problem, es zu lassen? Egal. Ich brauchte jetzt erst mal Nervennahrung.

Ich zog mir rasch die nass geschwitzten Klamotten aus und sprang unter die Dusche. Dann machte ich es mir mit einer Tafel Schokolade auf dem Sofa gemütlich und versank in einem Buch, um mich abzulenken. Nach etwa zwei Stunden klingelte das Telefon. Das war vermutlich Kevin. Ich stand auf und holte mein Handy aus dem Flur.

»Alexandra König.«

»Autohaus Wolf, Florian Wolf.« Oha, der Chef persönlich. Gehörte das zur bevorzugten Behandlung langjähriger Kunden? »Frau König, wir haben uns Ihr Auto eben angesehen, und ich muss Ihnen sagen, dass Ihre Bremsleitungen durchgeschnitten worden sind. An allen vier Rädern.« Er atmete hörbar ein. »Ich möchte Ihnen raten, bei der Polizei Anzeige zu erstatten. Jemand muss die Bremsleitungen absichtlich durchtrennt haben, um Sie in Schwierigkeiten zu bringen. Wenn man von der Burg Frankenstein losfährt, geht es ja nur noch bergab ...«

Oh nein, das hatte ich nicht erwartet. Meine Knie wurden weich, deshalb setzte ich mich rasch aufs Sofa. Wer konnte mich derart wenig leiden? Ich war mir keiner Schuld bewusst. Ich hatte mich in meinem neuen Job immer fair verhalten. Ich hatte niemandem den Mann ausgespannt. Ich hatte ... Oder war Babsi darauf aus, wieder bei Tom zu landen, und ich stand ihr dabei im Weg?

»Frau König?«

»Äh, ja, bitte entschuldigen Sie. Ich war gerade ...« Toms Mordfall etwa? Hatte ich diesen Zang zu sehr in die Enge getrieben? Hoffentlich war es nicht Zang. Das heißt, von mir aus war es auch Zang, aber wenn Tom das erfuhr, würde es Stress geben, daran bestand kein Zweifel.

»Sie sollten unbedingt Anzeige erstatten. Das war kein harmloser Kinderstreich. Am besten lassen Sie die Polizei umgehend nach dem Auto sehen.«

Bloß keine Polizei. Da könnte ich Tom die durchgeschnittenen Bremsleitungen auch gleich ins Bett legen. »Ja, äh, das heißt, mein Freund ist ja Polizist, ich werde ihm Bescheid sagen, dann kann er sich darum kümmern.«

»In Ordnung. Ich bestelle sofort die Ersatzteile, dann können wir Ihr Auto morgen reparieren, falls die Polizei es freigibt. Das kommt so in etwa auf fünfundzwanzig Euro pro Schlauch plus zwei Stunden Arbeit und einen Liter Bremsflüssigkeit.«

»Ähem, ja, super, vielen Dank!« Mir war leicht übel. Das war eine ernste Sache, und eigentlich müsste ich mit Tom darüber reden. Aber gleichzeitig scheute ich dieses Gespräch wie der Teufel das Weihwasser. Tom würde wütend werden, wenn der Anschlag mit meinen Recherchen zusammenhing. Wobei ich auch in Sachen Schmuckdiebstahl unterwegs gewesen war. War ich hier jemandem auf die Füße getreten? Gambach oder Steffi hatten doch nicht etwa gemerkt, dass ich ihnen gefolgt war? Musste ich das Tom alles beichten, wenn ich ihm von den durchgeschnittenen Bremsleitungen erzählte, oder konnte ich eventuell nur mit einem Teil der Wahrheit herausrücken?

Ich zog die Beine an und drückte mich in die Ecke des Sofas. Babsi war laut Tom sehr an Motorsport interessiert, es wäre nicht verwunderlich, wenn sie wüsste, wo beim Auto die Bremsleitungen sitzen. Zang war auf alle Fälle auch verdächtig. Er kannte sich schon von Berufs wegen bestens mit Autos aus. War er mir auf dem Weg zur Burg nachgefahren? Ich hatte mich während der Fahrt mit Hedi und Herbert unterhalten und nicht darauf geachtet, ob ich verfolgt wurde. Warum auch?

Ich rieb mir die Stirn. So weit hatte ich es nicht kommen

lassen wollen. Wenn Babsi eifersüchtig war, so trug ich daran keine Schuld, aber möglicherweise war es ein Fehler gewesen, den Gebrauchtwagenhändler unter Druck zu setzen. Im Nachhinein war man immer schlauer.

Ich überlegte, wie ich das Gespräch mit Tom angehen sollte. Vielleicht sollte ich nur scheibchenweise mit der Wahrheit herausrücken.

Ich überlegte immer noch, als sich von ferne ein Motorrad näherte und schließlich vor unserem Haus anhielt. War es schon so spät? Nein, Tom hatte offensichtlich früher Schluss gemacht. Ich lief zur Tür.

Erst mal würde ich ihm die Geschichte vom liegen gebliebenen Auto verkaufen. Motor kaputt? Oder Getriebeschaden? Das waren beides recht teure Angelegenheiten. Der Preis sollte schon einigermaßen stimmen.

Ich öffnete die Tür und lächelte Tom an. Beziehungsweise sein verspiegeltes Visier.

»Hallo, Tom!« Welchen harmlosen Grund für die Abschleppaktion sollte ich denn nun vorgeben?

Tom antwortete nicht. Er lief nur an mir vorbei, setzte den Helm ab und zog die Jacke aus. Er wirkte seltsam geladen. Seine Haare klebten nass geschwitzt an seinem Nacken. Ich schloss die Tür. War im Büro irgendetwas vorgefallen?

Tom drehte sich zu mir um, und ich erschrak augenblicklich. Er war stinksauer. Er war so wütend, wie ich ihn nur ein einziges Mal erlebt hatte, und zwar als Bernhard Stahl, mit dem ich während meiner Ermittlungen zu einem anderen Fall aneinandergeraten war, mich auf dem Heimweg belästigt hatte.

Tom zeigte mit dem Arm in Richtung Wohnzimmer. »Setz dich.« Er konnte kaum an sich halten. Es lag mir fern, ihm zu widersprechen, also setzte ich mich aufs Sofa. Ich bekam eine üble Vorahnung.

Tom hatte sich die Hände auf dem Rücken hinter den Hosenbund geschoben und lief zwei-, dreimal vor mir hin und her. Dann blieb er vor mir stehen und starrte mich wütend an. »Meine Mutter hat mich angerufen und mir erzählt, dass dein Auto liegen geblieben sei. Deshalb habe ich vorhin mit der Werkstatt telefoniert.«

Okay, damit war es wohl müßig, mir einen harmlosen Grund für das Abschleppen auszudenken.

Tom deutete mit dem Finger in meine Richtung. »Ich möchte jetzt haarklein von dir wissen, was du die letzten Tage getrieben hast. Hast du dich in meine Fälle eingemischt?« Tom war es ernst. Ich hatte fast ein bisschen Angst vor ihm.

»Nicht so sehr, dass man davon ausgehen müsste, dass mir jemand nach dem Leben trachten würde«, versuchte ich ihn zu beruhigen.

Tom drehte mir den Rücken zu und schlug die Hände vors Gesicht. »Ich wusste es. Ich wusste es.« Er fuhr sich mehrmals mit beiden Händen über den Kopf, dann wandte er sich wieder zu mir um. Seine Hände ließ er im Nacken verschränkt. »Genauer.« Seine Augen nagelten mich auf dem Sofa fest.

»Das war im Grunde alles gar nicht dramatisch. Ich bin einmal hinter Rudi Gambach hergefahren …«

»Rudi? Verdammt, was hast du denn mit ihm zu schaffen?« Tom ließ die Arme sinken.

»Ich wollte nur sehen, was er nach Dienstschluss so treibt. Er hat mich auch hundertprozentig nicht gesehen. Er fuhr nach Erbach und lief an meinem geparkten Wagen vorbei, dann habe ich dich in den Juwelierladen gehen sehen und Rudi aus den Augen verloren.«

Tom drehte mir erneut den Rücken zu. »Meine Freundin schnüffelt meinen Mitarbeitern hinterher, ich fasse es nicht!« Er fuhr sich abermals durch die Haare und fing wieder an, vor mir hin und her zu laufen.

»Da war doch nichts dabei! Wenn er mich entdeckt hätte, hätte ich einfach gesagt: Was für ein Zufall, du hier?«

»Meine Freundin ist eine Irre, die meinen Leuten hinterherspioniert.« Tom blieb stehen und baute sich vor mir auf. »Und weiter?«

»Ich war noch mal bei Zang«, gab ich kleinlaut zu.

Tom schnaufte.

»Ich sehe ja jetzt ein, dass das vielleicht nicht so gut war. Aber ob er mir deshalb gleich die Bremsleitungen durchschneiden würde? Ich wollte ihn ja nur aus der Reserve locken wegen seiner manipulierten Kilometerstände ...«

»Seiner was?« Toms Augen blitzten auf.

»Ich bin mir ziemlich sicher, dass er die Kilometerzähler seiner Gebrauchtwagen manipuliert. Die Autos sind von innen so abgewetzt und heruntergekommen, aber dann haben sie nur dreißigtausend Kilometer drauf, das passt einfach nicht zusammen.«

Ich sah Tom an, dass er diese Info mit großem Interesse aufnahm, aber bevor ich aufatmen konnte, verdüsterte sich seine Miene bereits wieder. »Und das hast du ihm gesagt?«

»Ich habe es nur ein bisschen angedeutet.«

Tom fing wieder an, vor mir hin und her zu laufen. Dabei klopfte er wiederholt mit der rechten Hand an seine Stirn.

»Ich habe gesagt, dass ich denke, dass mit den Autos was nicht stimmt«, fuhr ich fort. »Und dass ein Bekannter von mir vor nicht allzu langer Zeit ein Auto bei ihm gekauft hat und auch eine Anspielung gemacht hat, aber ich hätte ihn leider nicht mehr genauer befragen können, weil er verunglückt sei ...«

Tom blieb abrupt stehen und sah mich entgeistert an. »Das hast du ihm gesagt?«

Ich nickte schuldbewusst.

Tom rieb sich niedergeschmettert das Gesicht. »Ich fasse es nicht. Hast du völlig den Verstand verloren?«

»Aber ich habe jetzt eine Theorie, warum Zang Mario Steiger umgebracht hat. Mir ist klar geworden, was es mit den fünfzehnhundert Euro in dem Firmenkuvert auf sich hat. Das Geld gehörte gar nicht Steiger. Das Geld hat Zang dem Steiger gegeben, weil der ihn wegen der manipulierten Kilometerzähler erpresst hat.« Ich blickte erwartungsvoll auf Tom.

Er sah mich verzweifelt an. »Herrgott noch mal, verstehst du denn nicht, dass du tot sein könntest? Warum hast du nicht vorher mit mir gesprochen?« Er winkelte beide Unterarme an und machte kleine, krampfhafte Bewegungen mit den Händen. »Warum kannst du in deinem Urlaub nicht wie andere Frauen ...«, er überlegte kurz, dann zeigte er mit einer leichten Oberkörperdrehung hinter sich, »... auf der Terrasse in der Sonne liegen oder ...« Tom suchte nach Worten, dann zeigte er mit dem Arm unbestimmt zur Küche. »... irgendwas Harmloses in der Küche ...«

Jetzt platzte mir der Kragen. Ich sprang wütend auf. Ich hatte so viel in diesem Fall recherchiert, aber statt sich zu bedanken, wollte Tom mich in die Küche verbannen? »Ach so, geht es dir etwa um die Rollenverteilung? Hättest du gerne, dass ich mit zehn Kindern an der Backe einen auf Hausfrau mache? Passt es dir etwa nicht, dass mein Kopf nicht nur dazu da ist, meine Frisur durch die Gegend zu tragen?«

»Mein Gott, was hat das denn jetzt mit Kindern oder der Rollenverteilung zu tun?«, bellte Tom mich an. »Ich wollte nur nicht ...«

»Ich hab dir super geholfen in dem Fall«, unterbrach ich ihn aufgebracht. »Ja, ich war vielleicht zu unvorsichtig. Hinterher ist man immer schlauer. Aber deinen konservativen Mist kannst du dir abschminken. Geht es dir nicht in Wirklichkeit darum, mich davon abzuhalten, mein Gehirn einzusetzen? Ich ...«

»Du redest Schwachsinn!«, brüllte Tom. Er zeigte wieder mit dem Finger auf mich. »Du hast dich total leichtsinnig verhalten! Dumm und unvorsichtig! Dein Alleingang hätte dich das Leben kosten können! Wann kapierst du das endlich?«

Tom rauschte wütend ab. Er schnappte sich seinen Helm und seine Motorradjacke und verließ die Wohnung. Dabei knallte er die Tür so heftig zu, dass alle Scheiben wackelten.

Ich brauchte frische Luft und lief auf die Terrasse. Ja, wahrscheinlich hatte ich Mist gebaut. Aber war das ein Grund, sich derart aufzuregen? Kein Dank für die hilfreichen Informationen, die er von mir bekommen hatte. Kein Wort des Trostes wegen des Anschlags auf mein Leben. Stattdessen bekam ich eine schnöde Frauenrolle zugewiesen. Dabei wollte ich ja durchaus Kinder, aber nicht, damit Tom die Welt eroberte, während ich die Küche schrubbte. Warum war dieser Streit nur zu dem Thema abgedriftet, das ich die ganze Zeit sorgsam vermieden hatte?

Ich setzte mich auf einen Terrassenstuhl. War das schon ein Vorentscheid zur Inkompatibilität unserer Lebensvorstellungen? Ich spürte den Kloß in meinem Hals und schniefte. Er hatte nicht ein Wort des Bedauerns geäußert. Dabei wäre ich so gerne von ihm in den Arm genommen worden. Schließlich konnte ich die Tränen nicht mehr aufhalten. Ich verbarg mein Gesicht in den Händen und weinte.

Von oben hörte ich Susannes Stimme. »Alex, Liebes, ist alles in Ordnung? Tom hat die Haustür dermaßen fest zugeknallt ...«

Ich sah hinauf. Susanne stand im offenen Fenster ihres Wohnzimmers. Ich schüttelte den Kopf, stand auf und ging wieder ins Haus.

KAPITEL 7

Tom war erst wieder zurückgekommen, als ich bereits im Bett lag. Ich hatte mich schlafend gestellt, als er sich zu mir gelegt hatte, und heute Morgen, nach einer fast schlaflosen Nacht, verließ er das Haus so früh, dass wir uns nicht mehr begegneten. Ich fühlte mich sehr schlecht und versuchte, mich mit Hausarbeit abzulenken.

Am späten Vormittag rief Conni, Susannes Schwester, an und fragte, ob ich nicht Lust hätte, mit ihr Nordic Walking zu machen, und ich sagte zu. Im Wald war es bestimmt noch schön kühl, und da wir von Connis Hotel aus starten würden, wo Hedi und Herbert untergebracht waren, könnte ich vielleicht auch auf einen Sprung bei ihnen vorbeischauen.

Susanne lieh mir ihr Auto, sodass ich schon wenige Minuten darauf bei Conni eintraf. Wir begrüßten uns.

»Hast du noch eine Minute Zeit, dann schaue ich mal kurz bei Hedi und Herbert vorbei.« Ich zeigte unbestimmt mit dem Finger auf die oberen Etagen des Hotels.

»Ach, die sind schon vor drei Stunden zu einer Wanderung aufgebrochen. Aber sie wollten vor der größten Hitze wieder hier sein, möglicherweise siehst du sie, wenn wir zurück sind.« Conni drückte mir ein paar Nordic-Walking-Stöcke in die Hand, und wir marschierten los. Gleich hinter dem Hotel begannen schöne Wanderwege, die Tom und ich gerne zum Joggen nutzten.

Conni war die erste Person gewesen, die ich in Beerfelden kennengelernt hatte. Trotz unseres Altersunterschieds war sie für mich mehr als Toms Tante. Ich ahnte, weshalb sie mich angerufen hatte, und es war mir durchaus ein Bedürfnis, mit jemandem zu reden.

»Wir sind schon lange nicht mehr zusammen gelaufen«, begann Conni das Gespräch.

»Tja, ich habe mich schon gefragt, ob unser heutiges Treffen eventuell dem Umstand geschuldet ist, dass Susanne gestern mitbekommen hat, wie Tom und ich uns gestritten haben.«

»Nun, ich gebe zu, ich wollte dir ein Gesprächsangebot machen. Nur, wenn du willst. Wenn du nichts darüber erzählen möchtest, ist das auch in Ordnung.«

»Ach, ich glaube, das eigentliche Problem können sowieso nur Tom und ich gemeinsam lösen.« Das gleichzeitige Sprechen und Laufen brachte mich zum Schnaufen. Oder lag es mehr daran, dass ich heute Nacht aus Angst um unsere Beziehung kaum hatte schlafen können?

»Die Frage nach Kindern und Rollenverteilung«, stellte Conni fest, ohne mich im Laufen anzusehen.

»Woher weißt du …?«

»Ihr wart anscheinend so laut, dass Susanne und Werner ungewollt mithören konnten.«

»Oje, wie peinlich.« Ich blieb abrupt stehen. »Hören sie auch, wenn Tom und ich Sex haben?«

»Ich möchte es mal so sagen: Ihr habt dem Sexualleben deiner zukünftigen Schwiegereltern einen gewissen Auftrieb verschafft.« Conni, die ebenfalls stehen geblieben war, grinste.

Ich lief rasch weiter. Hoffentlich konnte ich jemals wieder mit

Tom schlafen, ohne an seine Eltern zu denken. Falls ich überhaupt jemals wieder mit Tom schlafen würde. Beziehungsweise er mit mir. Ich seufzte.

»So schlimm?« Conni holte auf und sah mich mitleidig an, was meine Selbstbeherrschung zum Einsturz brachte. Tränen brachen sich ihren Weg. Ich konnte etwas Zuspruch gebrauchen. Conni hielt mich an und nahm mich in den Arm.

Ich schniefte. »Ich weiß auch nicht. Irgendwie scheint unsere Beziehung in einer Sackgasse zu stecken. Das ist jetzt bei unserem Streit hochgekommen. Der Aufhänger war eigentlich, dass jemand meine Bremsleitungen auf dem Parkplatz der Burg Frankenstein durchgeschnitten hatte.«

»Was?«, rief Conni entsetzt und packte mich an beiden Oberarmen. »Das ist ja der absolute Horror!« Sie schaute mich mit großen Augen an.

Ich fand diesen Mordversuch ja auch ganz entsetzlich, aber nach Connis Reaktion musste dieser Vorfall noch viel schlimmer sein, als ich es mir bisher eingestanden hatte. »Lauf weiter, du machst mir Angst.« Ich putzte mir die Nase.

Wir fanden unseren Rhythmus wieder. »Ja, das ist in der Tat fürchterlich, ich habe da eine große Dummheit gemacht, und ich gehe auch gerne in Sack und Asche deswegen, aber es lässt sich ja nun nicht mehr ändern. Was soll ich noch dazu sagen? Jeder macht mal Fehler. Aber das eigentlich Schlimme daran ist, dass dadurch herauskam, dass ich in Toms Lebensplanung anscheinend nur so als KKK-Frau vorkomme ...«

»Was meinst du mit KKK?«, unterbrach mich Conni.

»Kennst du das nicht? Kinder, Küche, Kirche. Wobei ich ja nichts gegen Kinder habe, aber deswegen will ich nicht den Rest meines Lebens in der Küche verbringen, sondern ich möchte, dass Tom sich gleichberechtigt um alles kümmert. – Wenn du mit ihm darüber redest, bringe ich dich um. Mindestens.« Ich rang mir ein leichtes Lächeln ab.

»Nein, nein«, versicherte Conni rasch. Sie ließ den Stock an seiner Handschlaufe an ihrem Handgelenk herunterbaumeln und hob die rechte Hand zum Schwur. »Ich schwöre.« Dann nahm sie den Stock wieder in die Hand und passte sich meinem Laufrhythmus an.

»Gut.«

Wir schwiegen eine Weile.

»Aber so hätte ich Tom gar nicht eingeschätzt«, erwiderte Conni plötzlich. »Ich dachte immer, Tom ist der Inbegriff des modernen, emanzipierten Mannes. Er wird sich mal genauso um seine Kinder kümmern wie seine Frau.«

»Ich glaube eher, sein Job ist ihm wichtiger als eine Familie zu gründen.«

»Der Job ist ihm wichtig, weil Tom alles sehr ernst nimmt. Seine Familie wird er genauso ernst nehmen, und er wird einen Weg finden, alles unter einen Hut zu bekommen.«

»Ich habe nicht den Eindruck, dass er überhaupt Kinder möchte. Das ist für ihn noch gar kein Thema.«

»Hat er das gesagt?«

»Nein ... Wir haben noch nicht so richtig darüber gesprochen.«

Conni setzte ihre Stöcke fest auf dem Boden auf. »Dann verstehe ich nicht, wie du darauf kommst. Tom war schließlich schon einmal verlobt, das zeigt doch, dass er eine Heirat und meiner Ansicht nach auch eine Familiengründung anstrebt.«

»Das war vielleicht damals so, aber aufgrund seiner schlechten Erfahrungen kann sich das total geändert haben. Jedenfalls ... hat er noch nichts in dieser Richtung gesagt.«

»Warum redest du nicht einfach mit ihm darüber?«

Ich atmete tief ein und geriet mit meinen Stöcken kurz aus dem Takt. »Was, wenn ich recht habe? Was, wenn ich erkennen muss, dass wir gar nicht zueinanderpassen?«

»Würdest du dich dann von ihm trennen?«

Ich schluckte. So weit hatte ich noch gar nicht gedacht. Nein, diese Vorstellung war für mich unerträglich. »Keinesfalls, dafür ist es schon lange zu spät.«

»Na also, was gibt es dann groß zu überlegen? Rede mit ihm darüber.«

Möglicherweise hatte Conni recht. Aber jetzt, wo wir uns gerade heftig gestritten hatten, war wohl nicht der richtige Zeitpunkt für ein Gespräch über unsere weitere gemeinsame Zukunft.

»Ich glaube, wir müssen erst unsere Differenzen bezüglich meiner Ambitionen als Ermittlerin ausdiskutieren.«

»Das sollte euch gelingen. Ihr liebt euch doch.«

»Wir lieben uns.« Ich stieß meine Stöcke energisch auf den Boden. »Na ja, also im Moment liebt mich Tom vielleicht nicht mehr ganz so sehr.«

»Das redest du dir bestimmt nur ein.«

»Er ist wirklich sehr wütend auf mich.«

»Er ist wütend, weil er Angst um dich hat. Und sorry, da bin ich voll und ganz auf seiner Seite.«

Ob Tom tatsächlich nur Angst um mich hatte? Das hatte er bei unserem Streit aber nicht rübergebracht.

Wir liefen in einem großen Bogen zum Hotel zurück. Als wir aus dem schattigen Wald herauskamen, brannte uns sofort wieder die Sonne auf der Haut. Ich nahm mir vor, mich bei der für heute Abend geplanten Beschattungsaktion vorsichtshalber mit Sonnencreme einzureiben.

Auf dem Parkplatz trafen wir in der Tat auf Hedi und Herbert, die offensichtlich gerade von ihrer Wanderung zurückkamen.

»Hey, wo habt ihr eure Trachtenhüte gelassen?« Ich zeigte auf ihre Köpfe.

Conni nahm mir die Stöcke ab. »Ich geh dann schon mal.« Sie umarmte mich. »Schön, dass wir zusammen gelaufen sind.«

»Ja, hat mich auch gefreut.«

Hedi sah ihr kurz nach. »Wir haben die Hüte im Hotel gelassen, weil es doch heute wieder so heiß werden soll.«

»Hat die Werkstatt bei deinem Auto schon etwas gefunden?«, fragte Herbert.

»Ach so, ja, das Auto ... Um ehrlich zu sein, jemand hat mir die Bremsleitungen durchgetrennt«, gab ich kleinlaut zu.

Hedi hielt sich erschrocken beide Hände vor den Mund. »Oh nein!«

Herbert blickte ernst auf mich. »Ich hoffe, du hast die Angelegenheit an Tom übergeben.«

»Ja ... Indirekt ... Wir haben uns zumindest heftig gestritten deswegen. Irgendjemandem muss ich wohl in letzter Zeit auf die Füße getreten sein.« Ich lächelte gepresst.

»Wenn Hedi sich so nah an Kriminelle heranwagen würde, würde ich ihr den Arsch versohlen.« Herbert verzog keine Miene.

»Herbert!«, rief Hedi empört.

»Im übertragenen Sinne natürlich«, ergänzte er. »Ich wäre krank vor Sorge. Ein Streit wäre das Mindeste.«

»Schön, dass ihr alle auf Toms Seite seid.« Ich verschränkte die Arme vor der Brust. »Trotzdem hat Tom durch mich einige gute Informationen seinen Fall betreffend bekommen. Infos, die ein Polizist nicht so leicht herausbekommt, weil er nicht so unbefangen mit den Leuten reden kann und ihm nicht genauso viel anvertraut wird wie mir. Irgendwie scheint das niemand so richtig zur Kenntnis zu nehmen«, sagte ich trotzig.

»Doch, doch«, versicherte Hedi und berührte mich leicht am

Oberarm. »Ich finde es enorm beeindruckend, was du alles herausfindest und wie mutig du dabei bist. Aber du musst mehr an deine Sicherheit denken.«

»Das werde ich. Ich ...«

Mein Handy klingelte. Es war Tom! Wollte er sich mit mir versöhnen? »Hallo, Tom«, flötete ich. Hedi lächelte aufmunternd.

»Hallo, Alex. Kannst du dir von meiner Mutter das Auto leihen und in die Direktion kommen? Ich habe eine Anzeige für dich vorbereitet, die du noch unterschreiben müsstest.«

»Ja, sicher.« Richtig nett klang Toms Stimme nicht. »Ich fahre sofort los.«

Hedi sah mich erwartungsvoll an.

»Tom hat eine Anzeige wegen der Sabotage an meinem Auto vorbereitet. Ich muss sie noch unterschreiben.«

»Es ist gut, dass Tom sich darum kümmert.« Herbert legte mir die Hand auf die Schulter.

»Ja ... Okay, also ich fahre dann mal. Wir sehen uns.«

»Tschüss, Alex.«

Ich fuhr in die Polizeidirektion. Tom hatte sehr sachlich geklungen. Meine Euphorie über seinen Anruf war verschwunden. Ich passierte den Pförtner und lief hoch in den zweiten Stock. Im Flur begegnete ich Steffi.

»Hallo, Steffi.«

»Hi, Alex.«

Dann lief ich an Rudi Gambachs Büro vorbei. Er starrte angestrengt auf seinen Bildschirm, auf dem ich im Vorbeigehen wieder ein Patiencespiel zu erkennen glaubte. Er sah übernächtigt aus.

Ich klopfte an Toms Tür und trat ein. Er saß hinter seinem Schreibtisch und sah mich ausdruckslos an. »Hallo, Alex. Hier ist die Anzeige.« Er deutete mit der Hand auf ein Blatt Papier, das auf seinem Schreibtisch lag, und stand auf. »Du kannst sie dir in Ruhe durchlesen und dann bitte unterschreiben. Lass sie mir einfach auf dem Schreibtisch liegen.«

Er lief mit seinem Pokerface geradewegs an mir vorbei aus dem Büro, während ich ihm verdattert hinterhersah. War das alles? Mir schossen die Tränen in die Augen, doch ich war zu wütend, um loszuheulen. Dieser Blödmann zeigte mir die kalte Schulter!

Ich setzte mich hinter den Schreibtisch und fing an zu lesen, aber es gelang mir nicht, mich zu konzentrieren. Wie konnte mich Tom nur so schäbig behandeln! Meinte er etwa, damit mein Verhalten ändern zu können? War er denn selber immer fehlerfrei und so besonnen, wie er es von mir einforderte? Mich derart zu schneiden, war hundsgemein.

Ich widerstand dem Impuls, »Fick dich« quer über die Schreibtischplatte zu schreiben. Stattdessen schrieb ich nur meinen Namen unter die Anzeige, schluckte die Tränen hinunter und verließ das Büro.

An diesem Nachmittag hatte ich Günter auf meiner Beschattungsliste. Zum einen wollte ich nicht den Abend mit Tom zu Hause hocken und ihm die Gelegenheit zur Nichtbeachtung meiner Person geben. Zum anderen hatte ich keinerlei Bedenken, Günter zu überwachen. Ich wollte zwar in Zukunft vorsichtiger sein, aber da ich Günter nicht für den Schmuckdieb hielt und ihn eigentlich nur von der Verdächtigenliste streichen können wollte, schrieb ich dieser Aktion keinerlei Gefährdungspotenzial zu.

Von Tom wusste ich, dass Günter in Erbach wohnte und zu Fuß zur Arbeit kam. Ich hatte etwas weiter entfernt geparkt, damit Tom keinesfalls über mein Auto stolpern konnte. Ich selber versteckte mich wieder hinter dem Parkdeck des der Direktion gegenüberliegenden Parkplatzes.

Zunächst beobachtete ich, wie Tom das Gebäude verließ und auf seinem Motorrad davonfuhr. Wenn der wüsste! Ich kicherte grimmig. Kurz nach ihm kam Günter und schlug den Weg in Richtung Schloss ein. Ich folgte ihm mit großem Abstand. Mein Handy hielt ich vorsichtshalber in der Hand. Falls Günter sich umdrehte, konnte ich schnell den Kopf senken und daraufschauen, sodass er mich vielleicht nicht weiter beachtete. Und wenn er mich doch entdecken würde, konnte ich immer noch vorgeben, zufällig hinter ihm hergelaufen, mit dem Handy beschäftigt gewesen zu sein und ihn deshalb nicht bemerkt zu haben.

Günter lief an der Orangerie vorbei gen Innenstadt. In der Werner-von-Siemens-Straße bog er in die Schloss-Apotheke ab, und ich drehte mich rasch nach links und tat so, als ob ich die Auslagen einer Bäckerei betrachten würde. Dann postierte ich mich noch näher an der Tür zur Bäckerei. Falls Günter aus der Apotheke kommend wieder zurück in meine Richtung gehen würde, könnte ich rasch in dem Geschäft verschwinden und ihn dort an mir vorbeilaufen lassen.

Günter lief aber, als er wieder aus der Apotheke heraustrat, in der ursprünglichen Richtung weiter und bog dann nach rechts ab. Ich beeilte mich, um ihn nicht zu verlieren. Die Straßen hier kannte ich nicht, aber ich musste nicht mehr lange hinter Günter herlaufen, denn er verschwand bald darauf in einem Wohnhaus.

Hm. Die Räume in diesem Haus konnte ich nicht einsehen. Ich postierte mich hinter einem geparkten Auto und versuchte, mittels der Fotofunktion meines Handys und dem größtmöglichen Zoom einen Einblick in die Zimmer zu bekommen, aber die Vorhänge waren zu dicht oder mein Handy zu leistungsschwach. Ich überlegte, wie lange ich Lust hatte, hier draußen herumzustehen. Ich hatte meine Haut mit Sonnencreme geschützt, aber die Sonne selber brannte mir ungehindert aufs Hirn.

Plötzlich ging die Haustür auf, und ich duckte mich hinter das Auto. Ich hörte Günter mit jemandem sprechen. Die Stimmen näherten sich der Straße und bogen dann nach links. Als sie an mir vorbei waren, richtete ich mich wieder auf. Günter und Anna liefen Hand in Hand in Richtung Bundesstraße.

Ich heftete mich wieder an ihre Fersen. Sie liefen gefühlt durch die halbe Stadt und betraten schließlich ein Restaurant.

Okay, das schien ähnlich packend zu werden wie ein Fernsehabend bei Steffi und Henri. Ich hatte genug gesehen und lief zu meinem Auto zurück.

Nach Hause zu fahren und mit dem eingeschnappten Tom in der Wohnung zu hocken kam für mich aber nicht infrage. Ich steuerte die Hessenstubb an, in der Hoffnung auf einen Schwatz mit Toms Schwester Maren, die die Hessenstubb betrieb, und vielleicht auch mit Heinz und seinen Freunden. Elsa hatte zu Recht bemängelt, dass ich mich schon länger nicht bei meinen Kneipenbekanntschaften hatte blicken lassen.

Tatsächlich saßen Heinz und Schorsch an ihrem Stammtisch. Ich winkte ihnen kurz zu und begrüßte Maren mit einer Umarmung. Sie hatte gerade Bier gezapft, und so ließ ich sie nach wenigen ausgetauschten Sätzen weiter ihre Gäste bedienen und setzte mich zu Heinz und Schorsch.

»Gude!«

»Na, ihr zwei!« Ich zog einen Stuhl zurück, um mich zu setzen. »Wie geht's?«

»Am liebsten gut«, sagte Schorsch.

»Lang nicht mehr gesehen«, bemerkte Heinz. »Das letzte Mal vor einem Monat beim Bäcker, oder?«

»Wir haben uns das letzte Mal am Brunnen gesehen«, sagte Schorsch.

Ich nickte und ruckelte mit dem Stuhl näher an den Tisch. »Wo ist Mike?«

»Hat 'ne neue Freundin.« Schorsch grinste. »Steht unterm Pantoffel.«

»Oha.«

Maren brachte mir die bestellte Fanta.

»Noch einen Gespritzten, bitte.« Heinz reichte Maren sein leeres Glas.

Ich nahm einen Schluck von meinem Getränk.

»Ermittelt Tom in Sachen Mario Steiger?«, fragte Heinz unvermittelt.

Ich stellte überrascht mein Glas ab. »Woher weißt du denn, dass die Polizei den Steiger-Fall untersucht? Die Zeitungen haben es doch alle als Unfall geschildert.«

»Ja, aber der Mario hat ursprünglich hier gelebt, seine Mutter ist original Beerfeldenerin. Nur der Vater war ›eigeplackt‹, kam von der Familie her aus der Gegend um Trier.«

»Für die Waltraud ist es eine Katastrophe.« Schorsch drehte sein Glas hin und her. »Ihr einziger Sohn! Ihr Arzt hat ihr Beruhigungsmittel verschrieben.«

»Was ihr alles wisst.« Ich war platt.

»Spricht sich rum.« Schorsch trank einen Schluck. »Waltrauds Mutter wohnt im Beerfeldener Seniorenheim, und Waltraud schaut öfter nach ihr.«

»Also ist das nun Toms Fall?« Heinz zwirbelte seinen Schnurrbart. »Mario wurde doch wohl erschlagen.«

»Ja, Tom arbeitet daran. Aber erschlagen trifft's eher weniger. Er ist irgendwie mit dem Kopf auf einer Betontreppe gelandet.«

»Ist kein großer Unterschied.« Heinz zuckte mit einer Schulter. »Das Loch im Schädel dürfte das gleiche sein. Aber wie konnte er dann noch den Abhang runterfahren?«

Ich griff auf Toms offizielle Version zurück. »Durch den Sturz war er anscheinend nur leicht betäubt. Dann hat er sich ins Auto gesetzt, obwohl er es nicht mehr richtig steuern konnte.«

»Ach so.«

»Wisst ihr sonst noch was über Mario? Tom erzählt ja nicht so viel, aber mich würde interessieren, was für ein Mensch er war.«

»Nö.« Heinz nahm Maren, die den Gespritzten brachte, das Glas ab. »Danke, Maren.«

Schade.

Heinz stellte das Glas ab. »Aber Schorsch weiß was.«

Ich schaute auf Schorsch. Er nickte. »Der Mario war ein Gernegroß. Er lebte immer über seine Verhältnisse. Seiner Oma hier in der Seniorenresidenz hat er das Geld nur so aus der Tasche gezogen. Die hat Demenz, und da konnte Mario jeden Tag von Neuem bei ihr aufschlagen und an ihr Gewissen appellieren, ihm wenigstens ein einziges Mal im Leben etwas Geld zu leihen. So hat er sie immer wieder abgezockt. Das lief aber nur, bis die Waltraud dahinterkam. Dann war Schicht im Schacht. Sie hat die Vormundschaft für ihre Mutter beantragt und die Hand über das Konto gehalten.«

»Das ist übel.« Aber etwas Ähnliches hatte Günter ja auch schon vermutet.

»Wenn ihr mich fragt, hat der Mario sich hochschlafen wollen. Über seinen Job wäre er niemals reich geworden, also wollte er sich einfach eine wohlhabende Frau suchen. Ein Plan, der was für sich hat.« Schorsch lachte und machte dabei Quietschgeräusche mit seinen Gummistiefeln.

Ich schaute unter den Tisch. »Schorsch, sag mir nicht, dass du immer noch die gleichen, schrecklich quietschenden Gummistiefel trägst wie letztes Jahr?«

Schorsch blickte ebenfalls unter den Tisch. »Warum nicht? Die Socken, die drin stecken, hat meine Frau aber zwischendurch gewaschen, hahaha!«

Heinz lachte kurz mit. Dann machte er eine Handbewegung in Richtung Schorsch. »Erzähl doch mal von Gerds Frau!«

»Ach so, ja. Also ein Freund von mir, der Gerd, war Mitglied im Golfclub Odenwald, der ist in Brombachtal. Seine Frau war auch im Golfclub. Und im Restaurant, das zu diesem Golfclub gehört, hat der Mario an manchen Tagen zusätzlich zu seinem normalen Job bedient: immer, wenn er freihatte. Und ab und zu hat er sich einen Schläger besorgt und ist wichtigtuerisch auf dem Platz rumgelaufen. Es war allgemein bekannt, dass er die gut betuchten, ledigen Damen umgarnt hat. Und so manche Dame hat dann ihren Schlüpfer verloren.« Schorsch schaute auf sein Glas und grinste süffisant.

»Ja, ich habe gehört, dass er recht gut aussehend gewesen sein soll.«

Schorsch und Heinz, der bis eben auch noch unbestimmt vor sich hingeguckt hatte, sahen mich plötzlich erstaunt an.

»Ach? War er nicht ein bisschen spinstig?« Schorsch schien ehrlich überrascht.

»Ich weiß nicht, das hat Sonja Kirchner gesagt.«

»So, so, die Sonja.« Heinz rieb sich den Kinnbart.

»Vielleicht, weil er mehr so ein südländischer Typ war?« Schorsch blickte Heinz fragend an.

Marios Anziehungskraft auf Frauen schien die beiden ja sehr zu beschäftigen. Ich versuchte, Schorsch wieder auf das richtige Thema zu lenken. »Aber was war denn nun mit deinem Freund beziehungsweise seiner Frau?«

Schorsch drehte sich wieder zu mir. »Richtig, also der Gerd hatte einige Zeit viel zu tun, deshalb ist seine Frau immer alleine Golf spielen gegangen, und da dachte der Mario offensichtlich, sie wäre noch zu haben. Sie fährt einen Jaguar F-Type, schickes Teil.« Schorsch wölbte seine Unterlippe nach außen und nickte. »Gerd hat ihn ihr zum Geburtstag geschenkt, sechsstellig, sag ich nur. Na, und dann trägt seine Frau immer so viele Ringe am Finger, dass man sich fragt, wie sie mit dem Gewicht an der Hand überhaupt den Schläger schwingen kann, da hat der Mario wohl verpeilt, dass unter dem ganzen Klunker auch noch ein Ehering steckte. Jedenfalls muss er sie heftig angebaggert haben, obwohl sie ja bestimmt zwanzig Jahre älter als der Mario ist. Ich hab's dem Gerd natürlich nicht gesagt, aber ich glaube, sie war auch nicht ganz abgeneigt.«

Plötzlich hörte ich neben mir einen lauten Schlag, und ich zuckte zusammen. Heinz hatte derart heftig auf die Tischplatte gehauen, dass unsere Gläser leicht hochgehüpft waren.

»Aber dann hat der Gerd mit der Faust auf den Tisch geschlagen und dem Jungspund gezeigt, wo der Hammer hängt.« Heinz sprach so laut und energisch, dass seine Alkoholfahne bis zu mir herüberwehte.

»Genau«, fuhr Schorsch fort, »der Gerd kam nämlich eines Tages zufällig vorbei und erwischte den Mario am Tisch seiner Frau, wie er ihr gerade an den Busen griff. Seine Frau hat es anders geschildert, da war es nur ein leichtes Zupfen an ihrer Bluse. Ich glaube auch nicht, dass der Mario vor allen Gästen ...« Schorsch wackelte mit dem Kopf.

»Mer waaß es net.« Heinz zog den Kopf ein, hielt seine Hand neben sein Ohr und drehte sie hin und her.

»Aber letztlich ist es auch egal«, fuhr Schorsch fort, »der Gerd hat gesehen, was er zu sehen glaubte, und er ist völlig ausgetickt.

So, wie er es erzählt hat, hat er dem Mario die Fresse poliert, aber ich glaube, es war eher so, dass der Wirt dazwischengegangen ist, bevor es dazu kam. Jetzt sind Gerd und seine Frau im Golfclub Sansenhof. Das ist gleich hinter der Grenze zu Bayern.« Schorsch zeigte unbestimmt nach Norden.

»Wann kam es denn zu dem Vorfall?« Vielleicht musste ich die Verdächtigenliste um diesen Gerd ergänzen.

»Na, so zwei Jahre könnte es schon her sein. Jedenfalls ist es länger her als der Tod vom alten Kauer.«

»Ach so.« Das war ja schon eineinhalb Jahre her, dass ich als Touristin im Kauer-Fall ermittelt und dabei Tom kennengelernt hatte. Dann war es wohl unwahrscheinlich, dass Gerd Mario Steiger erst jetzt umgebracht hatte.

»Suchst du einen, der bei Marios Treppensturz ein bisschen nachgeschubst hat?« Heinz zwinkerte mir zu.

»Ich weiß nicht. Wenn Mario sich halb betäubt noch hinters Steuer setzt, ist er ja in erster Linie selber schuld an seinem Tod. Aber ich wüsste schon gerne, mit wem er sich vorher gestritten hat. Das muss dann doch eher ein aktueller Konflikt gewesen sein.«

»Kurz vor seinem Tod hat er sich mit dem Schulmeyer in den Haaren gehabt, dem Vater von Marios Jugendliebe«, brummte Schorsch. »Also, ob sie sich genau an dem Tag gestritten haben, weiß ich nicht, aber der Gerd hat neulich so was erzählt. Sie hätten sich an der Burg getroffen und gefetzt. Er hat sich auch nicht wirklich erschüttert über Marios Tod geäußert.« Schorsch grinste zynisch.

Ich war wie elektrisiert. Seit meiner Begegnung mit Gabi Schulmeyer hatte ich diesen Gedanken nicht weiter verfolgt. Natürlich war ihr Vater ein Verdächtiger! Ich versuchte trotzdem, nicht zu interessiert zu wirken. »Ach ja? Woher kennt Gerd denn den Schulmeyer?«

»Woher kennst du denn den Schulmeyer?«, fragte Heinz, bevor Schorsch antworten konnte.

»Tom hat ihn mal kurz erwähnt«, antwortete ich vage.

Schorsch nickte. »Der mit den Audiobauteilen.«

»Äh, was? Davon hat Tom nichts gesagt.«

»Na, der Schulmeyer ist doch heute in jedem Kopfhörer zu finden. Er kam eigentlich aus kleinen Verhältnissen, aber er hatte mal eine gute Idee mit so winzigen Bauteilen, die er sich hat patentieren lassen. Und heute scheffelt er Millionen, weil diese Audioteile praktisch in jedem Kopfhörer verbaut werden.« Schorsch ließ seine Gummistiefel quietschen.

»So genau hat Tom mir nicht von ihm erzählt. Ich weiß nur, dass er in Marios Jugend gegen eine Verbindung mit seiner Tochter Gabi war. Was mir jetzt umso lächerlicher vorkommt, wenn du sagst, dass der Schulmeyer selber aus kleinen Verhältnissen stammte.«

»Ja, das muss man nicht verstehen. Aber die Tochter, wie hieß sie doch gleich?«

»Gabi.«

»Ja, die Gabi war auch der Grund für den aktuellen Streit. Denn der Mario kam kurz vor seinem Tod wieder angekrochen und meinte, er könne sich die Gabi unter den Nagel reißen. So hat es der Schulmeyer jedenfalls dargestellt. Dabei war der Mario beim Schulmeyer jetzt genauso wenig willkommen wie damals.«

»Und woher weiß dein Freund Gerd das?«

»Die sind beide im Breuberg-Bund.« Schorsch trank aus seinem Glas, als ob damit alles gesagt wäre. Ich sah ihn fragend an.

Jetzt sah Schorsch mich fragend an. »Kennst du nicht den Breuberg-Bund? Die haben doch über tausend Mitglieder!«

Ich zog meine Mundwinkel nach unten.

»Na ja, bist ja auch nur eine Eigeplackte.« Schorsch betrachtete mich mitleidig.

»Das ist ein Verein, der sich der wissenschaftlichen Erforschung der Historie des Odenwalds verschrieben hat«, erläuterte Heinz. »Ich meine, sie geben auch eine Zeitschrift heraus, oder?« Heinz sah Schorsch fragend an, und dieser nickte.

»Und sie kümmern sich um den Erhalt ihres Vereinssitzes, der Burg Breuberg.«

Noch eine Verbindung zum Tatort! »Das heißt, der Schulmeyer hat Gerd erzählt, dass er sich wegen seiner Tochter mit Mario gestritten hat? War sie nicht alt genug, selber zu entscheiden, ob sie sich mit Mario einlässt oder nicht?«

»Alt genug schon«, bestätigte Schorsch. »Aber der Alte hat immer seine Hand schützend über sie gehalten. So sieht er selber es. Gerd hingegen meinte, er wäre ein Tyrann und würde Frau und Tochter unter der Knute halten. Und weil er die Kohle hat, kuschen sie. Aktuell hat der Schulmeyer für seine Tochter auch einen Heiratskandidaten ausgesucht. Laut Gerd war der natürlich auch tausend Mal besser als der Mario. Aber ich glaube, der Gerd ist in dieser Hinsicht nicht mehr ganz objektiv, seit der Mario seine Frau angegrabscht hat.« Schorsch lachte.

Heinz fuhr sich nachdenklich durch seinen Bart. »Meinst du, der Schulmeyer hat beim Mario ein bisschen nachgeschubst?«

Hey, seit wann stellte denn Heinz hier die Fragen?

»Keine Ahnung. Man müsste wissen, wann genau der Streit stattgefunden hat. Außerdem kenne ich den Schulmeyer ja nur aus Gerds Erzählungen. Also genau genommen gar nicht.«

Wir schauten nachdenklich auf unsere Gläser. Das waren sehr wichtige Informationen. Es kristallisierte sich immer mehr heraus, dass die rote Rose für Gabi bestimmt gewesen war. Hatte

Gabis Vater Mario die Treppe hinuntergestoßen? Konnte ich mich unauffällig beim Breuberg-Bund einschleusen? Vielleicht sollte ich auch mal bei dieser Oma Steiger mein Glück versuchen. Gabis Vater schob sich auf meiner Verdächtigenliste jedenfalls ganz weit nach oben.

Das musste ich unbedingt Tom erzählen. Wenn er wieder bereit war, mit mir zu reden.

KAPITEL 8

Ich fuhr mit Tom auf dem Motorrad einen Berg hinauf. Wir fegten mitten durch einen üppigen Wald, der nur durch die Straße unterbrochen wurde. Manchmal kamen uns andere Motorradfahrer entgegen, und Tom grüßte sie, indem er lässig die Hand hob. Die Sonne schien, und ich schmiegte mich an Toms Rücken.

Das Motorrad wurde jetzt immer langsamer und ächzte und stöhnte. Es schien, als ob es an PS verlöre. Bald wäre ich schneller, wenn ich nebenherlaufen würde. Ich blickte an Toms Rücken vorbei. Vor uns lag die Bergkuppe. Das Motorrad erreichte sie mit letzter Kraft. Als wir über den höchsten Punkt gefahren waren, wurde es wieder schneller. Sehr schnell. Zu schnell. Die Kurven kamen in immer rascherer Abfolge, und Tom legte sich immer flacher mit der Maschine hinein. Ich bekam Angst.

Aus Toms Rücken traten nun kleine Beulen hervor. Ich schrie auf, weil ich mich so sehr davor ekelte. Die Beulen wurden immer größer, wie Fäuste, und fingen an, mich zu stoßen. Ich hielt mich nur noch mit den Händen an Toms Taille fest, und er hörte nicht damit auf, sich mit dem Motorrad gefährlich flach in die Kurven zu legen.

»Halt an!«, rief ich ihm zu. »Halt sofort an!« Aber Tom hörte mich nicht.

Die Fäuste boxten nun heftig auf mich ein, und ich fing an, auf dem Motorrad zu schwanken und den Halt zu verlieren. Gleichzeitig legte Tom sich extrem weit in die Kurve, das Motorrad begann zu rutschen und wurde aus der Kurve getragen. Ich sah die Räder, wie sie über die weiße Linie schlitterten, dann kam der Abhang. Erst schwebte das Vorderrad über dem Abgrund, schließlich auch das Hinterrad. Das Motorrad schien zu fliegen, und ich stieß einen Angstschrei aus.

Dann der Aufprall. Ich krümmte mich zusammen, voller Panik, das Motorrad könnte mich treffen. Ich schlug immer wieder auf dem Boden auf, wurde erneut hochgeschleudert, überschlug mich. Auch das Motorrad flog mehrmals knapp an mir vorbei und drehte sich dabei in der Luft. Ich hielt schützend meine Hände über den Kopf.

Endlich waren wir unten angekommen. Ich richtete mich mühsam auf. Das Motorrad befand sich gleich neben mir und war aufgebockt, als hätte es jemand dort ordentlich abgestellt. Ich stand am Fuß des Hangs und weinte. Wo war Tom? Ich blickte mich suchend um.

Er stand weit oben auf der Straße im gleißenden Sonnenlicht. Ich musste die Hand vor die Augen halten und wurde trotzdem noch geblendet. Ich sah nur seine schwarze Silhouette. Die Konturen der Lederkluft waren zu erkennen, die Muskeln seiner Gliedmaßen, und seine Haare wurden vom Wind verweht. Er zeigte mit dem Arm in gewohnt bestimmender Manier die Straße entlang. »Komm schon!«, rief er mir zu und wandte sich zum Gehen.

»Warte!«, schrie ich und begann, den Berg hinaufzuklettern. Aber er war sehr steil, und meine Füße fanden auf dem feuchten Laub keinen Halt.

»Komm schon!«, rief Tom noch einmal von oben.

Ich biss die Zähne zusammen und strengte mich an, aber ich

kam kaum vom Fleck. Das war ein einziger Albtraum! Ich sah nach oben, aber ich konnte Tom nicht mehr entdecken.

»Komm schon!«, tönte es von ferne.

Ich kämpfte mich langsam voran. Irgendwelche Mächte zogen von hinten an mir und hinderten mich am Vorwärtskommen. Ich krallte meine Finger in den Waldboden, um nicht nach unten gezogen zu werden.

Nach stundenlangen Mühen erreichte ich endlich die Straße. Aber sie lag still und leer vor mir. Ich schluchzte. Voller Verzweiflung rief ich Toms Namen.

Plötzlich wurde ein Motorrad angeworfen, und ich drehte mich um. Ganz weit unten, wo der Hang wieder mit der Straße zusammenstieß und ich meinen Aufstieg begonnen hatte, saß Tom auf seinem Motorrad und ließ den Motor aufheulen. Und hinter ihm auf dem Motorrad saß Babsi und klammerte sich an ihn.

»Tom!«

Tom gab Gas und rauschte davon.

»Tom!«, schrie ich aus Leibeskräften. Dann brach ich weinend zusammen.

Von meinem Schluchzen wachte ich auf. Mir war sofort bewusst, dass ich geträumt hatte, aber ich konnte das grässliche Gefühl der Verlassenheit nicht abstellen. Mein T-Shirt war durchgeschwitzt, und ich fühlte mich hundeelend. Ich drehte mich nach Tom um. Er hatte mich alleine zu Bett gehen lassen, aber jetzt lag er ruhig atmend neben mir.

Ich fühlte mich immer noch mies, aber Tom ratzte seelenruhig vor sich hin. Das war nicht gerecht!

Wütend zog ich mein nasses Shirt aus, warf es zu Boden, drehte Tom den Rücken zu und versuchte wieder einzuschlafen.

»Entschuldigen Sie bitte, wo finde ich denn Frau Steiger?« Ich war wie zuvor telefonisch erfragt im ersten Stock der Seniorenresidenz zum Schwesternzimmer gelaufen, stolperte aber bereits im Flur über eine Mitarbeiterin.

Sie lächelte mich freundlich an. »Ich habe sie vorhin im Gemeinschaftsraum ihres Wohnbereichs gesehen. Sie sind neu hier, nicht wahr?«

»Ja ... Alexandra König, ich bin eine Freundin ihres Enkels.«

»Oh, tut mir leid. Ich habe gehört, dass er verunglückt ist. Kommen Sie, ich zeige Ihnen den Weg.« Wir liefen durchs Gebäude. »Bitte sprechen Sie Frau Steiger nicht auf den Tod ihres Enkels an. Ihre Tochter hat ihr schon mehrmals gesagt, dass er tot ist, aber sie vergisst es immer wieder und ist dann jedes Mal aufs Neue verzweifelt, wenn man es ihr mitteilt. Manchmal ist es besser, wenn die Leute weiter in der Vergangenheit leben.« Ich nickte. Sie blieb vor einer Glastür stehen. »Dort sitzt sie.«

»Vielen Dank!« Ich atmete tief ein und öffnete die Tür. Der Gemeinschaftsraum war eine helle, freundliche Küche mit drei Tischen. Frau Steiger saß gleich am ersten der beiden am Fenster stehenden Tische und sah hinaus, ein älterer Mann saß am Tisch dahinter und las in einer Zeitung.

»Hallo!«, rief ich freudig beim Eintreten. Frau Steiger und der ältere Herr blickten auf.

»Hallooooo!«, begrüßte mich der Mann. »Wie wär's mit uns beiden?«

»Äh, danke, aber ich bin schon vergeben.«

»Guten Tag«, sagte Frau Steiger. Dann schaute sie wieder aus dem Fenster auf die Stadt.

»Ich komme zu Ihnen.« Ich lief auf Frau Steiger zu, die mich jetzt erstaunt ansah. »Ich bin eine Freundin von Mario. Darf ich mich setzen?«

»Bitte.« Sie sah mich an. »Ich erinnere mich an Sie. Warten Sie, wie war noch mal Ihr Name?«

»Alex.« Ich setzte mich ihr gegenüber.

»Alex, ja genau. Alex. Marios Freundin.« Sie nickte.

Ich lächelte und stützte meine Unterarme auf die Tischplatte. »Ich wollte mal sehen, wie es Ihnen geht.«

»Gut, vielen Dank. Sind Sie seine Freundin aus Bad König? Er war sehr enttäuscht, weil Sie mit ihm Schluss gemacht haben.«

»Nein, das muss vor meiner Zeit gewesen sein. Ich ...«

»Er war sehr enttäuscht. Er war Ihrem Vater nicht gut genug. Ihre Eltern waren sehr reich, aber wir sind nur einfache Leute. Mario war sehr enttäuscht.«

Ich begann zu erahnen, dass dieses Gespräch nicht leicht werden würde. Immerhin war Frau Steiger recht redselig.

»Der Mario ist ein ganz lieber Junge. Immer wenn ich ihn in Bad König besucht habe, ist er ein Stück gewachsen. Im Sommer musste ich mit ihm zu dem Kiosk am Bahnhof und ihm dieses Eis kaufen, wie hieß das noch ... Es hatte so einen Kaugummi innendrin ... Das hatte Mario am liebsten.« Sie lächelte. »Waltraud hatte nicht viel Zeit für ihn, sie musste ja immer arbeiten. Einmal kam ich sie besuchen, und da hat sie gesagt, der Mario ist verliebt. In dieses Mädchen, das auf der anderen Seite der Stadt gewohnt hat. Aber ihr Vater war dagegen. Ihm war Mario nicht gut genug. Das hat ihn schwer getroffen. Dabei ist er so ein lieber Junge.« Sie schaute aus dem Fenster. »Ich habe ihn besucht, aber er war kaum ansprechbar. Das Mädchen hatte mit ihm Schluss gemacht. Das war sehr schlimm für ihn. Er war ihrem Vater nicht gut genug.«

Ich hörte geduldig zu, aber besonders fesselnd waren Frau Steigers Geschichten nicht gerade.

Sie lächelte mich jetzt freundlich an. »Schön, dass er jetzt Sie hat.«

»Nein, ich bin eigentlich nur eine ganz normale ...«

Plötzlich sah sie mich erschrocken an. »Braucht er Geld? Mario braucht Geld, nicht wahr? Schickt er Sie deshalb?«

Der ältere Herr am Tisch hinter Frau Steiger blickte ganz kurz auf.

»Nein, ich wollte Sie nur mal so besuchen. Mario braucht nichts.«

»Nein, der braucht wirklich nichts mehr«, brummte der Mann, ohne von seiner Zeitung aufzublicken.

Frau Steiger ließ sich nicht beirren. »Er hat gesagt, er bekommt jetzt ein eigenes Restaurant. Ist das nicht schön? Er gehört dann zur besseren Gesellschaft.«

Soso, schon wieder die Geschichte vom eigenen Restaurant? Möglicherweise hatte er vorgehabt, Zang um dermaßen viel Geld zu erpressen, dass er sich selbstständig machen konnte?

»Sie als seine Freundin ...«

»Frau Steiger, ich bin nur eine ganz normale Freundin von Mario. Vielleicht verwechseln Sie mich mit jemandem. Hat er denn etwas von einer festen Freundin erzählt? Gabi Schulmeyer vielleicht?« Ich wollte zu gerne wissen, ob Mario die rote Rose für sie gekauft hatte.

Frau Steiger schaute verwirrt. »Gabi? Sie wohnt in Bad König. Ihre Eltern sind sehr wohlhabend, aber ihr Vater hat etwas gegen den Mario. Er gehört nicht zu ihren Kreisen.«

Nun, das hatten wir ja schon gehabt. Ich war mir nicht mehr sicher, in welchen zeitlichen Sphären sich Frau Steigers Erzählungen bewegten. Dieser Besuch war nicht besonders aufschlussreich.

Frau Steiger legte ihre Hand auf meine. »Wenn Sie zu Mario gehen, sagen Sie ihm bitte, er soll mich mal wieder besuchen. Ich freue mich immer sehr, wenn er mich besucht.«

Der Mann schwenkte, ein weiteres Mal ohne aufzusehen, seine gestreckte Hand mehrmals vor seiner Stirn hin und her.

Ich nickte. »Ja, Frau Steiger, das sage ich ihm.« Ich stand auf.

Der ältere Herr am Nachbartisch schaute jetzt auf. »Und«, fragte er, »wie wär's mit uns zweien?«

»Das haben Sie mich doch vorhin schon mal gefragt«, rief ich empört.

»Manche vergessen, dass sie beim ersten Mal Nein gesagt haben.« Er grinste anzüglich.

Ich schaute kopfschüttelnd zwischen ihm und Frau Steiger hin und her. Dann drehte ich mich um.

»Auf Wiedersehen, Frau Steiger!«

Toms Verhalten verletzte mich zutiefst, und ich sah nicht ein, dass ich für mein Unglück auch noch derart hart bestraft werden sollte. Es stand ja noch nicht einmal fest, dass ich mich durch meine Nachforschungen in Schwierigkeiten gebracht hatte. Ich hielt es nach wie vor nicht für unmöglich, dass sich Babsi nach ihrem überraschenden Wiedersehen mit Tom Hoffnungen auf eine Beziehung machte – sofern ich ihr nicht mehr im Weg stand. Aber natürlich konnte ich Tom gegenüber – erst recht nicht in seiner jetzigen Stimmung – nicht den Verdacht äußern, dass diese Babsi womöglich aus Eifersucht mein Auto sabotiert hatte. Zumal Babsi für Tom kein Thema zu sein schien und ich ihr auch nicht vorwerfen konnte, dass sie nun ständig bei ihm anrief oder um unser Haus schlich. Wahrscheinlich waren meine Bedenken in Bezug auf Babsi völlig unbegründet.

Da Tom sich weiterhin abweisend zeigte, beschloss ich, heute noch einmal mein Glück mit Rudi Gambach zu versuchen und ihm nach Dienstschluss zu folgen. Das würde kein angenehmer Spaß werden, denn die Hitze des Tages hatte gerade erst ihren

Höhepunkt erreicht, aber ich konnte mir das Wetter nicht aussuchen.

Ich wartete wieder auf dem der Polizeidirektion gegenüberliegenden Parkplatz. Tom verließ das Gebäude noch vor ihm. Es versetzte mir einen Stich, wie er so ungerührt mit seinem Motorrad davonknatterte und offensichtlich keinen Gedanken an mich verschwendete. Tatsächlich bog er nicht auf der B45 in Richtung Beerfelden ab, sondern fuhr in Richtung Michelstadt. Er hatte es wohl nicht eilig, zu mir heimzukommen. Ich schluckte ein paar Mal, um den Kloß im Hals loszuwerden. Gut, dass ich nicht sehnsüchtig auf ihn wartend zu Hause hockte, sondern mir eine andere Beschäftigung gesucht hatte.

Rudi hingegen ließ auf sich warten. Nach einer Dreiviertelstunde tauchte er endlich auf. Er fuhr wie letztes Mal in die Innenstadt und parkte gegenüber der Volksbank. Ich überholte ihn und stellte mein Auto zehn Meter weiter ab.

Im Rückspiegel konnte ich ihn die Straße überqueren sehen. Ich stieg aus, um mich an ihn dranzuhängen, aber er betrat die Bankfiliale, deshalb postierte ich mich hinter meinem Auto und wartete.

Es dauerte ziemlich lange, bis er wieder herauskam. Er lief von mir weg in nördlicher Richtung, und ich lief rasch über die Straße, um ihn nicht aus den Augen zu verlieren. Kurz darauf wechselte er erneut die Straßenseite, um in einer kleinen Kneipe zu verschwinden. Die Tür stand offen, und alle straßenseitigen Fenster waren gekippt, vermutlich wegen der Hitze. Ob Rudi sich hier mit einer zwielichtigen Gestalt traf? Vielleicht mit einem Hehler? Es würde Tom bestimmt helfen, wenn ich diese verdächtige Person beschreiben könnte.

Ich lief also auch auf die andere Straßenseite, um im Vorbeilaufen in die Kneipe hineinzusehen und zu versuchen, Rudi und wen auch immer drinnen ausfindig zu machen. Und würde er unvermutet hinaussehen und mich seinerseits entdecken, dann könnte ich einfach so tun, als handele es sich um eine Zufallsbegegnung. Kein Problem.

Ich schlenderte an der offenen Kneipentür vorbei und sah dabei angestrengt in die dunklen Innenräume. Mist, das ging zu schnell. Ich lief ein Stück weiter und blieb dann stehen. Sofort wieder in umgekehrter Richtung an der Tür vorbeizulaufen wäre zu auffällig. Ich versuchte, durch die äußerste untere Ecke des letzten Fensters in die Kneipe hineinzuspähen. Ein Kneipengast saß mit ein paar anderen Leuten drinnen an einem Tisch direkt hinter der Scheibe und blickte mich irritiert an, doch darauf konnte ich jetzt keine Rücksicht nehmen. Wo war Rudi? Plötzlich entdeckte ich ihn. Hinten in einer Ecke, und er schien allein ...

Auf einmal war meine Sicht versperrt. Der Kneipengast am Fenstertisch hatte eine große Speisekarte vor meine Nase gestellt, und von innen ertönte lautes Gelächter. Unverschämtheit! Aber ich wollte nicht Rudis Aufmerksamkeit auf mich ziehen, deshalb zog ich mich erst einmal zurück und wartete ein Weilchen vor einem etwas entfernteren Schaufenster. Die Straße wurde langsam leerer, nur das Eiscafé konnte noch mit regem Betrieb aufwarten. Ja, so ein Eis wäre jetzt eigentlich nicht schlecht. Mit einem Eis in der Hand hätte ich einen Grund für meine Anwesenheit, falls es doch noch zu einer ungewollten Begegnung mit Rudi kommen würde. Ich schlenderte also auf meinem Weg zum Eiscafé erneut an der offenen Kneipentür vorbei. Diesmal wusste ich ja, wo Rudi sich aufhielt. Obwohl hoch konzentriert, versuchte ich, eine möglichst ausdruckslose Miene aufzusetzen. Ja, da hinten saß Rudi, offensichtlich an einem Spielautomaten. Vielleicht wollte er die Zeit totschlagen, bis endlich seine zwielichtige Verabredung eintraf.

Ich überquerte die Straße und erwarb je eine Kugel Stracciatella und Melone. Während ich die Kneipe im Auge behielt, verputzte ich ratzfatz das Eis. Was nun? Irgendwie ging es mit der Observation nicht richtig vorwärts. Ich tat, als wäre ich mit meinem Handy beschäftigt. Da! Endlich betrat ein neuer, verdächtig aussehender Gast die Kneipe. Ob das Rudis Verabredung war? Ich machte mich noch einmal daran, unauffällig an der offenen Kneipentür vorbeizuschlendern.

Aber nein, Rudi saß immer noch am Spielautomaten, und zwar allein. Er wartete vermutlich auf jemand anderen. Außerdem fiel mir erst jetzt auf, wie zerknittert er aussah. Regelrecht übernächtigt.

Ich wechselte wieder auf den entfernteren Bürgersteig und schlenderte die Straße hoch und runter. Hoffentlich wurde ich nicht gleich angesprochen und nach meinem Stundenpreis gefragt. In Hamburg war mir das einmal passiert, obwohl ich Büroklamotten getragen hatte.

Nach einer Weile fand ich es an der Zeit, mal wieder einen Blick in die Kneipe zu riskieren. Also aufs Neue die Straßenseite gewechselt und an der offenen Tür vorbeigeschlendert – Rudi saß immer noch vor dem Spielautomaten. Diese Personenüberwachung schien genauso langweilig und uninteressant zu werden wie die beiden vorherigen. Ob Rudi wirklich auf jemanden wartete? Er sah nicht im Mindesten so aus, als ob ihn die Eingangstür beziehungsweise dadurch eintretende Gäste interessieren würden. Ich konnte im Vorbeigehen unverhohlen auf ihn starren. Er wirkte völlig auf sein Spiel konzentriert.

Hm. Ich flanierte weiter von der Kneipe weg, die Straße hoch und runter. Nochmals hin und her. Ab und zu lief ich an der Tür vorbei, bekam aber immer wieder das gleiche Bild zu sehen. Die Sonne stand schon tiefer, und das Straßenbild hatte sich von geschäftigem Treiben nach Büroschluss in lässiges Flanieren in den Abendstunden gewandelt. Geschlagene zwei Stunden lungerte ich jetzt schon vor dieser Kneipe herum, und so langsam dämmerte mir, was mit Rudi Gambach los war. Diese ganze Beschattungsaktion gestaltete sich zwar enorm ereignisarm, war aber dennoch alles andere als ein Reinfall. Ich schlenderte weiter die Straße entlang.

Irgendwann wurde die Kneipentür geschlossen. Ich schaute ohne große Vorsichtsmaßnahmen durch das Fenster. Rudi saß unverändert vor dem Spielautomaten. Er machte hektische Armbewegungen, regelrecht verbissen.

Der Gast, der mir vorhin bereits den Einblick verwehrt hatte, fuchtelte drinnen wieder mit der Speisekarte herum, doch da ich diesmal stand und er saß, reichte mir die Karte nur bis auf Kinnhöhe. Ich streckte ihm die Zunge heraus, und er stellte sein kindisches Gefuchtel verblüfft ein.

Ich hatte genug gesehen und ging zurück zu meinem Auto. Natürlich war eine einzige Stichprobe kein Beweis, aber ich hätte meinen Hintern darauf verwettet, dass Rudi Gambach an Spielsucht litt.

Mein Zuhause lag still und leer da. Deprimierend leer. Tom war nicht da, und ich hatte den Eindruck, dass er nach der Arbeit noch gar nicht heimgekommen war.

Wie lange wollte er mich wohl noch mit Nichtbeachtung strafen?

Ich schaltete den Fernseher ein und aß eine Kleinigkeit. Das Programm war mau. Ich horchte nach draußen, aber keine Spur von Toms Motorrad.

Jetzt wurde es schon dunkel, und Tom war immer noch nicht zurück. Ich konnte kaum die Augen offen halten. Die ereignislose

Beschattung von Rudi Gambach hatte mir jeden Antrieb geraubt. Ich gab meiner Müdigkeit nach und legte mich ins Bett.

Kaum war ich eingeschlafen, so schien es, da wurde ich schon wieder von Lärm geweckt. Mehr als ein Motorrad. Ich sprang mit einer Vorahnung aus dem Bett, lief bis in die Mitte des Wohnzimmers und schaute von dort durch den Glaseinsatz der Haustür. Schemenhaft erkannte ich zwei Gestalten und mindestens ein Motorrad, welches nun abgestellt wurde. Das musste Tom sein.

Dann eine Frauenstimme, die gegen den Motorenlärm ankämpfte. »War echt super, das müssen wir bald wieder machen!« Tatsächlich, die Stimme gehörte zu Babsi. Mein Magen krampfte sich zusammen. Das war nicht fair!

»Ja, bis bald! Komm gut heim!« Das war Tom.

Meine Augen füllten sich mit Tränen.

Immerhin umarmte er sie nicht zum Abschied, sondern hob nur die Hand, und Babsi knatterte davon. Von Nachtruhe hatte die blöde Nuss offensichtlich auch noch nichts gehört.

Tom wandte sich zur Haustür, und ich flitzte, so schnell ich konnte, zurück ins Schlafzimmer und lehnte rasch die Tür an. Im gleichen Moment hörte ich, wie sich Toms Schlüssel im Schloss drehte. Das war knapp. Ich schlich mich leise ins Bett und wandte Toms Betthälfte den Rücken zu. Zehn Minuten später kam Tom ins Schlafzimmer und kroch hinter mir unter die Decke. Ich stellte mich schlafend.

Aber ich hätte schwören können, dass Toms Augen auf meinem Rücken ruhten, bis ich einschlief.

Am nächsten Morgen blieb Tom lange im Bett liegen, allem Anschein nach, um mir aus dem Weg zu gehen. Also stellte ich mich darauf ein, den Tag und schlimmstenfalls das komplette Wochenende alleine gestalten zu müssen. Toms Verhalten kränkte mich nicht nur, sondern brachte mich auch in zunehmendem Maße auf die Palme. Ganz besonders ärgerte mich seine Verabredung mit Babsi. Nein, sie ärgerte mich nicht nur, sondern sie machte mich wahnsinnig eifersüchtig. Seit ich mit Tom zusammenlebte, hatte er sich hier und da auch ohne mich mit Freunden getroffen, und auch wenn darunter Frauen waren, so hatte ich bisher deswegen keine Bedenken gehabt. Auch ich hatte in Hamburg männliche Freunde zurückgelassen, mit denen ich über das Internet nach wie vor verbunden war, und einer hatte mich auch schon hier in Beerfelden besucht und bei uns übernachtet. Aber warum musste Tom gerade jetzt, wo wir uns gestritten hatten, mit Babsi, seiner Ex-Freundin, den ganzen Abend und die halbe Nacht verbringen, ohne vorher mit mir darüber zu sprechen? Das verletzte mich zutiefst, und es gelang mir nicht, mein Misstrauen abzuschütteln. Möglicherweise könnte ich heute bei Maren vorbeischauen und ihr unauffällig ein paar Infos entlocken, wie das damals mit Babsi und Tom gewesen war. Als Zwanzigjährige hatte sie doch sicher mitbekommen, was ihr zu diesem Zeitpunkt siebzehnjähriger Bruder so getrieben hatte.

Jedenfalls wollte ich, solange Tom nicht gesprächsbereit war, nicht heulend in der Ecke hängen, sondern versuchen, mich abzulenken und meine Zeit anderweitig sinnvoll zu nutzen. Dann konnte der Typ rumschmollen, solange er wollte. Zunächst aber galt es, noch ein paar Einkäufe zu erledigen. Damit Tom nicht übermütig wurde, hinterließ ich ihm einen Zettel, dass er meine Schuhe vom Schuster abholen solle, und verließ die Wohnung in Richtung Supermarkt.

Es war mir längst zur Gewohnheit geworden, vor Betreten des Gebäudes zu raten, welche Frisur Sonja Kirchner wohl heute tragen würde. Ich tippte auf etwas Asymmetrisches, und tatsächlich: Sie hatte ihre Haare schräg oben auf dem Kopf zu einem Pferdeschwanz gebunden. Nachdem ich alle Waren beisammen hatte, stellte ich mich an der Kasse an. Es war ziemlich voll, und ich war froh, als ich endlich drankam. »Hi, Sonja!«

»Hallo, Alex! Du, ich muss dich unbedingt sprechen!«

»Ja? Weswegen denn?«

»Unter vier Augen.« Sonja zeigte verschwörerisch mit Zeige- und Mittelfinger ihrer rechten Hand auf ihre Augen.

»Ach so, ja, dann warte ich mal, bis der Ansturm abgeebbt ist.«

»Siebenundzwanzig dreiundachtzig, bitte.«

Ich bezahlte und schob meinen Wagen an die Seite. Es kamen noch drei Kunden an die Kasse, aber dann konnte ich mich zu Sonja stellen.

»Okay, was gibt es denn so Wichtiges?«

»Kevin hat mir erzählt, dass dir jemand die Bremsleitungen durchgeschnitten hat«, flüsterte Sonja. »Hast du deine Finger im Mordfall Mario Steiger?«

»Woher weißt du denn, dass das mit Steiger kein Unfall war? Heinz und Schorsch haben mich neulich auch schon darauf angesprochen.«

»Das weiß doch mittlerweile jeder.« Sonja winkte ab. »Ich wollte ja auch nur sagen, wenn ich dir irgendwie helfen kann, kannst du auf mich zählen. Du hast Gerd Kauer schließlich damals auch aus der Patsche geholfen. Du hast was bei mir gut.«

»Na ja, das mit Gerd war ja nur …«

Zwei weitere Kunden kamen mit ihren Einkaufswagen angefahren, und ich stellte mich wieder eine Weile an die Seite zu meinen Einkäufen. Schließlich waren auch diese Kunden abgefertigt, und ich trat abermals auf Sonja zu.

»Also dein Angebot ist jedenfalls sehr nett. Im Moment wüsste ich aber nichts, womit du mir helfen könntest. Dass deine

Freundin Tessa in Mario Steiger verliebt war, ist nicht unbedingt von Belang, es sei denn, sie selber hätte ihn aus enttäuschter Liebe umgebracht.«

Sonja brach in schallendes Gelächter aus. »Ich würde es ihr zutrauen.«

Ich schaute sie mit großen Augen an. »Ernsthaft?«

»Nein, nein, Tessa war es natürlich nicht. Aber zuzutrauen wär's ihr schon.« Sonja grinste. »Ihrem vorherigen Freund hat sie all seine Klamotten und seine CD-Sammlung im Garten auf einen Haufen gelegt und angezündet.«

Oha. So harmlos hörte sich das aber nicht an.

»Aber bei Mario war es was anderes, mit dem war sie ja nie zusammen. Und dafür gab es auch einen guten Grund. Sie ...« Sonja stockte. Ein Kunde näherte sich der Kasse.

»Vielleicht sollte Tessa dir das mal persönlich erzählen. Dann erfährst du es aus erster Hand. Hast du eventuell morgen Zeit? Da sind wir sowieso verabredet. Ganz gechillt zum Quatschen. Hast du Lust?«

»Klar. Super.«

Der Kunde hatte seine Einkäufe auf das Band gelegt. Sonja gab mir rasch die Adresse und eine Uhrzeit, und wir verabschiedeten uns.

Leichtfüßig verließ ich den Markt. Tessa, das sagte mir mein Instinkt, würde mich auf eine neue heiße Spur führen.

Ich verstaute die Einkäufe im Auto und fuhr zur Hessenstubb. Als Nächstes stand nämlich Maren auf meiner Liste. Nachdem mich Sonja auf andere Gedanken gebracht hatte, fühlte ich mich gewappnet für das Gespräch mit Toms Schwester, bei dem ich sie geschickt und vor allem unauffällig nach Babsi auszufragen gedachte.

Die Hessenstubb war recht leer. Trotzdem traf ich sowohl Maren als auch ihren Mann Guido an. Ich begrüßte Maren mit einer Umarmung und legte Guido nur die Hand auf die Schulter, da er vornübergebeugt an der Zapfanlage herumfummelte. »Gude, Alex«, brummte er, ohne aufzusehen.

»Guido repariert die Zapfanlage«, erläuterte Maren. »Bis er das hingekriegt hat, ist er nicht mehr ansprechbar. Ignoriere ihn einfach.« Sie grinste. Ich grinste ebenfalls. Maren schüttete etwas Spüli ins Spülbecken. »Wann bekommst du dein Auto wieder?«

»Äh, mein Auto?« Hatte ihr Susanne erzählt, dass es liegen geblieben war?

»Ja, wegen der durchgeschnittenen Bremsleitungen. Die Polizei braucht doch sicher ein paar Tage, um es zu untersuchen?« Maren tauchte ein Glas ins Spülwasser.

In dieser Familie hatte man wohl noch nie etwas von Diskretion gehört. »Hat Susanne dir das erzählt? Sie hat ...«

»Nachdem Tom nach eurem Streit so lautstark die Wohnung verlassen hatte, hat sie ihn angerufen und wollte ihm den Kopf waschen. Aber dann musste sie erfahren, dass du dich zu weit ins Verbrechermilieu gewagt und dich mit deiner Neugier selbst in Gefahr gebracht hast.« Maren sah mich mit hochgezogenen Augenbrauen an.

»Also erstens ist noch gar nicht raus, ob das eine mit dem anderen überhaupt zu tun hat. Und zweitens: Schön, dass ihr alle zu Tom haltet. Ich bin beinahe abgemurkst worden, aber von Mitleid keine Spur.« Ich stützte eine Hand an die Hüfte.

»Wieso Mitleid?« Guido griff nach einer Zange, die er neben diversen anderen Werkzeugen seitlich der Zapfanlage abgelegt hatte. »Wenn Maren sich wie du verhalten würde, würde ich ihr den Arsch versohlen.«

»Du bist schon der Zweite, der in diesem Zusammenhang zu Gewalt neigt.« Ich kniff die Augen leicht zusammen.

Guido setzte die Zange an einem Metallstift an. »Das meine ich doch nur bildlich gesprochen. Ich wäre krank vor Angst. Ich würde mir auch selber den Arsch versohlen, wenn ich Maren damit von leichtsinnigen Aktionen abhalten könnte.«

»Na ja, wie krank vor Angst sieht Tom nun nicht gerade aus. Auf mich wirkt er eher eingeschnappt.«

»Wie soll er sich denn deiner Meinung nach verhalten, wenn er de facto krank vor Angst ist?« Maren sah mich von unten her an.

»Ich weiß nicht ... vielleicht ...«

»Jeder Mensch reagiert anders. Wenn Tom sich große Sorgen macht, wird er immer stiller und zieht sich mehr und mehr in sich zurück. Glaube mir, Alex, Tom ist krank vor Angst.«

Ich schnaufte. »Ach so, und deswegen musste er sich gleich mal mit dieser Babsi verabreden und, ohne ein Wort zu sagen, stundenlang mit ihr auf einen Motorradausflug verschwinden.« Okay, eine unauffällige Befragung sah anders aus, aber die einseitige Parteinahme ging mir auf den Keks.

»Babsi? Welche Babsi?«

»Na, die Babsi, mit der er in der Schulzeit ein Verhältnis hatte.«

Maren sah mich verständnislos an.

Ich machte einen neuen Versuch. »Diese gut gebaute Blondine, mit der er zusammen war, als er siebzehn war.«

Immer noch keine Reaktion.

»Die, die er zehn Jahre nicht gesehen hat.«

Marens Stirnfalten hoben sich. »Was weiß ich, wer das sein soll. Sorry, Alex, aber damals hatte Tom so viele Freundinnen, ich kann mich an keine Babsi erinnern. Und gut gebaute Blondinen waren einige darunter.«

»Ja, super, das wollte ich jetzt unbedingt hören.«

»Ich möchte damit nur ausdrücken, dass diese Mädels kamen und gingen und dass sie in Toms Leben keine Rolle mehr spielen. Und wenn er sie zehn Jahre nicht gesehen hat, dann ist es doch ganz normal, dass man sich mal wieder trifft und über alte Zeiten redet. Oder wie würdest du das an seiner Stelle machen?«

Guido ahmte eine hohe Frauenstimme nach. »Tut mir leid, Junge, ich hab mich gerade mit meinem Freund gestritten, kannst du in zehn Jahren noch mal vorbeikommen, im Moment passt es mir gerade nicht so gut?« Dann blickte er zum ersten Mal auf und grinste mich an.

Wider Willen musste ich lachen. »Nein, wahrscheinlich nicht. Vermutlich wäre ich froh, in dieser Situation abgelenkt zu werden. Trotzdem ...«

Maren legte mir die Hand auf die Schulter. »Ich meine es nicht bös. Jeder muss machen, was er für richtig hält. Wenn du nicht eine Frau mit einem eigenen Kopf wärst, die mal was riskiert und sich nicht einschüchtern lässt, sondern sich von Tom am Nasenring durch die Stadt ziehen lassen würde, dann wärst du eine von den vielen ›gut gebauten Blondinen‹, deren Namen ich in ein paar Monaten schon wieder vergessen hätte.«

Ich nahm eine Haarsträhne in die Hand und schielte angestrengt auf die Spitzen. »Bin ich eine gut gebaute Blondine?«

Maren lachte. »Ich meine ja nur. Tom will dich sicher so, wie du bist. Gib ihm noch etwas Zeit, er kriegt sich auch wieder ein. Dann könnt ihr in Ruhe darüber reden, wie weit du deine vorwitzige Nase künftig in gefährliche Angelegenheiten stecken solltest.«

Ich neigte meinen Kopf kurz zur Seite. Ich wusste selber

nicht, ob ich ein Ja oder ein Nein zur Antwort geben wollte. Eigentlich war ich auf Tom noch sauer. Aber ich vermisste ihn auch.

»Okay, warte mal kurz.« Maren verschwand in die Küche und kam bald darauf mit einem Karton voller Champagnerflaschen zurück. »Könntest du so nett sein und drei von diesen Kartons unserer Mutter mitbringen? Ich hatte ihr versprochen, die Flaschen zu besorgen, und wenn du sie mitnimmst, muss ich heute Abend nicht noch mal extra bei euch vorbeifahren.«

»Ganz schön viele! Erwartet Susanne eine größere Gästeschar?« Die Marke war auch nicht gerade billig. Aber Toms Eltern konnten es sich leisten.

»Ach, ich glaube, sie wollte sich nur einen Vorrat für alle Fälle anlegen.«

Ich nahm den Karton entgegen. Guido und Maren holten die beiden anderen Kartons und trugen sie mir zum Auto. Dort verabschiedeten wir uns, und ich fuhr nach Hause.

Tom machte sich immer noch rar, aber meine frisch besohlten Schuhe standen im Windfang, immerhin. Das war ja schon fast so etwas wie ein Mini-Friedensangebot. Ich verstaute meine Einkäufe und machte es mir anschließend mit Toms Tablet und einem Glas Orangensaft auf der Terrasse gemütlich. Hier herrschten noch angenehme Temperaturen, insbesondere, wenn man sich unter den Sonnenschirm in den Schatten legte. Schon längst hätte ich mal nachsehen sollen, was ich über Babsi im Netz finden konnte. Vielleicht war sie eine Schwarze Witwe, und es hatte in ihrem Umfeld schon mehrere mysteriöse Autounfälle gegeben. Oder sie hatte sonst wie Dreck am Stecken. Ich gab ihren Namen ein.

Hm, das waren nicht viele Einträge. Es gab einen Zeitungsbericht über ihre zehnjährige Mitgliedschaft in einem Motorradclub. Ein andermal war sie während einer Feier fotografiert worden, wo sie mit zwei bärtigen Typen hinter einem überdimensionalen Kochtopf stand, aus dem offensichtlich Heerscharen von Motorradfahrern verköstigt werden sollten. Zweimal wurde sie als Mitorganisatorin von Motorradfahrten durch den Odenwald genannt. Aber sonst …

Ach nein, es gab doch noch einen Treffer. Einen, auf den ich lieber verzichtet hätte. Babsi war bei Facebook aktiv. Auf ihrem Titelbild präsentierte sie ihre weiblichen Reize in voller Schönheit; sie räkelte sich im knappen Bikini an einem Strand. Ihre Kurven passten gerade so ins längliche Facebook-Format. Von wegen in die Breite gegangen! Ich hätte die Frau eher als Vollweib bezeichnet. Hoffentlich hatte Tom dieses Foto noch nicht gesehen. Der naive Beobachter hätte das Bild auch einfach für ein Urlaubsfoto halten können, aber ich wusste natürlich, was Babsi damit bezweckte: Sie war eindeutig auf Männerfang!

Aufgebracht griff ich nach meinen Orangensaft. Auf ihrem Account fand ich noch viele weitere Fotos, doch nie war ein Mann darauf zu sehen. Mehrere Bilder zeigten sie bei verschiedenen abendlichen Events zusammen mit Freundinnen. Sie waren offensichtlich alle in bester Feierlaune. Völlig klar: Babsi ging abends auf die Pirsch. Männliche Freunde störten dabei nur, aber in Frauengruppen ließ es sich gut anbaggern. Nur gestern Abend, da hatte sie ihre Freundinnen erst gar nicht mitgenommen, um sich ganz allein zum Tête-à-Tête mit Tom zu treffen! Mein Freund war das willfährige Opfer in einem abgekarteten Spiel, und wenn ich nicht aufpasste, würde diese Babsi unseren kleinen Moment der Krise schamlos ausnutzen und sich Tom unter den Nagel reißen!

Wütend und enttäuscht legte ich das Tablet beiseite. Die Schwarze-Witwe-Variante wäre mir eindeutig lieber gewesen.

Hoffentlich fiel mir noch etwas ein, wie ich Babsis Sündenregister doch auf die Schliche kommen könnte. Vielleicht, indem ich einen Fake-Account auf Facebook anlegte, sie als gut aussehender kanadischer Geschäftsmann anschrieb und schaute, wie sie darauf reagierte. Oder ich setzte einen von diesen schneidigen amerikanischen Typen auf sie an, die mir immer Freundschaftsanfragen schickten, ohne dass ich darum gebeten hatte.

Nun ja, später vielleicht. Jetzt hatte ich erst mal die Nase voll vom Recherchieren. Ich wollte mich auch nicht davon runterziehen lassen, dass Tom mich so abweisend behandelte. Oder krank vor Angst war, wenn Maren recht hatte. Ich hatte Urlaub, und ich hatte es verdient, mich faul im Liegestuhl von einer Pobacke auf die andere zu wälzen, dabei ein gutes Buch zu lesen und die Ruhe zu genießen, statt mich über Babsi zu ärgern. Heute Nachmittag war ich mit Hedi und Herbert zum Kaffee verabredet, und ich würde es mir gut gehen lassen. Danach wäre immer noch Zeit für Ermittlungen.

Ich hatte Susannes Auto in professionellem Abstand zu Zangs Gebrauchtwagenhandel abgestellt und lugte im Schutz einer Hecke auf sein Gelände. Es war mein wichtigstes Anliegen, mich nicht durch mangelnde Vorsicht in Schwierigkeiten zu bringen. Ich hatte mir fest vorgenommen, kein Risiko einzugehen und Zang am besten überhaupt nicht mehr unter die Augen zu treten. Ihn einfach eine Weile von ferne zu beobachten, war ja wohl absolut unbedenklich. Einzig mein Treffen mit Hedi und Herbert vorhin könnte mir einen Strich durch die Rechnung machen, da ich mehrere Tassen Kaffee getrunken hatte und hoffen musste, dass sie nicht allzu schnell durch mich hindurchrauschen und so meine Überwachungen stören würden.

Wie ein beruflich versierter Ermittler beobachtete ich konzentriert die Szenerie. Zang hatte samstags bis achtzehn Uhr geöffnet, und ich erhoffte mir irgendein aufschlussreiches Geschehen, wenn die Kaufinteressenten abgezogen waren. Allerdings war der vermutlich letzte Kunde des Tages relativ hartnäckig und stand bestimmt schon eine Viertelstunde mit Zang vor dem gleichen Auto und redete auf ihn ein. Sah nach Preisverhandlung aus.

Ich öffnete die Autotür einen Spalt, um für etwas Luftaustausch zu sorgen. Dann ließ ich meinen Blick schweifen und bemerkte zum ersten Mal, dass Zangs Gelände hinter seinem Gebäude abrupt endete. Dahinter lag vermutlich ein anderes Firmengelände, doch das war von meiner Position aus nicht einsehbar. Der Zaun zwischen den beiden Grundstücken war nicht zu erkennen, da eine dichte Hecke davorstand. Sie führte mit Ausnahme der Straßenseite die ganze seitliche und hintere Grundstücksgrenze entlang und wurde nur durch das Zang'sche Gebäude unterbrochen.

Das brachte mich auf eine Idee. Möglicherweise konnte man sich im Schutz der Hecke dem Gebäude von hinten nähern und einen Blick in sein Büro werfen. Vielleicht würde es mir gelingen, durch ein Fenster irgendwelche belastenden Papiere zu erspähen, die Zang nachlässig auf seinem Schreibtisch hatte liegen lassen. Meine Fantasie entwarf mehrere Szenarien, in denen sich eine Fülle belastender Beweise durch eine Observation der Rückseite des Gebäudes aufspüren ließ. Da ich Zangs Gelände dabei nicht betreten musste, sollte das doch ein relativ ungefährliches Unterfangen sein.

Zang war immer noch mit dem Kunden beschäftigt, also los! Ich stieg aus dem Auto und lief in einem großen Bogen um Zangs Autohandel herum. Das Grundstück nebenan war überhaupt nicht eingezäunt und lag still und verlassen da. Bestimmt handelte es sich um einen Produktionsbetrieb, in dem samstags niemand arbeitete. Ich erreichte das rückwärtige Ende und blickte gespannt um die Ecke. Zangs Hecke setzte sich hier fort, aber, wie vermutet, lediglich bis zu seinem Gebäude. Das winzige Grundstück dahinter war unbebaut, reichte nur bis zu einer kleinen Nebenstraße und sah recht verwildert aus. Vermutlich städtischer Besitz, der wegen der geringen Größe nicht zur Bebauung geeignet war. Über die Nebenstraße waren wieder bloß verlassen aussehende Industriegrundstücke zu sehen. Schön einsam. Besser hätte ich es nicht antreffen können. Niemand würde mich beim Spionieren erwischen.

Ich lief weiter bis zum ersten Fenster von Zangs Gebäude und lugte hinein. Auf Zangs Anlage war ein Motorengeräusch zu hören, das konnte der Kunde sein, der jetzt doch endlich eine Einigung mit Zang gefunden hatte und heimfuhr. Ich beeilte mich, das Innere des Raums zu erfassen.

Tatsächlich handelte es sich um Zangs Büro, in dem ich bereits mit ihm gesessen und den Ausdruck der Daten des Kadett erhalten hatte. Auf der gegenüberliegenden Seite hatte das Büro ebenfalls ein Fenster, das den Blick auf die vor dem Gebäude geparkten Verkaufswagen freigab. Dort war aber niemand mehr zu sehen. Ich versuchte zu erkennen, was auf den Papieren stand, die auf dem Schreibtisch lagen. Eines war schon mal ein Kaufvertrag. Die Überschrift konnte ich aus der Entfernung noch gut erkennen. Das Blatt daneben …

Irgendwo neben dem Büro erklang ein schepperndes Geräusch. Dann das Zuschlagen einer Autotür. Das musste aus der Werkstatt kommen oder dem noch weiter dahinter liegenden Gebäudeteil.

Das Papier neben dem Kaufvertrag lag auf dem Kopf, und ich versuchte, zumindest die Überschrift zu entziffern. Plötzlich hörte ich Stimmen und konnte gerade noch auf Tauchstation gehen, als die Zimmertür geöffnet wurde. Puh, das war brenzlig!

Während ich mit dem Gedanken an Toms Worte, ich hätte mich beim letzten Mal nicht klein genug zwischen den Autos durchgeschlichen, extrem zusammengekauert Schritt für Schritt rückwärts unter dem Fenster durchkroch, hörte ich Zangs Stimme.

»... was das jetzt soll. Du hast die ganze Zeit von meinen Kontakten profitiert. Wir können weiter gute Geschäfte machen.«

Ich hörte ein undefinierbares Brummen, das nicht von Zang kam. Ich verrenkte mir den Hals, um nach oben zu schauen: Das Fenster war passiert, ich konnte mich vorsichtig an die Hauswand geschmiegt aufrichten. Mein armer Rücken!

»Was willst du? Ich habe alles unter Kontrolle! Es gibt absolut keinen Grund zur Sorge!« Das war wieder Zang.

»Polizei war hier.«

Seltsamer Satzbau. Ob das der gefährliche Russe war? Ich spürte, wie mir ein Schweißtropfen seitlich am Brustkorb hinunterlief.

»Die Bullen merken null. Die haben sich die Autos gar nicht angeguckt. Der verunglückte Kunde hat einfach Pech gehabt.«

Es trat eine seltsame Stille ein. Ich fragte mich, ob Zang jetzt gehässig grinste oder ein unschuldiges Gesicht aufsetzte. Der andere Mann schien nicht besonders gesprächig.

»Wichtig ist nur, dass du jetzt nicht durchdrehst. Du bist mit unserer Partnerschaft doch bisher gut gefahren.« Zangs Stimme bewegte sich im Raum. »Sehr gut sogar.«

»Du auch«, sagte der andere Mann.

Einen Moment war es still.

Dann wieder Zang: »Scheiß Hitze hier drin.« Schritte näherten sich dem Fenster.

Oh nein! Mein Rücken verschmolz mit der Gebäudewand.

Ich sah eine Hand, die sich innen um den Fenstergriff legte, und der Flügel wurde aufgerissen. Mein Herz pochte mir bis zum Hals. Hoffentlich wollte Zang nicht auch noch die Lufttemperatur überprüfen, indem er sich hinausbeugte. Schlagartig wurde mir bewusst, dass ich auf einem Flecken Erde stand, auf dem es sich nicht nur unbeobachtet beobachten, sondern auch unerkannt ermorden ließ.

Durch diese unangenehme Erkenntnis bereits in Anspannung versetzt, zuckte ich im nächsten Moment heftig zusammen, denn plötzlich schob sich eine Hand aus dem Fenster. Ich hielt die Luft an, und das Blut pulsierte in meinen Schläfen.

Aber Zang schien sich wieder umgedreht zu haben. »Draußen ist es tatsächlich einen Tick kälter als hier drin.« Er schnaufte. »Also überleg es dir noch mal. Die Oldtimer laufen gut. Kein Grund, wegen dieser geringfügigen ... Problemchen abzuhauen.«

Bei dem anderen Mann handelte es sich also tatsächlich um den Russen. Ich sollte zusehen, dass ich Land gewann.

Ich schob mich erst im Stehen so leise wie möglich Schritt für Schritt an der Hauswand entlang, dann immer schneller, bis ich mich schließlich in Laufrichtung drehte und halb schleichend, halb laufend davoneilte. Bevor ich um die Ecke bog, warf ich noch einmal einen Blick zurück. Gott sei Dank streckte niemand seinen Kopf aus dem Fenster.

Ich lief rasch zur Straße, die mehr Schutz vor in der Einsamkeit operierenden Mördern bot. Mein Herz klopfte immer noch heftig. Auch meine Klamotten waren feuchter, als es der durchaus vorhandenen Sommerhitze entsprach.

Zugegeben, das hatte ich mir so nicht vorgestellt. Ich hatte kein Risiko mehr eingehen wollen. Der Plan war gewesen, in Abwesenheit von Zang einen Blick in sein Büro zu werfen, nicht, mich plötzlich mit ihm und dem gefährlichen Russen allein auf weiter Flur zu befinden. Aber diese Situation war ja nun wirklich nicht vorhersehbar gewesen.

Am besten, Tom würde niemals davon erfahren.

Ich atmete tief durch und wedelte ein bisschen mit dem Shirt vor der Brust, um mir etwas Kühlung zu verschaffen. Dass es heute aber auch schon wieder so heiß werden musste! Zum Glück hatte das Auto eine Klimaanlage. Da mich zu Hause sozusagen niemand erwartete, hatte ich es nicht eilig, heimzukommen. Nachdem ich vorgestern von Schorsch erfahren hatte, dass die Burg Breuberg nicht nur der Ort des Mordes, sondern auch Sitz des Vereins eines hoch Tatverdächtigen darstellte, der sich auch noch dort mit dem Opfer gestritten hatte, hatte ich mir vorgenommen, noch einmal in der Burg vorbeizuschauen. Allerdings waren meine Nerven für heute schon genug strapaziert worden; wenn sich wegen irgendeines teuflischen Zufalls ausgerechnet der alte Schulmeyer heute Abend an der Burg aufhalten würde, so würde ich auf dem Absatz kehrtmachen und unverrichteter Dinge wieder nach Hause fahren. Toms abweisendes Verhalten hatte meine emotionale Stabilität ins Wanken gebracht, mehr als ein harmloses Gespräch mit dem Personal war nicht drin. Mit diesem Vorsatz im Gepäck setzte ich mich in den Wagen, startete den Motor, warf die Kühlung an und steuerte in Richtung Breuberg.

KAPITEL 9

Es war noch lange nicht dunkel, als ich an der Burg ankam. Ich hoffte, dass die Burgschänke noch geöffnet hatte und das Personal vielleicht etwas von dem Streit zwischen dem alten Schulmeyer und Mario Steiger mitbekommen hatte. Im Biergarten durfte man im Sommer etwas länger sitzen als bis zur offiziellen Schließung um achtzehn Uhr.

Ich hatte Glück, es saßen noch fünf Gäste draußen, und als ich mich an einen freien Tisch setzte, stand ein junger Mann aus der Gruppe auf und entpuppte sich als Wirt, indem er nach meinen Wünschen fragte. Ich entschied mich für Hausmacherwurst mit Brot und ein Wasser, und er kam umgehend damit zurück. Er setzte sich wieder zu den anderen vier Gästen, die er zu kennen schien, und unterhielt sich mit ihnen. Ich hörte eine Weile zu. Schließlich verabschiedeten sich die Gäste unter lautem Hallo, und der junge Mann fing an, den Tisch abzuräumen.

»Na, haben Sie sich die Burg angesehen?«, fragte er mich plötzlich. Hoffentlich war das nicht eine höfliche Einleitung, um mich im Anschluss an einen Small Talk rauszuschmeißen. Ich musste unbedingt vorher noch ein paar Informationen abgreifen.

»Ja, ich bin den Bergfried hochgestiegen. Eine tolle Aussicht! Und dann schon seit Tagen dieses super Wetter! Ich habe gerade Urlaub, besser hätte es nicht laufen können.«

»Da haben Sie wirklich Glück.« Er wischte über den halb abgeräumten Tisch. »Heute waren auch extrem viele Besucher da. Die hat der Sonnenschein hergelockt.«

»Ich finde es toll, dass diese Burg so gut erhalten ist. Man kann sich sehr gut vorstellen, wie die Menschen früher hier gelebt haben.«

»Ja, es wird auch einiges dafür getan, damit die Burg in einem guten Zustand bleibt. Der Breuberg-Bund ist hier sehr engagiert. Die kümmern sich auch ums Museum.« Er rückte die Stühle zurecht.

»Das ist super. Ein lohnendes Ausflugsziel für Touristen. Wobei ich zugeben muss, dass ich auch ein bisschen als Sensations-Touristin unterwegs bin.« Ich lachte.

Der junge Mann hielt im Stühlerücken inne. »So? Wie meinen Sie das?«

»Na, ja, hier ist doch kürzlich einer mit dem Auto abgestürzt. Den Abhang habe ich mir vorhin auch mal angeschaut. Man munkelt, dass es eventuell nicht nur ein Unfall gewesen ist. Deshalb wollte ich mir die Stelle mal mit eigenen Augen ansehen.«

Er sah mich scharf an und setzte sich dann zu mir. »Und was munkelt man so?«

»Na ja, es soll vorher einen Streit gegeben haben, aber Genaueres weiß ich nicht. Die Polizei soll den Fall untersuchen.«

»Die Polizei!« Er schnaubte verächtlich. »Das sind doch Idioten!«

Unerhört! Tom war kein Idiot! Aber ich schluckte meine Verärgerung hinunter. »Wieso?«, fragte ich und machte große Augen.

Er schnippte seinen Lappen kurz von sich weg, als wolle er Staub herausschütteln. »An dem Freitag habe ich hier in der Schänke die Stellung gehalten, aber befragt wurde am Samstag der Michael, mein Kollege. Der wusste natürlich von nichts. Michael hat den Polizisten darauf hingewiesen, dass am Freitagabend ich Dienst hatte, aber zu mir ist nie jemand gekommen. Das war schon seltsam.«

Ach! War Tom etwa so nachlässig gewesen? Oder hatte einer seiner Mitarbeiter geschludert?

»So ein Idiot«, bekräftigte ich. Bevor ich von meinem Brot abbiss, fragte ich wie nebenbei: »Und Sie hätten schon was gewusst?«

»Ja. Ich hab einen Streit mitbekommen. Das war ein bisschen sonderbar. Fand Michael auch, als ich es ihm hinterher erzählt habe. Aber mich hat ja keiner gefragt.«

Ich schluckte rasch. »Das ist ja interessant! Worüber haben die sich denn gestritten?«

»Ich hab nicht alles mitgekriegt, ich musste ja auch zwischendurch in die Küche. Aber im Wesentlichen ging es anscheinend darum, dass der eine die Tochter vom anderen angebaggert hat. Erst haben sie sich nur angezischt, dann wurden sie laut. Ich hab ihnen mehrmals entsprechende Blicke zugeworfen, bis sie sich endlich getrennt haben. Ich war froh, dass dann wieder Ruhe einkehrte. Aber als ich am nächsten Tag von dem Unfall hörte ...«

»Warum sind Sie nicht von sich aus zur Polizei?«

»Ph! – Wenn die so blöd sind?« Er wedelte mit seinem Wischlappen herum. »Außerdem war der eine vom Breuberg-Bund. Von denen kommen ja öfter welche hier vorbei, die Leute kenne ich gut. Da will ich nicht von mir aus zur Polizei gehen und einen anschwärzen. Es könnte schließlich auch alles nur Zufall sein. Die haben sich ja schon am frühen Abend getrennt, und dann saß der andere noch ewig im Biergarten und hat telefoniert. Hat eine Frau angebettelt, dass sie hier vorbeikommen soll. Das war dann schätzungsweise die Tochter, wegen der sie sich gestritten haben.

Der Typ saß noch als Letzter hier im Biergarten, bis ich ihn rausgeschmissen habe.« Er lehnte sich zurück. »Weiß nicht, was er dann noch gemacht hat, aber am nächsten Tag war er tot. Das war schon echt komisch.«

Ich hatte atemlos zugehört. Schulmeyer hatte sich tatsächlich am Abend vor Marios Tod mit ihm gestritten! Aber wieso hatten sie sich lange vor dem Todeszeitpunkt getrennt? Hatte Schulmeyer ihm irgendwo aufgelauert? Oder hatte ich mich in Gabi Schulmeyer getäuscht, und sie hatte sich tatsächlich, nachdem sie von Mario telefonisch angefleht worden war, noch spät in der Nacht mit ihm an der Burg getroffen? Hatte Gabi Mario die Treppe hinuntergestoßen? Mario hatte nicht besonders kräftig ausgesehen, aber meiner Ansicht nach war er auf alle Fälle stark genug gewesen, um es mit Gabi aufzunehmen. Und nicht zuletzt: Welcher Blödmann von der Polizei hatte die Befragung so nachlässig durchgeführt? »Ganz schön aufregend.«

»Ja, ist irgendwie gruselig, wenn Sie einen abends noch gesund und munter erleben und dann am nächsten Tag erfahren, dass er tot ist.«

Ich nickte. Das war wirklich gruselig. »Jetzt haben Sie mir Angst gemacht. Ich werde nachher extrem vorsichtig bergab fahren.« Ich biss wieder von meinem Brot ab.

»Das sollte man sowieso immer. Michael war ja Samstag früh hier und hat noch gesehen, wie sie das Auto abgeholt haben. Der fährt sonst immer wie 'ne gesengte Sau, aber nachdem er den Unfallwagen da unten hat liegen sehen, hat er seinen Fahrstil deutlich geändert.« Er stand auf und grinste. »Mal sehen, wie lange es anhält.«

Ich gab dem jungen Mann nach dem Essen ein fürstliches Trinkgeld für die Fülle an Informationen, die ich von ihm erhalten hatte. Zu gerne hätte ich sie sofort mit Tom geteilt, aber der machte ja immer noch auf bockig. Oder wusste nicht, wie er mit seiner Angst um mich umgehen sollte. Ich seufzte und begab mich auf den Heimweg.

Diesmal lag Tom bereits im Bett, als ich heimkam. Wahrscheinlich musste er Schlaf nachholen, nachdem er gestern Abend so spät von seinem Ausflug mit Babsi zurückgekommen war. Ich betrachtete ihn mit zusammengekniffenen Augen. Krank vor Angst sah er nicht unbedingt aus. Eher entspannt und zufrieden. Bestimmt träumte er gerade von Babsi, dachte ich grimmig. Er hatte drei Viertel des Betts eingenommen und einen Arm und ein Bein weit auf meine Hälfte geschoben. Ich seufzte und legte mich neben ihn, wozu ich seine krakenartigen Gliedmaßen ein wenig aus dem Weg räumen musste.

Kaum, dass ich lag, schlang er seinen Arm um mich, doch ich schob ihn sofort wieder von mir herunter. Wer von anderen Frauen träumte, brauchte sich schon mal gar nicht an mich ranzudrücken. Ich drehte Tom den Rücken zu.

Die Schulmeyers mochten sich in Sachen Mordfall Mario Steiger in den Vordergrund geschoben haben, aber was meine Bremsleitungen betraf, hielt ich immer noch auch Babsi für hochverdächtig, insbesondere, nachdem sie es so eilig gehabt hatte, sich mit Tom zu verabreden. Klar, Guido hatte recht damit, dass ein Treffen nach zehn Jahren keine Besonderheit darstellte, aber es waren die Feinheiten, die mich misstrauisch machten. Wie sie sich bei der ersten Begegnung im Chez Madame an Tom rangeschmissen hatte. Wie schnell sie sich mit ihm verabredet hatte und wie lange sie gestern Abend mit ihm ausgegangen war.

Ob Tom sie auch auf seinem Motorrad mitgenommen hatte? Wenn er so weit gegangen war, würde ich ihm die Freundschaft kündigen. Jeder wusste, wie wichtig ihm sein Motorrad war!

Ich war so in meine Gedanken versunken, dass Tom mich offensichtlich für schlafend hielt. Denn auf einmal stand er leise aus dem Bett auf und stahl sich auf Zehenspitzen aus dem Schlafzimmer. Ich hielt den Atem an. Wo wollte er hin? Ich glitt lautlos wie eine Schlange unter der Decke hervor und trat vorsichtig an die Schlafzimmertür. Tom lief zur Haustür, und hinter dem Glaseinsatz konnte ich einen Schatten ausmachen. Eine ganz miese Vorahnung ermächtigte sich langsam meines Körpers. Tom öffnete die Tür, und es versetzte mir einen fiesen Stich im Herzen, dahinter eine Frau in Motorradkluft erkennen zu müssen. Babsi natürlich, und sie warf sich mit einem nur halb unterdrückten Freudenschrei in Toms Arme. Und dann ... Ich schluchzte laut auf, als Tom und Babsi sich küssten. Oh nein! Der Anblick schmerzte mich, als hätte mir jemand ein Messer in den Bauch gestoßen!

Mein Schluchzen hatte die innige Umarmung jedoch unterbrochen. Tom drehte sich nach mir um und winkte mich zu sich heran. Babsi schmiss ihre Maschine an, und Tom zwang mich, sein Motorrad zu besteigen und mitzufahren. Ich saß heulend hinter ihm und war verzweifelt. Wie konnte er mir das nur antun?

Wir fuhren zur Burg Breuberg, aber auf einmal waren wir nur noch zu zweit. Tom setzte sich mit mir in den Biergarten, und wir bestellten unser Essen. Der junge Mann, der mir vom Streit zwischen Schulmeyer und Steiger erzählt hatte, bediente uns, und er warf uns ständig lauernde Blicke zu, als würde er uns misstrauen.

Tom indes verhielt sich, als sei alles in bester Ordnung. Er stopfte Unmengen von Essen in sich hinein, während ich vor Trauer und Verzweiflung nichts hinunterbrachte. Tom rief erneut die Bedienung, und als der junge Mann sich zu uns umdrehte, hatte er sich auf einmal in Igor Iwanow verwandelt. Er war riesig groß und kam in einer bedrohlichen Haltung auf uns zu. Ich sah mich Hilfe suchend nach Tom um, musste aber feststellen, dass er verschwunden war. Der gefährliche Russe und ich waren offensichtlich die einzigen Menschen auf der ganzen Burg, und mir war sofort klar, dass er mir nach dem Leben trachtete.

In Panik sprang ich auf und rannte hinaus. Hinter dem Burggraben bog ich auf den Trampelpfad ab, der zu der verhängnisvollen Treppe führte, aber Iwanow war mir dicht auf den Fersen. Er holte mich ein, drückte mich über die Mauer des Burggrabens und drohte, mich hinunterzuwerfen. Wie ich so über der Mauer hing und in den Graben blickte, sah ich unten etwas sehr kleines Rotes liegen. Das musste die rote Rose sein, die Mario Steiger für seine unbekannte Geliebte gekauft hatte. Eine rote Rose, das Zeichen der Liebe. Auf einmal wusste ich, dass ich für meine Liebe kämpfen musste. Ich bekam neuen Auftrieb und schlug mit der Faust hinter mich, und tatsächlich traf ich Iwanow irgendwie irgendwo. Er stöhnte und ließ mich los, und ich rannte wie eine Irre zur Treppe. So schnell ich konnte, stieg ich hinab, mich stets gut am Geländer festhaltend für den Fall, dass mich jemand von hinten treppab stoßen wollte.

Als ich am Fuß der Treppe ankam, hörte ich auf einmal ein lautes Motorengeräusch aufheulen. Tom brauste mit seinem Motorrad an mir vorbei, und hinter ihm auf der Maschine saß Babsi. Sie klammerte sich an ihn und grinste mich im Vorbeifahren höhnisch an!

Auf einmal spielte es keine Rolle mehr, ob mich jemand verfolgte. Ich kauerte mich auf die unterste Treppenstufe, legte meine Stirn auf die Knie, verbarg meinen Kopf unter den Armen und heulte Rotz und Wasser.

Wie bei dem Albtraum vor zwei Nächten wachte ich von meinem eigenen Schluchzen auf. Obwohl ich sofort realisierte, dass ich alles nur geträumt hatte, konnte ich das elende Gefühl, dass etwas Schreckliches passiert war, nicht abschütteln. Trauer und Hoffnungslosigkeit hatten sich wie eine Würgeschlange um meinen Hals geschlungen und drückten mir die Luft ab.

Diese verdammten Albträume mussten endlich ein Ende haben! Derart viel Angst konnte Tom gar nicht um mich haben, als dass ich zum Ausgleich mit solch schrecklichen Visionen gestraft wurde.

Ich drehte die Bettdecke um, da ich die mir zugewandte Seite nass geschwitzt hatte, zog mein ebenfalls schweißtriefendes Shirt aus und hängte es zum Trocknen über das Kopfteil unseres Betts. Dann drehte ich Tom den Rücken zu und versuchte krampfhaft, wieder einzuschlafen.

»Es geht nichts über einen echten marokkanischen Pfefferminztee im Hochsommer«, verkündete Tessa. Sie schenkte mir den Tee aus einer Höhe von annähernd einem Meter ein, sodass es nur so spritzte. »Auf diese Art kühlt er schneller ab«, versicherte sie selbstbewusst.

Ich rieb mir mit zusammengebissenen Zähnen den Handrücken, auf dem ein Tropfen heißen Tees gelandet war. »Ah, ja.«

»Viel Zucker ist ein Muss.« Tessa griff zur Zuckerdose.

Mit großen Augen verfolgte ich, wie sie Löffel um Löffel in mein Glas schaufelte. Jetzt verstand ich, weshalb sie die Gläser nur halb voll gemacht hatte. Eine Kalorienbombe war nichts dagegen. Aber der Tee verströmte einen recht anregenden, intensiven Geruch nach frischer Minze.

»Probier mal!«, forderte mich Sonja auf.

Ich nippte zögerlich am Glas. Hm, gar nicht so schlecht. Sonja und Tessa rührten den Zucker kräftig im Tee herum und schlürften gleichzeitig aus ihren Gläsern. Ich tat es ihnen nach.

»Schmeckt echt gut.« Ich lächelte. Wäre der Tee nicht so heiß, hätte ich gleich das ganze Glas runtergekippt.

»Gell.« Tessa strahlte. »Hab ich von meinem vorletzten Freund gelernt. Das heißt, Ex-Freund.«

»Oh, war das der, dem du die Klamotten im Garten verbrannt hast?«

»Nein, das war der, dem ich ein Brechmittel in die Sprite gekippt habe.« Tessa kicherte. »Leider habe ich das Ergebnis meiner Getränkeveredelung nicht mehr hautnah miterleben können. Aber so gierig, wie er sich das Zeug immer reingezogen hat, hat er bestimmt eine ordentliche Ladung abbekommen.«

»Ich sag's frei heraus, das ist ganz schön rabiat.« Ob Tessa auch jemanden die Treppe hinunterstoßen würde?

»Der Typ hatte es verdient«, sagte Sonja und sprang ihrer Freundin zur Seite. »Er hat nicht nur Lebensmittel ohne nachzudenken in sich reingestopft. Bei Frauen ging er ähnlich vor.«

»Außerdem war der ursprüngliche Plan, seine Kondome von innen mit Chili zu präparieren. Aber ich hab's irgendwie nicht geschafft, die Verpackung so zu öffnen und wieder zu verschließen, dass es nicht auffällt. Ich denke, er ist mit dem Brechreiz noch ziemlich gut davongekommen.«

»Viel zu gut«, bestätigte Sonja.

»Ich scheine ein Händchen für die falschen Typen zu haben.« Tessa seufzte.

»Zählst du Mario Steiger auch dazu?«, fragte ich jetzt direkt.

»Mario. Ach, Mario.« Tessa seufzte noch einmal, und ihre Augen wurden feucht. Sie atmete tief ein. »Mario war ein ganz Süßer. Witzig, clever, sehr aufmerksam und einfühlsam. Praktisch jede Frau hat ihn gemocht.«

»Es tut mir ehrlich leid, dass er so früh sterben musste.«

Tessa zog sich ein Taschentuch aus der Hosentasche und schnäuzte sich ausführlich.

»Tessa war schrecklich in ihn verliebt«, erläuterte jetzt Sonja. »Sie kann sich immer rasend schnell für einen Mann begeistern, aber dann merkt sie oft erst zu spät, wenn der Auserwählte doch irgendeinen Hau hat.« Sonja hob den Deckel der Teekanne an und fischte mit einer kleinen Teezange mehrere Minzstängel aus der Kanne.

»Mario hatte keinen Hau«, protestierte Tessa und steckte das Taschentuch wieder ein. »Er war einfach ... sehr beliebt. Es ist doch klar, dass er sich dann die Frau aussucht, von der er sich am meisten verspricht.«

»Ja, ich habe schon gehört, dass er ...« Wie formulierte ich das jetzt höflich, ohne Tessas Schwarm zu nahe zu treten? »... besonderes Interesse an vermögenden Frauen hatte.«

»Der Mario wollte nun einmal weiterkommen im Leben. Er hat von einem eigenen Restaurant geträumt. Er hatte ein Faible für schönen Schmuck und wertige Bekleidung, und er sah ja auch entsprechend gut darin aus. Er hatte eben gewisse Ansprüche. Warte mal ...« Tessa stand auf und lief zu einem Schrank, auf dem ein Foto hinter Glas aufgestellt war. Sie kam damit zurück an den Tisch und hielt mir das Bild unter die Nase.

»Guck mal, sieht er nicht super aus? Da steht er mitten in der Belegschaft vom Chez Madame.«

Ich betrachtete das Foto. Ein mittelgroßer, südländisch wirkender Mann inmitten einer Gruppe, die sich für das Foto nebeneinander aufgestellt hatte, fiel mir sofort ins Auge. »Ist er das hier?« Ich zeigte mit dem Finger auf ihn.

»Genau.«

»Ja, er sieht wirklich gut aus. Der Anzug sitzt jedenfalls.« Ich kicherte. Der Typ hätte sofort als Model anfangen können. Das

Duo neben ihm zog ebenfalls meinen Blick auf sich. »Lass mich raten, bei dem wohlbeleibten Pärchen handelt es sich bestimmt um die Restaurantbesitzer.«

»Ja, das sind die Jansens.«

»Dann erfüllen sie das Klischee, dass Wirtsleute selber gerne essen und überflüssige Pfunde anhäufen, das ist lustig. Und das bist du?« Ich zeigte auf die Frau neben Mario.

»Ja, wir waren seinerzeit auf einer Geburtstagsfeier, weil meine Chefin fünfzig geworden ist. Herr Jansen hat seiner Frau die Feier damals ausgerichtet. Er hat sich sehr ins Zeug gelegt.« Tessa schwieg.

»Du kannst es Alex ruhig erzählen.« Sonja nickte ihrer Freundin aufmunternd zu.

»Na ja, in der Ehe der Jansens hat es in dieser Zeit ganz schön geknirscht. Sie war immer so unzufrieden und hat ihn das spüren lassen. Für ihn war das sicher sehr schwer, noch dazu, wo er am Restaurant nicht beteiligt ist. Sie hat es ja von ihren Eltern bekommen, und im Fall einer Scheidung wäre er leer ausgegangen. Das weiß ich von Klaus, der schon länger dort arbeitet als ich.« Sie nahm einen Schluck von ihrem Tee, und ich verfolgte jede ihrer Bewegungen. »Ich habe lange nicht kapiert, weshalb Mario nur freundschaftlich mit mir verbunden war. Wir haben uns auf der Arbeit richtig gut verstanden. Er hat oft mit mir rumgeschäkert, sodass Herr Jansen auch schon mal ›ihr Turteltäubchen‹ zu uns gesagt hat.« Tessa lächelte selig, doch dann verdunkelte sich ihre Miene. »Aber er wollte sich nie mit mir verabreden, und irgendwann hab ich ihn direkt gefragt. Er sagte, es gäbe eine andere. Ich war total schockiert, weil ich zu keinem Zeitpunkt was von einer Freundin mitbekommen hatte. Ich dachte, die trifft er halt nur in seiner Freizeit oder so. Ich wäre nie im Leben drauf gekommen, dass er mit der Jansen ein Verhältnis hat.« Tessa verzog das

Gesicht. »Durch sie war Marios Traum vom eigenen Restaurant natürlich zum Greifen nah.«

Mario und seine Chefin! Das war eine ganz heiße Spur! Und Tom hatte sie mir vorenthalten! Dem würde ich die Hölle heißmachen, unsere Abmachung so zu umgehen!

»Davon hat Tom gar nichts erzählt.« Ich war sauer.

»Das hab ich dem Polizisten auch nicht gesagt. Ist das dein Freund? So ein Großer mit einem ...« Tessa rang nach Worten und bewegte ihre Fingerspitzen vor ihrem Mund hin und her.

»Kräftigen Gebiss«, schlug ich vor.

»Genau. Also dein Freund sieht ja echt gut aus, aber er hat immer so ... ernst geguckt, fast hypnotisch. Er hat mir etwas Angst gemacht. Außerdem kann man doch nicht seinen Arbeitgeber einfach so mit einem Mord in Zusammenhang bringen. Schließlich will ich noch eine Weile dort arbeiten. Und ich glaube auch nicht, dass Frau Jansen Mario umgebracht hat. Das kann ich mir beim besten Willen nicht vorstellen.«

»Das verstehe ich nicht, wieso sollte sie ihn denn umbringen, wenn sie ein Verhältnis hatten? Da hätte doch eher Herr Jansen ein Motiv gehabt, nämlich Eifersucht.« Ich trank vor Aufregung mein Glas leer und bemühte mich, auch den Bodensatz an Zucker mit zu erwischen. Echt lecker, dieser marokkanische Tee!

»Nein, nein, ich hab's ja noch gar nicht zu Ende erzählt!«

»Magst du noch etwas Tee?«, fragte Sonja.

Ich nickte rasch. Dieser Frauennachmittag gefiel mir immer besser. »Danke!«

»Also ich wusste zunächst nur, dass er eine andere hat«, fuhr Tessa fort, »aber das mit der Jansen hab ich erst kapiert, als sie mit ihm Schluss gemacht hat. Die dachten, sie wären allein hinten im Hof. Ich hatte Müll weggebracht, und der Wind hat mir ein Stück Papier weggeweht, das wollte ich hinter dem Container wieder aufsammeln. In dem Moment kamen sie aus der Küche und haben sich im Flüsterton fürchterlich angegiftet. Ich hab zunächst gar nicht verstanden, was sie gesagt haben, und bin erst nur aus Höflichkeit hinter dem Container hocken geblieben, damit es ihnen nicht unangenehm ist, dass ich sie beim Streiten erwischt habe. Aber dann hab ich gehört, wie er gesagt hat: ›Ich liebe dich immer noch. Du kannst mich nicht verlassen.‹ Und sie darauf so ungefähr: ›Nein, mein Mann und ich haben uns versöhnt, ich möchte nicht, dass er von uns erfährt.‹ Der Mario hat dann ziemlich gebettelt, und sie immer so: ›Lass mich‹ und ›versteh doch endlich‹. Das war richtig dramatisch. Ich hab die ganze Zeit gedacht, hoffentlich entdecken sie mich nicht noch hinter dem Container, das wäre mir unglaublich peinlich gewesen.«

»Das verstehe ich.« Ich rührte den Tee, den mir Sonja frisch eingeschüttet und mit Zucker versehen hatte, ordentlich um. »Und wenn die Beziehung schon wieder aus war und Frau Jansen sich bereits mit ihrem Mann versöhnt hatte, dann ist es auch nicht mehr ganz so wahrscheinlich, dass Herr Jansen seinen ehemaligen Nebenbuhler umgebracht hat. Ich hätte ihn an ihrer Stelle – und auch an seiner – vielleicht rausgeschmissen, damit die unangenehme Situation aufgelöst wird.«

»Aber Herr Jansen weiß ja bis heute nichts von dem Seitensprung seiner Frau. Das war doch einige Wochen vor Marios Tod, da hätten sie genug Zeit gehabt, ihm zu kündigen, aber das ist nicht geschehen. Und ich hatte auch nicht den Eindruck, dass Herr Jansen Bescheid wusste. Im Gegenteil, er war sichtbar besser drauf, eben weil es mit seiner Frau wieder lief. Auch sie schien mir ihrem Mann gegenüber freundlicher gestimmt.« Tessa zuckte mit den Schultern. »Aber ich hab sie und Mario natürlich genauer beobachtet, nachdem ich wusste, was Sache war, und für mich war offensichtlich, dass zwischen ihr und Mario miese Stimmung herrschte. Doch sie hat sich zusammengerissen, ich denke, damit ihr Mann nicht doch noch auf den Trichter kommt.«

Ich nahm einen Schluck von dem Tee. »Tessa, dein Tee ist einfach eine Wucht!«

»Gell?« Sie lachte ein wenig.

Ich nutzte die gelöste Stimmung. »Wenn ich jetzt Tom wäre, würde ich dich wahrscheinlich fragen, ob du nicht selber Rachegelüste gehabt hast, weil er doch in eine andere verliebt war.«

»Ich? Nein. Wir waren ja nicht zusammen, also hat er mich auch nicht betrogen. Aber wenn, dann hätte ich ihm was in den Tee getan.« Tessa ballte die Faust und zeigte ein diabolisches Grinsen.

Ich schaute auf meinen Tee. Was waren das eigentlich für Schwebteilchen da drin?

»Wobei ich Tessa mehrmals gesagt habe, dass er sie nur benutzt hat«, ergriff jetzt wieder Sonja das Wort. »Solange er mit ihr rumgeschäkert hat, fiel natürlich kein Verdacht auf ihn und Frau Jansen. So hat er durch das Flirten mit Tessa schön von seinem tatsächlichen Verhältnis abgelenkt.«

»Glaub ich nicht.« Tessa schenkte sich auch noch einmal ein, und ich brachte schnell meine Hände in Sicherheit.

»Jedenfalls weißt du nun Bescheid.« Sonja hielt Tessa, die noch immer die Teekanne in der Hand hielt, ihr Glas hin. »Wenn der Fall so heiß ist, dass dir jemand die Bremsleitungen durchgeschnitten hat, dann solltest du Tom besser von dieser Sache unterrichten.«

»Das werde ich gerne, sobald ... wir uns wieder vertragen.«

Zwei Augenpaare schauten mich gleichermaßen erstaunt wie mitleidig an. Ich fing ein weiteres Mal an, mir selber leidzutun.

»Oje, du Arme! Warum habt ihr euch gestritten? Wegen des Anschlags auf dein Auto?«

»Ja«, gab ich zerknirscht zu. »Tom ist sauer, weil er meint, es hätte mit meinen Recherchen zu tun.«

Tessa hob den Zeigefinger, als würde sie sich in der Schule melden. »Wenn du ihn nicht mehr haben willst, kannst du ihn an mich abtreten.«

Sonja vollführte eine Handbewegung in Tessas Richtung, als wolle sie eine Fliege wegwedeln. »Aber das ist doch nur zu verständlich, dass er sich Sorgen um dich macht.«

»Na super, alle haben Verständnis für Tom! Dabei ist noch gar nicht raus, ob es überhaupt mit meinen Recherchen zu tun hat. Es könnte ja auch ... eine eifersüchtige Frau gewesen sein.«

»Denkst du an Babsi?«, fragte Tessa.

Verdammt, wozu machte ich mir überhaupt die Mühe, die Anschuldigung zu anonymisieren? »Ich meinte einfach irgend ... «

»Die Babsi ist total verdächtig!« Tessa bekam vor lauter Eifer rote Wangen. »Sie hat in den höchsten Tönen von deinem Tom geschwärmt, nachdem ihr bei uns im Chez Madame gegessen hattet.«

Wusste ich es doch!

»Ich hatte ihn, ehrlich gesagt, als Gast gar nicht so genau beachtet, da war ich mit meinen eigenen Tischen beschäftigt«, fuhr Tessa fort. »Als er draußen das Motorrad angeworfen hat, ist Babsi sogar extra noch mal ans Fenster, um ihm nachzusehen. Die war hin und weg. Was für ein toller Motorradfahrer er wäre, und was für einen Knackarsch er hätte ...«

So eine Schlampe!

»... und was für eine langweilige ...« Tessa unterbrach sich plötzlich und hielt sich erschrocken die Hand vor den Mund. Sie sah mich mit großen Augen an.

»... Freundin«, vollendete ich ihren Satz und verzog meinen

Mund. So eine blöde Kuh, diese Babsi! Natürlich war sie hinter Tom her!

»Tut mir leid«, sagte Tessa zerknirscht. »Aber ich dachte, du solltest das wissen. Sie hat Herrn Jansen gleich am ersten Tag, als sie bei uns angefangen hat, was am Auto repariert. Würde mich nicht wundern, wenn sie auch Bremsleitungen durchschneiden kann.«

Ha! Tom hatte seine Beziehung zu ihr als unwichtig abgetan, dabei hatte ich von Anfang an den richtigen Riecher gehabt! Diese Babsi war mindestens ebenso verdächtig wie Zang. Das würde ich Tom so bald wie möglich aufs Brot schmieren. »Die Sabotage an meinem Auto war ein hochkrimineller Akt. Wenn sich herausstellen sollte, dass Babsi die Täterin ist, dann kann sie sich warm anziehen.« Ich trank mein Glas in einem Zug aus und setzte es danach energisch auf dem Tisch ab.

»Wenn's so weit ist, kannst du mich ansprechen«, sagte Tessa verschwörerisch. »Ich kenne da so ein paar Methoden ...«

Als ich heimkam, war Tom endlich anwesend. Er saß auf dem Sofa und spielte mit seinem Tablet.

»Hallo!«

»Hallo«, sagte Tom, ohne aufzusehen.

»Ich war mit Sonja Kirchner bei einer ihrer Freundinnen.«

»Schön.« Tom starrte auf sein Display.

Tom war selbst für seine Verhältnisse immer noch nicht richtig gesprächig. Normalerweise hätte er wenigstens gefragt, wie es mir geht oder was ich den ganzen Tag so gemacht hatte. Na ja. Immerhin hatte er zwei Worte zu mir gesprochen. Ich wollte ihn nicht gleich überfordern, setzte mich einfach neben ihn auf das Sofa und las ein Buch.

Nach etwa einer Dreiviertelstunde klingelte es an der Tür. Aufgrund unserer abgeschiedenen Wohnlage musste es sich um Toms Eltern handeln, da vorher kein Motorengeräusch zu hören gewesen war. Tom und ich sprangen gleichzeitig auf.

»Ich geh schon«, sagte Tom und lief zur Tür. Ich setzte mich wieder. Tom öffnete.

»Hallo!« Susanne, wie immer unverschämt gut gelaunt. Sie trug eine Tortenglocke vor sich her und drängelte sich unbeeindruckt an Tom vorbei, der sich für meine Begriffe sehr breit in den Weg gestellt hatte. Bestimmt wollte sie die Stimmungslage in der Erdgeschosswohnung ausloten. »Hallo, ihr zwei!« Sie strahlte mich an, Tom schloss hinter ihr die Tür und hatte sein Pokerface aufgesetzt.

»Ich habe heute Kuchen gebacken, aber für Werner und mich ist das ja viel zu viel. Deshalb wollte ich euch bitten, uns beim Vertilgen zu helfen.« Sie stand etwas unschlüssig zwischen Windfang und Wohnzimmer herum und lächelte.

»Wie nett«, sagte ich schnell. »Komm doch rein.«

Susanne trat näher, sichtlich erleichtert, dass wenigstens einer mit ihr redete.

»Willst du den Behälter wieder mitnehmen? Wir können den Kuchen in der Küche umsetzen.« Ich lief Susanne voraus.

»Nein, nicht nötig.« Sie stellte den Behälter auf den Esstisch und entfernte die Haube. »Guck mal, Schoko-Nuss. Magst du gleich eins probieren?«

Nach Tessas marokkanischer Kalorienbombe? Susanne sah mich erwartungsvoll an. »Ja, super, vielen Dank.« Ich holte uns Teller. »Tom, magst du auch etwas Kuchen?«

»Nein, danke«, tönte Toms Stimme aus dem Wohnzimmer. Idiot.

Ich zuckte mit den Schultern. Wir setzten uns, aßen Kuchen und unterhielten uns über belanglose Themen. Natürlich hatte

Susanne es nett gemeint, aber ich hätte jetzt eigentlich auch lieber in Ruhe im Wohnzimmer neben dem schmollenden Tom gesessen, anstatt Normalität vorzuspielen.

Endlich hatten wir unsere Kuchenstücke aufgegessen. Susanne brach auf. Als wir durchs Wohnzimmer liefen, erhob sich auch Tom, ging uns voraus und öffnete seiner Mutter die Haustür. »Danke für den Kuchen«, sagte er.

Normalerweise hätte er in dieser Situation einen Arm um mich gelegt.

»Dann noch einen schönen Abend euch beiden.« Susanne drehte sich um.

»Danke, dir auch«, sagte ich.

Tom schloss die Tür. Für gewöhnlich hätten wir uns jetzt umarmt und uns auf unsere traute Zweisamkeit gefreut. Nun aber gaben wir uns beide die größte Mühe, uns im Windfang umzudrehen und dabei ja nicht zu berühren. Tom lief zurück ins Wohnzimmer und setzte sich wieder aufs Sofa.

»Wie lange willst du eigentlich noch so abweisend sein?« Ich schob beide Hände in die Hosentaschen.

»So lang, bis ich mich wieder eingekriegt habe.« Tom sah mich finster an, griff nach seinem Tablet und würdigte mich für den Rest des Abends keines Blickes.

Mir war leider erst nach dem Treffen bei Tessa eingefallen, dass ich Sonja mal zu diesem Iwanow befragen könnte. Sonja kannte so viele Leute, es war nicht ausgeschlossen, dass sie auch von ihm etwas gehört hatte. Deshalb fuhr ich am nächsten Vormittag gleich noch einmal in den Supermarkt, eben nicht nur, um nach dem Wochenende das Nötigste einzukaufen. Sie hatte ihre Haare zu einem Dutt geformt, nur zwei feine Strähnen hingen rechts und links hinter den Wangen herunter und rahmten ihr Gesicht sehr vorteilhaft ein.

»Hi, Sonja!« Ich schaute mich rasch um, aber weit und breit war kein anderer Kunde zu entdecken.

»Hallo, Alex!« Sonja zog meine Waren über den Scanner. »War echt schön gestern.«

»Ja, fand ich auch. Ich hab nur leider vergessen, dich was zu fragen.« Ich legte die Äpfel auf das Band und fuhr mit dem Wagen ein Stück vor, um meine Einkäufe auf der anderen Seite der Kasse wieder einzusammeln.

»Dann mal zu.«

»Du kennst doch so viele Leute, hast du vielleicht schon mal was von einem Igor Iwanow gehört, der beim Gebrauchtwagenhändler Zang in Michelstadt einen Handel mit Oldtimern betreibt?«

Sonja überlegte kurz, während sie das Küchenpapier über den Scanner zog. »Ja«, sagte sie dann, und mein Herz pochte vor Freude etwas schneller. »Einer meiner Cousins hat mal einen bestimmten Oldtimer gesucht und hat eine Online-Anzeige mit einem passenden Angebot hier beim Zang entdeckt. Weiß nicht mehr, was für ein Wagen das war. Jedenfalls ist ihm das Auto von so einem riesigen, unheimlichen Russen vorgeführt worden.« Sonja riss übertrieben ihre Augen auf, formte ihre Hände zu Krallen und ließ kurz ihre Finger vibrieren. »Ein ganz gruseliger Typ laut meinem Cousin. So groß und schwer wie ein Schrank. Aber mein Cousin ist auch ein Weichei.« Sie zog die Seife über den Scanner. »Zweiunddreißig siebenundachtzig, bitte. Zu einem Kaufabschluss ist es nicht gekommen, aber der Russe ist meinem Cousin einprägsam im Gedächtnis geblieben.«

Ich bezahlte. »Das ist sehr interessant.«

»Hat mit Toms Fall zu tun, was?« Sonja sortierte die Münzen ein.

»Ja ... Aber nach deiner Schilderung überlege ich mir lieber noch mal, ob ich den Typ weiter im Auge behalten soll.«

»Was sagt Tom dazu?« Sonja reichte mir die Quittung.

Ich schwieg.

Sonja schaute sich rasch um. »Ihr habt euch noch nicht versöhnt?«

Ich schüttelte den Kopf und zuckte mit den Schultern.

Sonja beugte sich zu mir herüber. »Du musst einfach wahnsinnig nett zu ihm sein, sodass es ihm unmöglich wird, weiter zu schmollen. Schleim dich mal so richtig ein.« Sie zwinkerte mir zu.

Ich lächelte leicht. »Ich werd's versuchen.«

Sonjas Beschreibung von Iwanow machte mir ein wenig Angst, aber ich hielt ihn nach wie vor für extrem verdächtig und wollte ihn keineswegs so einfach laufen lassen. Doch wie sollte ich weiter seine Spur verfolgen? Nachdem ich ihn bei Zang belauscht hatte, war er mir nicht weniger suspekt als aufgrund der bis dahin eingeholten Informationen, und erst recht nicht nach Sonjas Infos. Auf Zangs Gelände wollte ich mich sowieso nicht mehr begeben, zum einen aus Eigeninteresse, denn trotz anderslautender Gerüchte war ich nicht lebensmüde, zum anderen, weil mich Tom, wenn das herauskäme, wahrscheinlich sofort vor die Tür setzen würde. Deshalb würde ich ihm von der letzten Beschattungsaktion ganz bestimmt nichts erzählen. Hedi und Herbert konnte ich auch nicht noch einmal dort vorbeischicken, denn sie hatten sich bei Zang ja nicht gerade beliebt gemacht, und dass sie nach einem normalen Gebrauchtwagen auf einmal auf der Suche nach einem Oldtimer wären, würde ihnen Zang vermutlich gar nicht abnehmen. Hier war guter Rat teuer.

Sonjas Beziehungsratschlag hatte bei mir seine Wirkung nicht verfehlt. Deshalb fuhr ich spätnachmittags mit dem Bus nach Erbach hinein, um Tom von der Arbeit abzuholen und mit ihm auf dem Motorrad wieder heimzufahren. Die dabei entstehende körperliche Nähe sollte Toms harter Schale wenigstens ein paar Risse zufügen. Das mit dem Bus hielt ich ebenfalls für einen geschickten Schachzug, da er es hoffentlich nicht wagen würde, mir die Mitfahrt zu verweigern und mich wieder umständlich mit öffentlichen Verkehrsmitteln den Rückweg antreten zu lassen.

Ich lief also bis zur Polizeidirektion und traf zum Glück am Empfang auf einen Polizisten, der mich vom Sehen gut kannte und gleich vorbeiließ. Ich ging die Treppe hoch in den zweiten Stock und betrat den Flur. Einige Meter weiter lief Tom gerade von mir weg in Richtung seines Büros. Sehr viel weiter, am anderen Ende des Flurs, kamen uns Rudi Gambach und Rainer Linke, der Polizeidirektor, entgegen.

Ich wollte Tom nicht hinterherrufen, zumal ich mir nicht sicher war, ob er mich auch in Anwesenheit seines Chefs und seines Mitarbeiters abblitzen lassen würde, deshalb lief ich ihm einfach nach. Sicher würde er gleich in sein Büro abbiegen, und ich konnte ihm dort ohne Zeugen gegenübertreten.

In der Tat, Tom ging in sein Büro. Rudi und Rainer Linke waren noch einige Meter entfernt, wobei Rudi es nun sehr eilig zu haben schien. Er lief dem Polizeidirektor fast ein bisschen voraus und zeigte mit dem Arm auf Toms Bürotür. Wollten sie auch zu Tom? Ich erreichte das Büro jedenfalls als Erste und trat ein, ohne anzuklopfen.

Tom saß vor der offenen Schreibtischschublade und starrte hinein. An seiner Körperhaltung und seiner Miene merkte ich sofort, dass etwas nicht stimmte.

Er blickte auf. Sein Gesicht war voller Unglauben, vielleicht auch Angst. Augenblicklich schüttete mein Körper Adrenalin aus und bereitete mich darauf vor, gegen das zu kämpfen, wovor Tom sich fürchtete. Ich trat neben ihn, um in die Schublade zu schauen.

Vor der Tür hörte ich Rudis Stimme. »Ich habe die Unterlagen in Toms Schreibtischschublade gelegt, er kann sie uns ja gleich herausgeben.«

Als ich in die Schublade blickte, krampfte sich mein Magen zusammen. Dort lag, mittig auf einem Stapel Unterlagen und bunter Papiere, ein hübscher goldener Ring mit zwei einander zugewandten Drachen, deren Augen aus kleinen Smaragdsplittern bestanden.

KAPITEL 10

Rudi Gambach und Rainer Linke betraten das Büro. Das heißt, während der Polizeidirektor uns zunickte, stürmte Rudi förmlich voran. »Hi, Tom, wir brauchen gerade noch mal die Unterlagen zum Behnke-Mordfall.« Er konnte es gar nicht erwarten, an Toms Schublade zu gelangen. Kurz bevor er sie erreichte, knallte Tom sie mit einer heftigen Armbewegung zu.

»Was für Unterlagen?«, fragte Tom ruhig.

Rudi stand zappelnd neben ihm. »Na, die Behnke-Akte. Ich hab sie dir vorhin in deine Schublade gelegt.« Rudi setzte dazu an, die Schublade herauszuziehen.

»Finger weg!« Tom drückte die Schublade zu.

Rudi ließ nicht locker. »Was hast du denn?«

Es kam fast zu einem Gerangel. Rudi ließ von der Schublade ab und richtete sich auf. Dann wandte er sich wie ein kleines Kind mit einem vorwurfsvollen Blick an Rainer Linke. »Er will die Schublade nicht aufmachen!«

Der Polizeidirektor hatte dem Treiben erstaunt zugesehen. »Na ja, es ist immer noch Toms Schreibtisch. Tom, wir brauchen nur die Unterlagen zum Behnke-Fall.«

Tom schnaufte und öffnete langsam die Schublade.

Rudi stand unverschämt nahe und sah gespannt auf die sich öffnende Lade. »Was hast du nur für ein Problem, Tom?«

So ein scheinheiliges Arschloch.

»Das war nicht für jedermanns Augen bestimmt«, sagte Tom und zog die Schublade vollends auf. Er holte das bunte Papier heraus, das zuoberst lag.

Rudi griff in die Lade. »Was denn ... wo ist ...?« Er schob die Unterlagen, die sich in der Schublade befanden, hektisch hin und her.

Tom schlug inzwischen das bunte Papier auseinander, das sich als zusammengefaltetes Poster entpuppte, und zeigte es grinsend Rainer Linke, der augenblicklich in schallendes Gelächter ausbrach.

Rudi beachtete die beiden gar nicht und wühlte immer noch in der Schublade.

»Tom, das hätte ich ja überhaupt nicht von dir gedacht.« Der Polizeidirektor schlug sich lachend auf die Oberschenkel. »In der Realität hast du einen viel besseren Geschmack.«

»Was ist denn?« Ich wollte auch endlich wissen, was so lustig war.

Tom drehte sich samt Poster zu mir und lächelte schief.

Ich starrte auf das Bild. »Üppig« oder »vollbusig« traf es irgendwie nicht so ganz. Auf dem Poster prangte das ordinärste Pin-up-Girl, das ich jemals gesehen hatte. Sie hatte künstlich aufgespritzte Lippen, die leicht geöffnet waren und den Finger ableckten, den sie sich gerade in den Mund steckte. Ihre andere Hand quetschte eine ihrer nackten Brüste zusammen in einer Art und Weise, die ich beim besten Willen nicht als erotisch bezeichnen konnte. Und ihre Beine waren weit gespreizt, sodass ... Aber so genau wollte das niemand wissen. Wie konnte sich Tom nur etwas Derartiges in die Schreibtischschublade legen? Ich war, gelinde gesagt, entsetzt.

»Das hat mir Günter in die Schublade gelegt«, versicherte mir Tom. »Ich schwöre.«

Ich atmete tief ein. »Wir gehen jetzt«, bestimmte ich.

Tom faltete das Poster wieder zusammen. Rudi wühlte immer noch in der Schublade.

»Rudi?« Tom durchbohrte Rudi mit seinem Blick.

Der sah verwirrt auf. Selbst von der Seite konnte ich sehen, dass Toms Augen tödliche Pfeile abfeuerten. Rudi wich unwillkürlich zurück. »Äh, ja.«

»Was ist denn jetzt mit den Behnke-Unterlagen?«, fragte Rainer Linke.

»Ach so, ja, hab sie gerade gefunden.« Rudi griff nach der Mappe, die nun zuoberst in der Schublade lag, und hielt sie gequält grinsend hoch.

Tom legte das Poster in die Lade und schob sie zu.

Rainer Linke öffnete die Tür. »Gehen wir in mein Büro, Rudi. Tom, wir legen dir die Mappe nachher wieder in die Schublade.«

»Ich schließe mein Büro gleich ab«, sagte Tom. »Ich kann mir die Unterlagen morgen bei dir abholen.«

»Alles klar. Schönen Feierabend. Frau König.« Linke nickte mir zu.

»Danke, Ihnen auch.«

Als die beiden draußen waren, fiel die Anspannung von uns ab. Tom sah mich ernst an und fasste mich zärtlich am Oberarm. »Du hast mir den Arsch gerettet«, flüsterte er. Mein Gott, wie lange hatte er mich nicht mehr so angesehen?

Tom stand ganz nah bei mir. »Wenn du nicht so reaktionsschnell gewesen wärst ...«

Ich tastete mit den Fingern nach dem Ring in meiner Hosentasche. »Ich weiß.«

Er zeigte mit dem Kopf zur Tür. Wir traten in den Flur, und

Tom schloss sein Büro ab. Dann liefen wir schweigend den Flur entlang und die Treppe hinunter.

Auf dem Polizeiparkplatz sammelte Tom sein Motorrad ein und schob es das Tor hinaus auf den gegenüberliegenden Parkplatz, außer Hörweite der Polizeidirektion. Dort sah er sich suchend um. »Bist du nicht mit dem Auto meiner Mutter hier?«

»Oh, äh, nein, sorry, ich bin mit dem Bus hier und habe gehofft, dass du mich mit dem Motorrad heimfahren kannst.«

»Selbstverständlich.« Tom stellte das Motorrad ab. »Aber erst mal ...«

Er drehte sich zu mir um und nahm mich in den Arm. Endlich! Ich schob meine Hände unter seine offene Motorradjacke und hielt ihn fest.

Tom atmete in meine Haare. »Es tut mir leid.« Er drückte mich an sich.

»Was tut dir leid? Dass du mir nicht geglaubt hast, was Rudi Gambach betrifft, dass du dabei erwischt wurdest, wie du primitive Sexluder in deinem Schreibtisch aufbewahrst, oder dass du mich tagelang mies behandelt hast?«

»Alles.« Tom fuhr mit seinen Lippen über meine Wange. »Das heißt, das mit dem Pin-up-Girl muss mir nicht leidtun. Günter und ich legen uns dauernd gegenseitig solche Bilder in die Schubladen. Je primitiver, desto besser. Ist nur Spaß.«

»Ach.«

»Ehrlich. Frag Günter.« Tom zupfte mit seinen Lippen an meinen. »Und es war nicht meine Absicht, dich mies zu behandeln. Ich ... hatte solche Angst um dich, und ... ich wusste nicht, wie ich dich zur Vernunft bringen konnte.«

»Nun, dann kann ich dir hiermit versichern, dass es auf deine Art bestimmt nicht funktioniert. Du hast mich sehr verletzt. Ich habe vielleicht auch Fehler gemacht, aber wir hätten darüber reden müssen.«

Toms Atem kitzelte in meinem Ohr. »Du hast sicher recht, aber das konnte ich nicht.«

»Dabei habe ich so viele Informationen für dich gesammelt! Völlig risikolos! Ich verstehe nicht, warum du nicht einfach meine Hilfe annehmen kannst. Insbesondere wo du gerade erfahren hast, dass meine Intuition durchaus ...«

Tom hatte einen Blick auf die Polizeidirektion geworfen. »Lass uns das zu Hause besprechen.« Er küsste mich zärtlich. Noch mal. Und noch mal. »Wie sehr habe ich dich vermisst!«

»So? Ich dachte, du hast dich mit einem Pin-up-Girl getröstet, das dir breitbeinig intime Einblicke gewährt. Schließt du dein Büro eigentlich auch manchmal von innen ab?«, fragte ich spitz. Ich war immer noch nicht darüber hinweg. Ob es tatsächlich nur ein Spaß zwischen Günter und Tom war?

Tom verdrehte die Augen und lächelte spöttisch. Er löste sich aus unserer Umarmung, zog die Jacke zu und reichte mir meinen Helm. Dann setzte er sich auf sein Motorrad. »Steig auf.«

Wir fuhren auf die B45. Tom fuhr ziemlich forsch. Gleich an der ersten Ampel mussten wir uns aber am Ende einer Schlange einreihen. Tom legte seine Hand auf mein Bein.

»Fahr nicht so schnell«, rief ich ihm zu. »Oder hast du noch was vor?«

Die Ampel schaltete auf Grün, und die Autos vor uns fuhren wieder an. »Wir hatten fünf Tage keinen Sex«, antwortete Tom und gab Gas.

Tom hatte eine kleine Abreibung verdient. »Du vielleicht ...«, brüllte ich gegen das Motorengeräusch an.

Tom bremste dermaßen heftig, dass mein Helm gegen seinen

Rücken flog. Das Auto hinter uns hielt mit quietschenden Rädern an.

Tom drehte sich so weit wie möglich nach mir um und klappte sein Visier hoch. »Was? Wer …?«

Das Auto hinter uns hupte.

»Fahr weiter, Tom, das war nur Spaß. Genauso wie Günters Poster.«

Tom sah mich ungläubig an. Das Auto hinter uns hupte erneut.

»Fahr weiter!«

Tom schüttelte den Kopf, klappte das Visier wieder herunter und gab Gas. Sein Bauch, auf dem ich noch immer meine Hand liegen hatte, vibrierte, als ob er lachte. Er schüttelte mehrere Male den Kopf.

So schnell hatten wir die Strecke Erbach – Beerfelden noch nie hinter uns gebracht. Wir konnten schon im Windfang nicht die Hände voneinander lassen. Tom zog mich in Richtung Schlafzimmer, doch dann fiel mir etwas ein.

»Wart mal kurz, ich muss erst noch Musik anstellen.«

Tom sah mich erstaunt an. »Warum? Törnt dich das an?«

»Erkläre ich dir später.«

Wir lagen eng umschlungen im Bett. Tom malte mit den Fingern kleine Kreise auf meinen Po. Er fing als Erster zu sprechen an. »Ich kann immer noch nicht fassen, dass es Rudi ist.«

»Ich kann nicht fassen, dass er dir den Diebstahl in die Schuhe schieben wollte.«

»Dafür hätte ich wenigstens eine Erklärung. Wir sind alle am Freitag von den Frankfurter Kollegen, die die Ermittlungen durchführen, verhört worden. Vielleicht haben sie schon etwas über ihn herausgefunden, wodurch er sich in die Enge gedrängt fühlt. Möglicherweise wollte er deshalb den Verdacht auf mich lenken.«

»So ein Schwein.«

»Mhm.«

»Dafür habe ich die Erklärung für den Diebstahl.«

Toms Finger stoppten ihre Kreise.

»Rudi ist spielsüchtig.«

Tom hob leicht seinen Kopf, um mir besser ins Gesicht sehen zu können. »Woher weißt du das?«

»Deine Freundin schnüffelt deinen Mitarbeitern hinterher, hast du das schon vergessen?«

»Hoffentlich hat das keiner gemerkt.« Tom legte seinen Kopf ab und setzte wieder seine Kreisbewegungen fort.

»Bestimmt nicht. Wenn die Ermittler Rudi am Freitag in die Zange nehmen konnten, waren die mit ihrer Beschattung schon durch, bevor ich Rudi gefolgt bin, denn das war erst Freitagabend. Da hielt er sich ewig in der Hauptstraße in Erbach in einer Kneipe auf. Er saß dort stundenlang vor dem Spielautomaten. Und Elsa, unsere Briefträgerin, sagt, dass er immer massig Werbepost von Glücksspielorganisationen und Lotterien bekommt. Außerdem soll er sehr bescheiden wohnen. Spieler stecken doch in der Regel in Geldschwierigkeiten, da würde es mich nicht wundern, wenn er deswegen beim Schmuck zugegriffen hat. Womöglich ist auch seine Ehe aus diesem Grund gescheitert.«

Tom küsste mich. »Du bist eine kluge Maus.«

Ich atmete tief ein. »Hoffentlich finden diese Sonderermittler das auch alles heraus.«

»Das hoffe ich auch. Wobei das immer noch kein Beweis für den Diebstahl wäre.« Tom schnaufte. »Ich werde den Ring jedenfalls erst einmal in meinen Tresor legen.«

»Unseren Tresor.«

»Richtig.« Tom zwickte mich leicht in den Po. »Das wäre zwar mit der erste Ort, der bei einer Hausdurchsuchung überprüft würde, aber ich möchte ihn trotzdem sicher verwahren. Das sind wir den bestohlenen Erben schuldig.«

Ich überlegte. »Warum gibst du ihn nicht Rainer Linke?«

»Er wäre verpflichtet, ihn den Frankfurter Ermittlern auszuhändigen, und das würde mich ganz, ganz alt aussehen lassen. Ich muss hoffen, dass die Frankfurter Kollegen Rudi überführen können.«

So ein Mist. »Er darf damit nicht davonkommen!« Ich musste mir unbedingt etwas überlegen, damit Tom nicht mehr in der Schusslinie stand. Es gab keinen anderen Weg, als Rudi Gambach unter allen Umständen auffliegen zu lassen!

»Bitte unternimm nichts, was für dich gefährlich sein könnte, versprichst du mir das?«

Allmählich kam ich zu der Überzeugung, dass Tom über die Fähigkeit verfügte, meine Gedanken zu lesen. »Ich kann dir versichern, dass ich mein Leben nicht absichtlich in Gefahr bringen werde.«

»Das reicht mir nicht.«

»Ich versuche definitiv, keine Risiken einzugehen. Manchmal ... entwickeln sich Situationen nun einmal anderes als erwartet.«

»Das ist genau der Punkt. Du musst alle Eventualitäten überblicken, und wenn du das nicht kannst, möchte ich, dass du die Finger davon lässt.« Tom strich mir eine Strähne aus dem Gesicht und klemmte sie hinter mein Ohr.

»Wenn ich vorher schon wüsste, dass es schiefgeht, würde ich natürlich davon absehen. Aber es ist nicht immer alles vorhersehbar.«

»Wieso sprichst du nicht im Vorfeld mit mir? Ich kann dich beraten.«

»Klar, der Ratschlag lautet dann: Halte dich da raus. Das ist nicht, was ich hören will.«

»Aber ich kann nicht immer auf dich aufpassen.«

»Musst du auch nicht. Aber ich werde versuchen, Gefahren zu vermeiden, und dir natürlich berichten, was ich herausgefunden habe. Schließlich will ich ja, dass du in deinen Fällen weiterkommst. Du wirst sehen, ich kann dich super unterstützen.«

»Hm. Ich werde versuchen, dich noch besser im Auge zu behalten.«

»Wie du meinst. Aber jetzt lass mich doch mal erzählen, was ich während deiner ... stimmungsmäßigen Unpässlichkeit alles zum Steiger-Mordfall herausgefunden habe. Ich kann dir versichern, dass ich diese Informationen völlig gefahrlos eingeholt habe.«

»Gut, dann bin ich gespannt.« Tom drehte sich auf den Rücken und legte eine Hand auf meine Hüfte.

Super, endlich hörte Tom mir zu. »Also. Zunächst einmal habe ich herausgefunden, dass Mario Steiger hinter wohlhabenden, auch deutlich älteren Frauen her war. Er hat von einem eigenen Restaurant geträumt, und er versprach sich wohl die nötige Kohle durch eine Liaison oder Heirat.«

»So genau hat uns das noch keiner erzählt. Woher willst du das wissen?«

»Zum einen hat Mario die Frau von Schorschs Freund angebaggert. Mario hat wohl extra einen Zweitjob im Golfclub Odenwald in Brombachtal angenommen, um mit gut situierten, alleinstehenden Frauen in Kontakt zu kommen. Zum anderen hat mir das Tessa erzählt, das ist die junge Brünette, die bei den Jansens im Chez Madame arbeitet.«

»Tessa? Die hat mir gar nichts in dieser Art berichtet!« Toms Hand auf meiner Hüfte zuckte leicht.

»Du solltest endlich einsehen, dass ich von den Leuten teilweise mehr erfahre als ein Polizist, durch den sie sich nur eingeschüchtert fühlen.«

»Aha.«

»Aber jetzt halte dich fest.«

Tom drehte sich wieder zu mir, legte sein Bein über mich und zog mich mit dem Arm zu sich heran. »Ich halte mich fest.«

Ich kicherte. »Im Ernst. Mario Steiger hatte ein Verhältnis mit seiner Chefin.«

Tom rückte wieder ein Stück ab, um mir ins Gesicht zu sehen. »Woher weißt du das?«

»Auch von Tessa. Sie hat die beiden belauscht, als Frau Jansen mit Mario Schluss gemacht hat. Allerdings wollte Mario das wohl nicht so ganz einsehen. Das war wenige Wochen vor seinem Tod. Tessa ist sich recht sicher, dass Herr Jansen bis zum Schluss ahnungslos war.«

Tom hörte mir aufmerksam zu.

»Aber ich habe noch mehr für dich.« Endlich konnte ich vor Tom mit meinen Recherchen glänzen. »Es gibt einen Zeugen für einen Streit zwischen Schulmeyer und Mario in der Burgschänke am Abend von Marios Tod.«

»Was?« Toms Bein quetschte mich für einen Moment. »Aber das wurde doch ...«

»Das wurde nicht sorgfältig ermittelt«, unterbrach ich ihn. »Wer hat am Samstag die Leute an der Burg befragt?«

»Das war Rudi.« Toms Miene verfinsterte sich.

»Rudi hat nur einen gewissen Michael befragt, der am Samstag in der Burgschänke Dienst hatte. Und dieser Michael hat Rudi gesagt, dass am Freitagabend ein anderer Kollege in der Schänke gearbeitet hat. Aber dieser andere ist nie von Rudi befragt worden.«

Tom blickte kurz an mir vorbei und schnaubte dann verächtlich durch die Nase. Anschließend sah er wieder auf mich. »Aber du hast diesen Typ vom Freitag befragt.«

»Genau! Er hat sich sehr empört über eure schlampigen Ermittlungen geäußert.«

»Zu Recht.« Tom kochte.

»Wahrscheinlich musste Rudi noch schnell nach den Lottozahlen schauen, um sein todsicheres System zu überprüfen.« Diese sarkastische Spitze konnte ich mir nicht verkneifen. »Na ja, jedenfalls habe ich erfahren, dass der alte Schulmeyer sich am frühen Abend mit Mario wegen Gabi gestritten hat. Dann ...«

»Das wusste ich allerdings schon«, unterbrach mich jetzt Tom. »Nachdem wir ihn von der Trauerfeier haben wegfahren sehen, hat ihn Steffi am Donnerstag befragt. Er hat den Streit zugegeben, führte allerdings an, dass er sich schon gegen zwanzig Uhr wieder von Mario getrennt hat und danach ein Treffen mit einigen Mitgliedern des Breuberg-Bunds hatte, das bis nach Mitternacht dauerte. Der Breuberg-Bund ist ein Verein zur ...«

»Ich weiß schon«, unterbrach ich Tom nun meinerseits.

»Okay, also sein Alibi wurde von mehreren Zeugen bestätigt. Da Marios Tod zwischen dreiundzwanzig Uhr und Mitternacht eintrat, kann er unmöglich der Mörder gewesen sein.«

»Gut, das passt zu der Aussage meines Zeugen. Er sagt, nachdem Schulmeyer gegangen wäre, hätte Mario noch eine ganze Weile im Biergarten gesessen und anscheinend mit einer Frau telefoniert. Das war bestimmt Gabi Schulmeyer. Er hätte sie regelrecht angefleht, sich mit ihm zu treffen. Aber ob es zu diesem Treffen gekommen ist, war ihm nicht bekannt. Er hat Mario ganz zum Schluss rausgeschmissen und weiß nichts über seinen weiteren Verbleib.«

Tom schnaufte. »Dann müssen wir Gabi Schulmeyer auch

noch einmal befragen. Vor allem, ob sie ein Alibi hat. Und mit Rudi habe ich auch noch ein Wörtchen zu reden.«

»Wetten, dass er wegen seiner Spielsucht seinen Job vernachlässigt?«

»Du bist gar nicht dumm.« Tom streichelte meinen Rücken. »Was du herausgefunden hast, sind in der Tat immens wichtige Informationen.«

»Und völlig gefahrlos eruiert.« Meine Abhöraktion an Zangs Büro sollte an dieser Stelle besser unerwähnt bleiben. »Ach, und mir fällt noch etwas ein. Der Cousin von Sonja Kirchner hat sich mal einen Oldtimer bei Zang angesehen, der wurde ihm von diesem Russen vorgeführt. Das soll ein besonders unheimlicher Typ sein. Riesengroß und gefährlich.«

»Das würde zum Vorstrafenregister passen. Wir konnten aber noch nichts Genaueres über ihn erfahren. Günter versucht ständig, in Weißrussland anzurufen, aber es ist schon sehr schwierig, überhaupt mal einen ans Telefon zu bekommen, der Deutsch oder Englisch spricht. Bei denen scheint es sowieso drunter und drüber zu gehen. Günter versucht gerade, hier jemanden aufzutreiben, der Russisch kann.«

»Hoffentlich war nicht er es, der meine Bremsleitungen durchtrennt hat ...«

Tom umschlang mich jetzt fester. »Dein Auto ist jetzt übrigens wieder freigegeben und steht in der Werkstatt. Morgen Abend hole ich es für dich ab.«

»Das ist sehr nett. Habt ihr was herausgefunden?«

»Nein, kein einziger Fingerabdruck. Er hat mit Sicherheit Handschuhe getragen.«

»Wieso eigentlich ›er‹?«

Tom rückte wieder etwas ab, um mir ins Gesicht sehen zu

können. »Welche Frau sollte das denn gewesen sein, deiner Meinung nach?«

»Tessa hat mir erzählt, dass diese Babsi total hinter dir her ist …«

»Babsi?« Tom lachte. »Doch nicht Babsi!«

Ich schmollte. Ich wollte Tom nicht sagen, wie sich Babsi über seinen Hintern geäußert hatte. So eine Bemerkung stand ja wohl nur mir zu! »Warum denn nicht? Sie soll sich doch so gut mit Autos auskennen, hat dem Jansen sogar schon das Auto repariert.«

»Babsi ist völlig harmlos.«

»So harmlos wie du Rudi für loyal gehalten hast?«

Tom wurde wieder ernst. »Bei Rudi habe ich mich geirrt. Das schmerzt mich wirklich. Aber Babsi …«

»Du bist voreingenommen. Du warst sehr lange mit ihr unterwegs.«

»Wir haben über alte Zeiten geredet. Es war ein schöner Abend. Ich wusste zu diesem Zeitpunkt ohnehin nicht, wie ich mit dir umgehen sollte, da konnte ich genauso gut mit jemand anderem ausgehen.«

»Das ist eine Männer-Logik, die ich nicht verstehe.«

»Mir scheint, du verstehst so manches nicht. Es war vollkommen überflüssig, nachzusehen, wie Babsi und ich uns verabschieden.«

Ich erstarrte. »Oh, du hast mich gesehen?«

»Wenn deine Beschattungen außer Haus ähnlich professionell ausfallen, dann gute Nacht«, spottete Tom.

»Es kann sich höchstens um eine Zehntelsekunde gehandelt haben, die ich die Schlafzimmertür bei deinem Eintreten nicht rechtzeitig geschlossen habe.«

»Genau das hat genügt, dich zu erwischen. Du musst bei deinen zukünftigen Recherchen unbedingt vorsichtiger sein.«

Bei meinen zukünftigen Recherchen? Das hörte sich so an, als würde Tom sich mit meinen Ermittlungen abfinden. Wenigstens so einigermaßen. Ich war selig.

»Tom, ich möchte heute furchtbar nett zu dir sein. Womit kann ich dir eine besondere Freude machen? Hast du irgendeinen Wunsch?«

Tom drückte mich noch fester an sich. »Ja. Lass die Musik aus. Meine Eltern hören uns so oder so.«

Heute kam ich so leicht wie eine Feder aus dem Bett. Jetzt, wo Tom und ich uns wieder versöhnt hatten, wurde mir umso bewusster, wie sehr mich sein abweisendes Verhalten belastet hatte. Es gab zwar immer noch genug Probleme – allein die Gefahr, dass Rudi Gambach versuchte, Tom den Diebstahl in die Schuhe zu schieben, war noch lange nicht gebannt. Jedoch hatte ich nun wieder das Gefühl, dass Tom und ich alle Hindernisse gemeinsam bewältigen konnten.

Mein Tatendrang war nicht zu bremsen.

Durch das Fenster sah ich Susanne hinter ihrem Auto herumwuseln. Die Heckklappe war geöffnet, und sie beugte sich über den Kofferraum. Offensichtlich war sie extrem früh einkaufen gegangen. Hoffentlich durfte ich mir ihr Auto gleich ausleihen.

Ich ging hinaus. Ah, wie schön kühl es in diesen Morgenstunden noch war! Ich lief zu Susannes Auto und grüßte sie freundlich.

Sie zuckte zusammen. »Huch, mit dir hab ich aber jetzt gar nicht gerechnet.« Sie sah ertappt aus.

»Ich bin's nur.« Ich lachte und blieb neben dem Auto stehen. »Kann ich dir beim Ausräumen helfen?«

»Nein, nein!« Susanne stopfte gerade einen Eierkarton in eine Tragetasche. Und noch einen. Und noch einen.

Ich lief hinter ihr um das Auto herum und schaute in den Kofferraum. Dort konnte ich weitere drei Kartons erblicken.

»Sag mal, für wen sind die vielen Eier?«

»Ach, ich wollte einfach mal ein paar Freunde einladen.«

»Hoffentlich hast du dich nicht verschätzt. Mit diesem Eiervorrat kannst du eine ganze Kompanie mit Kuchen versorgen.«

»Die halten sich ja ein paar Wochen. Ich hab die Eier beim Kauerhof geholt, da sind sie immer absolut frisch. Und wenn ich schon mal da hinfahre, dann hole ich gleich ein paar mehr ... Ist auch für Werner und mich für Spiegeleier gedacht und so ... Maren und Guido wollten auch mal wieder zum Essen kommen ...«

»Aha.«

»Freut mich sehr, dass mit Tom und dir wieder alles in Ordnung ist.«

»Oh, woher weißt du denn das?« Ich bekam gerade eine düstere Vorahnung.

»Ich hab ihn vorhin im Büro angerufen. Er hatte wenig Zeit, aber er schien überaus glücklich.«

»Das hoffe ich doch. Sag mal, darf ich mir vielleicht ein letztes Mal dein Auto leihen? Heute Abend holt Tom meines bei der Werkstatt ab, da soll es fertig sein.«

»Natürlich. Nimm es ruhig, solange du es brauchst. Ich habe jetzt alles erledigt, notfalls kann ich auch Werners Geländewagen nehmen.«

»Super, vielen Dank!«

Susanne schloss die Heckklappe, hob die abgestellten Einkaufstaschen an und drückte mir den Fahrzeugschein und den Autoschlüssel in die Hand.

Ich lief noch einmal zurück in die Wohnung, schloss die gekippten Fenster, schnappte meine Geldbörse und verschloss die Haustür sorgfältig. Dann fuhr ich nach Michelstadt. Während der Fahrt drehte ich das Autoradio auf und sang dazu. Tom hatte sich gestern quasi sein Einverständnis zu meinen Recherchen abringen lassen, das war mehr, als ich gehofft hatte. Was auch immer das bedeuten mochte, dass er jetzt vermehrt auf mich aufpassen wollte. Ich war ja selber gewillt, mich intensiver mit ihm auszutauschen. Allerdings würde ich ihm trotzdem nicht gleich alles auf die Nase binden, nicht dass er mir als staatlich geprüfter Bedenkenträger doch noch in die Suppe spuckte!

Mein heutiger Plan sah vor, dass ich mich auf die Suche nach dem riesigen, gefährlichen Russen machen wollte, diesem Igor Iwanow. Die Beschreibung von Sonjas Cousin und das laut Tom beeindruckende Vorstrafenregister machten mir zugegebenermaßen etwas Angst, genauso wie sein wortkarges Auftreten, als ich ihn in Zangs Büro belauscht hatte, aber ich wollte ihn ja nur von ferne beobachten. Ich parkte weit genug weg von Zangs Gelände, um niemandem ins Auge zu fallen. Tom würde sich jedenfalls nicht über meine Risikobereitschaft beschweren können. Und würde dieser Iwanow wegfahren, dann wäre es sicher nicht besonders auffällig, wenn ich ein Weilchen hinter ihm herfuhr und schaute, was er so trieb.

Jedenfalls musste er früher oder später bei Zang erscheinen, wenn er mit diesem einen Oldtimerhandel betrieb. Da ich ja mittlerweile beim Observieren genügend Erfahrung gesammelt hatte, war ich mit einem guten Buch ausgerüstet. Ich hatte den ganzen Vormittag Zeit, mich auf die Lauer zu legen, doch ich wollte mich während der Observation nicht zu Tode langweilen. Wie machten das wohl die Ermittler, die beruflich häufig Verdächtige überwachen mussten? Na ja, was Günter machte, konnte ich mir vorstellen. Er surfte im Internet und suchte nach ordinären Pornobildern. Günter hatte eigentlich auch noch eine Abreibung verdient.

Ich schaute über Zangs Gelände. Es waren keine Kunden zu sehen. Zang kam jetzt aus dem Büro heraus und lief hinüber in die Werkstatt. Keine weiteren Verdächtigen. Ich schlug mein Buch auf und las.

Alle paar Absätze blickte ich auf und überflog Zangs Gelände, aber außer ihm selber und ab und an einem Kunden konnte ich keinerlei Auffälligkeiten entdecken. Ich weiß auch nicht genau, woran es lag, aber wahrscheinlich erwartete man, je länger nichts geschah, dass wirklich nichts geschehen würde. Jedenfalls war ich irgendwann so in mein Buch vertieft, dass ich nicht mehr aufsah. Und als das Kapitel herum war und ich wieder den Kopf hob, stand das Tor der Werkstatt weit offen, und ein weißer Kleinlaster fuhr gerade von Zangs Gelände. Mist!

Beim Abbiegen konnte ich eben noch einen Blick auf die Seite des Transporters erhaschen, sie war mit »Autotransporte Iwanow« beschriftet, und darunter stand das Gleiche vermutlich noch einmal in einer osteuropäischen Sprache. Den Fahrer hatte ich auf die Schnelle nicht erkennen können. Ich warf mein Buch hektisch auf den Beifahrersitz und startete das Auto. Zang verschloss gerade wieder das Tor. Der Laster fuhr etwa fünfzig Meter entfernt von mir davon. Ich gab Gas.

Ausgerechnet jetzt scherte ein anderes Auto vor mir aus einer Parklücke. Fahr schon, du Idiot! Ich fuhr unverschämt dicht auf, um ihm die Dringlichkeit meines Anliegens klarzumachen.

Statt schneller zu fahren, wurde das Auto aber immer langsamer. Kennzeichen HP, das sagte ja alles! Die Beerfeldener, das hatte ich mit als Erstes gelernt, nachdem ich hergezogen war, bezeichneten die Fahrer Heppenheimer Wagen als ›Heckenpisser‹. Der Heckenpisser hielt jetzt sogar an! Ich trat wütend auf die Bremse.

Er öffnete die Tür und stieg aus. Verdammt, das war Tom! Ich nahm die Hände vom Lenkrad.

Tom kam leicht lächelnd auf mich zu. Ich ließ das Fenster herunter. Er beugte sich ein wenig zu mir herab und stützte sich auf den Fensterrahmen. »Fahrzeugkontrolle«, sagte er immer noch lächelnd.

»Ich hab keine Zeit für Späße«, blaffte ich ihn an. »Mach Platz, ich hab's eilig!«

»Nur keine Hektik.« Tom richtete sich auf. »Falls du vorhattest, dem weißen Kleinlaster zu folgen, so kann ich dich beruhigen: Günter hängt sich an seine Fersen. Er macht das etwas professioneller als du.«

»Ich hab Günter gar nicht gesehen!« Ich versuchte, an Toms Auto vorbeizuschielen.

»Genau das zeichnet den Profi aus.« Tom zog die Augenbrauen hoch und mimte den Verzweifelten.

»Dich hab ich auch nicht gesehen. Was fährst du da für ein Auto?«

»Das ist einer unserer Dienstwagen. Wir beschatten Zang schon länger, und da tauschen wir öfter mal die Nummernschilder aus. In Fällen wie diesem nehmen wir vornehmlich andere Kennzeichen als solche mit ERB.« Tom rieb sich das Kinn.

»Ah so.«

»Heute lassen wir Zang auffliegen. Deshalb verhören wir diesen Iwanow auch gleich mit. Ich muss noch auf die Kollegen warten, dann machen wir eine Hausdurchsuchung. Wir knöpfen uns diesen Kadett vor, der dir so verdächtig vorkam. Außerdem werden wir uns Zangs Werkstatt genauer ansehen. Die Kabel, die an Mario Steigers Wohnungstür einen tödlichen Stromschlag erzeugen sollten, werden nur bei Elektroautos verwandt. Wenn wir heute bei Zang das passende Gegenstück finden, von dem das verwendete Kabel abgeschnitten wurde, dann ist er dran.«

»Und die Sabotage an meinem Auto?«

Tom stützte sich erneut auf den Fensterrahmen. »Ich werde versuchen herauszufinden, ob er auch dafür verantwortlich ist, aber ich kann nichts versprechen. Wir haben leider keine stichhaltigen Beweise, ihm oder wem auch immer diese Tat nachzuweisen. Sofern der Täter nicht von sich aus gesteht oder sich verquatscht, sind wir machtlos.«

»Bekomme ich heute Abend erzählt, was ihr herausgefunden habt?«

»Wenn's sein muss. Aber du fährst jetzt brav nach Hause, und zwar, bevor meine Kollegen anrücken.« Tom schaute kurz über mein Fahrzeug hinweg und die Straße hinunter, dann sah er mich abermals an und grinste breit. »Mach irgendwas Harmloses in der Kü...«

Ich ließ das Fenster wieder hochfahren, sodass Tom rasch seine Griffel einziehen musste.

»...che.«

»Du mich auch.« Ich lächelte ihn an. »Fahr die Karre weg.«

KAPITEL 11

Während Tom die Haustür aufschloss, wischte ich mir den Schweiß von der Stirn. »Bei der Schwüle fällt mir das Joggen echt schwer«, beklagte ich mich. »Wie lange soll es denn noch dermaßen heiß bleiben? So langsam könnte die Hitzewelle doch mal ein Ende haben.«

»Keine Ahnung.«

Wir zogen im Windfang unsere Schuhe aus.

Tom streifte sich sein T-Shirt vom Leib. »Ich finde trotzdem, dass du dich schon ganz schön verbessert hast. Du schnaufst nicht mehr so laut beim Laufen.«

»Na super. Mir ist es eigentlich wichtiger, dass ich mein Gewicht dadurch halten kann.«

»Deine Kondition hat sich verbessert, das sollte dich mindestens genauso freuen. Willst du zuerst unter die Dusche?«

»Nein, geh du nur. Du kannst die Klamotten direkt in die Maschine werfen, ich mach dann gleich eine komplette Ladung fertig.«

»Okay.« Tom verschwand ins Bad.

Ich fing schon mal an, das Abendessen vorzubereiten. Tom wollte mir nachher in Ruhe erzählen, was bei der heutigen Hausdurchsuchung herausgekommen war. Und was sie aus diesem Iwanow herausbekommen hatten. Ich war schon sehr gespannt.

Ich selber hatte heute Nachmittag einen Ausflug mit Hedi und Herbert nach Bad König gemacht und war mit meinen eigenen Ermittlungen kein bisschen weitergekommen. Es ärgerte mich, dass mir ausgerechnet zu der Aufgabe, die mir Tom aufgetragen hatte, nichts einfiel. Es war mir immer noch schleierhaft, wie sich Mario Steiger die verätzten Augen zugezogen haben könnte. Und ich hatte auch noch keine richtige Idee, wie man Rudi Gambach überführen könnte. Seine suchtbedingte Gier nach Geld war sein Schwachpunkt, aber wie konnte ich seine Schwäche ausnutzen? Wobei dieser Drachenring es ihm zusätzlich nicht leicht gemacht haben dürfte zu widerstehen. Ich fand das Stück selber sehr hübsch und hätte es gerne einmal angesteckt.

Ich holte die Butter aus dem Kühlschrank.

Eigentlich stand dem Anstecken ja nichts im Wege. Der Ring lag schließlich momentan in unserem Wandtresor. Es war bemerkenswert, wie Tom immer noch manchmal ein »mein« anstelle eines »unser« herausrutschte, wenn es um unsere Wohnung ging. Natürlich, es war ursprünglich seine Wohnung gewesen, aber immerhin wohnte ich ja nun schon ein halbes Jahr ebenfalls darin. Möglicherweise mussten wir irgendwann umziehen, damit ich in unserem Zuhause auch nach seinem Empfinden einen vollkommen gleichberechtigten Status bekam. Wenn er das wirklich wollte. Immer noch war ich mir nicht sicher, ob Tom unsere Beziehung als genauso fest und dauerhaft erachtete wie ich. Er war nicht der Typ, der einem einen Ring ansteckte, aber vielleicht konnte er sich doch irgendwann dazu bereit erklären, unserer Beziehung einen offizielleren Anstrich zu geben und damit den Weg für eine Familiengründung frei zu machen. Ich seufzte.

Bis es so weit war, könnte ich mir ja wenigstens mal probehalber den Drachenring anstecken. Zumal Tom gerade unter der Dusche stand.

Ich ging hinüber ins Wohnzimmer, hängte das Bild, das den Wandtresor verdeckte, ab und gab die Zahlenkombination ein. Der Tresor ließ sich nicht öffnen! Hatte ich mich vertan? Noch ein Versuch. Es klappte wieder nicht. Hatte Tom die Zahlen geändert? Ich würde ihn gleich fragen. Er konnte ruhig wissen, dass ich den Drachenring gerne anprobieren wollte.

Ich ließ das Bild auf dem Boden stehen und bereitete das Abendessen weiter vor.

Als Tom aus dem Bad kam, lief ich ihm gleich entgegen.

»Hey, hast du die Zahlenkombination vom Tresor geändert?«

»Ja.« Er fuhr sich mit der Hand durch die Haare. »Was willst du denn am Tresor?«

»Ich wollte mir den Drachenring noch mal anschauen. Ich finde ihn sehr hübsch.«

»Ich hole ihn dir raus.«

»Kannst du mir nicht die neue Kombination sagen?«

»Ich denke, es ist sicherer, wenn du sie nicht weißt.« Tom stand bereits mit dem Rücken zu mir vor dem Tresor. Es knackte ein paar Mal, dann öffnete er die Tür und reichte mir den Ring heraus.

»Inwiefern soll das sicherer sein?«

»Es kommt immer wieder zu Überfällen, bei denen die Hausbesitzer gefoltert und mit dem Tode bedroht werden, damit sie die Zahlenkombination ihrer Tresore verraten. Wenn du die Kombination tatsächlich nicht kennst, gibt es keinen Grund, dich zu quälen.«

»Wenn du meinst. Ich habe sowieso nichts, was ich dort lagern müsste.«

»Da gab's doch auch mal einen Spielfilm zu genau diesem Thema. Mit Nicole Kidman.«

»Ich erinnere mich dunkel.« Ich steckte mir den Ring an.

»Wirklich sehr hübsch. Ein bisschen extravagant meinetwegen, aber hübsch.«

Tom lehnte mit dem Rücken am Tresor und beobachtete mich, wie ich den Ring abstreifte.

»Okay, ich lege ihn wieder zurück.«

»Ich mach das schon.« Tom streckte die Hand aus.

Offensichtlich wollte er mich partout nicht mehr den Tresor bedienen lassen. Nun ja. Ich gab ihm den Ring und ging ins Bad. Als ich wieder herauskam, hatte Tom das Abendessen fertig vorbereitet. Ich setzte mich an den Tisch.

Beim Aufnehmen des Bestecks fiel mir etwas ein. »Du, Tom, es wäre super, wenn du das Besteck immer in die gleichen Fächer legen würdest, wenn du die Spülmaschine ausräumst. Ansonsten ist es jedes Mal von Neuem eine Überraschung, wo sich die Messer befinden.«

»Das ist doch egal.« Tom drehte seinen Kopf kurz seitlich. »Fünf Zentimeter weiter vorn oder hinten ...«

»Das ist nicht egal. Es geht viel schneller, wenn man automatisch in das gleiche Besteckfach greifen kann, als wenn man erst die ganze Schublade anschauen und nach den Messern suchen muss.«

»Das fördert deine Flexibilität.« Tom grinste und schüttete sich Wasser ins Glas.

»Außerdem hatte ich doch mal extra alle Kochlöffel in die Schublade neben dem Herd gelegt. Ist doch logisch, dass man die Kochlöffel immer direkt am Herd braucht. Du legst sie aber penetrant in die Schublade neben dem Kühlschrank.«

»Dann muss ich beim Ausräumen der Spülmaschine nicht so weit laufen.« Tom biss in sein Brot. »Ich erzähle dir jetzt mal von der Hausdurchsuchung beim Zang, dann hörst du vielleicht auf zu meckern.« Ich hob die Augenbrauen an, aber Tom aß ungerührt weiter. »Das Stromkabel, mit dem der Mordanschlag an Steigers Wohnungstür vorbereitet wurde, findet nur in einem einzigen Einsatzbereich Verwendung: Elektroautos. So ein Kabel kann vierhundert Volt führen, also genug, um den normalen Hausstrom durchzuleiten. Insofern ist der Kreis der Verdächtigen von vorneherein auf Werkstätten und Händler beschränkt, die E-Autos reparieren.« Tom biss geräuschvoll ein Stück Gurke ab und schmatzte ein wenig bei seinen weiteren Erläuterungen. »Wir haben tatsächlich ein Kabel bei Zang gefunden, das wie das bei dem Stromanschlag verwendete Kabel aussieht. Unsere Kriminaltechniker untersuchen es bereits. Auf das Kabel setze ich meine größte Hoffnung. Beim Verhör kam zwar nicht viel heraus, aber ich bin mir sicher, dass Zang Dreck am Stecken hat.«

Ich schluckte. »Was heißt, es kam nicht viel heraus?«

»Er hat alles geleugnet. Wobei er häufig meine Fragen wiederholt hat, was darauf hindeutet, dass er Zeit geschunden hat, um sich die vermutlich unwahre Antwort erst auszudenken. Und als ich ihm sagte, dass wir ein paar seiner Autos untersuchen, insbesondere was die Kilometerzähler betrifft, hat er sichtlich gezuckt. Ich bin ganz sicher, dass wir ihm etwas nachweisen können.«

»Und meine Bremsleitungen?«

»Hat er alles abgestritten. Wie ich schon sagte, da mache ich mir keine großen Hoffnungen.« Tom nahm sich eine zweite Brotscheibe. »Aber Fingerabdrücke musste er abgeben, die vergleichen wir dann mit denen an Marios Auto.«

»Was ist mit dem Russen, diesem Iwanow?«

»Ach so, ja, Günter ist ihm gefolgt, aber er ist nur in sein Hotel zurückgefahren. Günter hat ihn dort befragt.« Tom biss wieder in sein Brot und kaute kurz. »Dieser Iwanow hat aber nicht viel von sich gegeben. Er betreibt mit Zang einen Oldtimerhandel, bei dem Iwanow die Autos von irgendwoher aufkauft und bei

Zang unterstellt, um sie dort Kaufinteressenten vorzuführen. Das macht erst mal einen legalen Eindruck. Iwanow behauptete allerdings, er hätte die Geschäftsbeziehung zu Zang gekappt, ohne dass er Günter einen richtigen Grund nennen wollte. Zum Zeitpunkt von Steigers Ermordung will er bei Freunden gewesen sein, das überprüft Günter noch. Entweder ist Iwanow ein geschickter Lügner, oder er hat sich wirklich nichts zuschulden kommen lassen, was mich bei seinen Vorstrafen wundern würde.«

»Ist er denn wahrhaftig so groß und unheimlich, wie Sonjas Cousin ihn geschildert hat?«

»So dramatisch hat es Günter nicht ausgedrückt, aber er kann seinen Gegner wohl relativ schnell umhauen, wenn er es darauf anlegt.«

Hm. Iwanow schien mir nach wie vor verdächtig. Vielleicht wäre es doch besser, wenn ich ihn mal persönlich beschatten würde. Als Frau konnte man sich im Zweifelsfall doof stellen und dadurch harmlos wirken. Es wäre schließlich nicht das erste Mal, dass ich mit dieser Strategie erfolgreich an Informationen kam.

»In welchem Hotel wohnt Iwanow eigentlich?« Ich schüttete mir auch etwas Wasser ein, um Tom von den hinter meiner Frage stehenden Absichten abzulenken.

Tom grinste kurz. »Diese Frage werde ich dir nicht beantworten.«

Mist. Natürlich versuchte Tom, mich von Iwanow fernzuhalten.

Ich ließ mir nichts anmerken. »Dann hätten wir noch Gabi Schulmeyer.«

»Ja, das heißt nein. Steffi hat sie heute befragt, aber sie hat ein wasserdichtes Alibi. Sie war den ganzen Abend bis nach Mitternacht mit mehreren Freundinnen zusammen, um ihre Hochzeit vorzubereiten. Die Freundinnen haben das einhellig bestätigt. Außerdem hat sie behauptet, keinen Anruf von Mario am Mordabend erhalten zu haben. Die Anruflisten überprüfen wir noch.«

Oh, damit hatte ich nicht gerechnet.

»Kommen wir doch mal auf dich zu sprechen.« Toms Kinn bewegte sich kurz in meine Richtung. »Ist dir zu den verätzten Augen etwas eingefallen?«

»Oh, nein, wenn ich ehrlich bin, die Frage ist ein bisschen untergegangen die letzten Tage. Aber ich werde mich dahinterklemmen.«

»Ich habe so eine Ahnung, dass wir bei diesem Mordfall deutlich weiter kommen würden, wenn wir wüssten, was es damit auf sich hat. Aber mal sehen, eventuell reicht uns schon der Vergleich der Fingerabdrücke.« Tom biss erneut in sein Gurkenstück. »Falls wir wider Erwarten hier keinen Treffer landen, werde ich Steffi bitten, sich noch einmal die Jansens vorzuknöpfen. Immerhin hat mir Frau Jansen ihr Verhältnis mit Mario verschwiegen, auch wenn es schon vor seinem Tod beendet war. Allerdings haben wir immer noch nicht herausgefunden, wen Mario am Abend seines Todes von der Burg aus angerufen hat. Ich möchte auch unbedingt wissen, inwieweit Herr Jansen nicht doch über das Verhältnis seiner Frau Bescheid wusste. Steffi sollte bei dieser Befragung unbedingt dabei sein. Zeugen wie Beschuldigte plaudern Emotionales eher bei einer Frau aus.« Tom schob sich den letzten Bissen Brot in den Mund.

Soso, Tom hatte also auch schon gemerkt, dass Frauen für manche Dinge besser geeignet waren als Männer. Das würde ich ihm bei Gelegenheit unter die Nase reiben.

Tom sprang auf. »Ich wollte noch mal kurz bei Maren vorbeischauen. Sie hat sich neulich beschwert, dass ich mich so selten bei ihr blicken lasse. Es macht dir doch sicher nichts aus, wenn ich dich alleine weiteressen lasse.«

»Doch, eigentlich schon. Wenn du fünf Minuten wartest, gehe ich mit.«

»Nicht nötig.« Tom gab mir einen Kuss. »Bis später.« Er eilte aus der Küche.

Nicht nötig? Die Antwort passte nicht wirklich. Aber Tom war schon fort. Hatte er mich vielleicht gar nicht dabeihaben wollen?

Ich aß in Ruhe auf und lief dann ebenfalls zur Hessenstubb. Wenn Tom noch dort war, könnte ich mich zu ihm und Maren setzen oder, falls er mir schon wieder entgegenkäme, einfach mit ihm gemütlich nach Hause schlendern.

Tom kam mir nicht entgegen, also lief ich bis zur Hessenstubb. Sie war nicht sehr voll. An ihrem Stammtisch saßen Heinz, Schorsch und Mike, und ich winkte ihnen kurz zu. Tom stand mit dem Rücken zu mir hinter der Theke, lässig eine Pobacke auf selbige stützend und anscheinend ins Gespräch mit Maren vertieft. Sie entdeckte mich, sagte etwas zu Tom und zeigte gleichzeitig mit dem Kopf in meine Richtung. Tom drehte sich um. Wir lächelten uns an.

Ich stellte mich zu ihnen und legte Tom kurz die Hand auf den Hintern. »Na, wie geht's?« Ich schaute Maren an.

»Gut, und dir?«

»Auch.«

Wir schwiegen. Ein bisschen zu lange für meinen Geschmack.

»Was hast du heute so gemacht? Du hast doch noch Urlaub, oder?«, fragte Maren schließlich.

»Och, nichts Besonderes. Ich hab mein Auto wieder. Tom hat es abgeholt.«

»Super«, sagte Maren.

Wir schwiegen erneut.

Okay, offensichtlich wollten die beiden etwas ohne mich besprechen. »Ich schaue mal kurz bei Heinz und seinen Freunden vorbei.« Ich zeigte mit der Hand auf ihren Stammtisch.

»Klar, ich sammele dich ein, wenn ich wieder gehe.« Tom nickte.

Komisch. Ich würde Tom später zu seinem seltsamen Verhalten befragen.

Ich ließ mir von Maren eine Sprite geben und setzte mich neben Heinz.

»Ei, Gude!«

»Hallo zusammen! Wie geht's? Mike, auch mal wieder hier?«

Mike saß über den Tisch gebeugt und stützte beide Unterarme auf die Platte.

»Seine Freundin hat ihn rausgeworfen.« Heinz rieb sich den Bart.

»Ich hab mit ihr Schluss gemacht«, berichtigte Mike.

»Oh, das tut mir leid.« Mike hatte irgendwie kein Glück mit den Frauen.

»Sagen wir so: Nachdem Mike mit ihr Schluss gemacht hat, hatte sie komischerweise nicht mehr so richtig Lust, mit ihm zusammenzuwohnen.« Schorsch lachte.

Heinz senkte beschwichtigend eine Hand in Schorschs Richtung. »Mike hat das schon ganz richtig gemacht. Die Frau war nichts für ihn.«

»Niemand braucht so 'ne Meckerziege.« Schorsch nickte.

Huch, Tom hatte vorhin ja auch gemeint, ich würde rummeckern. Wollte er sich bei Maren ausheulen? Dabei versuchte ich doch nur, Ordnung in den Haushalt zu bringen!

»Besser unter der Frau liegen als unterm Pantoffel stehen.« Schorsch lachte schallend, und Heinz und Mike stimmten ein.

Ich zog die Augenbrauen hoch. »Bevor von euch wieder die

untersten Schubladen gezogen werden, gebe ich euch lieber mal ein Rätsel auf. Könnt ihr mir sagen, wodurch jemand verätzte Augen bekommen kann?«

»Verätzte Augen? Wo ist das Rätsel?«, brummte Schorsch.

»Das ist 'ne Frage.« Heinz deutete mit dem Finger auf mich.

»Zweimal Handkäs mit Musik?« Maren stand plötzlich mit zwei Tellern neben Schorsch.

Heinz hob den Finger jetzt leicht an, und Maren stellte ein Gericht vor ihn. Den anderen Teller bekam Schorsch.

»Okay, dann ist es halt nur eine Frage«, gab ich zu. »Würde mich aber sehr interessieren. Möglicherweise fällt euch was ein.«

»Hm.« Schorsch begann zu essen. Der Käse stank ganz schön heftig. Ich wäre gerne etwas abgerückt, aber ich saß genau zwischen Heinz und Schorsch, da war eine Flucht vor dem Käse praktisch unmöglich.

Heinz stützte seinen Ellbogen auf und hielt die Gabel nach oben. »Vielleicht hat jemand das Klo mit Toilettenreiniger geputzt, und beim Hantieren mit der Bürste ist ihm etwas von dem Reiniger ins Auge gespritzt. Das ätzt.« Er stach seine Gabel in den Käse.

»Deshalb lasse ich das Klo immer von meiner Frau reinigen. Das nennt man Risikominimierung.« Schorsch lachte.

»Oder Rohrreiniger.« Heinz deutete jetzt mit seiner Gabel, auf der ein Stück Käse steckte, in meine Richtung. »Jemand benutzt bei einem völlig verstopften Waschbecken Rohrreiniger, dann womöglich noch mit einer Saugglocke rumgespielt, schon spritzt ihm das Zeug ins Auge.«

»Eigentlich sind alle Reiniger dafür geeignet«, sagte jetzt Mike. »Alles, was Natrium- oder Kaliumhydroxid enthält.«

Schorsch klappte die Unterlippe nach unten. »Sieh an, Mike kennt sich aus.«

Aber wieso sollte man an der Burg Breuberg mit Reiniger herumspritzen? »Sonst noch eine Idee?«

»Ich weiß was.« Schorsch schob sich eine Portion Zwiebeln auf die Gabel. »Ist aber nicht ganz jugendfrei. Hat mit Urin zu tun.«

»Oh, okay. Ich glaube, ich verzichte auf weitere Ideen.«

»Wieso, ich hab's doch nur angedeutet! Außerdem: Jeder nach seinem Geschmack.«

»Also den Begriff ›Geschmack‹ würde ich in diesem Zusammenhang lieber nicht benutzen. Zumal ihr doch gerade am Essen seid. Wobei: Wer dieses Zeug isst«, ich deutete mit der Hand auf Schorschs Teller, »der kann nicht wirklich über Geschmack verfügen.« Schorsch schaute mich erstaunt an. Ich lehnte mich auf dem Stuhl demonstrativ zurück. »Das stinkt zum Gotterbarmen. Die hessische Küche ist mir nach wie vor suspekt. Wieso heißt es überhaupt: Handkäs mit Musik? Was hat das Gericht mit Musik zu tun?«

Heinz legte sein Besteck ab. »Du wohnst schon wie lange hier und weißt nicht, was die Musik zum Handkäs bedeutet?« Er war ehrlich erstaunt.

Ich zuckte mit den Schultern.

»Lass es dir von Tom erklären.« Heinz zeigte mit dem Kopf schräg hinter mich, und ich drehte mich um.

Tom kam gerade an unseren Tisch und nickte den Männern zu. Dann lächelte er mich an. »Na, alles klar?«

»Sie hat eine Frage an dich«, sagte Schorsch. Alle drei grinsten Tom an. Was war denn nur so lustig an der Musik zum Handkäs? Ich hatte das unbestimmte Gefühl, dass der Witz auf meine Kosten ging.

»Ich frage dich später. Schorsch grinst schon so dreckig. Das verheißt nichts Gutes.«

»Wollen wir gehen?« Tom machte eine leichte Kopfbewegung in Richtung Ausgang.

»Ich muss noch zahlen.«

»Hab ich schon.« Tom zeigte mit dem Arm demonstrativ in Richtung Tür.

»Dann macht's mal gut, Leute.« Ich stand auf. »Mike, lass dich nicht unterkriegen.«

Schorsch zeigte mit dem Kopf auf Mike. »Der fromme Wunsch kommt zu spät. Mike hat sich bereits unterbuttern lassen.«

»So? Warum?«

»Seine Ex hockt immer noch auf seinem teuren Laptop und will ihn nicht herausrücken. Mike ist einfach zu gutmütig.«

»Stimmt gar nicht«, protestierte Mike. »Ich würde ihr schon gern eins auswischen, aber ich weiß nicht, wie.«

»Also ich kann dir in dieser Frage eventuell weiterhelfen.« Ich sah aus dem Augenwinkel, wie Tom mich erstaunt ansah. Mit einem leichten Schmunzeln blickte ich auf Mike. »Was hältst du von marokkanischem Tee?«

Ich hatte Tom gestern auf dem Heimweg direkt gefragt, was es denn offensichtlich so Geheimes zwischen ihm und Maren zu besprechen gegeben hatte. Er hatte mir erzählt, dass Maren ein paar kleinere Probleme mit Guido hätte und ihn deshalb um Rat gefragt habe. Das wunderte mich ein wenig, denn auf mich wirkte ihre Beziehung sehr harmonisch, aber man konnte sich als Außenstehender natürlich täuschen. Bestimmt handelte es sich nur um kleine Unstimmigkeiten, zu denen Maren ihren jüngeren Bruder um Rat fragte. Vielleicht hoffte sie, dass Tom als Mann Guidos Verhalten besser verstehen würde als sie selbst. Ein bisschen komisch fand ich allerdings, dass Tom mir beim Abendessen nicht gleich offen gesagt hatte, warum er bei Maren vorbeischauen wollte. Es war doch nichts dabei, wenn sie sich mal unter vier Augen austauschen wollten.

Auch ich hatte vor, mich jetzt gleich mit Hedi und Herbert auszutauschen, jedoch sozusagen unter sechs Augen. Allerdings ging es dabei weniger um Eheprobleme, sondern neben einem netten Gespräch mit Freunden auch um ein wichtiges Anliegen. Ich war schon gespannt, wie vor allem Hedi darauf reagieren würde.

Ein Blick auf die Uhr: Ich hatte noch ein paar Minuten Zeit, bevor wir uns beim Riesinger treffen wollten. Es reichte für einen Sprung in die Bücherstube.

Ich eilte am Zwölf-Röhren-Brunnen vorbei und trat in die Buchhandlung. Ein Kunde stand bereits mitten im Raum und ließ sich von Gabi Setzer beraten.

»Meine Frau mag mehr humorvolle Krimis, nicht so blutig. Hätten Sie etwas in der Richtung?«

»Hallo, Gabi!« Hey, der Kunde war ja ... »Schorsch!«

Er drehte sich um. »Gude, Alex.« Schorsch kratzte sich hinter dem Ohr.

Ich schaute unwillkürlich auf seine Füße. »Wie ich sehe, gibt es dich auch richtig gesellschaftsfähig ohne Gummistiefel.«

»Ja, meine Frau wollte die Stiefel mal gründlich sauber machen.«

»Und zum Dank bekommt sie heute ein Buch von dir geschenkt. Oder hat sie Geburtstag?« Ich lächelte ihn an.

Schorsch nahm das Buch entgegen, das ihm Gabi überreichte. »Nein ... Ich will sie nur bei Laune halten.« Schorsch lachte, dann blickte er auf das Buch. »*Der Tote vom Odenwald*. Sieht ganz nett aus.«

»Das gefällt Ihrer Frau bestimmt.« Gabi lächelte Schorsch an.

»Gekauft.« Schorsch wandte sich wieder an mich. »Und was suchst du hier?«

»Auch einen Krimi. Oder besser noch einen Thriller. Das Buch ist für Tom.«

Schorsch bezahlte. »Nimm was, wo der Ermittler gleich auf den ersten Seiten abgemurkst wird. Das heizt ihm so richtig ein.« Schorsch lachte, ich zog einen Mundwinkel hoch. »Dann bis bald mal wieder.«

»Ja, tschüss!«

Ein passendes Buch für Tom war bald gefunden, allerdings ließ ich mir von Gabi vorsichtshalber versichern, dass der Ermittler bis zum Ende des Buchs am Leben blieb. Ich verließ die Bücherstube voller Vorfreude auf Toms Gesicht, wenn ich ihm das Buch heute Abend überreichen würde.

Dass Schorsch hingegen einfach so seiner Frau etwas schenkte, hätte ich ihm gar nicht zugetraut. Er war wie Günter, der Anna Blumen mitbrachte und Tom gegenüber so getan hatte, als ob das kein echter Mann machen würde. Diese Typen spielten nur nach außen die Coolen. In Wirklichkeit hatten sie alle doch eine romantische Ader und einen weichen Kern unter der Chauvi-Schale.

Ich bog in die Hirschhorner Straße ein und lief mit strammen Schritten zum Café. Zwei Minuten Verspätung, das war noch im Rahmen. Ich stürmte durch die Tür und warf schnell einen Blick auf die Kuchentheke.

»Hallo, Gabi!«

»Hallo, Alex! Heute alleine hier?«

»Nein, meine Freunde sollten schon hinten sitzen ... Ich schau nur mal rasch nach euren Torten ...«

Ich traf schnell eine Entscheidung, dann ging ich weiter und entdeckte Hedi und Herbert, die bereits an einem Tisch saßen.

»Hallo, ihr zwei, entschuldigt bitte die Verspätung.«

»Hallo, Alex, kein Thema. Wir haben schon einen hübschen Tisch besetzt.« Hedi wies mit der Hand auf einen freien Stuhl, und ich setzte mich.

»Ich habe bei Gabi noch rasch ein Buch für Tom besorgt.« Ich holte es aus meiner Tasche.

»Gabi? Riesinger?« Hedi schaute verwirrt.

»Nein, nicht die hier aus dem Café, die aus der Bücherstube, Gabi Setzer.«

»Ach so, die kennen wir gar nicht. Wir haben hier im Urlaub noch keine Bücher gekauft. Wir hatten schon welche dabei.«

»Aber im Café waren wir dafür umso öfter.« Herbert zwinkerte mir zu und nahm Toms Buch entgegen. Beide lasen sich den Klappentext durch.

»Das hört sich arg spannend an«, sagte Hedi. »Für mich wäre das nichts.«

»Ich denke, du liebst Aufregung?« Herbert grinste. »Alex, du musst mir dann erzählen, wie es Tom gefallen hat, vielleicht hole ich mir das Buch auch.«

»Klar, aber Tom ist ein langsamer Leser. Das kann eine Weile dauern.« Ich packte das Buch wieder ein.

Hedi und Herbert bekamen ihren Kaffee serviert, und wir wurden nach unseren Kuchenwünschen gefragt. Hedi wählte ein Stück Erdbeerkuchen, ich hatte mich für Schwarzwälder Kirschtorte entschieden. »Das kann ich mir ruhig mal leisten, wo Tom mich beim Joggen immer so durch die Gegend hetzt. Irgendwo müssen die Kalorien ja herkommen, die ich dabei verbrenne.«

»Das sehe ich genauso«, stimmte Herbert mir zu, dann wandte er sich an die Bedienung. »Ich hätte gerne den bunten Obstkuchen und eins von diesen Limetten-Joghurttörtchen.«

Herbert strich sich über den Schnurrbart. »Ach, und ein Joghurttörtchen mit Maracuja könnten Sie mir auch noch bringen.«

»Bist du sicher?« Hedi sah ihren Mann zweifelnd an.

»Wieso? Bei dieser Hitze passen die Joghurttörtchen doch ausgezeichnet.« Herbert grinste.

»Ich meinte eher die Menge«, sagte Hedi spitz und schaute dann in die Karte.

»Man kann hier auch einfach später noch mal nachbestellen, wenn man noch Hunger hat«, schlug ich vor.

»Genau, dann fällt es nicht so auf, was für einen Vielfraß ich geheiratet habe«, sagte Hedi, ohne von der Karte aufzublicken.

»Das wollte ich mit meinem Einwand eigentlich nicht ...« Ich hob beschwichtigend die Hand.

»Wer wandert, darf auch essen«, stellte Herbert fest.

Zeit für einen Themenwechsel. »Apropos Wandern, jetzt neigt sich euer Urlaub schon wieder dem Ende zu. Genau wie meiner.« Ich seufzte.

»Ja, die zwei Wochen gehen immer viel zu schnell herum.« Hedi trank einen Schluck Kaffee. »Wirst du den Mordfall mit dem abgestürzten Auto noch in deinem Urlaub aufklären können?«

»Ich weiß nicht, viel dazu beigetragen habe ich noch nicht. Tom hat sich den Gebrauchtwagenhändler noch einmal vorgeknöpft, und wenn seine Fingerabdrücke mit denen an Steigers Auto übereinstimmen, ist der Fall gelöst. Er hat wohl auch irgendwelche dubiosen Geschäfte mit einem schwer kriminellen Weißrussen betrieben, aber den scheinen sie nicht zu packen zu kriegen. Dafür wollten die Kriminaltechniker sich den Kadett genauer anschauen, der so abgewetzt aussah und trotz seines Alters seltsam wenig Kilometer draufhatte. Ich verwette meinen Hintern darauf, dass die Kilometerstände manipuliert sind, und das könnte das Mordmotiv gewesen sein.«

»Ich wette mit«, warf Herbert ein. »Aber meinen Hintern möchte ich in jedem Fall behalten.« Er grinste.

»Das ist faszinierend.« Hedi hatte gespannt gelauscht. »Und was ist mit dem Schmuckdiebstahl, ist der Dieb jetzt überführt worden?«

»Nein, es kam alles noch schlimmer. Der Dieb hat im Büro einen der gestohlenen Ringe in Toms Schreibtischschublade gelegt.«

Hedi sah mich erschrocken an. Ich unterbrach meine Rede kurz, weil unser Kuchen serviert wurde.

»Es muss dieser neue Mitarbeiter von Tom gewesen sein, denn er wollte unbedingt, dass Tom seine Schublade in Anwesenheit des Polizeidirektors öffnet.«

»Oh Gott, da hätte ich einen Herzinfarkt bekommen!«

»Etwa zu aufregend?« Herbert grinste schelmisch und schob sich ein ordentliches Stück von seinem Obstkuchen in den Mund.

»Glücklicherweise hatte ich kurz vor ihnen das Büro betreten und habe den Ring geistesgegenwärtig eingesteckt.«

»Wie mutig!«

»Na ja, ich bin davon ausgegangen, dass niemand versuchen würde, mich zu durchsuchen. Wenn jemand außer Tom es wagen würde, mir in die Hose zu greifen, dem würde ich was husten!«

»Wie schlimm, dass es sich dabei auch noch um den eigenen Mitarbeiter handelt.« Hedi schüttelte den Kopf. Herbert nickte nur bekräftigend, er hatte offensichtlich den Mund zu voll zum Sprechen.

»Ja, aber mir ist gestern Abend beim Einschlafen eingefallen, wie man diesen Rudi Gambach überführen könnte. Ich muss nur noch mal kurz telefonieren.«

Ich holte mein Handy heraus. »Habt ihr heute oder die nächsten Abende eigentlich was vor?«

»Herbert und ich sind Freitag schon …«

Hatte Herbert seine Frau eben unter dem Tisch getreten?

»Wir wollten eventuell ins Kino gehen, aber das war nur so eine Idee«, versicherte mir Herbert und schaute Hedi eindringlich an, die jetzt schnell nickte.

»Okay.« Ich wählte Toms Kontakt.

»Hallo, Tom, wie geht's?«

»Ganz gut. Schieß los, ich hab wenig Zeit.«

»Ich sitze im Moment mit Hedi und Herbert beim Riesinger, und da dachte ich, wir könnten vielleicht auch mal wieder zusammen essen gehen. Aber ganz in Ruhe und nicht gerade an einem Tag, wo du Bereitschaftsdienst hast. Wie wäre es mit Freitag nach deinem Handballtraining?«

»Ach, Freitag ist nicht so günstig … Nach dem Training bin ich immer geschafft.«

Seit wann protzte Tom nicht mehr mit seinem immerwährenden Leistungsvermögen? »Und heute oder morgen?«

»Morgen habe ich Bereitschaft, aber wir können heute Abend essen gehen, da ist Rudi dran.« Bingo! Ich danke für die Auskunft!

Ich grinste. »Super, dann also morgen Abend. Bis später!«

Ich grinste immer noch und steckte mein Handy weg. »Herbert, du hast doch diese tolle Digitalkamera, mit der man auch filmen kann?«

Herbert hatte schon wieder den Mund voll und nickte nur.

»Ich habe einen super Plan, wie wir Rudi Gambach überführen können. Heute Abend. Ich brauche nur noch ein älteres, trotteliges Ehepaar.«

Herbert verschluckte sich und hielt sich rasch die Hand vor den Mund, um sein Joghurttörtchen nicht über den Tisch zu verteilen. Hedi schaute irritiert auf Herbert. Dann ließ sie ihre Gabel sinken und sah mich ratlos an. »Das wird schwierig. Wo kriegen wir ein solches Ehepaar nur her?«

KAPITEL 12

Wir traten gemeinsam aus dem Café und liefen die Hirschhorner Straße hinunter.

Hedi schloss im Laufen den Reißverschluss ihrer Handtasche. »Was machst du noch Schönes heute?«

»Ich gehe kurz beim Schreibwarengeschäft vorbei, ich brauche diese Klebepunkte, mit denen man Poster an der Wand befestigen kann, ohne dass die Tapete kaputtgeht. Dann fahre ich zu Tom in die Direktion. Und ihr?«

»Wir wollten es gemütlich angehen und uns im Hotel auf die Terrasse setzen, bis die größte Hitze vorbei ist. Heute Abend gehen wir vielleicht noch ein kleines Stück spazieren.«

»Grüßt bitte Conni von mir.«

»Gerne, werden wir machen.«

Wir hatten die sternförmige Straßenkreuzung erreicht. »Tschüss!«

»Mach's gut, Alex!«

Herbert hob die Hand.

Ich bog in die Mümlingtalstraße ein. Mein Lauftempo hielt sich in Grenzen. Die Sonne brannte tatsächlich ziemlich stark, und der Asphalt der Straße reflektierte die Hitze zusätzlich.

Am Zwölf-Röhren-Brunnen turnten zwei erwachsene Frauen herum und kicherten. Mein Auto stand noch ein kleines Stück weiter. Ich war schon fast am Brunnen vorbei, als jemand meinen Namen rief: »Hey, Alex!«

Ich drehte mich suchend um. Die beiden Frauen sahen mich an. War die eine nicht ... Babsi? Was machte die denn hier? Ich überquerte die Straße und ging zu ihnen. »Hallo.«

»Hallo! Das ist meine Freundin Jessica.« Dann sah sie zu Jessica und zeigte auf mich. »Das ist Alex, die Freundin von Tom Brugger.«

Ah ja, diese Jessica hatte ich auf Babsis Facebook-Fotos gesehen. »Hallo. Was treibt euch denn nach Beerfelden?« Hoffentlich nicht Tom.

»Meine Freundin und ich suchen eine geeignete Location für eine Fotosession.«

Location. Fotosession. Die kam sich wohl besonders toll vor mit ihren paar englischen Modewörtern.

»Aha.«

»Und du?« Babsi lächelte mich an.

»Ich war mit Freunden beim Riesinger, das ist das Café dort oben.«

»Ich weiß. Tom und ich waren dort ein paar Mal, als wir miteinander gingen.«

Klar, dass sie mich daran erinnern musste. »Tom und ich gehen heute Abend zusammen essen.«

Babsi schaute mich verständnislos an. »Aaaaah, ja?«

Okay, meine Bemerkung passte thematisch nicht ganz zu ihrer. Wahrscheinlich war ich jetzt nicht mehr nur die langweilige, sondern auch die etwas gestörte Freundin von Tom Brugger. Aber die sollte bloß nicht denken, dass Tom und ich nicht viel Zeit miteinander verbrachten, nur weil sie mal mit ihm bis spät in die Nacht Motorrad gefahren war!

Babsi lächelte wieder. Die Frau war einfach nicht kleinzukriegen. »Apropos Essen, kommt ihr denn jetzt zu unserer Feier? Tom hat bisher weder zu- noch abgesagt.«

»Äh, eure Feier?« Hatte mir Tom was verschwiegen? Wollte er etwa alleine hingehen?

»Sag bloß, er hat dich noch nicht gefragt?« Babsi lachte lauthals und sah ihre Freundin dabei an. »So ein Schisser!«

Frechheit! Tom als Schisser zu bezeichnen!

Babsi schaute mich an, stellte ihr Gelächter ein und rieb sich die Stirn. »Entschuldige, war nicht so gemeint. Ich hatte euch zu unserer Verlobungsparty eingeladen, aber Tom meinte, du hättest für derlei romantischen Kram nichts übrig, und er müsste mal schauen, ob du überhaupt kommen wolltest.« Babsi zuckte mit den Schultern. »Offensichtlich hat er sich noch nicht getraut, dich überhaupt zu fragen.«

Gott sei Dank, die Frau war bereits in festen Händen. Aber das musste nichts heißen. Möglicherweise hatte sie kurz vor dem großen Ereignis kalte Füße bekommen und wollte es mit Tom noch einmal so richtig krachen lassen.

»Ach so. Ich weiß gar nicht, wie er darauf kommt, dass ich mit Romantik nichts am Hut hätte. Ich werde heute Abend mit ihm reden. Von deiner Verlobung wusste ich ehrlich gesagt gar nichts.«

»Ja, deswegen suchen wir ja auch nach einem geeigneten Ort für die Verlobungsfotos.« Babsi legte den Arm um Jessicas Taille und drückte sie an sich. Jessica küsste sie zärtlich auf den Mund.

Ach du Schande! Ich war nicht nur langweilig und etwas gestört, sondern auch noch reichlich behämmert! Und der Mensch, der mich gerade dermaßen alt aussehen ließ, weil er mir verschwiegen hatte, dass Babsi lesbisch war, hieß Tom Brugger. Na, der konnte nachher was erleben!

Ich schluckte meine Verärgerung hinunter und lächelte die

beiden breit an. »Das ist schön, das freut mich sehr für euch. Tut mir leid, dass wir noch nicht auf eure Einladung reagiert haben. Ich werde mir Tom gleich heute noch vorknöpfen.«

»Das ist super, ich würde mich echt freuen, wenn ihr dabei wärt.« Jessica nickte und lächelte freundlich.

Ich lächelte ebenfalls und gab beiden die Hand. »Macht's gut, und viel Spaß noch bei der Location-Suche.«

»Tschau!«

Ich lief wieder in Richtung meines Autos. Wieso nur hatte Tom mir verschwiegen, dass Babsi lesbisch war? Was hatte er davon, mich eifersüchtig zu machen? Tagelang war ich krank vor Sorgen gewesen, und jetzt stellte sich heraus, dass alles völlig unnötig gewesen war. Außerdem konnte ich Babsi nun getrost von der Verdächtigenliste der Autosaboteure streichen. Aber dass Tom mich so lange hatte zappeln lassen! Dem würde ich gleich den Kopf waschen!

Ich stieg ins Auto und fuhr zum Schreibwarengeschäft, wo ich die Utensilien für meinen heutigen großen Coup kaufen wollte. Denn als Nächstes sollte Günter erfahren, was ich von seinen Späßen mit billigen Pornoweibern hielt!

Nachdem ich mit Klebepads, deren korrekte Bezeichnung ich im Schreibwarenladen gleich auch noch erfahren hatte, ausgestattet war, fuhr ich in die Polizeidirektion.

Am Empfang saß diesmal Herr Bachmann, der mich gleich durchließ. Ich stürmte hoch in den zweiten Stock und lief den Flur entlang bis zu Toms Büro. Die Tür war nur angelehnt. Tom saß hinter seinem Schreibtisch über irgendwelche Unterlagen gebeugt und blickte bei meinem Eintreten auf. Es war schön zu sehen, wie sich sein Gesichtsausdruck von konzentriert bis angestrengt in freudig erstaunt verwandelte.

»Hey, ich wollte dich mal überraschen.«

»Das ist dir gelungen.« Tom stand auf und umarmte mich. »Du bist allerdings viel zu früh. Ich muss noch eine Weile arbeiten.«

»Ich wollte auch nur kurz Hallo sagen und dich fragen, ob ich mich bei Günter für das nette Bild revanchieren darf, das er dir in die Schublade gelegt hat.« Ich zog aus meiner Tasche ein Poster heraus, das in Bezug auf plakativen Sex keine Wünsche offenließ.

Tom schaute es an und lachte. »Super, das wird Günter gefallen. Besonders dieser diskrete Hauch von Hartgeldstrich.« Tom lachte immer noch und griff nach dem Poster, aber ich zog es ihm unter den Fingern weg.

»Ich kann es in sein Büro bringen.«

»Wir haben gleich ein Meeting. Falls er nicht im Büro ist, kannst du es ihm einfach auf den Schreibtisch legen.«

Aber klar doch.

Ich nickte und verstaute das Poster wieder in meiner Tasche. »Außerdem bin ich gekommen, um dir den Kopf zu waschen.« Ich stützte meine freie Hand an die Hüfte. Tom setzte ein unschuldiges Gesicht auf. »Ich hatte vorhin eine aufschlussreiche Unterhaltung mit Babsi und ihrer Freundin.« Ich hob meine Augenbrauen an.

Tom rieb sich die Stirn. »Können wir nicht heute Abend ...«

»Ach so? Wäre es dir etwa peinlich, wenn du hier im Büro völlig verdient den Hintern versohlt bekämst für die bodenlose Frechheit, dass du ...«

In meinem Rücken vernahm ich ein Geräusch, und ich drehte mich um. Günter kam gerade hereinspaziert, setzte sich auf Toms Stuhl, als ob er sich dort gemütlich einrichten wollte, und grinste bis über beide Ohren. »Nur zu, Alex. Ich sehe gerne zu, wenn du Tom den Hintern versohlst.«

Steffi erschien in der Tür, dahinter dieser verdammte Rudi

Gambach. Er hatte ziemlich dunkle Augenringe, als wenn er schlecht geschlafen hätte. Geschah ihm recht. »Wer bekommt den Hintern versohlt?«, fragte Steffi.

»Wir müssen ins Meeting.« Tom küsste mich und schnaufte. »Wir sprechen uns heute Abend.«

Günter sprang auf. »Heute Abend muss sich Tom warm anziehen.« Er grinste immer noch.

»Wieso denn?«, fragte Steffi noch einmal.

Tom drehte sich an der Tür um. »Raus hier jetzt alle!«, befahl er.

»Tom bekommt heute Abend den Hintern versohlt!«, flüsterte Günter im Hinausgehen Steffi zu, aber absichtlich so laut, dass es jeder hören konnte. Steffi kicherte, Rudi lachte.

Tom schloss die Tür ab und warf mir einen genervten Blick zu, den ich erbarmungslos an mir abprallen ließ. Er konnte ruhig auch mal ein bisschen leiden!

Ich schlenderte zu Günters Büro, während die Stimmen und Steffis Gekicher um die Ecke verschwanden. Besser hätte es nicht laufen können! Ich bog in Günters Büro ab und packte meine Tasche aus. Ich hatte Tom nur gesagt, dass ich mich für Günters Poster revanchieren wollte, nicht, dass ich dies nur mit einem einzigen Poster bewerkstelligen wollte. Tatsächlich hatte ich derer dreißig dabei, und ich gedachte, Günters komplettes Büro damit auszustatten.

Wie lange ein Meeting bei der Polizei wohl dauerte? Ich arbeitete so schnell wie möglich. Wegen Beschädigung staatlichen Eigentums konnte man mich sicher nicht belangen, dafür hatte ich ja extra diese ablösbaren Klebepads besorgt.

Nachdem ich neunundzwanzig Poster an den Wänden angebracht hatte, trat ich zurück und betrachtete zufrieden mein Werk. Primitive Schlampen in eindeutigen Posen, wohin man nur schaute. Sie würden Günter die Flausen austreiben. Wer hundert Tage hintereinander seine Leibspeise essen musste, würde sie für den Rest seines Lebens sicher auch nicht mehr anrühren wollen.

Ich bereitete das letzte Poster vor. Ein praller, in die Kamera gestreckter Po bot genügend helle Fläche zur Beschriftung mit einem schwarzen Edding. »Vielen Dank für dein geschmackvolles Poster«, schrieb ich darauf. »Wollte mich gerne revanchieren. In Liebe, Tom.«

Ich schloss Günters Bürotür von außen und klebte dieses letzte Poster daran. Ich grinste in mich hinein. Natürlich wollte ich den Moment nicht verpassen, in dem Günter sein liebevoll dekoriertes Büro betrat. Ich lief weiter ins Treppenhaus, ließ die Tür zum Flur aber leicht offen und nahm mein Handy in die Hand. Sicher fand es niemand, der hier vorbeikommen sollte, seltsam, wenn ich im Treppenhaus stehen geblieben war, um eine Nachricht zu schreiben.

In der Tat kamen in den nächsten zwanzig Minuten, die ich im Treppenhaus wartete, mehrere Mitarbeiter an mir vorbei, aber ich tippte dann immer geschäftig auf meiner Tastatur herum, und niemand störte sich daran. Wenn die Leute von unten gekommen waren und kurz darauf an Günters Büro vorbeikamen, hörte ich manchmal, wie die Schritte vor Günters Tür innehielten und ein Schnaufen oder ein Kichern. Ab und zu lugte ich durch die Tür, aber Günter ließ auf sich warten.

Schließlich kam er im Tross mit Tom und seinen Kollegen. Sie verteilten sich auf ihre Büros, nur Günter blieb vor seiner Tür stehen und gab eine Art Zischen von sich.

»Tom? Tohom! Das hast aber nicht du hier angeklebt, oder?«

Tom kam aus seinem Büro und lief zu Günter vor. Weitere Kollegen ließen sich im Flur blicken. Tom starrte auf das Poster und kratzte sich am Kopf. »Ich glaube, ich weiß, von wem das ist. Aber es sollte eigentlich bei dir drin liegen.«

Günter öffnete offenbar voller düsterer Vorahnung die Tür. »Verdammte Scheiße, was ist denn hier los?«

Tom verschwand hinter ihm im Büro. Nach wenigen Sekunden hörte ich ihn losprusten. »Sorry, Günter …« Die anderen Kollegen drängten nun ebenso in Günters Zimmer. Es erklang schallendes Gelächter.

»Ahhh, Günter! Erlesener Geschmack!«

»Hey, Günter, das hätte ich dir ja gar nicht zugetraut.«

»Seit wann stehst du auf Feng Shui?«

Ich freute mich diebisch über meinen gelungenen Racheplan. Von unten hörte ich Schritte im Treppenhaus. Zeit zu verschwinden. Ich riss mich von dem schadenfrohen Gelächter los und stieg die Treppen hinunter. Herr Linke kam mir entgegen, und wir grüßten uns freundlich. Huiuiui, ich hoffte sehr, dass der Mann Humor hatte. Die Urheberschaft der Zimmergestaltung würde ihm sicher rasch klar werden. Hoffentlich bekam ich kein Hausverbot.

Ich eilte zu meinem Auto und fuhr nach Hause.

Ich stellte den Staubsauger aus und begrüßte Tom an der Haustür. Er gab mir einen Kuss und trat ein. »Mann oh Mann, da hast du dir ja heute einen Kalauer geleistet. Bevor wir Günters Zimmer entkontaminieren konnten, kam Rainer Linke vorbei. Zum Glück versteht er Spaß. Günter hat ihm ein paar von den Postern für sein Stillschweigen angeboten, aber Rainer ist auf die Offerte nicht eingegangen. Er hat nur gesagt, wir sollen den Saustall aufräumen.« Tom zog sich die Schuhe aus. »Ein Kollege vom K34 hat doch tatsächlich eines der Poster abgegriffen, bevor wir es in den

Müll stopfen konnten! Tja, so lernt man seine Arbeitskameraden kennen.« Tom grinste und warf sich aufs Sofa.

»Du brauchst dich gar nicht gemütlich einzurichten, wir wollten doch gleich essen gehen.«

»Hab ich nicht vergessen.«

Ich warf den Staubsauger wieder an.

Tom beobachtete mich mit gerunzelter Stirn. »Du verbreitest irgendwie Unruhe.«

»Bin gleich fertig.«

»Lass das doch, ist doch gar nicht nötig.« Tom machte eine wegwerfende Handbewegung.

»Klar ist das nötig! Du bist gestern ständig von deinem Knäckebrot abbeißend auf dieser Stelle hin und her gelaufen, während du telefoniert hast. Hier liegen total viele Krümel!«

»Ich sehe keine.« Tom setzte eine Unschuldsmiene auf.

»Kein Wunder, wenn ich sie gerade weggesaugt habe.« Ich schaltete den Staubsauger wieder aus. »Wir können gleich los. Wenn du einen Wein zum Essen trinken möchtest, lässt du am besten mich fahren.«

»Ich weiß noch nicht ... Willst du dich einschleimen?« Tom trank aus meinem Wasserglas, das ich auf den Wohnzimmertisch gestellt hatte.

»Hab ich gar nicht nötig. Das gilt eher für dich. Wir haben noch ein ernstes Wörtchen miteinander zu reden.« Ich deutete mit dem Zeigefinger warnend in seine Richtung.

»Ich bin mir keiner Schuld bewusst«, verkündete Tom selbstsicher, legte sich flach hin und schloss die Augen.

»Okay, jetzt mal Butter bei die Fische, wie wir zu Hause zu sagen pflegen. Warum hast du mir nicht gesagt, dass Babsi auf Frauen steht?«

»Dass du immer so penetrant sein musst!« Tom grinste mit geschlossenen Augen.

»Ich war echt eifersüchtig! Und dann musstest du sie auch noch ausgerechnet in der Zeit treffen, wo wir uns gestritten haben!«

»Das war schlechtes Timing, das gebe ich zu. Aber wir hatten uns wirklich ewig nicht gesehen, und ich konnte sie doch nicht auf die nächsten zehn Jahre vertrösten. Außerdem habe ich mich gefreut, sie wiederzusehen.«

»Und was wäre dann so schlimm daran gewesen, mir einfach zu sagen, dass sie lesbisch ist?« Ich setzte mich zu ihm aufs Sofa.

Toms Brust hob und senkte sich deutlich sichtbar. »Ich glaube, ich hatte es die ganze Zeit verdrängt, aber als du so eifersüchtig reagiert hast, wurde mir erst bewusst, dass ich nicht gerne darüber rede. Ich glaube …« Tom öffnete die Augen und fixierte mich. »Ich glaube, es kratzt ein wenig an meiner Maskulinität, dass ich Babsi nicht vom männlichen Geschlecht überzeugen konnte. Obwohl ich an dieser Stelle betonen möchte, dass sie nach mir noch einen weiteren männlichen Freund hatte, diesen neunzehnjährigen Motorradfahrer. Gott, ich weiß schon gar nicht mehr, wie der hieß. Jedenfalls hat, wenn überhaupt, er Schuld daran, dass Babsi sich die Männer abgewöhnt hat.«

»Ich glaube, das hat weniger mit Abgewöhnen zu tun als mit einer Art Einsicht. Die Gesellschaft hat ihr vorgegeben, was ›richtig‹ ist, und sie hat irgendwann erkannt, was für sie selbst das Richtige ist.«

»Na ja, es entspricht allerdings nicht meinem Selbstbild, wenn mich Frauen mögen, die mit echten Männern nichts anfangen können. Ich sehe mich jedenfalls als richtigen Kerl. Was findet eine Frau an mir, die auf Frauen steht?«

Ich nahm Toms Hand. »Also, falls es dich beruhigt, ich habe

noch keinen Mann kennengelernt, der derart viel Testosteron versprüht wie du. Und ich stehe definitiv auf echte Männer.«

»Wusste ich's doch.« Tom grinste zufrieden.

»Vielleicht hat Babsi sich die Männer aufgrund des gemeinsamen Hobbys ausgesucht und dachte damals, das wäre alles, was man vom Leben erwarten kann.«

»Das ist traurig, aber wahrscheinlich hast du recht. Ihre Freundin hat mit Motorrädern nichts am Hut, aber verliebt haben sie sich trotzdem.«

»Und jetzt verloben sie sich sogar. Warum hast du mir nichts von der Einladung erzählt?«

Tom setzte sich auf. »Zum einen hätte ich dir dann von ihrer sexuellen Orientierung berichten müssen.« Er nahm wieder mein Glas in die Hand. »Zum anderen schätze ich dich nicht als besonders romantisch ein. Hast du für Verlobungen und so ein Zeug überhaupt was übrig?« Tom betrachtete aufmerksam die kleinen Kohlensäurebläschen, die in dem Mineralwasser nach oben stiegen.

»Ja! Natürlich! Ist doch toll für die beiden! Ich würde gerne zu dieser Feier gehen.«

Tom schaute auf. »Umso besser. Dann werde ich Babsi zusagen.« Er hob die Arme und dehnte seinen Rücken, dann stand er auf. »Lass uns starten.«

Wir fuhren nach Michelstadt in das Restaurant Drei Hasen. Ich erinnerte mich noch gut daran, wie ich davon geträumt hatte, mit Tom einmal hier essen zu gehen, bevor wir ein Paar wurden. Nun war es selbstverständlich. Ich war mir meines Glücks immer noch sehr bewusst.

Natürlich hatte Tom hier und da noch Verbesserungspotenzial. Insbesondere solche Dinge wie das hemmungslose Herumkrümeln beim Essen auf der Terrasse und das in unmittelbarer

Folge zur Schau gestellte große Erstaunen über die vielen Ameisen, die ihm über die Füße krabbelten, konnten mich immer noch auf die Palme bringen. Ganz besonders auf die Nerven ging mir nach anschließendem Ausbringen von Ameisenködern durch mich seine Behauptung, meine Bemühungen wären völlig unnötig, die Ameisen würden auch von alleine wieder verschwinden. Die Kombinationen »Schaden anrichten – wundern« und »keine Abhilfe leisten – Freundin für Abhilfe auslachen« gab es in vielen Varianten, aber ich vermochte darüber hinwegzusehen, da Tom auch massenhaft gute Eigenschaften hatte, die die schlechten mehr als wettmachten. Wie zum Beispiel seine Einladung zum heutigen Abendessen. Tom war in finanzieller Hinsicht sehr großzügig, und das, obwohl er von seiner ehemaligen Verlobten bestohlen worden war. Und er hatte mir auch sonst nie das Gefühl gegeben, dass ich für die schlechten Eigenschaften meiner Vorgängerinnen büßen musste.

Wir betraten den Gastraum, der von mächtigen, dunklen Holzbalken durchzogen wurde. Tom hatte mir bei unserem ersten Besuch erklärt, dass das Gasthaus bereits seit sechzehnhundert noch was existierte. Die Atmosphäre jener Zeit konnte ich mir an diesem Ort sehr gut vorstellen. Wie es wohl gewesen wäre, Tom vor vierhundert Jahren hier zu treffen? Vielleicht wäre er damals ein Ritter gewesen oder Gelehrter, und ich ... Teufel noch mal, welche Berufe gab es denn im siebzehnten Jahrhundert überhaupt für Frauen? Dienstmagd? Bäuerin? Aber vermutlich keine Bäuerin mit eigenem Hof, sondern nur als Ehefrau eines Bauern, dem alles gehörte. Ich entschied mich umgehend dafür, dass es wesentlich angenehmer war, in der Gegenwart zu leben, statt von der Vergangenheit zu träumen.

Tom gab mit dem Arm die Richtung vor und führte mich zu einem Tisch in der Ecke. Wir studierten gleich die Speisekarte.

Tom bestellte eine Leberknödelsuppe und das Wildschweingulasch, ich das Odenwälder Hirschkalb.

»Ich bin froh, dass wir mal wieder gemütlich ausgehen. Nur du und ich.«

»Ich auch.« Tom nahm meine Hand. »Und dass dein Urlaub jetzt ruhig ausklingen wird und du keinen Blödsinn mehr anstellen kannst, der mich an den Rand des Wahnsinns treibt.« Er lächelte mich an.

Auch ich lächelte. Wenn du wüsstest! In Connis Hotel entschied sich im Moment Toms weitere berufliche Zukunft. Rudi Gambach sollte kein zweites Mal die Gelegenheit bekommen, Tom den Diebstahl anzuhängen! Hedi und Herbert fungierten möglicherweise genau jetzt als mein verlängerter Arm und führten den finalen Coup durch. Sollte Tom nur glauben, ich säße hier untätig mit ihm herum!

Nachdem unsere Hauptgerichte gebracht worden waren, musste ich endlich meine Neugier stillen. »Gibt es eigentlich etwas Neues im Steiger-Fall? Was ist denn bei der Durchsuchung herausgekommen?« Ich schnitt mir ein Stück Fleisch ab und schob mit dem Messer noch etwas von dem Parmesan auf die Gabel.

Tom kaute rasch fertig. »Stimmt, das wollte ich dir noch erzählen. Unser Kriminaltechniker hat tatsächlich herausgefunden, dass ein Ende des beim Anschlag an der Wohnungstür verwendeten Kabels genau mit dem Ende des Kabels auf der Rolle, die wir bei Zang sichergestellt haben, zusammenpasst. Außerdem stimmen die Teil-Fingerabdrücke, die wir am Kabel und an der Steckdose bei Marios Wohnung gefunden haben, mit den Fingerabdrücken von Zang überein.« Tom säbelte an seinem Knödel herum.

»Was meinst du mit ›Teil-Fingerabdrücke‹?«

»Wir haben keinen vollständigen Fingerabdruck gefunden, das ist bei Kabeln durch ihre Rundung selten, aber wir haben mehrere halbe und Viertelabdrücke, und die stimmen mit denen von Zang überein. Das ist kein Beweis, aber ein schwerwiegendes Indiz. Zusammen mit den zusammenpassenden Kabelenden ist er in meinen Augen überführt.« Er schob sich ein Stück Knödel in den Mund und ein paar Preiselbeeren hinterher.

»Aber nur des Versuchs, Mario Steiger mit einem Stromschlag an der Tür zu ermorden, oder?«

»Ja. Er hat es zwar bei der Befragung geleugnet, doch er wird sich bestimmt noch von seinem Anwalt beraten lassen, dass es besser ist, zu gestehen. Wie auch immer ist das nicht mehr meine Abteilung.«

»Okay, aber was ist mit dem eigentlichen Mord? Es ist doch anzunehmen, dass er es ein zweites Mal erfolgreich versucht hat, nachdem es beim ersten Mal nicht geklappt hat, oder?«

»Nein. Zum einen ist nachvollziehbar, dass der Anschlag an der Wohnungstür am gleichen Abend vorbereitet wurde, an dem Mario faktisch ermordet wurde, denn wir wissen, dass er nachmittags seine Wohnung betreten haben muss, weil er einen Festnetzanruf tätigte. Das heißt, vermutlich hat Mario sein Zuhause verlassen, und erst dann hat Zang das Stromkabel verlegt. Allerdings kam Mario nicht mehr zurück, weil er an der Burg Breuberg ermordet wurde.«

»Nicht von Zang?«

»Nein, denn das zweite, unbestreitbar entlastende Indiz ist, dass die Fingerabdrücke an Marios Auto nicht von Zang stammen.«

»Oh, das hätte ich nicht gedacht.« Ich überlegte. »Und wenn Zang nur diesen Iwanow beauftragt hat, Mario zu ermorden? Vielleicht, weil Iwanow auch in den Betrug mit den manipulierten Kilometerständen verwickelt ist?«

»Das ziehen wir in Betracht. Sein Vorstrafenregister spricht dafür.«

»Was heißt, ihr zieht es in Betracht? Könnte ihr ihn nicht einfach festnehmen, verhören, weiß der Teufel?«

»Es gab bisher keinen dringenden Tatverdacht, da können wir ihn nicht so einfach festhalten. Wir wollten ihn noch mal auf das Revier bestellen und ihn um eine freiwillige Abgabe seiner Fingerabdrücke bitten, aber er ist gerade wieder nicht auffindbar. Und bis wir die Fingerabdrücke aus Weißrussland bekommen ... Angefordert haben wir sie jedenfalls schon.«

Dieser Iwanow war hochgradig verdächtig. Sollte ich doch im Internet nach Oldtimern suchen und mich dann als Kaufinteressentin ausgeben?

Nein, ein direkter Kontakt war womöglich zu gefährlich. Vor dem Russen hatte ich Respekt. Eine Beschattung wäre sicher weniger riskant; einfach ein bisschen hinterherfahren und schauen, was er so treibt. Aber dafür müsste ich wissen, wo man ihn ausfindig machen könnte. Und Tom, der in etwas übertriebener Manier auf meine Sicherheit bedacht war, würde es mir bestimmt nicht verraten, daran gab es keinen Zweifel.

»Was die Sabotage an deinem Auto betrifft«, fuhr Tom fort, »das hatte ich dir ja schon gesagt, werden wir damit leben müssen, dass wir dafür niemanden belangen können. Es sei denn, Zang oder Iwanow packt noch die Reue, und sie plaudern es freiwillig aus.«

»Okay, so naiv bin ich ja nun auch nicht, das zu glauben. Ich hoffe nur, dass dieser Iwanow rechtzeitig gefunden wird.« Nicht, dass er noch einmal versuchte, mich ... loszuwerden.

Tom warf mir einen ernsten Blick zu. »Das hoffe ich auch.«

KAPITEL 13

Am nächsten Tag war ich noch vor Tom aufgewacht, aber ich musste warten, bis er das Haus verlassen hatte. Dann sprang ich sofort aus dem Bett und rannte zum Telefon. Herbert ging ran.

»Hallo, Alex? Ich habe gute Neuigkeiten: Dein Plan hat perfekt funktioniert. Du kannst dich freuen, Tom ist aus dem Schneider.«

Ich hatte schon laut gejauchzt, als Herbert von guten Neuigkeiten sprach. Ein großer Stein fiel von meinem Herzen. »Oh, Herbert, ich küsse deine Füße. Und Hedi natürlich auch! Ich kann euch gar nicht sagen, wie dankbar ich euch bin!«

»Nun, wir waren nur die Schauspieler in einem gut ausgedachten Theaterstück. Ich habe den Film bereits gesichert. Magst du ihn hier bei uns abholen?«

»Ich kann es gar nicht erwarten! Gib mir eine halbe Stunde!«

Ich schlang in Windeseile mein Müsli herunter, schlüpfte in meine Klamotten und fuhr zu Connis Hotel. Dort stürmte ich an der Empfangsdame, die mich zur Genüge kannte, vorbei und eilte zu Herberts und Hedis Zimmer. Letztere öffnete, und ich fiel ihr um den Hals. »Hedi, ich freue mich wahnsinnig, dass das geklappt hat! Ich bin euch unglaublich dankbar!«

»Huch, nicht so stürmisch.« Hedi lachte.

Herbert kam aus dem Badezimmer und breitete die Arme aus. »Ich mag's stürmisch.« Wir umarmten uns grinsend.

»Ich kann es gar nicht erwarten, Tom den Film vorzuspielen. Ich kann es immer noch nicht fassen!«

»Ich auch nicht«, sagte Hedi. »Ich bin tausend Tode gestorben.«

»Dabei magst du doch Aufregung.« Herbert grinste schelmisch. Er hatte nach einem USB-Stick gegriffen und drückte ihn mir in die Hand. »Hier ist das gute Stück. Conni hat uns den Film auf einem ihrer Computer überspielen lassen.«

»Herbert kennt sich mittlerweile so gut aus mit Computern!«, sagte Hedi stolz. »Ein paar Mausklicks, und schon war der Film auf dem Speicherdingens. Unser Computerkurs letztes Jahr hat sich mehr als gelohnt.«

»Das freut mich sehr. Aber Conni hat doch vom Inhalt des Films hoffentlich nichts mitgekriegt? Ich möchte Tom heute gerne damit überraschen.«

»Nein, nein, Conni ist ahnungslos«, versicherte Hedi. »Ich habe einfach gesagt, dass wir unsere Ausflüge auf der Kamera festgehalten haben und dir eine Kopie ziehen wollten.«

Ich lachte. »Du raffiniertes Weibsstück! Du machst mir noch Konkurrenz!«

Ich lief mit meiner Trophäe, die ich am liebsten verschluckt hätte, um sie sicher bei mir verwahrt zu wissen, wieder nach unten in Connis Büro. Sie saß an ihrem Schreibtisch und schaute auf den Bildschirm, als ich eintrat.

»Oh, hallo, Alex, schön, dich zu sehen!«

»Hi, Conni, wie geht's?«

»Sehr gut, und dir?«

»Bestens.« Ich strahlte.

»Hat das mit der Polizisten-Verarsche zu tun, die ihr gestern hier abgezogen habt?«

Um ein Haar wäre mir der USB-Stick aus der Hand gefallen. »Woher …?«

»So alt und trottelig bin ich noch nicht, dass ich nicht merken würde, wenn die Polizei in mein Hotel gerufen wird. Und weil die Pfeiffers betroffen waren, habe ich mir gleich gedacht, dass du deine Finger im Spiel hast.« Conni grinste und lehnte sich zurück. »Herr Pfeiffer hat die Datei auf meinem PC nicht gelöscht, nachdem er sie auf den USB-Stick übertragen hatte.«

Ach so.

»Klär mich mal auf.« Conni sah mich gespannt an.

Ich setzte mich auf einen Stuhl, der gegenüber dem Schreibtisch stand, und atmete tief ein. »Tom hatte große Probleme auf der Arbeit. Bei einer Tatortbegehung ist Schmuck gestohlen worden, und nicht nur seine drei Mitarbeiter, sondern auch er selber standen unter Verdacht. Aber ich hatte eine Ahnung, wer den Schmuck gestohlen hat, und ich wollte ihm eine Falle stellen …«

Conni zog die Augenbrauen hoch. »Das ist dir gelungen. Ein tolles Husarenstück hast du da inszeniert. Kein Wunder, dass Tom so auf dich steht. Ihr seid euch in vielem sehr ähnlich.« Conni drehte sich mit ihrem Schreibtischstuhl leicht hin und her. »Und bei euch ist auch alles wieder okay, wie ich gehört habe.«

Das hatte sie sicher von Susanne. Und woher die es gehört hatte, mochte ich mir gar nicht vorstellen.

»Ja. Es läuft wieder super mit uns beiden.«

»Hast du mit ihm über deine Vorstellungen zu eurer weiteren gemeinsamen Zukunft gesprochen?«

»Nein, es gab noch nicht so richtig die Gelegenheit dazu …«

»Nun ja, das Thema löst sich bestimmt irgendwann von alleine in Wohlgefallen auf.« Conni lächelte verschwörerisch.

»Das hoffe ich. Nein, eigentlich will ich mit Tom darüber reden. Ich war bisher nur zu feige. Aber ich werde noch mit ihm darüber reden!« In diesem Moment nahm ich es mir vor. Es hatte keinen Sinn, weiter vor der Wahrheit davonzulaufen. Wie auch immer es ausgehen würde, ich musste mich Toms Wünschen stellen, und dann lag es an uns beiden, zuzusehen, wie wir das Beste daraus machten.

Ich stand auf. »Conni, du bist meine Lieblings-beinahe-angeheiratete-Tante.«

»Ich bin deine einzige beinahe angeheiratete Tante.«

»Das tut der Aussage keinen Abbruch. Wir sehen uns.«

»Oh ja, wir sehen uns.« Conni grinste wieder sehr breit.

Ich fuhr voller Vorfreude in die Polizeidirektion. Tom saß über seine Schreibtischplatte gebeugt, als ich eintrat. »Hey, was für eine Überraschung!« Er stand auf und umarmte mich lächelnd.

»Du weißt noch gar nicht, *wie* groß die Überraschung sein wird.« Tom zog die Augenbrauen hoch. »Kannst du diesen USB-Stick mal an deinem PC anschließen?« Ich drückte Tom den Stick in die Hand.

Er sah mich fragend an. »Klar.« Tom setzte sich, steckte ihn in einen der PC-Eingänge und klickte in seinem Ordnersystem herum. »Diese Datei? Ist das ein Video?«

Ich nickte, stellte mich neben ihn und legte Tom die Hand auf die Schulter.

Tom klickte doppelt auf die Datei, und der Film startete.

Zuerst war Herberts Nase übergroß zu sehen. Er schaute angestrengt in die Kamera. Dann ging er ein bisschen auf Abstand, und man konnte erkennen, dass er erhöht im Hotelzimmer stand. »Das war genau der Standort für die Probeaufnahme«, sagte er. »So müsste es gehen.«

»Stell die Tasche und das Kissen noch etwas näher ran«, wies Hedi ihn an.

Herberts Arme kamen ins Bild. Er hantierte dicht neben der Linse herum. Noch ein kritischer Blick. »Fällt gar nicht auf.« Er stieg von dem Stuhl herab, den man erst jetzt erkennen konnte, und stellte ihn beiseite. Von unten schaute er noch einmal hoch in die Kamera. Man konnte erahnen, dass sie im Hotelzimmer auf einem Schrank stehen musste. »Okay, du kannst anrufen.«

»Ich muss mich erst mal sammeln. Das ist alles zu nervenaufreibend für mich. Zieh dir doch schon mal den Schlafanzug an.« Hedi lief nervös im Zimmer herum.

Herbert ging zum Schrank und zog dort einen Pyjama aus einem Wäschestapel.

»Doch nicht den Roten!«, rief Hedi entsetzt. »Nimm den Blauen, der steht dir viel besser. Du wirst schließlich gefilmt!«

Herbert seufzte, tauschte den Schlafanzug aber gehorsam aus. Dann legte er ihn auf das Bett und öffnete seinen Gürtel.

»Herbert!« Hedi schlug die Hände zusammen. »Du kannst dich doch nicht vor laufender Kamera ausziehen!« Sie zeigte mit dem Finger nach oben.

»Ich gehe ja schon«, brummte Herbert, schnappte sich den Schlafanzug und verschwand ins Bad.

Hedi lief wieder auf und ab. »Er ist tot, Sie müssen ganz schnell kommen. Er ist tot, Sie müssen ganz schnell kommen«, flüsterte sie. Als Herbert nach kurzer Zeit im blauen Schlafanzug aus dem Bad kam, wiederholte sie immer noch ihre Worte. Dann holte sie tief Luft, ging zum Telefon und wählte eine Nummer.

»Er ist tot, Sie müssen ganz schnell kommen!«, rief sie jetzt sehr laut in den Hörer.

Pause.

»Mein Mann!« Hedi gab sich hysterisch. »Er wurde ermordet, und wir wurden bestohlen! Kommen Sie schnell!«

Sie hörte jemandem am anderen Ende der Leitung zu.

»Hedi Pfeiffer. Den Krankenwagen habe ich schon gerufen, aber wir benötigen auch einen Ermittler, der den Mord aufklärt!«, rief Hedi verzweifelt.

Wieder eine Pause.

»Im Hotel Zum röhrenden Hirsch in Beerfelden, Zimmer achtzehn! Bitte kommen Sie schnell!« Hedi legte auf.

»Das hast du sehr, sehr gut gemacht!« Herbert umarmte seine Frau.

»Meinst du? Ich hoffe es! Der Mann in der Notrufzentrale schien mir geglaubt zu haben. Er wollte vorsichtshalber einen Krankenwagen rufen, aber ich habe gesagt, dass ich schon einen alarmiert habe, genau wie wir es besprochen haben. Klang das überzeugend?«

»Ja, du warst absolut glaubhaft.«

»Puh!« Hedi setzte sich aufs Bett. »Ich hoffe, wenn dieser Ermittler kommt, kannst hauptsächlich du mit ihm reden. Ich bin mit meinen Nerven am Ende.«

»Ein paar Minuten musst du noch durchhalten.« Herbert setzte sich neben sie und legte den Arm um sie.

Tom klickte auf Pause. »Ich ahne schon, was du hier für ein Stück inszeniert hast. Ich hoffe …«

»Schau es dir doch erst mal an«, unterbrach ich ihn. Ich beugte mich an ihm vorbei und klickte mit der Maus auf Abspielen.

Hedi und Herbert saßen eine Weile einfach auf ihrem Bett. Hedi schaute immer wieder auf ihre Uhr.

»Du kannst jetzt bestimmt anrufen.« Herbert zeigte mit dem Kopf in Richtung Telefon.

»Nein, nein, Alex sagte, nach fünf Minuten.«

»So genau meinte sie es sicher nicht.«

»Na gut.« Hedi griff erneut zum Telefon.

»Hallo, hier ist Hedi Pfeiffer. Ich habe eben schon einmal angerufen. Ich habe mich leider geirrt. Nein, ich habe mich zum Glück geirrt. Mein Mann lebt noch.«

Sie hörte jemandem zu.

»In Ordnung, er kann ja vorbeikommen, wenn er bereits unterwegs ist, aber es ist eigentlich nicht mehr nötig. Vielen Dank.« Sie legte auf. »Es klappt. Er ist schon auf dem Weg und wird sicherheitshalber bei uns vorbeischauen.« Sie setzte sich wieder neben Herbert. Beide warteten.

Dann flüsterte Hedi: »Ich glaube, da kommt einer.«

Tatsächlich klopfte es kurz darauf an die Tür. »Hallo, hier ist die Polizei. Sie haben uns angerufen.«

Herbert öffnete die Tür. Rudi Gambach zeigte seine Dienstmarke vor und trat ungefragt ein. »Rudolf Gambach vom Kommissariat für Gewaltdelikte. Sie haben zweimal angerufen. Erst wollten Sie einen Mord melden, dann doch wieder nicht? Ich möchte vorsichtshalber bei Ihnen vorbeischauen.«

»Das ist sehr nett«, sagte Herbert.

»Sind meine Kollegen von der Streife noch nicht hier?«

Herbert und Hedi sahen sich erstaunt an. »Nein«, sagte Herbert, »Sie sind der Erste.«

»Und der Krankenwagen?«

»Nein, nein«, sagte Hedi, »ich habe mich geirrt. Ich hoffe, Sie sind mir nicht böse.«

Rudi zuckte mit den Schultern. »Erzählen Sie erst einmal, weshalb Sie angerufen haben.«

Herbert rieb sich das Kinn. »Ja, wie gesagt, es tut uns sehr leid, aber meine Frau hat sich geirrt.«

»Ja«, wiederholte Hedi, »es tut mir sehr leid.«

»Sie hat einen kleinen Abendspaziergang unternommen, und ich habe mich schon mal ins Bett gelegt, weil ich so müde war.

Irgendwie hat meine Frau wohl die Zimmertür nicht richtig zugemacht, als sie ging. Und als sie zurückkam und die Tür leicht offen stehend vorfand, meinte sie, es wäre jemand eingebrochen.«

»Genau!«, sagte Hedi.

»Dann entdeckte sie mich im Bett liegend, und weil unser Urlaubsgeld nicht wie sonst im Nachttisch lag, glaubte sie an einen Raubüberfall. Sie hat zwar kurz versucht, mich zu wecken, aber ich habe schon so tief geschlafen ...«

Rudis Handy klingelte. »Entschuldigen Sie bitte.« Er hielt sich das Handy ans Ohr. »Was heißt, euer Wagen springt nicht an?«

Tom lachte. »Die haben bestimmt den Wagen genommen, bei dem du mir auch neulich Starthilfe geben musstest.«

»Pst!«, zischte ich und zeigte auf den Bildschirm.

»Egal«, sagte Rudi, »ihr braucht auch gar nicht mehr zu kommen, hier hat sich alles in Wohlgefallen aufgelöst. – Nein, keinen Ersatzwagen, jedenfalls nicht für hier. Danke.« Er steckte sein Handy wieder ein.

»Jedenfalls habe ich nur so tief geschlafen«, fuhr Herbert fort, »dass mich meine Frau nicht gleich wach bekommen hat, und dann noch das fehlende Geld – das sind immerhin achthundert Euro, aber irgendwo hier im Zimmer werden sie schon sein. Wir haben nur noch nicht danach gesucht, weil meine Frau dermaßen aus dem Häuschen war. Sie dachte, ich wäre tot, ermordet bei einem Raubüberfall. Deswegen hat sie den Notruf gewählt.«

»Genau so war es!«, bekräftigte Hedi und machte ein paar fahrige Handbewegungen. »Und das Geld liegt sicher noch irgendwo hier im Zimmer.« Sie nickte mehrmals.

Rudi hatte konzentriert zugehört. »Gut, es freut mich, dass Sie sich geirrt haben, aber rein routinemäßig werde ich das Hotelzimmer kurz untersuchen. Ich darf Sie doch bitten, eine Weile in den Flur zu gehen, damit ich hier in Ruhe meiner Ermittlungsarbeit nachgehen kann?«

»Selbstverständlich.« Herbert zog sich einen Morgenmantel an und verließ mit Hedi das Zimmer.

Kaum hatten sie die Tür hinter sich zugezogen, kam Hektik auf. Rudi zog rasch die Schubladen der Nachttische auf und durchwühlte sie, danach schaute er unter die Kopfkissen und hob die Matratze an mehreren Enden an, um darunterzublicken. Schließlich kam der Schrank dran. Von oben nach unten wurden die Bekleidungsstapel herausgeholt und jedes einzelne Stück angehoben. Schließlich hob er ein Teil an, und mehrere Scheine fielen zu Boden. Er stopfte den Wäschestapel wieder in den Schrank und raffte in Windeseile die Scheine zusammen.

Und steckte sie sich in die Hosentasche!

Tom schnaufte. Ich strich mit der Hand über seinen Rücken.

Rudi schaute sich kurz um, dann ging er zur Zimmertür und ließ Hedi und Herbert wieder eintreten. »Alles in Ordnung. Sie können jetzt schlafen gehen.«

»Vielen Dank«, sagte Herbert und reichte ihm die Hand. »Und bitte entschuldigen Sie den Fehlalarm.«

»Besser so als andersherum.« Rudi nickte Hedi zu und ging.

Herbert schloss die Tür. Hedi war bereits auf dem Weg zum Bett und ließ sich hineinfallen. »Derart viel Aufregung vertrage ich nicht mehr!«, stöhnte sie. »Kannst du mir eine von den Schnapsflaschen, die wir im Schnapshäusche gekauft haben, öffnen?«

Herbert ging zum Schrank, überprüfte kurz das nun leere Geldversteck im Wäschestapel und holte eine Flasche heraus. »Ich nehme mir auch einen zur Brust.« Er schaute grinsend nach oben in die Kamera und hob die Flasche wie zum Gruß. »Aber ich trinke nicht, um meine Nerven zu beruhigen, sondern ich feiere den gelungenen Coup. Prost, Alex!«

Tom atmete tief ein und stoppte den Film. Dann lehnte er sich zurück und rieb sich mit beiden Händen das Gesicht. Schließlich sah er mich an. »Du bringst mich noch dazu zu glauben, dass es tatsächlich auf dieser Welt eine Frau gibt, die mir beinahe das Wasser reichen kann.«

»Das weiß ich doch schon lange.« Ich grinste.

»Ich sagte *beinahe.*« Jetzt grinste Tom. Er war sichtlich erleichtert, dass man diesen Rudi Gambach nun seiner gerechten Strafe zuführen konnte.

»Das habe ich geflissentlich überhört.« Ich zog ihn leicht am Ohr.

Tom griff wieder zur Maus. »Ich speichere die Datei vorsichtshalber auf meinem Computer.« Er öffnete den Outlook-Kalender. »Hm. Rainer Linke ist im Moment außer Haus, aber er kommt in zwei Stunden wieder. Dann werde ich ihm den Film zeigen und ihm erklären, warum ein mit zwei Drachen verzierter goldener Ring zu Hause in meinem Tresor liegt.«

»Wie geht es dann weiter?«

»Rainer wird den Film den Frankfurter Kollegen übergeben, die den Diebstahl bearbeiten. Rudi wird befragt werden, und bei der Beweislast kann ich mir nicht vorstellen, dass er weiterhin leugnet.« Tom schüttelte den Kopf. »Ich kann immer noch nicht glauben, dass er es war. Das heißt, natürlich glaube ich es jetzt, aber ich bin entsetzt. Von Günter oder Steffi hätte ich es selbstverständlich noch weniger erwartet. Trotzdem ... Einer von uns!«

Ich strich ihm über den Nacken. »Soll ich dich zum Trost zu einem Eis einladen? Hast du ein bisschen Zeit?«

Tom atmete einmal tief ein und aus. »Ja ... Ich kann jetzt sowieso nicht arbeiten. Ich muss das erst mal verdauen. Außerdem wollte ich ohnehin nachher noch beim Bäcker vorbeischauen und mir ein paar Stückchen für heute Nachmittag besorgen.« Tom stand auf und steckte den USB-Stick ein. Dann hielt er kurz inne. »Wir müssen Hedi und Herbert das Geld ersetzen.«

»Es war mein Geld.«

»Dann gebe ich es dir zurück. Ich bezweifle nämlich, dass du es jemals von Rudi zurückbekommen wirst. Er hat das Geld bestimmt schon ausgegeben und ist sicher hoch verschuldet, in solchen Fällen ist auch mit Anwalt meist nichts mehr zu holen.«

»Das werde ich verschmerzen, und ich möchte auch nicht, dass du den Schaden trägst. Es ist mir weit mehr als achthundert Euro wert, dich aus dieser prekären Situation herausgeholt zu haben.«

Tom umarmte mich. »Du bist die Größte.«

»Lustig, wenn du das sagst, während du auf mich herabsiehst.«

Er lächelte, und wir küssten uns. »Los geht's«, befahl er dann.

Wir liefen in die Innenstadt und setzten uns in ein Eiscafé. Tom wirkte auf mich sichtbar entspannter, nun, da Rudi Gambach überführt worden war. Ich war auch stolz auf mich selber, weil ich Tom aus der Patsche geholfen hatte. Den Amarena-Becher hatte ich mir redlich verdient.

Im Anschluss an das Eiscafé begleitete ich Tom zum Bäcker, wo er sich die Kuchenstückchen für den Nachmittag besorgen wollte. Wir betraten das Geschäft Hand in Hand.

An der Theke stand eine aus fünf Kunden bestehende Schlange. Wir stellten uns hinten an. Die Kundin, die gerade bedient wurde, redete in einem nörgelnden Ton mit der Verkäuferin. »... muss man doch vorher gesagt bekommen, wenn darin Allergene verarbeitet werden!«

Die Kunden, deren Gesichter ich sehen konnte, sahen ziemlich genervt aus. Gott weiß, wie lange die Beschwerdeführerin schon den Verkehr aufhielt.

»Ich kann mich nur wiederholen, es tut mir sehr leid, aber es waren ganz bestimmt keine Nüsse in der Erdbeerschnitte!«, versuchte die Verkäuferin, sie zu beschwichtigen.

Vor mir stand ein etwa sechsjähriger Junge und schaute durch die Glasscheibe der Theke auf die ausgelegten Waren. »Papa, kann ich so eins haben?« Er zeigte mit dem Finger auf ein Stück Kuchen.

»Klar«, sagte der Mann, der vor uns stand.

»... aber dann hätte ich nicht diesen schrecklichen Ausschlag bekommen!«

Eine der wartenden Kundinnen schnaufte demonstrativ laut. Ein anderer Kunde stützte sich mit der Hand auf die Theke, als könnte er wegen der langen Wartezeit kaum noch stehen.

Der kleine Junge fuhr mit den Fingern über die Glasscheibe und schaute mit großen Augen auf Kuchen und Torten. Voll niedlich, der kleine Kerl! Ich nahm Toms Hand.

»... vielleicht eher auf die Erdbeeren allergisch reagiert haben?«, fragte jetzt die Verkäuferin die Kundin. Tom und mich konnte heute nichts mehr schrecken, aber es war spürbar, dass einige Kunden vor uns kurz vor dem Explodieren waren.

»Papa?« Der kleine Junge schaute zu seinem Vater hoch. »Wie viel verdienst du eigentlich?«

Drei Köpfe flogen herum. Ich lächelte den Vater an. »Ja, das hätten wir jetzt alle mal gerne gewusst!«

Kaum hatte ich den Satz ausgesprochen, ging ein Grinsen durch die Reihe. Die Anspannung bei den vor uns wartenden Kunden wich spürbar.

Der Mann lächelte ebenfalls. Dann antwortete er seinem Sohn: »Och, ich würde sagen, so mittelviel.«

Tom drückte meine Hand. Auch er lächelte.

Den kleinen Jungen interessierte noch mehr. »Was hat die Frau denn mit den Nüssen?«

»Ich glaube, sie war nicht ganz zufrieden mit ihrem Kuchen«, antwortete sein Vater.

»Papa? Ist die Frau eine dumme Nuss?«

Plötzlich herrschte Totenstille. Selbst die Meckertante hatte die Frage des kleinen Jungen mitbekommen.

»Kindermund tut Wahrheit kund«, sagte einer der wartenden Kunden.

»Unerhört! Das muss ich mir nicht bieten lassen!« Die Frau, die sich über ihren Kuchen beklagt hatte, rauschte empört aus der Bäckerei. Ein allgemeines Aufatmen war zu erkennen.

»Der Nächste, bitte.«

Der Vater des kleinen Jungen sah mich an. Und dann Tom. »Tom? Tom Brugger?« Tom wusste sichtlich nicht, wen er vor sich hatte. Der Mann streckte ihm die Hand entgegen. »Daniel Lehmann! Weißt du nicht mehr? Wir waren mal beide mit der gleichen Frau zusammen.«

Aber nicht gleichzeitig, möchte ich hoffen.

»Mit Babsi Vonstetten! Ist schon eine Weile her.« Er lächelte.

Ah, der neunzehnjährige Motorradfahrer, der Tom Babsi ausgespannt hatte. In einer mittlerweile etwas älteren Version.

Tom nahm seine Hand. »Ach so, ja klar. Das ist meine Freundin Alex.«

Wir nickten uns zu.

»Mensch, Tom, Wahnsinn, dich hier wiederzutreffen! Hab dich kaum erkannt! Warst ja auch ein kleiner Pimpf damals.«

Tom war mal ein kleiner Pimpf? Kaum vorstellbar!

Tom nickte. »Bin spät gewachsen. Wie geht's dir so?«

»Sehr gut, vielen Dank! Ich bin jetzt verheiratet und habe drei

Kinder. Das hier ist mein Mittlerer, Jean-Luc. Und was machst du so?«

»Ich bin bei der Polizei, hier in Erbach.«

»Fährst du noch Motorrad? Ich habe meins gegen einen Van getauscht, da passen mehr Kinder rein.« Er lachte. »Und wie sieht es bei euch aus? Habt ihr auch Kinder?«

Tom drückte meine Hand. »Nein.«

Ich lächelte angestrengt.

»Aber dafür hast du noch dein Motorrad, was?« Daniel schmunzelte.

»Was darf es sein, bitte?« Eine zweite Verkäuferin war zur Verstärkung gekommen und hatte geholfen, die Kundenschlange abzuarbeiten. Sie blickte auf Daniel.

Dieser gab seine Wünsche kund und verabschiedete sich von uns, nachdem er bezahlt hatte.

Tom und ich verließen kurz nach ihm die Bäckerei.

»Voll niedlich, findest du nicht auch?«

»Was?« Tom blieb stehen und hob übertrieben die Augenbrauen an. »So langsam kenne ich mich mit deinem Männergeschmack überhaupt nicht mehr aus.«

»Doch nicht der Vater! Der Sohn!« Wir liefen weiter. »Das war doch ein süßes Kind!«

»Ach so, ja, du hast recht. Aber seinen Vater hatte ich vollkommen anders in Erinnerung. Ich habe den Eindruck, er hat mittlerweile ziemliche Geheimratsecken bekommen. Irgendwie sah er so bieder aus, und früher hielt ich ihn für einen totalen Frauenschwarm. Und wie kann man nur sein Motorrad gegen einen Van tauschen?« Tom schaute mich fassungslos an.

Oje, das hörte sich ja nicht gerade so an, als ob Tom auf die Vaterrolle scharf war. Wobei ich nicht so ganz verstand, warum es in der Motorrad-oder-Van-Frage nur ein Entweder-oder gab. Aber mit Familie schien Tom nicht viel am Hut zu haben. Vielleicht sollte ich doch noch ein bisschen mit dem Gespräch über unsere weitere Zukunft warten.

Ich seufzte. »Aber er war doch eigentlich ganz nett. Auch wenn er dir damals die Frau ausgespannt hat und du dadurch ein immerwährendes Trauma erlitten hast, sodass du diese Situation gerne verdrängst.«

»Ja«, brummte Tom, »nett war er schon.« Er überlegte. »Wie war noch mal sein Name?«

Ich fuhr gut gelaunt vom Friseur nach Hause. Während der Fahrt schaute ich immer wieder in den Rückspiegel und betrachtete zufrieden das Ergebnis. Heute Abend würde ich für Tom und mich den Grill anwerfen. Ich hatte Nackensteaks besorgt, und dazu wollte ich ...

Ups, was war das für ein Schlag? Eine Hitzewelle schoss durch meinen Körper. Der Motor ging aus, und das Auto rollte nur noch vor sich hin. Oh nein! Hatte schon wieder jemand mein Auto sabotiert? Mein Herz pochte heftig, und der Schweiß rann mir den Rücken hinunter. Was würde als Nächstes passieren? Aber der Wagen gab keinen Mucks mehr von sich. Ich lenkte ihn auf den Seitenstreifen, wo er immer langsamer wurde. Dann bremste ich und brachte das Auto zum Stehen. So ein Mist!

Handelte es sich schon wieder um einen Mordanschlag, durch den mich jemand loswerden wollte? Oder war ich womöglich nur durch ein Schlagloch gefahren? Aber warum war der Motor ausgegangen?

Ich schaltete das Warnlicht an und stieg aus. Zum Glück war ich nicht gerade nachts auf einer einsamen Straße unterwegs, auch wenn es in der Hitze recht unangenehm war, am Straßenrand zu stehen.

Ich beäugte die Asphaltdecke, die hinter mir lag. Ja, das da hinten könnte tatsächlich ein Schlagloch sein. Einmal tief durchatmen! Wahrscheinlich war ich nur Opfer eines blöden Zufalls.

Ich öffnete die Motorhaube und starrte angestrengt auf das Innenleben des Motorraums. Ich wusste, wo ich das Wischwasser nachfüllen musste, aber das war auch schon alles. Sah sonst irgendetwas verdächtig aus?

Nein, es war zwecklos. Ich hatte keine Ahnung und war auf Hilfe angewiesen. Sollte ich Tom anrufen und bei der Arbeit stören? Nein, dann besser gleich das Autohaus. Tom konnte so einiges am Auto reparieren, aber wenn er Ersatzteile benötigte, würde er auch nicht weiterkommen. Dann hätte ich ihn umsonst von der Arbeit abgehalten. Allerdings würde man mich beim Wolf wahrscheinlich schief ansehen, weil ich nun schon zum zweiten Mal in kürzester Zeit mit dem Auto liegen geblieben war.

Ich richtete mich auf und kratzte mich am Kopf. Unter den vorbeifahrenden Autofahrern waren bestimmt genug Typen, die sich mit Autos auskannten, aber niemand hielt an. Womöglich wäre es doch das Beste, das Autohaus Wolf anzurufen und das Auto wieder …

Ein weißer Kleinlaster kam von hinten angefahren, wurde langsamer und fuhr hinter meinem Wagen auf den Seitenstreifen. Gab es doch noch jemanden, der hilflosen Frauen am Wegesrand seinen Beistand anbieten wollte?

Ein ziemlich großer Kerl stieg aus und kam auf mich zu. »Auto kaputt?«, fragte er freundlich.

Wie nett! »Ja, der Motor ging auf einmal aus. Es könnte sein, dass ich da hinten durch ein Schlagloch gefahren bin.« Ich zeigte vage die Straße entlang an seinem Kleinlaster vorbei. »Aber ich weiß nicht, ob es da einen Zusammenhang gibt.«

Er hatte mich erreicht, nickte und beugte sich über den

Motorraum. Dabei war er immer noch einen Kopf größer als ich. Die Art Mann, der Frau nicht nachts allein im Wald begegnen wollte. Aber er war ganz auf das Auto konzentriert und machte nicht den Eindruck, mich blöde anmachen zu wollen.

»Hm.« Er griff nach einem Kabel und wackelte daran. Dann nach einem anderen Kabel. »Ah, Massekabel ab.« Jetzt erst bemerkte ich seinen osteuropäischen Akzent. Tja, die Osteuropäer wussten noch, was sich gehört, wenn eine Frau mit Autopanne am Straßenrand stand.

»Kein Problem«, sagte er. »Ich reparieren.« Er lief zurück zu seinem Auto und kam bald darauf mit Werkzeug zurück.

»Hey, Sie sind ja voll ausgestattet!«

»Ja, immer Werkzeug dabei. Ich arbeite mit Autos.«

»Was für ein Glücksfall, dass ich Sie getroffen habe. Es ist wirklich sehr nett von Ihnen, dass Sie mir helfen.«

»Kein Problem.« Er schraubte kurz an meinem Kabel herum und richtete sich dann wieder auf.

»Du machen Motor an.«

Ich setzte mich ins Auto und ließ den Motor an. Er lief tadellos. Ich stellte den Motor wieder ab und stieg aus. Mein edler Retter ließ die Motorhaube vorsichtig herab. »Kein Problem«, sagte er noch mal. »Auto okay.«

»Das ist wirklich total nett von Ihnen. Kann ich Ihnen etwas Geld für Ihre Hilfe geben?«, bot ich ihm an.

»Nein, nix Geld.« Er wehrte energisch mit beiden Händen ab. »Kein Problem.« Er lächelte, und wir schüttelten uns die Hände.

»Dann vielen Dank für Ihre Hilfe. Ohne Sie wäre ich aufgeschmissen gewesen.«

»Kein Problem.«

Er lief zu seinem Wagen zurück. Dort angekommen, stieg er

ein und warf den Motor an. Ein Blick in den Rückspiegel, dann fädelte er sich in den Verkehr ein.

Was für ein netter Mann! Die ganzen deutschen Stoffel waren einfach an mir vorbeigefahren, aber dieser patente Osteuropäer hatte nicht gezögert, mir zu helfen. Ich stellte mich in Positur, um ihm im Vorbeifahren zum Abschied zu winken. Er hob lässig den Arm und knickte die Hand zum Gruß kurz seitlich ab. Vielleicht ein osteuropäischer Gruß. Osteuropäisch wie der Schriftzug, den ich nun auf der Seite seines Kleinlasters zu lesen bekam. Und darüber wohl noch einmal das Gleiche in Deutsch: Autotransporte Iwanow. Mein Lächeln gefror augenblicklich zu Stein.

Das war ja wohl nicht zu fassen! Ich hatte hier neben dem mutmaßlichen Mörder von Mario Steiger gestanden, dem mutmaßlichen Saboteur meines Autos! War es wirklich Zufall, dass er mir bei meiner Autopanne geholfen hatte, oder hatte er mich bereits zuvor verfolgt? Dabei hatte er so einen netten Eindruck gemacht!

Völlig verunsichert ließ ich meinen Arm sinken. Ich würde Tom von dieser Begegnung erzählen müssen. Hoffentlich würde er nicht wieder durchdrehen, aber diesmal konnte ich ja wahrhaftig nichts dafür, dass ich dem Verdächtigen so nahe gekommen war!

Mit einem unguten Gefühl starrte ich auf die geschlossene Motorhaube. Wahrscheinlich wäre es das Beste, nicht direkt nach Hause zu fahren, sondern vorher einen Abstecher ins Autohaus Wolf zu machen.

KAPITEL 14

»Du kannst gleich zum Essen kommen, ich habe uns Tomatensalat gemacht und schon was auf dem Grill liegen.«

Tom schloss die Haustür. »Super.« Er zog sich die Schuhe aus und lief zur Terrasse.

Ich holte den Tomatensalat aus dem Kühlschrank. Tom stand am Grill und wendete das Fleisch, als ich auf die Terrasse trat. »Braucht noch ein bisschen.«

»Ich wusste ja nicht, wann genau du heimkommst.« Ich stellte die Schüssel ab und setzte mich. »Im Übrigen, wenn du mal Urlaub hast, während ich arbeiten muss, erwarte ich natürlich auch, dass du jeden Abend für mich kochst.«

»Mal sehen.« Tom setzte sich neben mich, stellte die Rückenlehne flacher und legte die Füße hoch.

»Hast du Herrn Linke das Video gezeigt?«

»Ja. Er war ähnlich schockiert wie ich. Er hat sofort die ermittelnden Kollegen unterrichtet, und die werden Rudi noch mal so richtig in die Zange nehmen. So lange werde ich mich still verhalten. Aber ich glaube nicht, dass Rudi länger als diese Woche in meinem Kommissariat herumlaufen wird.«

»Musst du dann nicht auch den Ring abgeben?«

»Ja, sicher, ich habe Reiner Bescheid gesagt, dass er im

Moment in meinem Besitz ist, aber ich warte, bis die Ermittler auf mich zukommen.«

»Ich bin sehr froh, dass die Sache bald endgültig vorbei ist.«

»Ich auch, das kannst du mir glauben.« Tom zog sich die Socken aus und warf sie achtlos auf den Boden neben sich. Normalerweise hätte ich ihn jetzt ermahnt, seine Stinkstrümpfe ja nicht auf Dauer dort liegen zu lassen, aber nach dem für ihn emotional so anstrengenden Tag ließ ich Gnade vor Recht ergehen.

Mein Handy klingelte, und ich ging ran.

»Hallo, Alex, hier ist Tessa.«

»Hi, wie geht's?«

»Super. Ich muss dir unbedingt erzählen, wie ich Mike geholfen habe, seinen Laptop wiederzubekommen.«

»Oh, tatsächlich? Das ging aber schnell!«

»Ja, wir haben nicht lang gefackelt und gestern Abend zugeschlagen.« Tessa kicherte. »Ich habe eine gewisse Erfahrung mit dem Fälschen von einfachen Ausweisen und Dokumenten.«

»Oh, ist das denn nicht strafbar?« Ich fing einen kritischen Blick von Tom auf.

»Das Stehlen von Laptops ist mindestens genauso illegal, möchte ich meinen«, protestierte Tessa vorwurfsvoll. »Außerdem habe ich nur zurückgeholt, was Mike sowieso schon gehört hat. «

»So kann man es sehen. Was für einen Ausweis hast du dir denn gebastelt?«

»Einen, der mich als Mitarbeiterin einer IT-Firma ausgewiesen hat.« Tessa gluckste. »Dabei verstehe ich gar nichts von Computern.«

»Du bist ja abgebrüht.«

»Ach, das war gar nicht so kompliziert. Als Mike mich Dienstagabend angerufen hat, hatte ich gleich eine Idee. In letzter Zeit rufen mich nämlich dauernd angebliche Microsoft-Mitarbeiter an und wollen mir erzählen, mit meinem PC sei etwas nicht in Ordnung, und sie müssten mir Anweisungen durchgeben, die ich am PC auszuführen hätte. Wahrscheinlich wollen sie mir dann weismachen, dass mein PC Probleme hätte und ich irgendetwas kaufen soll, um die Probleme zu beheben, aber so lange habe ich mit denen nie telefoniert. Jedenfalls wollte ich Mikes Ex auf eine ähnliche Art reinlegen. Ich habe die Mitarbeiter von unserem Wertstoffhof bezirzt, damit sie mir einen dort abgegebenen Schrott-Laptop überlassen. Mit dem bin ich bei Mikes Ex vorbei und hab ihr nur kurz meinen Firmenausweis unter die Nase gehalten. Dann habe ich behauptet, dass sich der Akku ihres Laptops von selbst entzünden kann und meine Firma ihn kostenlos austauscht. Sie bekäme für die Zeit der Reparatur ein Leihgerät, was ich sofort aus der Tasche zog. Aber das war natürlich nur das Schrottgerät vom Wertstoffhof.«

»Und das hat sie geglaubt?«

»Klar, ich habe sie ganz wichtigtuerisch die angeblich bei meiner Firma gespeicherten Daten aufsagen lassen. Die Seriennummer hatte ich natürlich von Mike, und es war auch nicht völlig unglaubwürdig, dass er zu Garantiezwecken seine Adresse in die ihre umgeändert hatte, als er bei ihr eingezogen war. Ich hab ihr eine Quittung über den Empfang des Laptops unterschrieben, und sie selber musste mir den Erhalt des Leihgeräts unterschreiben. Und dann haben wir die Geräte getauscht. Den Schrott-Laptop gegen Mikes Prachtstück.«

»Das freut mich sehr für Mike.«

»Ich bin auch glücklich darüber, dass mein Plan so gut funktioniert hat! Nur leider habe ich den besten Teil des Ganzen verpasst.«

»Was für einen Teil denn?«

»Na, das angebliche Leihgerät hat noch so weit funktioniert, dass Mike ihm einen individuellen Startbildschirm verpassen konnte. Ein Foto von Mike, auf dem er grinsend den Stinkefinger in die Kamera hält. Ich hätte zu gern ihr Gesicht gesehen, als sie das Gerät hochgefahren hat!« Tessa lachte.

Ich lachte ebenfalls. »Ihr habt einen Humor!«

»Das war Mikes Idee. Kam von Herzen. Also mach's gut, Alex.«

»Ja, du auch! Tschüss!«

Ich legte das Handy beiseite.

»Wer war das?«, fragte Tom mit besorgter Miene.

»Ach, das war Tessa, Sonjas Freundin. Sie hat Mike geholfen, seinen Laptop von seiner Ex zurückzubekommen.« Ich schaute nach dem Fleisch, während ich Tom die Geschichte von Tessa erzählte.

Leider musste ich Tom auch noch meine Begegnung mit Igor Iwanow beichten, aber ich hatte mir vorgenommen, damit zu warten, bis wir beim Essen waren. Hungrige Männer waren leicht reizbar; von Tom in der Version mit voller Wampe erhoffte ich mir mehr Gelassenheit.

Der richtige Moment schien mir gekommen, als Tom zum dritten Nackensteak überging.

»Ich muss dir was erzählen, aber du musst mir bis zum Ende zuhören, bevor du anfängst dich aufzuregen.«

Tom stockte kurz in seinen Kieferbewegungen, dann kaute er weiter. »Ich hoffe, du hast nicht doch irgendeinen Unsinn angestellt.«

»Nein, jedenfalls nicht absichtlich.«

Tom zog die Stirn kraus, aber er sagte nichts und aß weiter.

»Okay, also ich hatte heute eine Autopanne.«

Tom schluckte und unterbrach mich. »Schon wieder?«

»Erst zuhören!«, erinnerte ich ihn. »Also. Im Nachhinein weiß ich, dass sich das Massekabel gelöst hat, als ich durch ein Schlagloch gefahren bin. Da war ich gerade auf dem Rückweg vom Friseur.«

»Du warst beim Friseur?«, unterbrach mich Tom erneut.

»Super, dir ist gar nichts an meinen Haaren aufgefallen? Sind doch viel kürzer und sehen viel voluminöser aus!« Ich schlug meine Gabel in das Steak.

»Du siehst immer super aus«, brabbelte Tom mit halb vollem Mund. »Du hast den Friseur doch gar nicht nötig.«

»Sicher.« Ich verzog den Mund, schnitt mir ein Stück Fleisch ab und tauchte eine Ecke in den Ketchup. »Also wie ich gerade sagte, das Massekabel flog ab, und der Motor ging aus, und ich musste an den Rand fahren. Und dann stand ich so da, und hundert Männer, von denen mir sicher fünfzig hätten helfen können, fuhren ungerührt an mir vorbei.«

»Warum hast du mich nicht angerufen, das Massekabel hätte ich locker anschließen können.«

»Ja, super, das hab ich doch in dem Moment nicht gewusst, dass die Reparatur so einfach ist! Außerdem wollte ich dich nicht im Job stören. Jedenfalls hab ich schon überlegt, ob ich wieder den Wolf anrufe, aber da hielt ein netter osteuropäischer Mann und hat mir einfach so das Auto repariert. Er wollte noch nicht mal Geld von mir annehmen.« Ich holte tief Luft. »Und als er wieder wegfuhr, hab ich an der Beschriftung seines Kleinlasters erkannt, dass es sich um Igor Iwanow handelte!«

Ich hatte erwartet, dass sich Tom jetzt verschlucken oder aufspringen oder tot umfallen würde, aber er aß ungerührt weiter.

»Hast du mir zugehört? Igor Iwanow, der große, gefährliche, unheimliche Russe mit dem endlosen Vorstrafenregister. Der, der mir höchstwahrscheinlich die Bremsleitungen durchgeschnitten hat. Der, der möglicherweise Mario Steiger umgebracht hat.« Ich legte mein Messer ab und nahm mir ein Stück Brot.

Tom kaute fertig und hob dann zu sprechen an. »Das war ein Fehlalarm. Günter hat die weißrussischen Kollegen endlich sprechen können, zusammen mit einem Dolmetscher. Und nach ein paar Minuten haben die erst gemerkt, dass sie uns Daten zum falschen Igor Iwanow gemeldet haben.« Er verteilte einen Haufen Ketchup über sein Fleischstück und steckte es in den Mund. »Diesen Namen gibt's da drüben wie Sand am Meer, und auch einige, die nach Polen ausgewandert sind. Die Kollegen dachten wohl bei unserer ersten Anfrage, sie müssten uns einen von den Schwerverbrechern präsentieren, aber jetzt steht seine Identität fest: Unser Mann ist völlig harmlos.« Tom stand mit seinem Teller auf, ging zum Grill und legte sich ein weiteres Steak auf.

»Dann bin ich aber mittelschwer empört! Ich dachte die ganze Zeit, der Typ wäre Gott weiß wie gefährlich! Er war aber auch so nett! Ich konnte ihn mir wirklich nicht als Schwerkriminellen vorstellen. Allerdings habe ich vorsichtshalber doch noch einmal beim Wolf vorbeigeschaut und mein Auto dort überprüfen lassen. Doch es ist alles in Ordnung. Hätte ja sein können, dass Iwanow mein Auto noch mal sabotiert hätte.«

Tom schüttelte den Kopf und setzte sich wieder. »Nein, glaube ich nicht. Die Tatsache, dass er überhaupt bei dir angehalten und dir geholfen hat, spricht eher dafür, dass er dich und dein Auto gar nicht kannte. Wenn er für die durchgeschnittenen Bremsleitungen verantwortlich gewesen wäre, hätte er sich schön rausgehalten und wäre einfach weitergefahren. Wahrscheinlich hat Zang deine Bremsleitungen durchgeschnitten.«

»So ein Schwein.« Ich schob ein Tomatenstück in den Mund.

»Hab ich ihm schon gesagt.«

»Was, dass er ein Schwein ist?«

»So ähnlich. Ich hab Steffi angewiesen, sich die Ohren zuzuhalten, und dann hab ich dem Zang gesagt, dass ich, wenn er noch mal versucht, dir auch nur ein Haar zu krümmen, ihm ohne vorherige Betäubung die Eier abreiße.« Tom nahm sich ein Stück Brot aus dem Brotkorb und riss es kraftvoll auseinander, ohne den Blick von mir zu wenden.

Ich war mir nicht ganz sicher, ob Tom das nur im übertragenen Sinne meinte. »Ist das nicht illegal?«

»Mir scheißegal. Er wollte sich bei Steffi ausflennen, aber die hat nur gesagt: Ich hab gar nichts gehört. Dann hielt er die Klappe. Ich habe keinerlei Zweifel daran, dass die Botschaft angekommen ist.« Tom hatte eines der Brotstücke durch den Ketchup gezogen und schob es sich nun in den Mund.

»Mittlerweile ist auch das Untersuchungsergebnis vom Kadett da. Der Kilometerzähler ist manipuliert worden. Wir werden uns noch ein paar andere Autos abgreifen und auch Steigers Auto auf diesen Aspekt hin unter die Lupe nehmen, aber ich bin mir jetzt schon sicher, dass es sich bei dem Kadett um keinen Einzelfall handeln wird. Zang hat im großen Stil alte Kisten manipuliert. Steiger hat es gemerkt und ihn erpresst. Zang hat ihm das Stromkabel an den Türgriff gelegt.« Tom trank einen Schluck von seinem Wasser. »Das Einzige, was er zugegeben hat, sind die zurückgesetzten Kilometerstände. Er hat sogar eingeräumt, dass Iwanow deshalb die Geschäfte mit ihm aufgekündigt hat. Vielleicht hofft Zang, durch das Eingeständnis einer kleineren Schweinerei um die Strafe für die größere herumzukommen. Es ist manchmal erstaunlich, wie dümmlich die Leute glauben, sich vor ihrer Verantwortung drücken zu können.«

»Hm.«

Wir aßen eine Weile schweigend weiter. Ich überlegte. »Aber wer hat denn nun den Steiger die Treppe runtergestoßen?«

»Das werde ich auch noch herausfinden.« Tom setzte ein breites Grinsen auf. »Dein Urlaub ist ja nun so gut wie vorbei, da werde ich mich leider wieder alleine durch die Welt der Verbrecher schlagen müssen.«

Ich grinste ebenso breit zurück. Noch war mein Urlaub nicht vorbei!

Am nächsten Tag konnte ich die Wochenend-Einkäufe mal in aller Ruhe am Vormittag erledigen. Wenn ich sonst freitags nach der Arbeit Besorgungen machte, war es in Lars' Supermarkt immer schrecklich voll.

Witzigerweise traf ich Toms Bruder nicht wie üblich im Supermarktgebäude, sondern er stand auf dem Parkplatz und beugte sich über seinen offenen Kofferraum wie ein gewöhnlicher Kunde. Aber klar, auch ein Supermarktbesitzer musste mal einkaufen.

Ich stellte mein Auto drei Plätze neben seinem ab und ging zu ihm hinüber. »Hey, Lars!«

Lars fiel der Karton, den er gerade aus dem Einkaufswagen gehoben hatte und im Kofferraum verstauen wollte, krachend aus der Hand. »Mensch, hast du mich erschreckt.« Lars lächelte. »Hab dich gar nicht kommen hören.«

»Tut mir leid, ich hoffe, in dem Karton ist nichts Zerbrechliches.« Ich schaute auf den Deckel. Der Aufschrift nach handelte es sich bei dem Inhalt um Kaviar.

»Nein, nein.« Lars schlug den Kofferraumdeckel zu. »Ich fahre das nur rasch zu meiner Mutter. Sie … hatte mich um ein paar Erledigungen gebeten.«

»Ich kann es gleich mitnehmen, ich fahre direkt von hier nach Hause.«

»Ach, danke, aber … sie hatte es eilig. Bis später!«

»Bis später!« Ich sah Lars verwundert nach. Wie eilig musste es Susanne denn haben, wenn Lars die Einkäufe noch nicht einmal mit fünfzehn Minuten Verzug eintreffen lassen wollte? Und wieso brauchte Susanne einen ganzen Karton voll mit Kaviar? Dass sie es sich leisten konnte, bezweifelte ich keineswegs. Na ja, vielleicht hatte sie wieder auf Vorrat eingekauft.

Ich schnappte mir einen Einkaufswagen und betrat den Markt, der recht angenehm klimatisiert war. Auch war es tatsächlich relativ leer. Ich freute mich auf die Begegnung mit Sonja an der Kasse. Sie hatte sich heute zu meiner Verwunderung gar keine besondere Frisur gemacht, sondern trug die Haare einfach offen.

»Hey, Sonja, heute ohne die übliche Haarverschönerung?«

Sonja grinste. »Noch nie was von Casual Friday gehört?« Sie zog die Pralinen, die ich mir zum Trost wegen des Endes meines Urlaubs mitgenommen hatte, über den Scanner.

»Nein, aber von bad hair day«, frotzelte ich und grinste.

Sonja grinste ebenfalls.

Ich legte die Pralinen in meinen Einkaufswagen.

»Ist eigentlich wieder … alles in Ordnung?« Sonja warf einen raschen Blick auf die in der Schlange wartenden Kunden. »Also, du weißt schon?«

»Ja, vielen Dank. Kurz nachdem wir uns bei Tessa getroffen haben, war's schon wieder okay.«

»Super.« Sonja lächelte. »Übrigens hast du bei Tessa einen sehr positiven Eindruck hinterlassen. Sie meinte, es wäre schön, wenn wir uns noch mal mit dir verabreden könnten. Und ich natürlich auch.«

Oh, das war ja nett! »Mir hat der Nachmittag mit euch auch wirklich gut gefallen. Fände ich super. Wir könnten uns auch mal alle bei mir treffen, wenn ihr wollt. Tessa hat mich übrigens gestern angerufen und mir von der Nummer erzählt, die sie mit Mikes Ex-Freundin durchgezogen hat.«

Sonja nickte. »Hab ich auch schon gehört. Geile Idee.« Sie lächelte und tippte auf der Kasse herum. »Dreiundfünfzig achtunddreißig, bitte.«

Ich zückte meine Geldbörse.

»Ist Tom in dem Fall weitergekommen?« Mit einem Ratsch trennte Sonja die Quittung ab.

Jetzt war ich es, die einen Blick auf die Kunden hinter mir warf. »Ja, ein bisschen ... Hast du vielleicht eine Idee, wie sich jemand verätzte Augen zuziehen könnte?«

Sonja legte mir den Kassenzettel hin. »Klar. Wenn man bei Tessa zudringlich wird, ohne dass sie das will. Da fackelt sie nämlich genauso wenig lange wie im umgekehrten Fall. Hat ein ehemaliger Klassenkamerad von mir schon mal schmerzhaft lernen müssen. Der hatte ruckzuck eine Ladung Pfefferspray im Gesicht.«

Pfefferspray!

Der Kunde in der Schlange hinter mir hüstelte.

Warum war ich nicht selber darauf gekommen!

»Tessa hat ihn sogar anschließend direkt ins Krankenhaus gefahren, aber der Typ hat es ihr trotzdem nachgetragen. Was für eine beleidigte Leberwurst! Dabei war es doch seine eigene Schuld!«

Der Kunde hinter mir hustete jetzt lauter.

Ich beugte mich vor. »Lass dich knutschen, Sonja, ich glaube, du hast den Fall gelöst.«

Sonja sah mich erstaunt an, aber kam mir leicht entgegen, und ich gab ihr einen Kuss auf die Wange. »Ich erzähle es dir ein andermal.«

»Ja, tschüss!«

Ich eilte mit meinem Einkaufswagen zum Auto. Das musste ich sofort Tom mitteilen!

Als ich auf dem Supermarktparkplatz Tom angerufen hatte, war er nicht rangegangen. Deshalb fuhr ich kurzerhand in die Direktion, denn ich konnte es gar nicht erwarten, meine Erkenntnisse mit ihm zu teilen. Am Empfang saß wieder einmal Herr Bachmann und winkte mich durch. Ich stürmte in den zweiten Stock.

Tom kam gerade aus Günters Büro, als ich den Flur betrat. »Hey, Tom!«

Er drehte sich um, und augenblicklich ging ein Strahlen über sein Gesicht. Solange er sich derart über meinen Anblick freute, war in unserer Beziehung alles bestens. Wobei er mir überhaupt gelöster vorkam, seit ich Rudi Gambach überführt hatte.

»Hi, Alex, du hast schon mal angerufen? Ich war vorhin in einem Meeting und konnte noch nicht zurückrufen. Alles klar bei dir?« Er breitete seine Arme aus, und ich schmiegte mich an ihn.

»Ja, Tom, heute überschlagen sich die Ereignisse förmlich. Ich weiß jetzt, was an der Burg Breuberg passiert ist.«

Tom schob mich von sich und sah mir ernst in die Augen. »Tatsächlich? Komm mit.« Er führte mich in sein Büro und schloss die Tür hinter sich. Dann wies er mit der Hand auf einen Stuhl, und ich setzte mich. Tom lehnte sich mir gegenüber mit dem Po an seinen Schreibtisch.

»Tessa hatte doch gesagt, Frau Jansen hat sich von Mario getrennt, aber dieser wollte sich mit dem Ende der Liaison nicht abfinden. Und dass Herr Jansen von der Beziehung gar nichts mitbekommen hatte. Ich glaube, die beiden haben sich doch noch einmal heimlich an der Burg Breuberg getroffen, weit weg von Herrn Jansen, damit er es nicht merkt. Mario hat versucht, die Jansen zu bequatschen, bei ihm zu bleiben, die Jansen wollte aber nicht. Dann hat Mario sie körperlich bedrängt, und sie wusste sich nicht anders zu helfen, als ihn mit Pfefferspray abzuwehren.«

»Pfefferspray!« Tom stieß kurz und laut hörbar seinen Atem aus.

»Ja, und dann hat sie ihn entweder absichtlich oder versehentlich die Treppe hinuntergestoßen, oder er ist von allein runtergefallen. Ich glaube, wenn man Pfefferspray in die Augen bekommt, presst man sie automatisch zu und kann nichts mehr sehen. Und schmerzen soll es auch wie verrückt. So könnte es jedenfalls gewesen sein.«

»Und dann hat sie ihn die Treppe runter und den ganzen Weg bis zum Parkplatz geschleift, ins Auto verfrachtet und den Wagen den Berg hinuntergeschoben?«, fragte Tom skeptisch.

»Na ja, sie ist ja ziemlich kräftig, und Mario war nicht besonders schwer.«

»Hm.« Tom überlegte.

»Der Jansen wusste laut Tessa doch von nichts. Hattest du nicht auch gesagt, dass sich die Jansens gegenseitig ein Alibi gegeben haben?«

Tom rieb sich das Kinn. »Ja, allerdings, wie wir sehen, kann ja schon das von Frau Jansen nicht stimmen.«

»Aber wieso sollten sie ihn gemeinsam umbringen, dann hätte sich Frau Jansen ja gar nicht mit Pfefferspray gegen Mario wehren müssen. Da hätte sie den lästigen Liebhaber auch gleich ihrem Mann überlassen können.« Ich war ratlos.

»Darüber werde ich nachdenken.« Tom stützte seine Hände rechts und links von seinem Po auf die Schreibtischplatte. »Alex?«

»Ja?«

»Es ist nicht so, dass ich es nicht schon längst gewusst hätte, aber … ich bin mit der tollsten Frau des Universums zusammen.«

Oh. Ich war ausnahmsweise mal sprachlos. Meine Augen füllten sich mit Tränen.

Tom grinste. »Wie wäre es heute Abend mit einem romantischen Stelldichein in unserem Schlafzimmer als Ausdruck meiner tiefen Dankbarkeit?«

Ich lachte. »Was ist denn das für ein billiges Angebot?« Ich wischte mir rasch über die Augen. »Das kann ich doch jederzeit haben.«

»Du hast recht. Ich glaube, ich habe sogar noch was Besseres für dich.«

Tom wollte nicht damit herausrücken, was er meinte. Aber die Aussage, dass ich die tollste Frau des Universums für ihn war, konnte er sowieso schwer toppen.

»Okay, Tom, ich wollte nur schnell vorbeispringen und dir das mit dem Pfefferspray erzählen. Wenn du willst, hole ich dich heute Nachmittag hier ab. Ich kann es gar nicht erwarten, mit dir das Wochenende einzuläuten.«

»Das ist sehr nett. Ich werde heute bestimmt keine Überstunden machen. Es wäre super, wenn du etwa um fünf hier wärst.«

»Klar.« Ich wandte mich zum Gehen, aber Tom hielt mich auf.

»Ich wollte dir auch noch etwas erzählen. Rudi Gambach ist heute früh verhört worden. Er hat alles gestanden. Den Diebstahl in dem Unternehmer-Mordfall wie auch den bei Hedi und Herbert. Er hat auch zugegeben, den Ring in meine Schreibtischschublade gelegt zu haben. Man hat ihn mit sofortiger Wirkung suspendiert. Das hat uns Rainer vorhin im Meeting mitgeteilt.«

»Darüber bin ich sehr erleichtert.«

»Ja. Und deine Vermutung war vollkommen richtig, denn er hat seine Spielsucht eingestanden und eine hohe Verschuldung, die ihn zu seinen Taten getrieben hat.«

»Was ist mit dem Drachenring?«

»Es reicht, wenn ich ihn Montag hier abgebe. Steffi war übrigens sehr beeindruckt von deiner Eingebung, den Ring einfach einzusacken, bevor ihn Rudi und Rainer in meiner Schublade entdecken konnten. Sie sagte was von weiblicher Raffinesse.« Tom grinste.

»Steffi und ich verstehen uns«, sagte ich. »Steffi war auch aufgefallen, dass Rudi gar nicht wie ein Triathlet aussieht, weil seine Beine nicht unterschiedlich gebräunt waren. Und das, obwohl er immer mit diesem Sport geprahlt hat.«

»Oh, das wusste ich noch gar nicht.« Tom hob die Hand an den Kopf und kratzte sich.

»Ich hatte dir das am Abend unseres gemeinsamen Badeausflugs gesagt, aber da warst du schon halb eingeschlafen. Da war nichts mehr mit dir los.« Ich grinste vielsagend.

»Mit mir ist immer was los«, behauptete Tom und packte mich an der Taille. »Wie wäre es mit einer schnellen Nummer auf dem Schreibtisch? Wie du weißt, kann ich die Tür auch von innen abschließen.« Er grinste.

Ich kicherte. »Und ich rufe dann dabei: …«

Die Tür wurde aufgerissen.

»… Mach mir den Polizisten!«

Günter stürmte herein und schaute mich erstaunt an. »Das müsst ihr euch ansehen!« Er zeigte mit dem Kopf in Richtung Flur.

Wir traten an die Tür. Rudi Gambach wurde von zwei Männern, die ich noch nie gesehen hatte, in Richtung Treppenhaus begleitet. Man konnte auch sagen: abgeführt.

Auch Steffi und noch zwei weitere Kollegen standen in ihren Türen.

»Du gehst schon, Rudi?«, spottete Günter. »Bleib doch noch ein bisschen.«

»Schade«, rief Steffi, »ich wollte heute Abend mit dir ins Triathlon-Training, aber du hast anscheinend schon was Besseres vor.«

Rudi ging mit gesenktem Kopf an seinen ehemaligen Kollegen vorbei und verschwand schließlich ins Treppenhaus.

Auch ich hatte kein Mitleid mit ihm. Er hatte sein ganzes Team in üble Schwierigkeiten gebracht und nicht davor zurückgeschreckt, Tom fälschlich zu belasten. Außerdem hatte er Tom und seine Mitarbeiter in ihrer Berufsehre gekränkt. Er sollte nun auch die Konsequenzen für seine Taten tragen.

Günter hob kurz die Hand. »Ich gehe dann mal wieder.« Er grinste. »Dann könnt ihr mit eurem Rollenspiel weitermachen …«

KAPITEL 15

Die neuesten positiven Entwicklungen hatten eine freudige Aufregung in mir ausgelöst, die ich mit jemandem teilen musste. Der aktuelle Fortschritt im Steiger-Fall würde auch Hedi und Herbert brennend interessieren. Ich hatte ihnen zwar versprochen, sie morgen zum Bahnhof zu bringen, aber möglicherweise gab es dabei keine Gelegenheit, offen über den Mordfall zu sprechen. Deshalb fragte ich sie, ob wir uns noch einmal auf der Terrasse des Hotels treffen könnten, bevor ihr und mein Urlaub zu Ende war.

Beide saßen schon draußen, als ich kam. Hedi winkte mir zu und zeigte auf den freien Stuhl neben sich. Ich nahm Platz.

»Ich habe gerade ein Déjà-vu. Wisst ihr noch, wie wir uns vor eineinhalb Jahren in Connis Restaurant hier im Hotel getroffen haben? Damals hast du mir auch so freundlich zugewunken, Hedi. Ich war ziemlich deprimiert zu diesem Zeitpunkt, aber du und Herbert wart die ersten netten Bekannten, die ich in Beerfelden kennengelernt habe.«

Hedi lächelte. »Du warst auch die erste nette Bekannte, die wir damals in unserem Urlaub kennengelernt haben. Nicht wahr, Herbert?«

»Ja, Hedi hat den ganzen Abend von dir geredet. Wie leid es

ihr tat, dass du traurig warst, und wie gerne sie dich aufgemuntert hätte.«

»Oh, war mir das so sehr anzumerken?«

Hedi schwieg beredt.

Herbert ergriff das Wort. »Mittlerweile hat noch nicht einmal mehr der Ort den gleichen Namen. So fliegt die Zeit dahin.«

»Ja, an das ›Oberzent‹ muss ich mich auch immer noch gewöhnen.«

Hedi beugte sich vor. »Aber erzähl doch mal, was hat sich denn Neues in dem Mordfall ergeben? Du klangst ja ganz aufgeregt am Telefon.«

»Das bin ich auch immer noch, weil ich eine extrem heiße Spur gefunden habe. Ich denke, dass Mario Steiger Frau Jansen heimlich auf der Breuberger Burg treffen wollte, um sie zurückzugewinnen. Dann ist er zudringlich geworden, und sie hat sich mit Pfefferspray gegen ihn gewehrt. Und dann hat sie ihn entweder die Treppe hinuntergestoßen, oder er ist von alleine gefallen, weil er ja nichts mehr sehen konnte.«

»Pfefferspray! Die verätzten Augen.« Herbert nickte.

»Alex, du bist ein Genie!« Hedi griff nach meiner Hand. »Dann hast du schon wieder einen Fall gelöst!«

»Nun, ich halte es einfach für wahrscheinlich, dass es sich auf diese Weise zugetragen hat. Tom wird Frau Jansen sicher noch einmal genau befragen. Aber ja, es kann gut sein, dass das die Lösung ist.«

»Sehr schön, darauf genehmige ich mir einen Schnaps!«, rief Hedi.

»Überleg dir das noch mal«, sagte Herbert. »Vielleicht willst du heute Abend noch etwas trinken, dann wird es zu viel.« Er schaute sie von unten her an.

»Ach ja. Bei dieser Hitze soll man ja auch gar nicht so viel

Alkohol trinken.« Hedi lächelte mich an und faltete mehrmals ihre Serviette.

Herbert hob die Hand, um meine Aufmerksamkeit auf sich zu lenken. »Vielleicht solltest du doch noch eine Umschulung zur Polizistin machen, Alex. Du scheinst mir für diesen Beruf sehr gut geeignet.«

»Was? Ach nein, ich bin mit meinem Job sehr zufrieden. Es macht mir einfach Spaß, Tom in seiner Arbeit zu unterstützen.«

»Ihn zu unterstützen oder dich mit ihm zu messen?« Herbert zwinkerte mir zu.

Bevor ich antworten konnte, fing Hedi an zu sprechen. »Also ich finde es sehr beeindruckend, wie du all diese schwierigen Fälle aufklärst. Tom kann wirklich stolz auf dich sein. Außerdem soll man das ruhig auskosten, solange man es noch kann.«

»Äh, was meinst du denn mit ›solange man kann‹? Wieso sollte es denn irgendwann nicht mehr gehen? Wenn ich mit dem Rollator hinter den Verbrechern herjagen muss?«

Hedi lachte und winkte ab. »Nein, nein. Dein Tatendrang wird jedoch sein natürliches Ende finden, wenn du dich mehr um Haushalt und Kinder kümmerst. Das ist der Lauf der Dinge. Als ich mit Richard schwanger war, habe ich auch mit dem Tanzen aufgehört. Dabei war ich eine gute Tänzerin! Herbert und ich haben mehrere Preise gewonnen.«

»Also, nimm's mir nicht übel, Hedi, aber du gehörtest auch noch zu einer anderen Generation. Ich habe nicht vor, mein Leben umzukrempeln wegen Kindern – sofern ich überhaupt jemals welche haben werde. Und Tom sicher auch nicht. Er hat mir erst gestern zu verstehen gegeben, dass er sich nicht vorstellen könnte, sein Motorrad gegen einen kinderfreundlichen Van zu tauschen.«

»Aber ...«, rief Hedi bestürzt. »Das war doch bestimmt ... ich meine ...«

»Verarsche?«, riet ich.

»Was?« Hedi schaute verwirrt.

»Das hat er doch sicher nicht ernst gemeint«, übersetzte Herbert. Dann holte er Luft. »Im Übrigen habe ich damals auch nicht freiwillig mit dem Tanzen aufgehört, Hedi! Nur konnte ich dich ja schlecht alleine zu Hause sitzen lassen und mit 'ner anderen tanzen gehen.«

»Was? Das erfahre ich jetzt nach fünfzig Jahren, Herbert Pfeiffer? Was glaubst du denn, was ich all die Jahre lieber gemacht hätte als tagein tagaus die Kinder betreuen? Aber anfangs hatten wir ja kein Geld für einen Babysitter, und später ...« Sie zuckte mit den Schultern.

»Da seht ihr es! Man sollte seine individuellen Bedürfnisse nicht gänzlich für die Familie zurückstellen, sonst ...« Ist es irgendwann zu spät, wollte ich sagen, aber ich wollte meine Freunde auch nicht frustrieren. »... verpasst man was. Ich werde jedenfalls bestimmt niemals meinen Beruf aufgeben. Wenn der Babysitter nicht am Geld scheitern soll, muss ich sowieso dafür sorgen, dass zumindest ein Teil meines Einkommens erhalten bleibt. Tom könnte ja schließlich auch beruflich etwas zurücktreten. Wenn er ... falls er sich das überhaupt mit dem Nachwuchs vorstellen kann.«

»Ihr habt noch nicht darüber gesprochen.« Hedi nahm erneut meine Hand. Das war keine Frage gewesen. »Aber mach dir keine Sorgen. Ich bin sicher, dass Tom gar nicht so abgeneigt ist, wie du denkst.« Sie lächelte mich aufmunternd an.

Ich zuckte mit der Schulter.

Herbert nahm jetzt Hedis Hand und mit der anderen meine, sodass sich der Kreis schloss. »Und Hedi, weil dir die Urlaube mit Alex vielleicht doch ein bisschen zu aufregend sind, wirst du möglicherweise meinem folgenden Vorschlag, der nur ein gerüttelt Maß an Aufregung mit sich bringt, nicht ganz abgeneigt sein: Ich melde uns beide zu Hause bei einem Tanzsportverein an. Was hältst du davon?«

»O Gott, Herbert, ist das dein Ernst?« Hedi lächelte glückselig.

Herbert lehnte sich grinsend zurück. »Nein. War nur Verarsche.«

»Hallo, hier ist Alexandra König, ich möchte zu Tom Brugger.« Da saß wohl wieder jemand am Empfang, der mich nicht kannte.

Das große Tor öffnete sich langsam, und ich überquerte den Polizeiparkplatz und betrat das Gebäude, in dem es wenigstens ein bisschen kühler als draußen war. Tatsächlich saß wieder diese neue Polizistin hinter der Glasscheibe, die neulich von Herrn Bachmann angewiesen worden war, mich durchzulassen.

»Hallo, Frau König, ich habe Herrn Brugger angerufen, und er lässt sie bitten, hier kurz auf ihn zu warten, er kommt gleich runter.«

Na, so was, seit wann ließ Tom mich warten? Er hatte heute Vormittag doch versprochen, pünktlich Schluss machen zu wollen. Hoffentlich war das keine Nachwehe aus der Pornobilder-Affäre.

Tom trat eine Minute später aus dem Treppenhaus und lief durch die Glastür, die den unteren Flur vom Empfang trennte.

»Hallo, Alex!« Er umarmte mich.

»Hi, Tom, alles klar?«

»Ja.« Tom führte mich durch die Glastür in den Flur. »Tut mir leid, ich wollte heute eigentlich nicht länger arbeiten. Es ist nur so, dass ich eben einen Termin mit Frau Jansen ausmachen konnte, und sie kommt gleich vorbei. Deshalb wollte ich dich nicht in mein Büro führen. Würdest du vielleicht solange hier unten warten, und wir fahren dann zusammen nach Hause? Du kannst natürlich auch schon ohne mich starten, und ich komme später nach.«

»Ach, ich würde lieber auf dich warten.«

»Gut.« Tom sah sich um. »Dann setze dich doch bitte in dieses Büro, ich meine, der Kollege hat gerade Urlaub.« Er zeigte auf eine Tür. »Ich komme dann nachher runter und hole dich ab.«

»Alles klar. Bis gleich.« Wir küssten uns, und ich ging in das leere Büro. Schräg hinter meinem Rücken sah ich aus dem Augenwinkel Leute eintreten.

Durch die Glastür hörte ich sie gedämpft sprechen. »Guten Tag, wir möchten zu Herrn Brugger. Jansen. Meine Frau ist angemeldet.«

Ich ließ die Tür hinter mir halb geöffnet und rückte einen der im Büro vorhandenen Stühle so zurecht, dass ich quer durch Flur und Glastür bis zum Empfang schauen konnte. Ich erkannte das Ehepaar Jansen. Sie waren ja auch auf dem Foto abgebildet gewesen, das ich bei Tessa gesehen hatte. Frau Jansen erkannte ich sofort wieder, sie sah sehr blass und auch ziemlich nervös aus. Ihr Mann schien mir seit der Aufnahme nochmals zugelegt zu haben. So hundertfünfzig Kilo brachte er bestimmt auf die Waage. Auch er wirkte unsicher und spielte mit seinen Händen.

Tom war bereits durch die Glastür getreten. »Frau Jansen? Danke, dass Sie so kurzfristig kommen konnten.« Er reichte Frau Jansen die Hand. Ich staunte immer wieder, wie souverän sich Tom beruflich präsentierte.

»Guten Tag.«

»Herr Jansen.« Sie schüttelten sich die Hände.

»Ich warte dann draußen im Auto«, sagte Herr Jansen zu seiner Frau.

Sie nickte ihm zu. Er verschwand durch den Ausgang.

»Frau Jansen, wir gehen am besten nach oben in mein Büro. Ich muss Sie nur routinemäßig fragen, ob Sie irgendwelche Waffen dabeihaben, das ist hier im Polizeigebäude nämlich nicht erlaubt.« Tom lächelte freundlich.

Frau Jansen schüttelte den Kopf.

»Das gilt auch für Verteidigungswaffen wie zum Beispiel Pfefferspray.« Tom lächelte immer noch.

Frau Jansen griff fahrig nach ihrer Handtasche. »Ja, ein Pfefferspray habe ich immer dabei. Tut mir leid, das wusste ich nicht.« Sie wühlte mit ihrer Hand in der Tasche.

»Kein Problem«, sagte Tom.

Frau Jansen war fündig geworden und hielt ihm eine kleine Spraydose entgegen. Ich konnte auch aus der Entfernung sehen, wie ihre Hände dabei zitterten.

»Danke.« Tom griff nach dem Spray, ließ den Arm dabei auf Höhe seiner Brust und wog die Spraydose in der Hand.

Er sah Frau Jansen fest in die Augen. »Die Dose ist nicht mehr ganz voll.« Tom durchbohrte sie mit seinem Blick. Ich wusste, wie man sich fühlte, wenn er einen so ansah. Er hielt das Pfefferspray immer noch zwischen sich und Frau Jansen, und selbst ich konnte die unausgesprochene Frage spüren, die über allem schwebte.

Frau Jansen wurde unter Toms bohrendem Blick noch blasser, und ihre Lippen bebten.

Toms Stimme wurde jetzt ganz weich. »Frau Jansen, wollen Sie mir nicht sagen, wann und warum Sie das Pfefferspray einsetzen mussten? Wir wissen, dass Mario Steiger die Augen verätzt wurden, bevor er starb.«

Frau Jansen konnte ihr Zittern nicht mehr unterdrücken. Sie schlug die Hände vors Gesicht und fing an zu weinen.

»Das habe ich nicht gewollt!«, schluchzte sie. »Das habe ich wirklich nicht gewollt!«

Tom ließ seinen Arm sinken und legte Frau Jansen die Hand auf die Schulter.

»Kommen Sie, Frau Jansen. Wir reden in meinem Büro.«

Er zeigte mit ausgestrecktem Arm zur Glastür, führte die weinende Frau hindurch und verschwand mit ihr im Treppenhaus.

Zu gerne hätte ich gehört, wie Frau Jansen die Vorgänge an der Breuberger Burg schildern würde.

Ich trommelte mit den Fingern auf der Stuhllehne herum.

Nein, ich konnte nicht einfach hier sitzen und warten. Ich verließ das Büro und betrat vorsichtig das Treppenhaus. Frau Jansens Schluchzen war weit oben noch zu hören. Ich wartete, bis es verklungen war, und eilte dann die Treppen hoch bis in den zweiten Stock. Dort öffnete ich langsam die Tür.

Tom ging gerade mit Frau Jansen den Flur entlang. Als er an Steffis Büro vorbeikam, klopfte er kurz an den Türrahmen und machte eine Kopfbewegung, die Steffi bedeuten sollte, ihm zu folgen. Tatsächlich kam Steffi kurz darauf heraus und folgte den beiden in Toms Büro.

Ich betrat jetzt den Flur. Konnte ich mich an Toms Tür stellen und lauschen? Eventuell sollte ich auf meine altbewährte Methode zurückgreifen und mit dem Handy beschäftigt tun. Davonjagen konnte man mich ja immer noch.

Ich stellte mich also neben Toms Tür, aber nicht so nah, dass ich wie ein Lauscher aussah. Wenn ich die Ohren spitzte, konnte ich verstehen, was im Bürozimmer gesprochen wurde. Das Handy hielt ich in der Hand und starrte angestrengt darauf. Es war nicht zu erwarten, dass mich einer von Toms Mitarbeitern oder Kollegen von diesem Platz vertreiben würde. Der Einzige, der sich das erlauben konnte, war Herr Linke.

Kaum hatte ich mich mit diesem Gedanken selbst beschwichtigt, kam Herr Linke um die Ecke und lief auf mich zu. Na, ich hatte vielleicht ein Glück! Er lief aber nur den Flur entlang und grüßte im Vorbeigehen, wobei er ziemlich grinste. Sicher hatte er noch meine in Günters Büro ausgelebten Fähigkeiten als Innendekorateurin im Kopf. Ich nickte nur, um den in Toms Büro Anwesenden nicht meine Nähe zu verraten, und Herr Linke zog an mir vorbei. Puh!

Tom hatte in der Zwischenzeit Steffi vorgestellt, und danach hörte ich großes Stühlerücken.

»Frau Jansen, bitte erzählen Sie uns doch der Reihe nach, was genau an der Burg Breuberg passiert ist.«

Ich hörte ein Schniefen. »Ich schwöre Ihnen, es ist alles ganz anders gelaufen, als ich es gewollt habe.« Sie weinte immer noch. »Ich wollte Mario nichts antun. Ich fühle mich schuldig, aber eigentlich kann ich gar nichts dafür!«

»Ich bin geneigt, Ihnen zu glauben, aber ich muss schon wissen, was sich im Einzelnen zugetragen hat. Bitte, Frau Jansen, es wird Ihnen besser gehen, wenn Sie sich aussprechen.«

Teufel noch mal, Tom konnte ja richtig rumschleimen! Mit mir ging er nicht so zartfühlend um!

Jemand schnäuzte sich, vermutlich Frau Jansen, sofern jetzt nicht auch Steffi aus Mitleid mitheulte. Frau Jansen holte tief Luft. »Mario Steiger und ich hatten ein Verhältnis. Es muss eine Midlife-Crisis gewesen sein.« Sie lachte schnaubend. »Ich kann mir jetzt selber nicht mehr so richtig erklären, warum ich ...«

Die Stimme ging durch kräftige Schritte im Flur unter. Ich blickte von meinem Handy auf. Einer von Toms Kollegen, den ich nur vom Sehen kannte, trampelte an mir vorbei. Wahrscheinlich hielt er seinen Gang für schneidig. Im Vorübergehen nickte er mir mit ernstem Gesichtsausdruck zu, als sei er mit wichtigen Dingen beschäftigt. In Wirklichkeit ging er vermutlich nur aufs Klo und verhunzte mir so nebenbei das Belauschen eines tatsächlich wichtigen Gesprächs. Endlich verschwand sein Gestampfe um die Ecke. Ich spitzte erneut die Ohren.

»... und nach wenigen Monaten wurde mir klar, dass das zu nichts führte. Je länger die Affäre dauerte, desto öfter faselte Mario etwas von seinen hochtrabenden Plänen eines modernen Restaurants, und irgendwann wurde mir klar, dass er dabei meines im Sinn hatte.« Sie holte Luft. »Wissen Sie, Chez Madame läuft zufriedenstellend, es ist ein Traditionshaus, das ich bereits von meinen Eltern übernommen habe, da braucht es keine Digitalisierung und kein Styling. Ich habe darauf hingearbeitet, das Restaurant mit sechzig verkaufen zu können. Meine Söhne haben andere Berufe gelernt und kein Interesse daran, den Betrieb zu übernehmen. Die wenigen Jahre bis zur Rente werden mein Mann und ich auch noch hinbekommen. Mario jedoch sah sich wohl schon als neuen Mitbesitzer, und langsam dämmerte mir, dass ihm das Restaurant wichtiger war als ich.«

Irgendjemand fing in einem Nachbarbüro zu telefonieren an. Hörte sich nach Günter an. Der Lautstärke nach zu urteilen benutzte er ein Dosentelefon, und sein Gesprächspartner saß im Erbacher Schloss. Ich rückte noch näher an Toms Bürotür, um Frau Jansen weiterhin folgen zu können.

»... aus meinem Traum, von einem jüngeren Mann begehrt zu werden, aufgewacht. Ich habe ihm gesagt, dass es aus ist, aber er wollte es nicht einsehen. Es begann eine schreckliche Zeit. Mal hat er mir gedroht, alles auffliegen zu lassen, mal hat er geweint und gebettelt. Ich bin ihm aus dem Weg gegangen, so gut ich nur konnte, aber im laufenden Betrieb ist das schier unmöglich.

Mario hat jede Gelegenheit genutzt, mich anzugehen, sobald wir mal unter vier Augen waren. Ich hatte solch eine Angst, dass mein Mann etwas davon mitbekommt!« Frau Jansen schnäuzte sich erneut.

»Frau Jansen, sind Sie sicher, dass Ihr Mann nichts von all dem gemerkt hat?«, fragte Tom.

»Ja«, sagte sie, »ganz sicher. Wissen Sie, mein Mann ist sehr gutmütig, er käme gar nicht auf die Idee, dass ich fremdgehen könnte. Ich fand das all die Jahre etwas langweilig an ihm, aber als Mario solche Schwierigkeiten gemacht hat, da fing ich erst an, seinen guten Charakter richtig zu schätzen zu wissen.« Sie brach erneut in Tränen aus. »Es tut mir so leid, dass ich ihm das angetan habe!«

Sie weinte eine Weile, und ich meinte zu hören, wie Steffi sie zu beruhigen versuchte. Hoffentlich war Günter bald fertig mit seinem Telefonat.

Jetzt hörte ich wieder Toms Stimme: »Bitte schildern Sie uns, was an der Burg Breuberg passiert ist. Warum überhaupt dieser Ort?«

Noch mal ein Schnäuzen. Dann sagte Frau Jansen: »An der Burg hatten wir uns das erste Mal getroffen, um ... uns zu treffen. Ich glaube, Mario meinte, dieser Ort würde die romantischen Gefühle bei mir wieder aufleben lassen. Ich wollte da gar nicht mehr hin, aber er hat mich Freitagabend angerufen und gedroht, dass er meinem Mann alles erzählt, und ich hab ihm gedroht, dass ich ihm kündige, und so ging das hin und her, bis ich nicht mehr konnte und mich einverstanden erklärt habe. Ich dachte, wenn wir Zeit haben und mal richtig miteinander sprechen, statt uns nur kurz im Keller zwischen den Weinflaschen auszutauschen oder im Vorbeigehen in der Küche was zuzuflüstern, dann lässt sich die Sache vielleicht ein für alle Mal klären.«

Günter legte lautstark auf. Endlich herrschte Ruhe. Ich rückte ein wenig von der Tür ab. Der Wichtigtuer kam abermals um die Ecke. Nachdem ich ihn erblickt hatte, sah ich sofort wieder auf mein Handy und tippte ein wenig darauf herum, damit er mich nicht anquatschte. Er verschwand laut stampfend in ein Büro.

»... die Betontreppe hoch und dann den Trampelpfad an der Burgmauer entlang, aber da stand er schon und wartete auf mich. Er hatte eine rote Rose in der Hand. Mir klopfte das Herz bis zum Hals, aber nicht vor Freude. Ich glaube, ich hatte schon eine ungute Vorahnung und habe leider nicht auf mein Gefühl gehört. Mario kam diesmal wieder mit der Betteltour, wie sehr er mich lieben würde und die ganze Heuchelei. Und dann hat er mich plötzlich angefasst und versucht, mich zu küssen, und als ich ihn wegstoßen wollte, wurde er richtig gewalttätig, und ich bekam Panik. Wir waren ja in tiefster Finsternis allein an der Burg, und ich war mir nicht sicher, wie weit er gehen würde. Ich hab mich an mein Pfefferspray erinnert, das ich außer Haus immer bei mir habe, und während er mich festhielt, habe ich es geschafft, mir das Spray zu angeln, und habe ihm eine Ladung direkt ins Gesicht gesprüht. Weil er mich so an sich gepresst hat, hab ich mir noch den eigenen Hinterkopf mit eingesprüht, und das allein hat mir schon genug in den Augen gebrannt, da konnte ich mir ausrechnen, wie es für Mario gewesen sein musste. Er hat auch richtig geschrien und mich sofort losgelassen und sich an die Augen gegriffen. Aber ich konnte und wollte ihm nicht helfen, weil ich immer noch so eine Panik hatte und nur weg wollte. Deswegen bin ich völlig kopflos die Treppe hinuntergerannt, ins Auto gesprungen und davongefahren. Als es dann hieß, der Mario wäre an der Burg Breuberg die Treppe runtergefallen und danach mit dem Auto den Hang hinuntergestürzt, da wusste ich sofort, dass alles meine Schuld war. Aber ich hatte nie vor, ihn umzubringen, das müssen Sie mir glauben! Ich wollte nur, dass er aufhört! Ich konnte doch nicht wissen, dass er dann halb blind die Treppe hinunterfällt und sich in seinem Zustand auch noch ins Auto setzt!«

Sie fing wieder an zu weinen.

Ich hörte Tom schnaufen. »Frau Jansen, wir müssen es ganz genau wissen. Als Sie die Stufen hinunterliefen, da stand Mario noch oben auf dem Trampelpfad nahe der Treppe. Und er war unversehrt – bis auf das Pfefferspray in seinen Augen?«

»Ja«, schluchzte Frau Jansen. »Ich hab mich nicht mehr umgedreht, aber er hat ja die ganze Zeit geschrien und gestöhnt, deshalb weiß ich genau, dass er da noch nicht die Treppe hinuntergefallen war.«

Tom schnaufte noch einmal. »Bei meiner ersten Befragung sagten Sie, Ihr Mann habe in der fraglichen Zeit vor dem Fernseher gesessen. Sind Sie da wirklich absolut sicher?«

»Mein Mann?« Ich konnte Frau Jansens erstauntes Gesicht förmlich sehen. »Ja, das ist richtig. Ich habe ihm gesagt, dass ich mich früh ins Bett lege. Das habe ich immer so gemacht, wenn ... ich mit Mario verabredet war. Mein Schlafzimmer liegt im Erdgeschoss. Ich bin nach unten gezogen, als ... es zwischen meinem Mann und mir etwas kriselte. Da wollte ich ein eigenes Schlafzimmer, und er hat mir das Arbeitszimmer eingerichtet. Und aus dem Erdgeschoss konnte ich leicht aus dem Fenster steigen und später wieder rein, ohne dass mein Mann etwas merkte.«

»Und wo befand sich Ihr Mann zu der Zeit?«

»Wie ich schon sagte, er hat ferngesehen.«

»Woher wissen Sie das?«

»Na ja, er saß im Wohnzimmer und sah fern. Und als ich zurückkam, saß er immer noch im Wohnzimmer und sah fern.«

»Aber haben Sie ihn dort wirklich *gesehen*?«

Einen Moment war es still.

»Der Fernseher lief noch, als ich zurückkam. Ich konnte ja nicht rübergehen und sagen: ›Hallo! Ich bin wieder zurück.‹ Aber mein Mann saß bestimmt noch vor dem Fernseher.«

»Aber gesehen haben Sie ihn nicht?«

»Was wollen Sie denn nur?« Frau Jansen wurde jetzt leicht patzig. »Mein Mann wusste nichts von der Affäre, und das Pfefferspray habe immer noch ich benutzt. Ich gestehe! Es war ein Unfall, aber mein Mann hat nichts damit zu tun!«

Toms Stuhl quietschte. »Mario Steiger war sofort tot, als sein Kopf auf die Betontreppe aufschlug. Er ist nicht mehr selber ins Auto gestiegen. Jemand hat den Leichnam die Treppe hinuntergeschleift, in das Auto gesetzt und das Auto den Hang hinunterrollen lassen.«

Es herrschte Stille.

Dann sagte Frau Jansen: »Nein. Nein, mein Mann kann das nicht gewesen sein. Er war zu Hause.«

Toms Stuhl quietschte wieder. »Frau Jansen, es tut mir leid, aber mit großer Wahrscheinlichkeit ist Mario Steiger die Treppe hinuntergestoßen worden. Am Übergang von der Treppe zum Trampelpfad haben wir Spuren eines Kampfes gefunden.«

»Nein«, sagte Frau Jansen wieder, aber der Protest klang jetzt ziemlich schwach.

»An Marios Auto konnten wir die Fingerabdrücke des Täters sicherstellen. Frau Jansen, wir werden sie mit den Fingerabdrücken Ihres Mannes vergleichen müssen.«

Frau Jansen weinte.

Ein paar Sekunden schien gar nichts zu passieren, dann hörte ich Stühlerücken und Schritte.

»Bitte warten Sie hier.«

Tom trat aus der Tür. Er warf einen kurzen Blick auf mich, war aber zu sehr auf den Fall konzentriert, um sich über meine Anwesenheit zu wundern. Er lief leise mit Steffi redend den Flur entlang und verschwand um die Ecke.

Aus seinem Büro erklang leises Weinen.

Frau Jansen tat mir leid. Ich kaufte ihr ihre Geschichte ab. Sie hatte einen Fehler gemacht, der ungewollt in einer Katastrophe geendet hatte. Sie ...

Das Schluchzen hatte aufgehört. Frau Jansen redete, aber mit wem?

»Hast du ihn umgebracht? Sag's mir, Wolfgang, hast du ihn die Treppe hinuntergestoßen?«

Ich ging die zwei Schritte bis zur Tür und schaute in das Büro. Frau Jansen saß auf einem Stuhl gegenüber Toms Schreibtisch und telefonierte.

»Aber warum?« Sie fing wieder an zu weinen. »Warum?«

»Frau Jansen! Ich glaube nicht, dass Sie ... telefonieren dürfen!« Wo war nur Tom abgeblieben?

»Sie werden dich holen, Wolfgang!«

Ich lief auf sie zu. »Frau Jansen, legen Sie das Handy weg!« Ich streckte die Hand aus.

»Nein!«, schrie sie auf einmal. Aber es ging ihr gar nicht um das Handy. Sie ließ es sinken und sah mich aus angstgeweiteten Augen an. »Er fährt zum Viadukt!«

KAPITEL 16

Frau Jansen ergriff meine Hand, die ich nach dem Handy ausgestreckt hatte. »Er will vom Viadukt springen! Bitte ...« Sie sah mich verzweifelt an.

Scheiße, der Typ wollte sich umbringen! »Tom!«, schrie ich, so laut ich konnte, in Richtung Tür. »Toooom!«

Ich lief in den Flur, aber Tom war nicht zu sehen. Dafür stand Günter in der Tür seines Büros und sah mich fragend an.

Plötzlich erschien Frau Jansen neben mir und krallte sich an meinem Arm fest. »Wir müssen ihn aufhalten! Bitte!«

Verflucht! Jetzt zählte jede Sekunde!

»Kommen Sie!« Ich packte Frau Jansen am Arm und zog sie mit. Im Laufen rief ich Günter zu: »Sag Tom, dass Herr Jansen vom Viadukt springen will! Wir müssen ihn aufhalten!«

Ich zerrte Frau Jansen, die sich leider als wenig sportlich erwies, hinter mir her durchs Treppenhaus. Mein Auto stand auf dem Parkplatz gegenüber der Polizeidirektion. Ob Herr Jansen auch dort geparkt hatte, und wie groß würde sein Vorsprung sein? Jetzt bloß die Nerven behalten!

Frau Jansen hatte ihre bereits verloren. »Wolfi!«, jammerte sie immer wieder. Und: »Oh nein! Nein, nein, nein.«

»Reißen Sie sich zusammen!«, herrschte ich sie an. »Wir dürfen jetzt nicht durchdrehen.«

Wir passierten den Empfang. »Tor auf!«, schrie ich die Frau hinter der Glastür an. »Das ist ein Notfall!« Wir rannten aus dem Gebäude über den Polizeiparkplatz. Herr Jansen kam mit dem Auto vom gegenüberliegenden Parkplatz gefahren und raste jetzt auf der Straße an uns vorbei.

»Wolfi!«, schrie Frau Jansen.

Das Tor fing nervenzerfetzend langsam an, sich zu öffnen. Ich quetschte mich, sobald es ging, durch die schmale Öffnung und ließ Frau Jansens Arm los. »Schnell!«

Ich rannte über die Straße vor auf den Parkplatz zu meinem Auto, sprang hinein und startete, ohne mich anzuschnallen. Ein paar wenige Meter fuhr ich Frau Jansen entgegen, dann bremste ich scharf und ließ sie einsteigen. Anschließend trieb ich die Kiste den Hügel hoch und scherte rücksichtslos auf die Bundesstraße ein. Hinter mir gab es ein Hupkonzert. Ich schnallte mich an. Herr Jansen war schon nicht mehr zu sehen.

»Schnallen Sie sich an. Wo genau wird er hinfahren?« Mein Auto jaulte.

Frau Jansen schnallte sich an.

»Wo genau wird er hinfahren?«, wiederholte ich meine Frage. »Ich kenne den Himbächel-Viadukt, aber es gibt vermutlich mehrere Möglichkeiten, ihn zu besteigen.«

Frau Jansen schniefte. »Ich glaube, ich weiß, wo er hinfährt. Ich sag Ihnen, wie Sie fahren müssen.«

Hoffentlich war Tom auch schon unterwegs. Ich angelte mein Handy aus der Hosentasche. »Können Sie bitte unter Kontakten ›Tom‹ suchen?«

Frau Jansen nahm mein Handy entgegen. »Es geht nicht an!«

Himmel noch mal. Ich nahm es ihr ab und entsperrte es, während ich ein Überholmanöver einleitete. Der Fahrer des Autos, das ich hinter mir ließ, hupte wütend.

Weiter vorne fuhr Herr Jansen in einem Höllentempo die Bundesstraße entlang, und jetzt auch noch bei Dunkelgelb über eine Fußgängerampel, die kurz darauf naturgemäß auf Rot wechselte. So ein Mist. Ich musste abbremsen. Auf dem Handy wählte ich die Kontaktliste. Ein Fußgänger lief gemächlich über die Straße. Sobald er den letzten Fuß auf der anderen Seite hatte, gab ich Gas. Die Autofahrerin, die auf der Gegenseite vor der roten Ampel stand, schaute erst mich verdutzt an, danach auf das Licht der Ampel, vor der sie gehalten hatte. Ja, Mädel, es ist immer noch Rot, aber ich hab's eilig. Ich wählte aus der Kontaktliste Tom. Mein Auto ächzte.

»Tom?« Im Hintergrund hörte ich eine Polizeisirene.

»Ja, wo seid ihr?«

»Wir fahren auf der B45 zum Viadukt. Herr Jansen hat einen Vorsprung von etwa … achthundert Metern.«

»Überlasse ihn uns.«

»Nein, ihr kommt vielleicht zu spät.«

Toms Stimme wurde eindringlicher. »Wir sind nicht weit von euch entfernt. Warte auf uns.«

»Das wäre ein Risiko.« Ich warf einen kurzen Blick auf Frau Jansen. »Ich bin mir schon nicht sicher, ob überhaupt ich ihn rechtzeitig einholen werde.«

Tom schnaufte. »Das ist zu gefährlich, Alex. Warte auf uns, wir kommen so schnell wie möglich zu euch.«

Es war keine Zeit für Toms Bedenken. Ich zwang das Auto durch eine Linkskurve. Die Fliehkräfte trieben mir den Schweiß auf die Stirn, und meine Hand, die das Handy hielt, musste kurz zusätzlich ans Lenkrad greifen. Als die Kurve in eine Gerade mündete, hielt ich das Handy wieder ans Ohr. »Ich muss das Handy weglegen, Tom. Bleib dran.« Ich legte das Handy zur Seite.

»Jetzt etwas langsamer, bitte. Wir müssen gleich links rein.«

Frau Jansen zeigte mit der Hand auf eine Abzweigung, die ich bereits kannte.

Ich hatte den Viadukt, schon bevor ich zu Tom gezogen war, mit ihm besichtigt. Die Seitenstraße nahm ich mit quietschenden Reifen. Gleich wieder leicht links ging es auf den nur mit Steinchen belegten, ungeteerten Parkplatz, und dahinter ragten die mächtigen, geradezu unheimlichen Pfeiler aus Buntsandstein in den Himmel, die an dieser Stelle etwa vierzig Meter hoch waren.

Der Himbächel-Viadukt war ein beliebter Treffpunkt für Selbstmörder. Sie trafen sich natürlich dort oben nur mit sich selbst und ihrer Verzweiflung, und ich wollte in niemandes Haut stecken, der von dort oben herunterblickte und dann einen Schritt in die Leere machte, in diesem Moment wissend, dass ihn nichts mehr auffangen würde. Einige Jahre vor meinem Umzug hatte ein Mann seinen kleinen Sohn hinuntergeworfen und war hinterhergesprungen. Also nicht nur Hoffnungslose, auch Menschen mit psychischen Erkrankungen und Unschuldige hatten hier ihr Leben verloren. Ich wollte um alles in der Welt verhindern, dass ich gleich von oben hinuntersehen und Herrn Jansen betrachten musste, wie er beziehungsweise Teile von ihm hier unten auf dem Boden lagen.

Sein Auto war nicht zu sehen.

»Wo ist er?«

»Fahren Sie weiter, ich glaube, ich weiß es.«

Ich ließ den Parkplatz rechts liegen. Die unbefestigte Straße vollzog eine leichte Linkskurve, und dann sah ich auch schon sein Auto. Es stand etwa hundert Meter weiter mit offener Fahrertür mitten auf der Straße.

»Wo ist er hin?«

»Er will dahin, wo wir unseren ersten Sohn gezeugt haben.«

So genau wollte ich es eigentlich gar nicht wissen.

Frau Jansen zeigte mit der rechten Hand nach oben. »Rechts geht ein Weg hoch.«

Ich peitschte mein Auto bis hinter Herrn Jansens Wagen, verschätzte mich minimal und stieß beim Halten noch leicht dagegen. Aber nur, weil hier so viele Steinchen lagen, dass mein Auto ins Rutschen gekommen war!

Ich schnallte mich ab. »Schnell, schnell, schnell!«, feuerte ich Frau Jansen an.

Ich schnappte mir das Handy, sprang aus dem Auto und lief um es herum. Frau Jansen mühte sich gerade aus dem Sitz. Ich rannte auf den Weg, der sofort deutlich anstieg und mich parallel zum Viadukt in Richtung Parkplatz führte. Er war noch als Weg zu erkennen, aber das Gras stand sehr hoch. Links von mir erhob sich der bewaldete Berg, über den die Gleise gelegt waren, die sich schließlich vom Berg lösten und vom Viadukt über das Tal bis zum nächsten Berg getragen wurden. Ich kämpfte mich vorwärts. Frau Jansen schnaufte hinter mir.

»Laufen Sie«, keuchte sie. »Gleich geht es links ins Gebüsch.«

Es war sinnlos, auf sie zu warten. Ich hetzte weiter. Das Handy hielt ich jetzt an mein Ohr. »Tom?«

»Ja?«

»Den Parkplatz rechts liegen lassen, nach der leichten Linkskurve siehst du mein Auto, gleich daneben geht ein Weg rechts hoch ...«

»Das kenne ich«, unterbrach mich Tom.

Solange er nicht auch hier ein Kind gezeugt hatte, meinetwegen.

Der grasbewachsene Weg verlor sich ins Unbestimmte. Ein bedrohlich wirkender Pfeiler des Viadukts war nun nur noch zehn Meter von mir entfernt. Ich blickte nach links in den Wald, dann zurück auf Frau Jansen. Sie winkte mich nach links und nickte mehrmals. Fürs Sprechen fehlte ihr offensichtlich die Puste. Ich bog ab und lief jetzt unter dem riesigen Viadukt hindurch.

Nachdem ich mich ein Stück weit ins Gebüsch geschlagen hatte, konnte ich tiefer im Dickicht Herrn Jansen erkennen, und das spornte mich an. Es ging weiter schräg nach oben, aber ein Weg war höchstens zu erahnen. Hier wuchsen Sträucher und Laubbäume mit teilweise nur wenigen Zentimetern Stammdurchmesser. Stellenweise strahlte weiße Birkenrinde zwischen den dunkleren Bäumen hervor. Der Boden war voller Blätter, und da, wo offensichtlich ab und an Menschen entlanggingen, war der Untergrund frei von Bewuchs. Stattdessen lag dort allerdings ein Haufen Müll. Bierdosen, zerbrochene Glasflaschen, Plastiktüten. Kaum zu glauben, dass dieser Ort für Schäferstündchen hergehalten hatte. Aber vielleicht hatte es hier zu Jansens Zeiten noch anders ausgesehen.

Ich keuchte. Die Gleise oben auf dem Viadukt befanden sich noch weit über uns, aber Herr Jansen hatte einen ziemlichen Vorsprung. Mehrere Male wäre ich fast auf den trockenen Blättern ausgerutscht, einmal stolperte ich über einen Stein.

»Herr Jansen, machen Sie keinen Quatsch!«

»Gehen Sie weg!«, schrie er japsend.

Holla, der war aber mehr als außer Atem. Hoffentlich bekam er nicht noch einen Herzinfarkt, bevor er die Gleise erreichte. Wenn er trotz seines Übergewichts ein derart höllisches Tempo vorlegte, dann musste es ihm mit dem Selbstmord bitter ernst sein.

Allerdings wurden auch mir die Beine schwer. Zu allem Überfluss schob sich nun auch noch eine Wolke vor die Sonne und legte einen unheilvollen Schatten über unsere Verfolgungsjagd. Nein, ich wollte mich nicht von der unheimlichen Szenerie verunsichern lassen! Ich biss die Zähne zusammen.

Herr Jansen war nur noch etwa fünf Meter vor mir. Wir befanden uns jetzt auf der anderen Seite des Viadukts, liefen parallel zu den Gleisen und entfernten uns weiter vom Parkplatz.

Obwohl Herr Jansen mittlerweile sogar schreckliche Pfeifgeräusche beim Atmen machte, hörte ich in der Ferne eine Polizeisirene. Gott sei Dank, das musste Tom sein! Hoffentlich kam er nicht zu spät!

Herr Jansen quetschte sich gerade zwischen zwei dünnen Stämmchen durch und blieb stecken. Meine Chance! Ich nahm alle Kraft zusammen und vollführte eine Art Hechtsprung, um ihn wenigstens am Hemd zu packen, aber in dem Moment, wo ich absprang, quetschte sich Herr Jansen durch den Engpass. Ich selber griff Halt suchend nach den Bäumchen, um nicht ungebremst auf die Nase zu fallen, und hielt mich gerade noch so auf den Beinen, allerdings um den Preis fieser Schürfwunden an den Handinnenflächen und eines sich vergrößernden Abstands zwischen dem Lebensmüden und mir.

Ich fluchte und stolperte weiter. Herrn Jansens Tempo ließ allerdings auch deutlich nach. Nur noch zwei Meter lagen zwischen uns, und vor ihm – ich frohlockte – lag ein kleiner Baumstamm quer. Herr Jansen musste sich mit den Händen abstützen, um darüberzuklettern, und dadurch holte ich ihn endlich ein. Ich packte ihn am Arm.

»Bleiben Sie stehen!«

Er riss sich grob von mir los. Wie abgekämpft er auch aussah, ich hätte nicht gedacht, dass er noch solche Kräfte entwickeln konnte.

Er lief zwei Schritte und bog dann hinter einem dicken Baum nach links ab. Statt parallel zu den Gleisen zu laufen, schlug er damit den direkten Weg zu ihnen ein, allerdings ging es hier noch wesentlich steiler bergauf als bisher. Herr Jansen stützte sich mit den Händen am Berg ab. Nur noch etwa zehn Meter trennten ihn von den Gleisen, aber er kam kaum vorwärts.

Ich hatte indes den querliegenden Baumstamm überstiegen und war nach wenigen Schritten direkt hinter ihm. Ich griff mit beiden Händen nach seinem linken Bein, das mir am nächsten war.

»Bleiben Sie stehen!« Ich schnappte nach Luft. »Ihre Frau möchte Sie lebend zurückhaben!«

»Lassen Sie mich!« Er schüttelte sein Bein, als wollte er ein lästiges Insekt loswerden. Tatsächlich verlor ich den Griff um seinen Knöchel und bekam noch einen Tritt an den Arm ab.

»Aua!«

»Verschwinden Sie!« Die Worte gingen in seinem Keuchen unter.

Obwohl Herr Jansen sich von mir befreit hatte, kam er am Steilhang fast nicht mehr vorwärts. Ich griff erneut nach seinem Knöchel und versuchte, mein Gewicht auf die Hände zu verlagern, um ihn am Weiterkriechen zu hindern.

Er röchelte. »Loslassen, oder ich trete Ihnen ins Gesicht!«

Ich wich unwillkürlich zurück. »Wagen Sie das bloß nicht!« Keuchend und stöhnend ließ ich mich weiter nach unten rutschen, ohne den Knöchel loszulassen. Er trat mit dem freien Fuß gegen meine Hände.

»Au! Verdammt!« Ich musste sehr an mich halten, nicht loszulassen.

Plötzlich kam neben mir etwas angeflogen. Jemand angeflogen. Tom landete unsanft auf Herrn Jansen, der schlimm ächzte, und gleich darauf stieß von der anderen Seite Günter dazu und packte energisch Herrn Jansens rechten Arm. Tom zog dessen linken Arm daneben, und dann schnappten Handschellen zu.

Eine Welle der Erleichterung überflutete mich. Ich ließ das

Bein los, rutschte von alleine ein Stück den Hang hinunter und drehte mich stoßweise atmend auf den Rücken. Ich hatte Tom und Günter gar nicht kommen hören, vermutlich, weil Herr Jansen und ich exorbitant laut gekeucht hatten.

Aber auch Tom und Günter ließen sich links und rechts von mir auf den Rücken fallen und atmeten schwer. Aus dem Augenwinkel konnte ich sehen, wie ihre Brustkörbe auf und nieder gingen. Nur Herr Jansen lag vermutlich noch auf dem Bauch. Offensichtlich hatte keiner Lust, ihn umzudrehen. Aber dafür, dass er uns solche Schwierigkeiten gemacht hatte, konnte er ruhig mal ein paar Minuten die Ameisen betrachten.

So lagen wir alle vier eine Weile völlig fertig auf dem Waldboden. Tom griff irgendwann nach meiner Hand, die ich dankbar drückte. Er drehte seinen Kopf zu mir und sagte immer noch schnaufend: »Fast wie nach dem Sex, was?« Ich sah zu ihm rüber. Seine schweißnassen Haare klebten ihm auf der Haut. Er grinste.

»Seit wann stehst du auf Vierer?«, fragte Günter ebenfalls keuchend und richtete sich langsam auf. Dann griff er nach einer platt gedrückten Bierdose, die neben ihm lag, und hob sie leicht an. »Das Ambiente lässt auch zu wünschen übrig. Lasst uns gehen, bevor die Pilze auf uns siedeln.«

Tom und ich standen auf, und ich entdeckte zwei Streifenpolizisten, die gerade den Berg hochschnauften und uns gleich erreicht hatten. Einer von ihnen war Herr Bachmann, den anderen kannte ich nur vom Sehen. Wir grüßten uns.

Sie hoben Herrn Jansen mit vereinten Kräften auf, während Tom ihm erklärte, dass er wegen dringenden Mordverdachts festgenommen sei.

Gemeinsam machten wir uns an den Abstieg. Tom nahm meine Hand, und wir ließen uns so weit zurückfallen, dass wir als

Letzte liefen. Meine Atmung hatte sich fast wieder normalisiert, aber die Klamotten klebten mir unangenehm am schweißnassen Körper, und die aufgeschürften Stellen an meinen Händen brannten.

»Wenn du mich die letzten Monate nicht immer so unnachgiebig zum Sporttreiben angehalten hättest, hätte ich den Aufstieg nicht rechtzeitig geschafft. Dann hätte ich ihn vielleicht gerade noch springen sehen, wenn ich oben angekommen wäre.«

»Ich hoffe nur, du wärst vernünftig genug gewesen, ihn ganz oben nicht mehr aufhalten zu wollen.« Tom drückte meine Hand und sah mich an. »Stell dir vor, er hätte dich mit in den Tod gerissen!« Ein Zittern ging durch Toms Körper.

»Nein, ich bin ja nicht blöd. Ich bin lange nicht so waghalsig, wie du es immer darstellst. Außerdem war ich dort, wo du mich gefunden hast, sowieso am Ende meiner Kräfte. Viel weiter wäre ich gar nicht mehr gekommen.«

Die Gruppe vor uns trat aus dem Wald heraus und bog nach rechts auf den grasbewachsenen Weg ab. Ich hörte Frau Jansens rufen: »Wolfi!«

Tom hielt mich an und sah mir tief in die Augen. »Ich bin unglaublich stolz auf dich.« Tom drückte mich an sich. In seinen Armen schmolz ich dahin. Er küsste mich auf den Mund, und ich schloss die Augen. Tom atmete tief aus. »Wir müssen weiter.« Er ließ mich los, und wir traten aus dem Wald. Hinter meinem Auto reihten sich zwei Streifenwagen in die Autoschlange ein, und eine Menge Leute standen und liefen herum. Herr Bachmann scheuchte sie ein wenig zur Seite.

Frau Jansen stand vor ihrem Mann und weinte. Als wir eintrafen, wandte sie sich an mich. »Ich danke Ihnen sehr.« Ihre Augen waren voller Tränen. »Vielen Dank, dass Sie mir meinen Mann zurückgebracht haben.« Ich nickte.

Tom holte Luft, um zu sprechen, aber Herr Jansen kam ihm zuvor. »Ich hatte das nicht geplant, das musst du mir glauben.«

Seine Frau griff nach seinem Arm und nickte. »Bitte verzeih mir! Ich dachte, du wüsstest von nichts.«

Tom schritt jetzt ein. »Herr Jansen, ich muss Sie darüber belehren, dass Sie im Mordfall Mario Steiger als Beschuldigter festgenommen wurden. Es steht Ihnen frei, sich dazu zu äußern oder auch nicht. Sie können jederzeit einen Verteidiger um Rat fragen und zu Ihrer Entlastung eine Beweiserhebung beantragen. Falls Sie irgendeiner Einschränkung wie zum Beispiel Schwerhörigkeit unterliegen, können Sie einen Dolmetscher verlangen. Haben Sie diese Belehrung verstanden?« Wieder einmal beeindruckte mich Tom mit seiner Professionalität.

Herr Jansen hatte die ganze Zeit Tom angesehen und genickt. Jetzt wandte er sich wieder an seine Frau und sah ihr in die Augen.

»Ich hatte gehofft, dass es vorbei ist, deshalb war ich umso geschockter, als du dich von Neuem davongeschlichen hast. Ich wollte wissen, ob ... es wieder losgeht, und bin dir nachgefahren. Die ganze Zeit war ich in der Nähe, als ihr da am Burggraben standet, und habe euch belauscht. Erst war ich total erleichtert, als ich gemerkt habe, dass du nichts mehr von ihm wolltest, aber dann, als er anfing, dich zu bedrängen ...« Herr Jansen atmete tief ein. »Mich hat eine solche Wut gepackt! Ich bin bereits auf euch zugerannt, aber erst hörte ich die Spraydose zischen, und dann bist du plötzlich weggelaufen. Ich hab ihn mir gegriffen und zur Rede gestellt, aber er fing an, mich zu verhöhnen. Da konnte ich nicht anders und hab ihn geschlagen. Irgendwie ist er dann auf einmal die Treppe runtergefallen ... Ich schwöre dir, ich hatte nicht geplant, ihn umzubringen! Ich wollte ihm nur einen Denkzettel verpassen.«

»Ich glaube dir ja, Wolfi«, sagte seine Frau und strich ihm über die Wange.

»Es tut mir so leid!«

»Mir auch, Wolfi!«

Herr Bachmann trat an uns heran und führte Herrn Jansen zu einem der Streifenwagen. Frau Jansen bestieg das Auto ihres Mannes.

Tom berührte mich am Oberarm. »Ich fahre nur noch einmal kurz in die Direktion, den Rest können Günter und Steffi erledigen. Höchstens eine halbe Stunde, dann sehen wir uns zu Hause.« Tom hob den Arm und machte erst eine kreisende Bewegung und zeigte dann mit der Hand in Richtung Parkplatz. Das war wohl die Anweisung an seine Mitarbeiter für einen geordneten Rückzug.

»Du willst dein Handballtraining nicht verpassen, was?« Ich lächelte ihn an.

»Äh, ja.« Er gab mir einen Kuss. »Bis dann.«

KAPITEL 17

Tom traf tatsächlich keine halbe Stunde nach mir zu Hause ein. Ich hatte schon geduscht und lag erschlagen auf dem Sofa. Während des Duschens hatte ich bereits ein Auto gehört, aber es war nicht Toms Auto gewesen. Vielleicht waren Susanne und Werner von irgendwoher zurückgekommen.

Tom setzte sich neben mich und quetschte dabei meinen Arm.

»Aua!«

Tom rückte etwas ab. »Oh, tut mir leid.« Er schaute auf meinen Arm. »Hey, du hast ganz schön schlimme blaue Flecke. Könnte man schon als Prellungen bezeichnen.« Tom strich mit den Fingern sanft darüber.

»Halb so schlimm, solange sich keiner draufsetzt. Meine aufgeschürften Handinnenflächen stören mich deutlich mehr, weil ich jetzt nicht mehr so herzhaft zupacken kann.«

»Wie ist das passiert?«

»Ich habe versucht, mir den Jansen zu greifen, aber das ging ins Leere. Und um nicht auf die Nase zu fallen, hab ich mich im Flug an zwei dünnen Baumstämmen festgehalten und bin etwas daran abgerutscht. Brennt ganz schön.«

»Ich bin sehr stolz auf dich.«

»Ich weiß.« Ich grinste. »Aber ich bin auch stolz auf dich.«

Tom streichelte meinen Arm.

Ich sah auf die Uhr. »Musst du dich nicht mal langsam fürs Handballtraining fertig machen?«

»Das lasse ich heute ausfallen.«

Nanu? Die Verfolgungsjagd hatte Tom offensichtlich ebenfalls zugesetzt. »Umso besser. Ein gemütlicher Abend zu Hause, nur du und ich. Kommt mir gerade recht.«

»Hm, ja.« Tom schaute auf die Uhr und räusperte sich. »Ich gehe dann mal duschen.«

Ich drehte mich auf die Seite und streckte mich wohlig. Ich war auch stolz auf mich. Zum einen hatte ich Tom bei zwei beruflichen Problemen helfen können. Zum anderen hatte ich dem Jansen das Leben gerettet. Auch wenn selbiges in nächster Zeit vermutlich nicht besonders gemütlich verlaufen würde.

Ein Auto fuhr an unserem Haus vorbei. Bekamen Susanne und Werner Besuch?

Jedenfalls hatte ich meinen Urlaub zu einem erfolgreichen Abschluss gebracht. Marios Tod war aufgeklärt, und die Erben der ermordeten Unternehmersgattin würden zumindest den Drachenring zurückbekommen. Wenigstens eine Erinnerung an die Verstorbene.

Tom trat aus dem Bad.

»Sag mal, war Rudi eigentlich noch im Besitz des restlichen gestohlenen Schmucks? Oder hatte er ihn schon zu Geld gemacht?«

»Das weiß ich nicht, aber die Frankfurter Kollegen werden sich bestimmt darum kümmern.«

Wieder ein Auto. Meine Schwiegereltern in spe hatten wohl mehrere Freunde eingeladen.

Tom setzte sich zu mir. »Den Drachenring bekommen sie auf jeden Fall zurück.«

»Ja, das habe ich eben auch gedacht.«

»Magst du ihn noch mal anstecken, weil er dir doch so gut gefallen hat? Montag ist er weg.«

Ein Auto näherte sich unserem Haus. »Jetzt muss ich doch mal gucken, von wem Susanne und Werner so viel Besuch bekommen. Schon die ganze Zeit fahren hier ...«

Ich war schon aufgestanden, aber Tom hielt mich an der Hand fest.

»Ich weiß, wen sie alles eingeladen haben. Ich erzähle es dir gleich. Steck dir erst mal den Ring an.«

»Okay, aber dann musst du ihn mir aus dem Tresor holen, ich weiß die Zahlenkombination ja nicht mehr.«

»Sie lautet: null sechs, null acht, achtzehn.«

»Wieso sagst du mir sie jetzt doch? Ich dachte ...«

»Ich hab's mir anders überlegt.«

Komisch, sonst war Tom nicht so wankelmütig. Tom ließ meine Hand los, und ich lief hinüber zum Bild, hinter dem sich der Wandtresor befand, und hängte es ab.

Null sechs, null acht, ...

»Hey, das ist doch das heutige Datum, oder?«

Ich drehte mich zu Tom um. Er sah mich ausdruckslos an. Ich stellte die Achtzehn ein und öffnete den Tresor. Weiter hinten lagen ein Haufen Papiere und aller möglicher Krempel, unter anderem der Drachenring, aber ganz vorne, völlig frei stehend, befand sich ein kleines, in rosa Herzchenpapier verpacktes Geschenk. Oh, das sah ganz nach einem Geschenk für mich aus!

Ich nahm es freudig in die Hand und drehte mich um. »Ist das für mich?«

Tom war aufgestanden. Er nickte und sah mich erwartungsvoll an.

Ich lief zum Sofa und setzte mich, um das Geschenk auszupacken. Ich zog die Schleife auf.

Tom stellte sich neben mich. »Dir hat dieser Drachenring so gut gefallen, deswegen habe ich bei Walther und Sohn nach einem ähnlichen gesucht.«

Ich schaute auf. Tom fuhr sich mit der Hand durch die Haare.

»Sag bloß, du warst damals gar nicht zur Schmuckschätzung in dem Juweliergeschäft, als ich Rudi Gambach beschatten wollte?«

»Nein, es sollte eine Überraschung werden.«

Ich wandte mich dem Geschenkpapier zu und zog ungeduldig am Klebeband.

Tom fuhr fort. »Der Juwelier hat mir aber von einem auffälligen Ring abgeraten ...«

Endlich war das Papier ab.

»... weil er meinte ...«

Ich öffnete das Schmuckkästchen.

»... man nimmt eher was Neutrales ...«

Vor mir lag ein goldener Ring mit etwa einem Dutzend eingearbeiteten Diamanten. Ein zeitloser, eleganter Klassiker, für den Tom sicher einen Haufen Kohle bezahlt hatte.

»... wenn es sich um einen Ring handelt, den man für den Rest seines Lebens trägt.«

Toms letzte Worte hallten in meinem Ohr nach. Ich sah zu ihm auf.

»Aber er muss dir nichts bedeuten«, sagte Tom schnell. »Du kannst ihn ... auch einfach so tragen.«

Ich konnte nicht antworten. In meiner Kehle steckte ein dicker Kloß.

»Ich weiß ja, dass du nicht so auf Romantik stehst.« Tom

zuckte mit der Schulter, und seine Stimme wurde ganz rau. »Es reicht mir, wenn er mir etwas bedeutet«, sagte er leise.

»Oh Gott!« Ich schluckte und blinzelte, aber mein Körper produzierte auf einmal einen horrenden Überschuss an Wasser. Ich blickte auf. »Das ist das schönste Geschenk, das ich mir überhaupt vorstellen kann!«

Tom kratzte sich am Kopf und lächelte unsicher. »Wirklich? Du musst wissen, es ist auch eine Gravur drin. Ich dachte, wenn schon Risiko, dann volles.« Tom grinste.

Ich nahm den Ring in die Hand. *Tom 06.08.18* stand auf der Innenseite. Ich holte tief Luft. »Das sieht wie ein Verlobungsring aus.« Ich schniefte und lächelte Tom überglücklich an.

Er nickte ernst. Dann trat er zu mir, nahm mir den Ring ab und kniete sich vor mich. Ich lachte und weinte gleichzeitig.

Tom sah mir fest in die Augen. »Wir müssen nichts überstürzen. Ich habe selber nur eine nebulöse Vorstellung von unserer Zukunft. Aber eines weiß ich: Ich möchte sie mit dir zusammen erleben. Und dieser Ring soll dir versichern, dass ich immer für dich da bin. Wenn du das auch möchtest.«

Ich wischte mir die Tränen ab und nickte. »Ja, Tom, das will ich.«

Tom steckte mir den Ring an. Dann küsste er mich sehr lange und sehr zärtlich.

»Meine Fresse, bin ich erleichtert«, sagte er schließlich. »Wenn du Nein gesagt hättest, wäre es echt peinlich geworden.« Er stand auf und lief zur Haustür. Erst jetzt sah ich die undeutlichen Schatten, die sich auf der anderen Seite des Glaseinsatzes bewegten. Als Tom sich der Tür näherte, bemerkte ich immer mehr Gemurmel und Bewegung auf der anderen Seite.

Tom öffnete die Tür, und schlagartig ertönte ein ohrenbetäubendes Geschrei und Gekreische aus mehreren Dutzend Kehlen. Was zum Teufel war das für ein Massenauflauf?

An vorderster Front stand Susanne mit einer großen Tortenglocke in der Hand. Sie kreischte immer noch. »Überraschungs-Party, Alex! Herzlichen Glückwunsch!« Sie hüpfte mehr herein als zu laufen und gab Tom im Eintreten einen dicken Kuss. Dahinter Maren und Lars, beide breit grinsend wie Honigkuchenpferde und große Tabletts voller Oliven-Käsespieße vor sich hertragend. Auch sie gratulierten Tom im Vorbeigehen. Dann Sonja, heute Abend mit einer höchst eleganten Hochsteckfrisur, und ihr Freund Kevin. Letzterer trug einen der Kartons mit den sündhaft teuren Champagnerflaschen, die ich erst vor Kurzem in Marens Auftrag zu Susanne mitgenommen hatte – nicht ahnend, dass sie für unsere Verlobungsfeier bestimmt waren. Auch der Verbleib von Susannes exorbitantem Vorrat an Eiern klärte sich jetzt auf, denn es strömten immer mehr Menschen in unsere Wohnung, die mit Kuchen und Salaten ausgerüstet waren. Auf der Terrasse erschienen in meinem Blickfeld Guido und Herbert, die begannen, Bierzeltgarnituren aufzustellen. Berge von Schnittchen, belegt mit Kaviar, der den Sturz in Lars' Kofferraum offensichtlich gut überstanden hatte, türmten sich auf dem Wohnzimmertisch, und der Strom von hereindrängenden Menschen schien nicht abzureißen. Ich wurde umarmt und beglückwünscht und schwankte immer wieder zwischen Lachen und Weinen. Herr Bachmann entschuldigte sich, dass er sich vor ein paar Tagen verplappert und mich bereits als Toms Verlobte bezeichnet hatte, aber ich konnte mich schon gar nicht mehr daran erinnern. Steffi war mit Henri gekommen, der mich hochhob und einmal im Kreis herumwirbelte.

Günter hatte ein spezielles Geschenk für mich dabei. Es steckte in einer Posterrolle, um die eine überdimensionale rote

Schleife gebunden war. Er kam mit Anna auf mich zu und umarmte mich. »Alles Gute für eure weitere gemeinsame Zukunft!«

Dann umarmte mich Anna. »Herzlichen Glückwunsch!«

»Vielen Dank, das ist so nett von euch!«

Günter überreichte mir die Posterrolle. »Hab dir ein kleines Geschenk mitgebracht. Pack's ruhig gleich aus.«

Tom trat neben mich und legte seinen Arm um mich. Ich sah ihn fragend an.

»Ich weiß auch nicht, was Günter dir da schenkt. Ich bin selber gespannt.«

Ich öffnete den Deckel und schaute in das Rohr. Offensichtlicht ein Poster. Ich holte es heraus und rollte es auf.

Zuerst sah ich den Kopf. Dann einen muskelbepackten Oberkörper. Nackt. Mich überkam eine Ahnung. Anna kicherte, und ich sah sie fragend an, aber sie zuckte nur mit den Schultern. Auf einmal standen auch Maren, Sonja und Hedi neben mir. Ich rollte das Poster weiter auf, und tatsächlich: Günter verschonte uns nicht mit nackten Tatsachen, auch wenn diese noch als einigermaßen geschmackvoll durchgehen konnten. Maren und Sonja kreischten vor Entzücken, Anna und Susanne kicherten, Hedi entglitt ein: »Huch!« Die Reaktionen lockten noch mehr unserer Gäste an.

»Hey, Alex, ein Mann reicht dir wohl nicht?«

»Sauber!«

»Trost für einsame Abende?«

Tom protestierte: »Das hat Alex überhaupt nicht nötig. Sie ist bestens versorgt.«

Ich schaute noch immer auf das Poster. »Na ja, gucken wird ja wohl erlaubt sein.« Ich grinste Tom an. »Was meinst du: Wollen wir es über dem Bett aufhängen?«

Tom zeigte erst mir einen Vogel und dann mit dem Finger auf Günter: »Dass du mich ja nicht als Tauschpartner für explizites Bildmaterial gegen Alex ersetzt!«

Günter setzte ein übertrieben unschuldiges Gesicht auf und machte abwehrende Handbewegungen.

Werner kam mit einem Tablett voller Champagnergläser vorbei, die alle dankbare Abnehmer fanden. Ich tauschte mein Poster ebenfalls gegen ein Glas. Tom drückte kurz meine Hand und lief in die Küche.

»Jetzt stoßen wir auf euch an«, sagte Hedi. »Auf eure Verlobung. Ich stoße auch speziell auf dich an. Ich kenne keine Frau, die so mutig und selbstbewusst ist wie du. Von dir kann selbst ich altes Weib noch was lernen. Du bist mein Vorbild!«

»Ich bitte dich, Hedi, du bist doch nicht alt. Und wie mutig ich bin, hast du ja eindringlich vor Augen geführt bekommen, als ich mich nicht getraut habe, Tom auf seine Zukunftspläne anzusprechen. Dabei scheinen mir seine den meinen gar nicht so unähnlich zu sein. Mit einem offenen Gespräch hätte ich mir viel Kummer und Sorgen ersparen können.«

»Was soll ich da erst sagen? Hätten Herbert und ich früher miteinander geredet, hätten wir schon längst unser vor Jahrzehnten aufgegebenes Hobby wieder aufnehmen können. Jetzt tut Herbert zwar so, als interessiere es ihn gar nicht.« Hedi schmunzelte verschwörerisch und sah sich kurz um. Dann trat sie einen Schritt näher und senkte ihre Stimme. »Aber heute Nachmittag hat er heimlich im Internet nach Tanzsportvereinen in Bruchsal gesucht. Ich glaube, er ist doch nicht abgeneigt, wieder mit mir tanzen zu gehen.«

»Oh, wie hast du das herausbekommen?«

»Als er pinkeln ging, bin ich schnell an seinen Laptop und habe ein paar Mal rückwärts geklickt, um zu sehen, welche Seiten er sich vorher angeguckt hatte. Und bevor er aus dem Bad kam, hab ich wieder genauso oft vorwärts geklickt, bis ich auf seiner aktuellen Seite ankam. Er hat gar nichts gemerkt.« Hedi grinste triumphierend.

»Hey, ganz schön raffiniert! Du machst mir noch Konkurrenz!« Ich legte lachend meine Hand auf Hedis Schulter.

Jemand schlug mit einem metallenen Gegenstand an ein Glas. Ein Blick in die Runde sagte mir, dass es sich um Susanne handeln musste. Es war augenblicklich still, und diejenigen, die sich bisher auf der Terrasse befunden hatten, drängten ins Wohnzimmer. Tom kam wieder aus der Küche und stellte sich zu mir.

Susanne räusperte sich. »Meine Lieben! Ich freue mich sehr, euch zur Verlobungsfeier von Alex und Tom begrüßen zu dürfen! Wir haben die letzten Wochen alles darangesetzt, diese Feier vorzubereiten, ohne dass Alex etwas davon mitbekommt, und ich glaube, es ist uns gelungen.«

Ich nickte und lächelte mehreren ebenfalls lächelnden Gesichtern zu. Tom drückte mich.

»In diesen Wochen habe ich meinen Jüngsten so nervös gesehen wie nie zuvor.«

Ich sah zu Tom hoch. Ohne mich anzusehen, spitzte er die Lippen, schüttelte den Kopf und schloss dabei in übertriebener Manier die Augen, um die Aussage seiner Mutter zu dementieren.

»Mein Ältester ist in jeder Lebenslage ruhig und ausgeglichen. Was Steffen sich vornimmt, zieht er durch. Ich glaube, auch Angela war nicht überrascht, als Steffen sie fragte. Lars hat bei Vera spontan in einem Frankreich-Urlaub um ihre Hand angehalten, das ging so schnell, dass ich es kaum mitbekommen habe. Guido hat, wenn man so will, Maren schon in der Grundschule gefragt, ob sie mit ihm gehen will, allerdings gab es noch einige

Irrungen und Wirrungen, bevor sie sich dann als Erwachsene dauerhaft zusammenfanden.«

»Sie hatten übrigens keine Eheprobleme«, flüsterte mir Tom ins Ohr. »Ich konnte nur nicht zugeben, dass ich mit Maren Vorbereitungen für diese Feier besprochen habe.«

Ich nickte.

»Bei Tom schien es mir fast«, fuhr Susanne fort, »als glaubte er, Alex überrumpeln zu müssen, damit sie ihm nicht mehr davonlaufen kann.«

Es gab einige Lacher.

»Dabei wusste ich von Anfang an, dass Alex die Richtige für ihn war.« Susanne sah mir jetzt in die Augen. »Endlich hat er eine Frau gefunden, die nicht nur nach seiner Pfeife tanzt.«

»Jawoll!«, warf Maren ein.

»Eine, die ihm auch mal Paroli bietet.«

»Wouuuuu!«, rief Günter.

»Eine, die ihn über alles liebt.« Susannes Augen füllten sich mit Tränen. »So eine Frau habe ich mir immer für ihn gewünscht.«

Tom drückte mich an sich.

»Auf euch!« Susanne hob ihr Glas. Die anderen Gäste taten ihr nach.

»Auf euch!«

Ich blinzelte meine Tränen weg und lächelte glücklich vielen freudestrahlenden Gesichtern zu. Dann legte ich meine Hand in Toms Nacken, zog ihn zu mir herunter und küsste ihn. War ich jemals in meinem Leben glücklicher gewesen? Währenddessen hatte jemand Musik angestellt, und es setzten wieder Gespräche ein.

Herbert trat zu uns heran. Er hatte einen Teller in der Hand, den er sich unter den Mund hielt, wenn er von seinem Kaviarschnittchen abbiss. Besser gesagt einem seiner Kaviarschnittchen, derer er etwa ein halbes Dutzend auf seinem Teller liegen hatte. »Eine sehr schöne Rede hat deine Mutter da gehalten«, sagte er zu Tom. »Kurz und knackig, ohne dass die Gäste in der Zwischenzeit verhungern müssen.«

Tom lächelte. »Ja, hat mir auch gefallen. Ich verstehe nur nicht, wieso sie meint, meine zukünftige Frau müsste mir Paroli bieten. Die Frauen, die nach meiner Pfeife getanzt haben, haben mir auch Spaß gemacht.« Tom grinste, Herbert lachte. Ich zwickte Tom leicht in den Po.

»Euch Männern wird noch das Lachen vergehen«, erhob Hedi ihre Stimme. »Nämlich sobald ihr merkt, dass wir Frauen immer weniger auf euch angewiesen sind!« Sie wandte sich an Tom und mich. »Herbert will ja nicht mit mir tanzen gehen, obwohl wir beide gerade erst festgestellt haben, dass wir dieses vor langer Zeit aufgegebene Hobby vermissen.«

Herbert hatte den Mund voll, weshalb er nur den Kopf hin und her wiegte, um leichten Widerspruch zu signalisieren.

»Deshalb«, fuhr Hedi fort, »habe ich heute unseren verwitweten Nachbarn angerufen und ihn gefragt, ob er mit mir tanzen gehen würde, und er hat sofort zugesagt.«

Herbert fiel vor Schreck sein Kaviarschnittchen aus der Hand, es landete jedoch glücklich auf dem Teller, den er sich daruntergehalten hatte.

»Waaaaas?« Er sprach mit halb vollem Mund. »Doch nicht diesen blöden Schmidbauer, der sich über jedes einzelne Blatt aufregt, das von unserem Walnussbaum auf sein Grundstück geweht wird?«

»Wieso nicht?«, fragte Hedi. »Du wolltest ja nicht, und der Karl ist sehr charmant.«

»Der Schmidbauer ist ein ungebildeter Spießer!« Herbert

bekam vor Empörung ein rotes Gesicht. »Das kann doch nicht dein Ernst sein!«

»Nein«, sagte Hedi, nahm sich eins von Herberts Kaviarschnittchen und grinste triumphierend. »Ist nur Verarsche.«

DANKE

Folgenden Personen, die zur Entstehung dieses Buchs beigetragen haben, möchte ich hiermit danken:

Christiane Kobus vom Polizeipräsidium Südhessen für die sehr freundlichen Auskünfte über die hessische Polizeiarbeit (etwaige Abweichungen von der Realität gehen allein auf meine Kappe).

Dem kleinen Jungen, der im tegut Dreieich-Sprendlingen einen Moment ungeteilter Aufmerksamkeit erzeugte, als er seinen Vater vor allen an der Kasse anstehenden Kunden nach seinem Einkommen fragte.

Heike Gandalf für die aus ihrem realen Leben übernommene »Zieh an, du Sau«-Situation (wer warum diese Worte ausgesprochen hat, bleibt natürlich unser Geheimnis).

Helmer und Holger Weis von der Autocrew H. & H. Weis, Dreieich-Dreieichenhain, für die fachmännische Beratung zu liegen gebliebenen Autos, durchschnittenen Bremsleitungen, mehr als 220 Volt vertragenden Elektrokabeln und die bittere Erkenntnis, dass es seit dreißig Jahren nicht mehr möglich ist, einen gerissenen Keilriemen durch eine Damenstrumpfhose zu ersetzen.

Jutta Schäfer von »Jutta Schäfer – die Bestatterin« für ihre sehr nette bebilderte Schilderung von Gedenkfeiern in der Trauerhalle des Friedhofs Bad König.

Nicht zuletzt meiner Familie, Nona Roßbach und Gerald Kloos, für ihre hilfreichen Kritiken, ihre Geduld und ihre Liebe.